如
懿
传

Ruyi's Royal
Love In The
Palace

如懿传

后宫

肆

流潋紫 著

湖南文艺出版社
HUNAN LITERATURE AND ART PUBLISHING HOUSE

博集天卷
CS-BOOKY

目 录

西湖烟水茫茫，百顷风潭，十里荷香。
宜雨宜晴，宜西施淡抹浓妆。
尾尾相衔画舫，尽欢声无日不笙簧。
春暖花香，岁稔时康。
真乃上有天堂，下有苏杭。

第一章

琉璃脆

次日黄昏，御驾前呼后拥，果然到了翊坤宫前。彼时斜阳如金，照在那宫苑重重叠叠的琉璃瓦上，流光如火如霞，刺眼夺目。如懿只觉得这几日望眼欲穿，心中早就焦虑如焚，只是一向自持身份，不肯在人前流露。如此，却又多了一重压抑。

皇帝到来时太监一下一下的击掌声遥遥递来，外面宫人早跪了一地。如懿看着皇帝穿着一袭家常的素金色团龙纱袍徐徐步入，面容越发清晰，如能和心中所思的样子密密重合，不知怎的，便生了一重酸涩之意。

从来，他便一直是自己想象中的模样，却并不曾如她期待一般，信重于她。

如懿这般模糊地想着，皇帝已然步入。如懿屈膝迎了下去："皇上万福，臣妾多日不见，在此恭请圣安了。"那四名嬷嬷自是亦步亦趋地紧紧跟着，如看管着犯人一般，寸步不肯放松。皇帝知她从冷宫出来后再未受过这般苦楚，何况她又是心性极高的人，这几日被人时时刻刻盯着，怕也是难受到了极处。

这般一想，皇帝心底无端便柔软了几分，也不看旁人，只挥手道："下去吧。"

那四名嬷嬷即刻退下，殿中越发静谧，只剩了皇帝与如懿二人相对。如懿泪眼盈盈，只是倔强着不肯落泪，一身烟青色无绣丝袍穿着，越发显得如一株凌霜的寒竹，细而硬脆。皇帝蓦然轻叹，只是两相无言。他一眼瞥去，见如懿手边的紫檀小几上搁着一本翻了一半的《菜根谭》，眼底闪过几丝诧异："这个时候，你倒有心看这个？"

皇帝十指轻翻书页，如同翻着自己忧惶而支离的心情。如懿螓首微垂，低婉的轻叹如薄薄的风："事有急之不白者，宽之或自明，毋躁急以速其忿①。臣妾看了半本《菜根谭》，唯有这一句颇合己意。"

皇帝凝视她片刻："所以你不急着向朕申辩，肯安静禁足。"

这一句颇有温厚之意，勾起如懿蓄了满眼的泪。如懿强自撑着道："痛哭流涕或是苦苦纠缠，不是臣妾的作风。"

皇帝沉默片刻，微微颔首："所以朕如今才肯来听你说几句。说吧，你有什么可辩的？"

庭前一株株石榴花树，开得团团簇拥，烈烈如焚。她只凝睇着他，执意地问："臣妾无甚可辩，只问一句，皇上是否肯相信臣妾？"

皇帝并不肯看她。有那么片刻的沉寂，如懿几乎能听见更漏的滴答声，每一声都如千丈碎冰坠落深渊，激起支离破碎的残响。真的，只有那么片刻，仿佛就在那一呼一吸之间，足以让她心底仅余的热情急转直下为荒烟衰草的颓冷。

终于，皇帝的声音渺渺响起："不是朕肯与不肯，而是朕的眼睛和耳朵能不能让朕的心接受且相信。"

如懿听皇帝这样说，心里更揪紧了几分。"皇上这样问，是不是因为惢心嘴里什么都问不出来？"她上前一步跪下，急切道，"皇上，到底惢心受了多重的刑罚？"

皇帝的神情淡漠得如斜阳下一带脉脉的云烟："方才还拿《菜根谭》的话劝诫自己毋躁急，一提惢心便急成这样。她不会死的。"

如懿听皇帝的口风，知道是问不出什么了，只是满腹委屈与凄恨纠缠成一团乱麻，逼得她急切不已："既然罪在私通，皇上可问过国师了？"

皇帝的语气有棱角分明的弧度："他只道那日自己独居一室，未曾离

---

① 此句的意思是：当事情急切之际难以表白时，不妨先宽缓下来以听其自然，也许事情不久之后就会澄清。不要太急着为自己多方辩解，否则会使对方更加火上浇油。

开，但是并无人可以为他证明。倒是有人说起，见过你与他多次私下交谈，比寻常嫔妃更亲密。"

如懿沉吟片刻，朗然道："出家人不打诳语，何况国师是高僧。臣妾与大师交谈，也是视他为佛祖使者，无关男女。"

皇帝瞥她一眼，从袖中掏出那串七宝手串并那枚方胜，霍然扔在她身前的锦花红绒地毯上。那方胜原不过是薄薄的洒金笺，里头又裹着东西，一时受力不住，那莲子便破出来滚了出去。皇帝一时不觉，雪白的靴底踩在莲子之上，发出闷闷的碎裂声响，听得人心神凛凛。那七宝手串仿似一条五彩斑斓的死蛇逶迤在她跟前，吐着僵死的芯子。

皇帝叹道："既然动了凡俗之念，便是乱了佛法，哪里还记得清规戒律？"他冷哼一声，"圣祖康熙爷在世时便出了仓央嘉措这样的情僧，妄悖佛家至理。如今这一脉俗念竟留在了这些人的血液中，从此只看得见女子，看不见佛祖了么？！"

如懿陡然闻得皇帝冷声，只觉脊背间有细密的汗珠沁出，似多足的细虫，毛刺刺爬过，所经之处，痛痒难耐。她到底还是耐不住性子："那么皇上打算如何处置国师？"

"朕一生的颜面岂可为蝼蚁之人损伤？一旦查证是真，朕会除去国师。"皇帝的口气轻描淡写，却含着无可比拟的厌憎，"要处死一个人，不必那么费事。有时跌一跤失足摔死，有时吃错了东西暴毙，有的是办法。"

"这样的办法，会落在国师身上，也会落在臣妾身上。不是么？"如懿无声地冷笑，"人人都是蝼蚁，无论是被尊崇一时的法师还是皇贵妃，不过是在他人指间辗转求存罢了。"

皇帝摇了摇头："你不必急着拿自己与他相提并论。"

自那日玉妍将所谓的"证据"七宝手串交给皇帝之后，如懿便只匆匆看过一眼。然而，她亦明白，从那日的所谓"遇刺"开始，到巡守侍卫的经过，再到与她字迹一模一样的私通书信，便是一张精心织就的天罗地网，死死地兜住她。没有破绽，根本毫无破绽可寻。她有些绝望地看着皇帝，一颗心难过得像被浸在滚水里反复地揉着搓着，勉强浮起，又被死死摁到底处。末了，只是虚弱得无力："臣妾自问与皇上经历过许多事，皇上还不相信臣妾么？"

皇帝微微犹豫，别过脸道："朕也很想相信你，可是有人证与物证，朕不能什么都不查就全然相信。且朕要的，不只是让朕信服，更要让所有人都信服，你是清白的。"

如懿盯着皇帝，强忍着心口重重紧皱的郁结，她清静淡漠的眸子依然如旧，仿佛是一泓不见底的深潭，不过轻轻漾了一圈涟漪："是臣妾糊涂了。臣妾以为凭着多年的情分，相知相许，皇上会相信的。"

那一刻，如懿眸子似有秋水寒星般的冷冽之光，含幽凝怨，乌定定地直直向他心底钻去。那光似乎有某种灼人的力量，刺得他微微发痛。他有些动容，却转首不经意地避开她的目光："朕不是薄情寡义的人，对你有情分，对后宫诸人都有情分。但是皇贵妃，所谓清白从不是用情分来断定的。"

如懿仰起脸，缓缓地浮上一层稀薄的笑意，恍若月初时分清冷暗淡的月光："是啊，原来皇上对臣妾的情分，也是对旁人的情分。"

如懿颓然俯下身，死死地抓着那串七宝手串。除了忩心的抵死不认，她并没有多余的办法来证明自己。雪白而模糊的泪光里，她死死盯着手里的七宝手串，原来所谓情分与信任，是可以被这些身外之物轻易击碎的。她唯有自己，唯有海兰，唯有弥足珍贵的可以信赖的人。而那人，却不是他，不是自己枕畔相守多年之人。

这，算不算一个冷冽的讽刺？

皇帝站起身来："你若没有话说，朕只能等着慎刑司用完刑罚，忩心还是说出你未曾私通的供词。受尽刑罚仍不改初衷，朕想，这样的供词，足以服众，足以平息流言。"

如懿眼中的泪冻在眼底，清冷道："臣妾无奈，也为忩心痛惜。皇上若肯，请遍查各宫宫女嫔妃，最好是左右手都写字试试，看谁的字与臣妾的最相似。"

皇帝"嗯"一声："好。朕自会去查。朕也想查知，朕的皇贵妃清白无污。"他向前几步，眼看着就要跨出门槛去了，如懿看着自己指尖的七宝手串，细细摩挲着，触目所及处蓦地惊动了心神，大声道："皇上！皇上留步！"

皇帝停住脚步，却并不转身，只是冷然道："话已至此，你还想说什么？"

如懿的一颗心悬在喉头，指间死死攥着那条七宝手串，颤声道："这几日，皇上可曾细细看过这串手串？"

皇帝的声音里有伤心与厌倦，仿佛蒙蒙的潮湿的雾气，让人觉得窒闷："这样的污秽东西，朕不想看。"

如懿膝行上前，遏制不住激动之色，扬声道："皇上，这串手串不对！"

皇帝本欲抬起的右足霍然定住，转身向她道："什么？"他的话里有热切的不确定的希冀。

如懿立刻将七宝手串递到皇帝跟前，切切道："皇上，此串手串乃是金、银、琉璃、珊瑚、琥珀、砗磲和玛瑙制成。所谓七宝，因不同经书所记有异，可作七宝圣物的东西有十几种，但密宗七宝中定有西藏盛产的红玉髓而非玛瑙。红玉髓和玛瑙二者颜色与质地相近，看着都是通透嫣红，只是玛瑙更为名贵。大师是密宗高僧，断然不会混淆。"

皇帝的眉头渐渐蹙起，似叠峦山川，曲折难平。他举过那串手串上的珠子对着天光细瞧了片刻，重重拍在紫檀螺钿小几上。

李玉一拍脑袋，叫道："皇上，这手串上用的确实是玛瑙啊。国师是密宗法师，断不会以此相赠，所以说皇贵妃与大师私下往来，绝对是旁人诬害。"

如懿咬了咬唇，扬声利落道："那么也不必盘查满宫的宫人嫔妃了。宫中嫔妃都出身满蒙汉，通晓佛教常识，断然不会弄错。能弄错的，一定是不懂的外来女子。"

李玉踌躇片刻，搓着手道："皇上，外来女子怕是只有……"

皇帝扬了扬手中的七宝手串，神色冷漠而锋利："是了。若是信奉佛理之人，怎敢污蔑僧佛，妄造口孽。也唯有别有信奉之人了！李玉，你去告诉嘉贵妃宫里，每人用左右手各写下密宗七宝常用之物，谁的字像皇贵妃的字迹，立刻带来见朕。"

李玉"嗻"了一声："皇上，如今小主们总在启祥宫走动，奴才这么雷厉风行去了，怕是不好。"

皇帝想了想："内务府有一对新进的步摇，朕原要赏给愉妃的，你便送去给嘉贵妃吧。"

李玉答应着，立刻领命去了。

如懿低首含眉："臣妾被禁，翊坤宫乃不祥之地，请皇上万勿久留。"

皇帝道："朕问过你几句，便也罢了。"

如懿终不肯抬头，只是望着自己素色鞋履上连绵不绝的茉莉花碎纹："皇上暂肯一顾，许臣妾辩白几句，臣妾感恩不尽。"

她俯首，郑重三拜，依足了臣下的规矩。皇帝默默看着她："你原不必与朕这般生疏。"

原来，他还是明白的。

如懿伏在地上，尘灰弥漫于地的气味，微微有些呛人。她分明听得皇帝的足音出去了，眼底的泪忍了再忍，蒙眬里抬起头来，唯有凌云彻临去一顾，深深颔首。

蓦地，她心底便安宁了不少。

启祥宫宾客盈门，正莺莺燕燕挤了满殿。绿筠本是不大出门的人，也坐在下首，却不似众人一般笑容满面，只是愁绪满怀，含泪垂眸。

玉妍本与绿筠皆为贵妃，此刻却坐在上首，更兼她服色鲜明，一袭红衣如一团烈烈榴花一般，更衬得简衣薄鬓的绿筠似畏畏缩缩，困顿不堪。

玉妍笑吟吟道："纯贵妃姐姐所请，不是我不愿，实在是无能为力啊。您知道的，宫中一向能说得上话的是皇贵妃。我虽有协理六宫之名，不过是虚名而已。"

绿筠赔笑道:"如今谁不知道皇贵妃自身难保,一切有赖嘉贵妃而已。"

玉妍笑着瞥了一眼绿筠,被蔻丹染得鲜红的指甲点在同样艳红的唇边:"纯贵妃姐姐说这样的话,我可不敢当。"

绿筠急切道:"我知道永璋不争气,读书比不上永珹,甚至连永琪也比不过。可他到底是皇上的儿子。皇上自从在孝贤皇后丧仪上呵斥永璋,也就更瞧不上他了,见面便是叱责。好好儿的孩子,见了皇上如老鼠见了猫似的。嘉贵妃,我知道永珹得皇上欢心,你能在皇上面前说上话,也请你顾及永璋,顾及我做额娘的一点儿心意,为永璋多说几句好话吧。"

玉妍微微正色:"纯贵妃姐姐,你我都是做额娘的人,自然知道孩子争气是得凭自己。我且有三位皇子,如何能顾得过来旁人的孩子呢?没的叫人笑话,说我手太长,去插足你们母子之事。"

绿筠语塞,眼看要落下泪来。玉妍偏还不肯放过,嚼了一枚香药乳梨道:"纯贵妃,说句实话,我只是嫔妃,不是中宫皇后。若有那一日,永璋成了我的庶子,我自然不能不开口。可今日,罢了吧。"

绿筠纵使再好脾气,也按捺不住性子,霍然站起身来。然而,身畔众人只围着玉妍说笑,无人将她放在眼里,一时进也不是,退也不是,无限孤清。

玉妍毫不在意绿筠,只顾着说笑,骤然见了李玉前来,正谈笑风生着,笑纹仍挂在唇边:"李公公怎的一阵风儿似的来了?"

李玉举起手中的青玉钿盒,笑眉笑眼地道:"皇上新得了一对步摇,让奴才给嘉贵妃娘娘送赏赐来。"

为首的庆贵人笑着奉承道:"皇上有好东西只疼嘉贵妃娘娘,今日也让我们开开眼。"

玫嫔冷笑道:"皇上对着嘉贵妃娘娘,有几日不赏的。只怕打开了启祥宫的库房,还不够庆贵人看的。皇上特地命李公公前来,怕还有旁的事要吩咐,咱们何必这么不开眼,非戳在这儿呢?"

庆贵人有些讪讪的。绿筠第一个坐不住,也不告辞,立时去了。当下众人亦识趣，便一一告退。

李玉趋奉上前，打开青玉钿盒，满面堆笑："皇上新得的步摇，特赐予嘉贵妃娘娘。"

玉妍连声谢了恩，细看道："这是红玉髓么，还是玛瑙？仿佛是红玉髓吧，二者倒是很像，若不细看，实难分辨。"

李玉道："二者是相近，但嘉贵妃娘娘好眼力，确是红玉髓。"

玉妍当下便笑："红玉髓不算名贵之物，皇上怎的想起来做步摇了？"

李玉道："嘉贵妃娘娘忘了？孝贤皇后在时最不喜奢侈矜贵之物，向来朴素。皇上这几日思念孝贤皇后不已，所以拿红玉髓制了步摇，以表哀思，更表对孝贤皇后俭朴的尊崇。"他微微凑近，"嘉贵妃如今万人之上，可明白其中的道理了？"

玉妍与贞淑互视一眼，强压着满腔狂喜，笑道："本官只当皇上知道本官喜欢红色，所以才赏赐的，不意有如此深意。亏了公公明言。"

李玉拱手含笑："还有一事，奴才须得禀明嘉贵妃娘娘。娘娘知道，宫中出了皇贵妃私通之事，皇上大为不悦，所以要彻查此事。"

玉妍道："这是应当的。"

李玉颔首："娘娘明白就好。如今皇上说事涉法师，又有七宝手串为证，便要各宫都写下密宗七宝常用之物。如今娘娘位分最尊，此事须得从娘娘宫中而始。不知娘娘意下如何？"

李玉每说一句，玉妍的笑容便淡一分。她沉吟片刻，目光徐徐扫过身侧的贞淑，淡然笑道："皇上既然这么说，本官自然推脱不得。贞淑，你便去将合宫宫人都唤来吧。"

然而，并没有谁的字格外像如懿的，倒是有一个宫人的字奇丑无比，扭扭曲曲。李玉何等机灵，便立刻提了这人来，正是玉妍身边的宫女贞淑。

贞淑颤巍巍跪在坐榻下，因是跟玉妍从李朝来的陪嫁，皇帝对她也格外客气些，道："这些字写得那么难看，可是你的手笔？"

贞淑低着头畏惧道："是。"

李玉厉声喝道："那这些年来写家书总是会的吧！李朝的字虽然比满文汉文简单些，倒也不至于换种字就写得跟蚯蚓爬似的吧？！"

贞淑嗫嚅着道："宫里不许宫女识字写字，奴婢很久不写，也生疏了。"皇帝笑了笑，眼中却如深渊寒冰一般，唤道："李玉。"

李玉即刻上前来，递上两颗珠子。皇帝道："那也无妨。这是朕赏你的玛瑙，你选一颗好的带回去串成链子戴着，也算是对你这么多年伺候嘉贵妃的一点儿心意了。"

贞淑不解其意，但见皇帝这么吩咐，惶惑了许久，终于选出其中一颗较红的，欠身道："奴婢谢皇上赏赐。"

皇帝扬了扬脸，定定道："李玉，朕方才让你给嘉贵妃送去一对步摇，嘉贵妃怎么说？"

李玉朗声道："嘉贵妃细问了奴才是红玉髓还是玛瑙，然后谢皇上赏赐的红玉髓步摇。"

皇帝摇头道："嘉贵妃倒识得清楚。"

皇帝瞥了贞淑一眼，定定道："朕方才说错了，这两颗不是玛瑙，都是红玉髓而已。但无论是与不是，你要选上那么久，朕便知你不识红玉髓。你不能分辨二物，难怪连密宗七宝不用玛瑙而用红玉髓也不知道。"皇帝沉下脸："李玉，把贞淑送进慎刑司，换了蕊心出来。告诉慎刑司，对贞淑哪里都能用刑，只不许伤了手，直到她能临摹出和皇贵妃一样的字来。"

李玉忙答应着去了，皇帝又唤住他："送蕊心回来，再请最好的太医来，替蕊心瞧瞧。"

皇帝这么说，如懿心中更是一沉，忍不住露出几分焦灼神色来。皇帝温然相对："如懿，今夜你好好儿歇息，明日是中秋，你是朕的皇贵妃，朕等着你来主持中秋家宴。"说罢，皇帝便起身离去。精奇嬷嬷们也跟随着李玉离开。仿佛不过一瞬，如懿又从地狱回到人世，回到她暂摄六宫的皇贵妃之尊。

云端地狱两重辛苦，虚得一颗心仿佛落不到实在处。如懿来不及细细去分辨这其中的辛酸甘苦，只是一迭声向外道："三宝，三宝！快去接蕊心回来。"

第二章

彩云散

惢心是被放在春藤软围上抬回来的，她已经根本不能站立。盖在她身上遮掩伤势的白布只有薄薄一层，早被鲜血完全浸透，沥沥滴了一路。江与彬得了消息，一早便来到了翊坤宫，伴着如懿心急如焚，立在宫门口候了良久。惢心的神志尚且清楚，见了如懿，热泪滚滚而落，强撑着道："小主，小主，慎刑司的人问不出我什么。"

如懿望着地上触目惊心的血红，如何还答得出话来，唯有泪水潸然而落。

才说完这一句，惢心就晕厥了过去。如懿只留了小宫女菱枝和芸枝在旁伺候惢心，检查伤势。惢心身上的衣裳不知积了多少层血水，混合着伤口的脓液，一层层黏在皮肉上，根本解不开来，轻轻一碰，便让昏迷中的惢心发出痛楚的呻吟。如懿知她必定是受了无数酷刑，一时也不敢乱碰，只得让芸枝端了温水进来，一点一点化开衣服上的血水，再用小银剪子将衣服小心剪开。

见到惢心的身体时，所有人的脸色都变了。鞭笞、针戳还有棍棒留下的痕迹让她的身上几乎没有一块好肉。她的十根手指受了针刑，那是用细长的银针从指甲缝里穿进，每一根手指都乌黑青紫，积着瘀血。而更可怕的是，她的左腿绵软无力，肿胀得没了腿形，根本碰不得。如懿心痛如绞，只得忍了泪与恨，由着江与彬和几位太医来查验。

等到夜半时分，几位太医才忙完了出来回禀。这些日子的焦灼寒心让如懿困顿不堪，她勉强沐浴梳洗了，换过燕居的绿纱绣枝梅金团鸾衬衣，坐在灯下默默挑着灯芯。那一颗烧得乌黑卷曲的灯芯便如她自己的心一般，她不敢去细想自己的内心是为何浮动不定,只担心着愫心,那样忠诚而可靠的愫心,居然会为了自己落到这样的地步。

江与彬带着沉重的神色走到她跟前时,她的心便凉津津的,几乎坠到了谷底,那声音仿佛不像是自己的了:"愫心到底如何?"

江与彬含着愠怒的泪光,痛心不已:"从伤痕来看,受过鞭刑、棍刑,伤口被浇过辣椒水,所以化脓厉害,十指都被穿过针,这些都还能治。可愫心的左腿被上过夹棍,生生夹断了小腿骨,只怕以后便是恢复,她的左腿也不能和常人一样行走了。"江与彬切齿道,"皇上是吩咐了用刑,可她们用刑之重,超出慎刑司所能。微臣问了,是嘉贵妃吩咐格外用重刑的。愫心不过是一个弱女子,竟然被折磨成这样……"

如懿心头像被火舌滋滋地舐着,烫得皮肉焦裂,可她所承受的惊怕,如何抵得上愫心这几个日夜的苦楚。她紧紧地攥着绢子,攥得久了,关节也一阵阵酸痛起来。"他们想折磨的,哪里是愫心?恨不得加诸本宫身上才痛快!"如懿深吸一口气,"你好好儿治着愫心,其余不要多想,要用什么尽管说,没有什么药是难得的,统统都用上去,务求还本宫一个好好儿的愫心。"

江与彬沉声道:"是。微臣什么都不会多想,除了治好愫心,便是要害她的人受一样的苦楚才好。"他仰起脸,"还有一件事,无论愫心以后如何,能不能正常行走,微臣都想求娶愫心,照顾她一生一世。"

微红的烛光落在他诚挚的面上,这样深情的男子,不离不弃,亦是世间难得的吧。如懿忽然明白了自己心底更深的害怕,原来她的惊惧与惘然,是明白自己身边可以仰仗终身的男子并不是这样的良人。然而,能如何呢?她亦只能留在这里,留在他身边,继续这样于荣华中颠沛辗转的日子。

如懿在感触中慨然落泪:"愫心性子要强,你肯,她未必肯。她只怕拖累了你。"

江与彬的声音沉沉入耳,叫人心生安稳:"微臣中意一人,不在乎她身躯是否残损。"

如懿微微笑了笑："你肯，自然是好的。本宫也知道，惢心没有选错人。等本宫回过了皇上，定会给你一个答复。这些日子你便常来翊坤宫照顾惢心吧。"

江与彬答应着，躬身离去。如懿望着他的背影，郁然叹了口气，吹熄了蜡烛，任由自己沉浸在孤独的黑暗里。

次日便是中秋团圆夜宴。嫔妃们见如懿照常以皇贵妃身份主持宫仪，前日里趾高气扬的玉妍反而默默无声，一时也不敢多加揣测，只是如常般欢笑饮宴。皇帝似是极高兴，对嫔妃们的欢声笑语殷勤劝酒来者不拒，终致醉倒，斜斜支在青玉案上，如玉山倾颓，伏几醺睡。

筵席上丝竹歌舞的迷媚间，如懿以雍容清远的姿态，含着得体而温煦的笑意冷眼相望，一壁吩咐李玉："好好儿扶皇上回去。"她的目光对上嬿婉渴盼的眼，不动声色地嘱咐，"送皇上去令嫔宫中吧。"

嫔妃们一一散去，海兰主持着殿中纸醉金迷的残局，一一收拾。如懿只觉得意懒，仿佛这盛世华章，亦不过是余烬人生的浮华点缀。唯有满月悬于高空，以事不关己的姿态，嘲弄着人间的世事无常。

她轻叹间，望见身边一脉长影。她认得出是谁的影子，便轻声唤："凌大人。"

一语间，是难言的怅然与感激。凌云彻语意寥寥："夜凉，皇贵妃不宜立于此地。"

如懿转身看着他，一任裙裾旋成流霞旖旎的盈然。她轻笑如珠："再冷的地方都待过，这里已经很好。"

这话听在云彻耳中，分明是伤感的。他无言以对，只是道："皇贵妃受苦了。"

"你眼中本宫的苦，在旁人眼中却是本宫大幸。怕是许多人都在想，瞧，这个女人竟又爬了起来，站得那么稳！"她似笑非笑，倚栏轻叹，"世人只敬仰成功，却无人理会孤寒苦痛。"

云彻坦然："所以皇贵妃娘娘后福无穷。"

"并非本宫后福无穷。"她深深凝睇，"危局之中，是你偷天换日救了本宫。金玉妍的那串七宝手串并无问题，的确用的是红玉髓，是你和海兰替本宫换了一颗近乎一样的玛瑙上去。金玉妍本性奢靡，也唯有她弄错，才会让人相信。因为只有她不信佛理。"

云彻端方的容颜谦逊之至："也是愉妃娘娘问起微臣是否见过那串七宝手串，微臣才想到这个。而宫婢大多不识玛瑙与红玉髓的不同，便是嘉贵妃只怕一时也难分辨。皇上既然疑心深重，自然会肯相信。微臣只是想，她既本意要害娘娘，那么以彼之道还施彼身也不算错。"

仿佛一道幽细的微光从阴暗的深邃处蓦然照亮内心深弥的曲折。原来他与海兰一样，无论惊涛骇浪，依旧一叶相随。云彻一语既了，明如寒星的眼闪过一丝心安理得的快意。如懿与他相视一笑，同望朗朗皎月，心内亦有明澈。

到了十六那日，如懿陪着皇帝在养心殿一一赏玩各王府公侯家送来的节礼。皇帝尤喜欢一个珐琅内绘童子赏春的鼻烟壶，叫人赏赐给了和亲王弘昼。另有一对金凤出云点金滚玉合欢步摇，最是精美不过，皇帝亲手簪在如懿的青丝之上，含笑道："合欢寓意两情欢好，朕替你簪上，再合适不过。"

如懿亦只是低头浅笑，谢恩而已。真的，所谓两情欢好，只在彼此情意与信任上，若要步步疑心，步步惊心，一丝安稳也难得，又何来合欢情好呢？

此时，李玉捧着一张纸进来道："皇上，奴才用刑下去，贞淑依旧不肯招供。倒是奴才询问了一些与她亲近的宫人才推得些消息，理出这份供状。又迫使贞淑用左手书写申冤，其中几个字与陷害皇贵妃娘娘的几个字十分相似，全是出自一人之手。"

"她肯动笔，那么再要极力扭曲字迹掩饰也难。难为你这般用心，查得一清二楚。"皇帝瞥了几眼，"用左手写的？倒真和皇贵妃的字迹一模一样。"他递给如懿："你自己瞧瞧。"

倒真是如出一辙。如懿冷笑："难为她一个李朝女子，倒和本宫的字这么像。"

李玉道："是。奴才问过了。贞淑在李朝时就习过书法，又略懂医道，所以才成为嘉贵妃陪嫁。贞淑咬死了什么也不肯招供，是启祥宫的小宫女偶然见她藏了几张皇贵妃的临帖私下练字，奴才才有迹可循。可那些宫人说，自孝贤皇后逝世后，贞淑便常常背着人研习各种字迹，务求练得一模一样，想来对皇贵妃的字也是了如指掌。"他摇头道："啧啧，嘉贵妃真是有心。孝贤皇后才刚仙逝，她就动了这样害人的念头了，这心思想得真是长远。除了皇贵妃，还指不定对着谁呢。"

皇帝随手将纸抛掷于地，冷冷道："贵妃？传旨六宫，嘉贵妃金氏不敬孝贤皇后，骄恣妄为，不睦六宫，降为嫔位，禁足于启祥宫思过。"他想一想："这样的额娘，不配养育她所生的三位阿哥。李玉，立刻着人领回她的三个阿哥，就交在阿哥所抚养。"

李玉答应着去了。如懿抚摩着发髻上冰冷的金线缀珠流苏，心有戚戚："金玉妍心思狠毒，皇上只降位为嫔位，臣妾真是可惜了蕊心的一条左腿了。"

皇帝静静地看着她，眼波并无一丝起伏："知道朕为什么明知蕊心受了重刑也不过问么？"

如懿泪眼婆娑，心底一片哀凉："臣妾不知。"

皇帝的声音沉稳而笃定，并无一丝迟疑，朗朗道："朕的心思很简单，就如同先升你做皇贵妃一般。朕想着的是要许你皇后之位。"

"皇后？"如懿不是不明白，封皇贵妃，摄六宫事，本就是通向后位的必经之路，她以抗拒的姿态面对皇帝的淡然自若，"可蕊心，为何要蕊心受尽酷刑？"

"朕知道慎刑司刑罚残酷，打残了蕊心一条腿是委屈了她。可朕不能不委屈她。因为愆心打死不招，你才是清白的。只有你是清白的，才可以做朕的皇后。"

仿佛被倏然抛进冰冻的湖水之中，周身凄寒彻骨。她掩不住心底的冷笑，抬起眼盯着皇帝："皇上，清者自清，臣妾本就是清白的！"

皇帝微合的眼眸如秋末清凛的风，冷冷掠过："如懿啊，你在深宫多年，难道不明白，有时候清白不是由自己证明，而是需要旁人佐证的么？清者自清，连莲花的出淤泥而不染也需时时有人歌颂明白，何况是红墙之中的波云诡谲。"

皇帝的话固然有直剖心胸的冷酷，但确实有几分道理。然而，她的心仿佛覆着厚厚的冰，寒冷而沉重："那么如果臣妾没有从那串七宝手串上找出嫌疑，皇上是要处死愆心来力证臣妾清白么？"

皇帝的神情并无半分迟疑："她不会死。死人是不能用来证明清白的，有时候还会归于畏罪自尽，更让你百口莫辩。只有受尽酷刑而不改口供，那才是真的。"

如懿心中的震惊如裂帛碎石，有震腑之痛："皇上的意思是……要愆心赔上自己手足，成为一个活活的废人，才能让皇上相信臣妾清白。"

皇帝看她如此激动，换了温和的语气，伸手向她道："如懿，这回的事朕疑心本不深，直到艾儿咬定你与人私通，朕才下决心彻查此事。朕不仅要自己相信，更是要所有人都相信，要所有人都对你没有异议与微词。"

如懿并没有以手相应，凝视他良久。她下颔微扬，与纤美挺直的脖颈形成清傲的弧度，唇角忽地上挑，拉出道冷冷的月弧："不，皇上是天下之君，只要您深信不疑，流言不能撼动臣妾。皇上所谓的让所有人相信，其实是最想让自己相信。"她笑色凉薄，凄然落泪："以一个小小奴婢的残废来换取您的安心，换取您挑选国母的眼光，太合算了。"

皇帝的眼神仿佛铅水凝滞，是沉甸甸的铁灰的冷与硬："皇贵妃，你何时学会说话这般刻薄，不知轻重？"

有凉风猛烈吹进，宛若一把锋利的尖刀刮过，虽不疼却是冷浸浸的冰凉透心。如懿忍不住轻轻颤抖了一下，真的是自己不知轻重么，还是真相，已经习惯了被温存婉转的表象所覆盖?

她跪坐在厚厚的绒毯上，初秋绚金的阳光从镂花长窗中映照而进。她浑身沐浴在明媚的光影里，然而，金子一样灿烂的阳光并没能给她带来如释重负的心情，相反，在这温暖的阳光里，她竟觉得自己成了华美缎子上一点被火焰烧焦的香灰色，瑟缩黯淡，不合时宜。

那泣声哀婉孤清，若一缕轻烟一线游丝，无力地袅袅飘浮于烛影中，好似吹口气便断了。唯有她自己知道，她曾经是如何忍泪不哭，而此刻，此种悲泣无异于斩断了对于夫君最深重的信任。

皇帝以为她伤心感触到了极致，抑或是他太少见到如懿的泪，终于缓和了口吻，扶她起身："好了，朕是皇帝，身边的亲人太多，会算计朕的亲人也太多。证据罗列眼前，朕偶尔也会有一丝疑心。但朕终于还是选择相信你，你便不要怨朕，也不能怨朕了。"

如懿怔怔片刻，缓缓道："是，皇上是没有错的。"

她在皇帝身边多年，不是听不出皇帝的语气里已经是最后的包容和耐心。再有哭诉与不满，都不过是自毁长城。对于聪明人而言，时间是最好的师者，日复一日，将她的聪明调教成智慧。而大部分的智慧，与隐忍和适可而止有关。

皇帝已经年近四十了，即便是保养得宜，眉心也有了岁月经过的浅浅划痕，此刻，那些痕迹随着笑意渐渐疏淡。他爱怜地拍了拍如懿的手："好了，朕自然是没有错的。"他想了想，或许觉得这样的表示太过于凛冽，"或许朕也会有错，但朕是天子，即便有错，也不是朕的本意。"

这，也许算是最委婉的表达了吧。她太明白这个答案底下的凛冽与深寒，亦知是不能揭破的。一旦揭破，便是无可挽回的错误。她已经走到了这里，千辛万苦，如履薄冰，断不能再失去了。

于是，如懿含了恰到好处的笑意，有委屈，有柔婉，有近乎谅解和懂得的情绪："是，臣妾明白。只是恣心已然废了一条腿，以后在臣妾身边侍奉也不方便。臣妾想，蕊心的年纪也大了，太医院的江与彬向臣妾求娶过蕊心，不如皇上赏蕊心一点儿脸面，将蕊心赐婚江太医吧。"

皇帝颔首道："蕊心忠心可嘉，又是潜邸的旧婢，大可指一个朕御前得力的侍卫，譬如凌云彻也好。一介太医，前程上是没什么指望的。"

如懿不意皇帝会突然提起凌云彻，仿佛是谁的指甲重重弹在了心肉上，忙笑道："江与彬有心，臣妾问了蕊心也愿意，也算是两情相悦。"

皇帝不以为意："也好，那朕就成全了他们俩吧。那蕊心不在你身边伺候了，你也要挑几个得力的人上来。"

如懿沉默片刻，笑容静若秋水："臣妾身边比不得嘉贵妃，有那么多得力的人。皇上赏赐了蕊心的忠心，那么是否也应该赏罚分明？"

皇帝替她擦去眼角的泪痕，道："贞淑是从李朝跟来的人，即便她受刑不招，朕也不便赐死了她，即刻叫人送回李朝去便是。至于金氏，朕已经下旨降为嫔位，闭宫思过，无事不许到朕跟前来伺候。"

如懿垂下脸，低低道："皇上赏罚分明，臣妾安心了。"

皇帝沉沉道："你要安心的不只是这个。从此之后，无人会再质疑你。皇贵妃之后，你的后位之路也会安稳妥当。朕会一直陪着你，走到皇后的宝座之上。"

心底有无声的震动，是，她走到了与后位无限靠近的距离，却也失去了对这个男人发自内心的依靠与信任。她伏在他怀里，将脸埋入他的胸膛，试图再次获取这种依靠与信任，却只是更孤寂地感知这种徒劳无功的索然。

如懿欲离开时，已经是月上中天时分。她陪着皇帝用了晚膳，以此温暖家常的情景来告诫自己适应种种变故，又回到了昔日的宁静安详之中。打破这种气氛的是养心殿外传来的已被降为嘉嫔的金玉妍砰砰的磕头声。

没有别的言语，也没有哀切的申诉，更没有伤心欲绝的哭泣，金玉妍只是默默叩首，以额头与金砖地面碰触的沉闷声响，来向皇帝脉脉倾诉。贞淑被赶回李朝，形同告知她失去赖以依靠的母族，她身边的孤立无援已然显露失宠的败迹。那是最大的危险，远胜于位分的起落，意味着依附在她身上的母族的荣宠也会随之减色。所以她亦明白，自己只能如此，不能哀哭申辩。

殿中静若深水，外头的声响仿佛来自遥远的另一个世界，沉闷而邈远。如懿陪着皇帝临着董其昌的字。自康雍以来，世人多推崇董其昌的书法，皇帝自然也有涉猎。外头响声绵绵不绝，皇帝也不抬头，只问："谁在外头？"

这话自然不是问如懿的，李玉打开殿门看了一眼，低声道："回皇上的话，是嘉嫔。"

皇帝淡淡点头，也不理会。李玉似乎有些动容，忍不住劝道："皇上，您没看见嘉嫔小主在外头的样子。可怜嘉嫔小主已经三十六岁了，还这样伏地叩首，还当着底下奴才们的面，实在是……到底也是三子之母了，得顾及着阿哥们的颜面呀。"

如懿站在皇帝身边，脸色沉静如水，恍若未闻，只悄悄与李玉目光相接。这便是日夜伺候在皇帝身边的人说话的好处了，不动声色地提醒着皇帝，这个心机深重谋夺后位的女子年华已逝又如此不顾身份。

皇帝的脸色果然更难看了几分。如懿轻挽衣袖，不急不缓替皇帝研墨，道："董其昌云，晋人书取韵，唐人书取法，宋人书取意。此时叩首声扰耳，无论取韵、取法还是取意，都是不能的了。皇上还是暂且停笔，让臣妾为皇上磨出颜色适合的墨汁吧。"

皇帝伸笔饱蘸墨汁，下笔如行云流水，曳曳生姿，丝毫不见滞缓，道："如懿，你出去，以皇贵妃的身份告诉她，从此刻起，她已经不是嘉嫔，而是嘉贵人。若再吵扰一次，便再降一等，直到被废为庶人为止。"

第三章

玉痕（上）

　　如懿明白皇帝言出必行的性子，便福一福身，缓步走到外头。阔大的廊下，硕大环抱的红柱林立，如巨大的壁垒，将跪伏于地的金玉妍衬得渺小而卑微。玉妍穿着一身月白的素色无纹长袍，袖口与衣襟缘着浅银灰的镶边。她脱簪披发，换下象征嫔妃身份的花盆底，只穿平底软鞋，跪在殿外不断叩首。

　　在看到玉妍面容的一刻，如懿有微微的惊诧，这个一向妩媚娇艳的女子，却未在此时展露她梨花带雨的更能惹人怜爱的哭容，只是倔强地抿着嘴，重重低下一贯高昂的头颅。

　　如懿没有多余的表情，只是平静地将皇帝的话复述完毕，方才吩咐进忠道："送嘉贵人回启祥宫，无事不必再出来了。"

　　玉妍素白的没有任何脂粉装饰的脸，除了眼角细微的如金鱼尾上柔软摇曳的纹理，依旧那样完美，是几乎没有瑕疵的玉璧。甚至连续以额叩地后带来的肿起红色，亦不过为她无神的面孔增加了一点儿明艳的桃色芳菲。唯一美中不足的是，她的声音并不如她的容颜一般诱惑，充满了愤恨与恼怒："我分得清玛瑙和红玉髓！就算贞淑分不清，那算得什么！这不是真的！是你害我！"

　　如懿双眸微扬，顺手将鬓边一缕垂覆的红璎玉滴珠流苏掠起，那瞬间流露的神采有几分淡然的鄙夷，隐约又带着倔强的不屑，轻轻一哂："在这宫里，真相从来就不重要。许多事，根本无人在意它是真是假，而是在于是否有人相信。其实你和我都是一样，都是在赌，只赌皇上信还是不信。"她剜了玉妍一眼，目光似森冷的磨着骨片嚓嚓微响的刀："或者，你也可以告诉皇上，你明明白白知道那七宝手串上本就是用的红玉髓，根本不是玛瑙。那么你猜，皇上会不会想，只有主使之人才会那么明白确凿呢？当然了，这也是你告诉皇上的，那日得了这些东西，你可一眼都不敢看便封起来给皇上了。"

玉妍的身体栗栗颤抖着："皇上不会这么待我的，我为皇上生了三位皇子！一定是你挑唆的！是你！皇上才会不信我！"她咬着嘴唇，全然不顾雪白的齿落在暗红而柔软的唇上咬出深深的印迹。

如懿冷淡的眉眼仿若这个季节最末的流火炎炎，隐隐带着冷峻与肃杀将来的气息："是我么，还是你自作自受？就如我分明与国师没有任何瓜田李下之事，但你所做的一切，也不过是想让人信以为真而已！"

有泪水在眼眶里泫然欲落，玉妍用力举袖狠狠擦拭，抹杀了那即将要涌出的泪水滴落的可能，继而以灼灼的目光直视着如懿，仰着脸道："你想挑唆我和皇上，你想看我伤心难过，我偏不哭，偏不让你如愿！"

任何神情都不足以表示如懿的鄙夷和愤怒，她的眼神冷漠如十二月的霜雪，覆落于玉妍之身："你自己的所作所为，远胜于一切挑唆！皇上这么做，已是看在你生育皇子的分儿上格外留情了。"如懿说罢，嫌恶地不欲看她狼狈而狰狞的面容。

玉妍忽地站起身，扑上前来欲扇如懿脸孔。她张扬的手高高扬起，凌厉的风贴着皮肉刮过的一瞬，如懿不避不闪，淡然道："你要打只管打，只是这巴掌一落下来，位分不说，你的三个阿哥必定是不能再接回你身边养育了。你可想清楚了么？"

玉妍举起的手掌悬在离如懿的面孔只有半寸之地瑟瑟发颤，仿佛找不到着落一般。许久，那白如葱根的手终于重重落在了她自己的脸颊上，响亮的耳光声和着她的悲鸣凄幽无尽。"皇上……皇上……您不能弃绝臣妾，弃绝臣妾母族啊！皇上！皇上！您可以责怪臣妾，惩罚臣妾，但求不要迁怒臣妾的母族，臣妾求您了！"

如懿缓缓摇头，注目她良久："没有人要弃绝你，是你弃绝了你自己，是你为求荣宠不择手段才可能会牵累了你的母族。私通？"她不屑，"你的脑袋里除了这些污秽东西，难道生你养你的李朝便没有教给你一点点聪明良善与懂得进退么？"

鄙弃的神色如刻在玉妍面庞上一般不可抹去："皇贵妃，你以为你是什么良善之人么？你和我都不是善男信女，又何必说这样的套话？你有你想维护的东西，我有我不能不得的东西，既然狭路相逢，我算不过你的心机计谋，便也罢了。但我身为李朝宗室之女，责罚可受，颜面绝不可丢！我才不会哭，不会任由你看我的笑话！"

玉妍一壁说，一壁有热泪无可抑制地滚滚而下。她一向自恃身份，将自己与李朝的颜面看得极重，如今提及，显然是伤心害怕到了极处。她手忙脚乱地伸手去擦，越是擦泪水越多，将她的袖口染上星星点点的圆晕，仿如灰败的落花，四散弥漫。她极力遏制着喉间可能溢出的悲声凝泣，梗着脖子道："我不会哭，不会让你看见我哭！不会让你笑我李朝失了颜面！"

"颜面失却与否，只在你自己做了什么。愿赌服输，你承受自己的恶果便是。"如懿俯视于她，凝神片刻，悄然迫近，衔了一丝诡谲的笑意，极轻极轻地道，"金玉妍，你猜一猜，这次，本宫为什么赢得那么快？"

金玉妍睁大了眼，像僵死而不能瞑目一般："你说什么？"

如懿伸出纤长的两根手指，轻轻一晃："孝贤皇后也好，慧贤皇贵妃也好，如果真是她们要害本宫，如今人死尘烟散，也该尘埃落定了。可若她们也是为人挑唆，那么她们一个个死绝了，那个躲在背后的人，也该自己上场了。说到底，皇后之位近在眼前，你终于忍不住了，是不是？"

玉妍吃惊地看着如懿，双肩不由自主地一抖，往后缩去。她一贯妩媚轻柔的双眸里隐着尖锐如针芒的冷光，几乎要穿透她的身体。玉妍的牙齿发出咯咯的摩擦声，若不是进忠眼明手快按住了她，她几乎要忍不住猛身扑上来。玉妍厉声道："你胡说！你胡说什么！"

当然只是胡说，如懿哪里有半分凭证。唯一所有的，不过是孝贤皇后死前的厉声呼号，和一点点辨无可辨的蛛丝般的痕迹。

如懿懒得与她多费口舌，正漠然相对间，却见国师身着红袍，手持一串橙黄的蜜蜡佛珠，神态祥和，缓缓步上养心殿的台阶。

如懿颔首施礼："大师安好。"

安吉眉眼间有淡泊清澈的笑意："皇贵妃积福，一切安好。"

如懿瞥了掩面啜泣的玉妍一眼："有大师佛法庇佑，邪灵不侵。"

安吉微微一笑："姜女不尚铅华，似疏梅之映淡月①。即便尘埃拂身，亦终归洁净之道。"

如懿会意，眼底闪过一抹明亮的笑影，如淡淡天光。"禅师不落空寂，若碧沼之吐青莲①。即便身陷淤泥，亦能不染自身。"她欠身，温言道，"大师为何此刻来养心殿？"

安吉和缓含笑，有拈花看尘的娴雅之态，道："中秋已过，特来向皇上辞行。"

如懿微微黯然："宫中污秽，不是大师清修之地。"

安吉微笑道："修行处虽然苦寒，但自有清净大自在。"他侧过脸，看着玉妍的目光无比悲悯而慈和："你有一张美丽胜过格桑花的脸，却没有一颗美丽的心。你有你的孩子，有你的家族，有你的未来，为何不体会清净圆明的自在？不要求无相，求虚妄，否则你的罪过会绵延到你的孩子身上，让他们来承受母亲的业报。"

玉妍美丽而狭长的眼睛鄙夷地转过，她娇艳的嘴唇间狠狠往地上啐出了一口唾沫，以此来表示她的愤恨与不满。

安吉宽和地微笑，对着如懿道："皇贵妃，你以后的路还很远，荆棘与险阻还很多。那日你问我什么是禅，其实圆明清净就是禅，不是麻木不仁，不是什么都不知道，外面一切声音动作清清楚楚，而此心明白，了无挂

---

① 出自《菜根谭》。《菜根谭》是明代还初道人洪应明收集编著的一部论述修养、人生、处世、出世的语录世集。具有三教真理的结晶和万古不易的教人传世之道，为旷古稀世的奇珍宝训。对于人的正心修身，养性育德，有不可思议的潜移默化的力量。

碍，毫无执着，一片祥和。这样，所有的尘埃都侵扰不了你，因为你没有破绽。"

如懿双手合十："多谢大师提点。"

安吉含笑："我也只是提点而已。在雨花阁那几日，我已经发现，皇贵妃娘娘虽然来雨花阁参拜，但所求皆为宫中之事，从不为自己，娘娘其实是不信神佛的。"

如懿失笑："大师目光清明，被您看穿了。本宫向来不信神佛，只信自己可以做到的。"

安吉凝视她须臾："信神佛的人有心软之处，只信自己的人必然受过谁都不可信的创痛。但皇贵妃娘娘终有一日或许也会觉得，神佛不在于多么神明灵验，而是让漂泊无助之心有一寄托安慰之处，扶持来日之路而已。"

他待要再说，李玉已经出来，满面笑容道："大师，皇上在里头等您了，快请吧。"

如懿见安吉进殿，静静看着进忠半押半送了玉妍回去，便也离开了。

并不愿坐辇轿，也不愿侍从随行，连三宝和菱枝也被打发开去，茕茕独行，更适合如懿此时的心境。

五味杂陈。她没有言声，只是默默前行，企图消弭心底汹涌而来的迷茫与怅然若失的惊痛。

也不知过了多久，她才发现有一道身影一直紧随在身后，如同自己的影子一般，不曾离去。她转首，看见提着羊角风灯跟随在后的凌云彻，淡淡问："跟着本宫做什么？"

凌云彻跟随在如懿身后三尺远："本来陪着进忠公公护送嘉贵人回宫，但见娘娘心情不佳，微臣不能劝解，所以一路随行。"

如懿无心顾他，懒懒道："那就应该提灯在前，而非跟随在后。"

他眉目间清澈内敛，笑容仿佛天边清淡如许的月光："娘娘自己看得清前路走向何方，微臣只需伴随身后，为娘娘照亮后头走过的路，不至于回头之时，心下茫然，连退路都难以看清。"

初秋的月光静谧铺满宫院的每一个角落，一丛丛深红的秋海棠开得正盛，绚烂至寂寞。如懿无谓地笑笑："也好。本宫此刻的心境，不喜有人陪得太近，但一个人走，又太寂寞惶然。你在，总是好的。"

云彻不再多言，只是默默跟随。当翊坤宫门前火红的绢纱宫灯照亮了如懿苍白的容颜时，他方才低声问道："为什么娘娘脸上的表情一如微臣当年？"

"什么当年？"

"就像微臣已经明白失去了从前的嫣婉。"

如懿感知于他的敏锐，轻声道："你说得不错，本宫便是如此。本宫得到了一件极要紧的东西，也失去了一件非常要紧的东西。这般得失，对于一个女人而言，其实是得不偿失。"她微笑："不过，也谢谢你的嫣婉。不管是出于何种原因，她肯在我危困之时向皇上求情，也是难得了。"

云彻微微苦笑，拱手施礼："微臣只希望，娘娘以后的路平安顺遂，再无荆棘风雨。"

有一瞬的感动犹如江潮汹涌，没顶的一刻，居然只是想着，原来还有人这样关切着自己。她旋即含笑，明白自己此刻的身份："凌云彻，江与彬已经向本宫求娶惢心。你的年纪不小，如今也有了前程，是否也该娶妻生子，成家立业？本宫可以为你安排，求娶淑女。"

云彻的神情转瞬黯然："娘娘关心了。微臣一个人很自在，实在不想多了家室负累。"他停一停，"能伴随皇上与娘娘身边，已是微臣的福气。"

如懿微微颔首，仰首看着清明月色，如被霜雪："自己能觉得是福气，那就真的是福气了。"

惢心到底年轻，仗着素来底子好，皮肉的外伤倒也渐渐好了。只是伤筋动骨一百天，她的左腿伤得厉害，足足养了小半年才能下地。江与彬又担心着冬日里寒气太过，伤了元气，一日三次端了温补药物来给惢心服用，连菱枝亦笑："还好惢心姑姑有着自己的月例，还有小主的赏赐，否则江太医的俸禄全给姑姑换了补药吃都不够。"

江与彬倒真是尽心，惢心能起身后腿脚一直不利索，她心里难过，背地里不知流了多少眼泪，都是江与彬开解她："只要人没事，走路慢些又有什么要紧。"

除了江与彬，李玉得空儿亦常来看望惢心，时常默默良久，只站在一边不言不语。如懿偶尔问起，李玉慨然落泪："奴才与惢心相识多年，看她从一个活泼泼的姑娘家，生生被折磨成这个样子。"他跪下，动容道："小主，别让惢心在宫里熬着了。咱们是一辈子出不去的人，惢心，让她出去吧。"

李玉的心意何尝不是自己的心意？便是在望见飞鸟掠过碧蓝的天空时，她也由衷地生出一丝渴慕，如果从未进宫，如果可以出去，那该有多好。

外面的世界，她从未想象过，但总不会如此被长困于红墙之内，于长街深处望着那一痕碧色蓝天，无尽遐想。

如懿与江与彬的心意沉沉坚定。惢心原嫌自己残废了，怕拖累了江与彬，每每只道："你如今在太医院受器重，要什么好的妻房没有。我年岁渐长，人又残废了，嫁了你也不般配。"便一直不肯松口嫁他。只是天长日久，见江与彬这般痴心，如懿又屡屡劝解，终是答应了。如懿择了一个艳阳天，由皇帝将惢心赐婚于江与彬。

赐婚出嫁那一日，自然是合宫惊动，上至绿筠，下至宫人，一一都来相送。一则自然是顾及皇帝赐婚的荣耀，如懿又是皇贵妃之尊，自然乐得锦上添花；二则惢心是如懿身边多年心腹，更兼慎刑司一事绝不肯出卖主上，人人钦佩她忠义果敢，自然钦慕。所以那一日的热闹，直如格格出阁一般。

如懿反复叮嘱了江与彬要善待惢心，终至哽咽，还是绿筠扶住了道："皇贵妃是欢喜过头了，好日子怎可哭泣。来来，本宫替惢心来盖上盖头。"

绿筠这般赏面儿，自然是因为玉妍落魄，遂了她的心意。海兰与意欢素

028

来与如懿交好，更是足足添了妆奁，欢欢喜喜送了惢心出宫。

　　终于到了宫门边，如懿再不能出去，唯有李玉赶来陪伴。李玉殷殷道："我与江与彬、惢心都是旧日相识，起于寒微。如今惢心有个好归宿，我也心安。好好儿过日子，宫里自有我伺候皇贵妃娘娘。还有，京郊有三十亩良田，是我送你们的新婚贺礼，可不许推辞。"

　　江与彬与惢心再三谢过，携了手出去。李玉目送良久，直到黄昏烟尘四起，才垂着脊梁，缓缓离去。

　　如懿目视李玉背影，似乎从他过于欢喜与颓然的姿态中，窥得一点儿不能言说的心意。

　　如此，江与彬置了小小一处宅子，两人安心度日，惢心得闲便来宫中当几日差。如懿也舍不得她多动，便只让她调教着小宫女规矩。如此，翊坤宫中只剩了菱枝和芸枝两个大宫女，如懿亦不愿兴师动众从内务府调度人手，便也这般勉强度日。

　　嬿婉自为如懿求情后，往来翊坤宫也多了。皇帝对她的宠爱虽是有一日没一日的，但她年轻乖巧，又能察言观色，总是易得圣心。而最得宠的，便是如懿和舒妃。

　　到了孝贤皇后崩逝一年之际，皇后母族惴惴于宫中无富察氏女子侍奉在侧，便选了一位年方二八的女子送来。那女孩子出于富察氏旁系，相貌清丽可人，丰润如玉。皇帝倒也礼遇，始入宫便封为贵人，赐号"晋"，住在景阳宫。而李朝也因玉妍的失宠，送了几名年轻貌美的李朝女子来，皇帝并未留下，都赏赐了各府亲王。玉妍本以为有了转机，屡屡献上自己所做的吃食和绣品，皇帝也只是收下，却不过问她的情形。如此，玉妍宫中的伽倻琴哀彻永夜，绵绵无绝，只落了嬿婉一句笑话："真以为琴声能招徕人么？连人都不配了，还在那儿徐娘半老自作多情？"

　　玉妍本就是牙尖嘴利的人，素来同好不多，嬿婉这句笑话，不多时便传得尽人皆知。玉妍羞愤难当，苦于不得与嬿婉争辩，更失了贞淑，无人可倾诉，只得煎熬着苦闷度日。皇帝充耳不闻，疼惜了嬿婉之时，也将潜邸旧人里的婉贵人封了嫔位。即便宫中入了新人，倒也一切和睦安宁。

入春之后，太医院回禀了几次，说玉妍所生的九阿哥一直伤风咳嗽，并不大好。九阿哥身体十分孱弱，自出生之后便听不得大响动，格外瘦小。皇帝虽然担心，但毕竟子嗣众多，又是失宠妃子所生的孩子，也不过是嘱咐了太医和阿哥所多多关照而已。江与彬得到消息，连连冷笑："虽然说医者父母心，但也要看是谁的孩子。额娘作了孽，孩子便要受罪，不是么？"

那日海兰、嬿婉与婉茵一起来陪如懿说话，暖阁窗下打着一张花梨边漆心罗汉围榻，铺着香色闪银心缎坐褥。榻上设一张楠木嵌螺钿云腿细牙桌，上头搁着用净水湃过的新鲜瓜果，众人谈起九阿哥，亦不免感叹。

海兰轻嘘一口气："听说这些日子皇上虽然关心九阿哥身体，但一直没理会嘉贵人。且贞淑被赶回了李朝，她既失了颜面，也失了臂膀，只怕日子更难过呢。"

嬿婉听得专注，那一双眼睛分外地乌澄晶莹。她扑哧一笑，掩口道："皇上不是说了么，嘉贵人若再胡闹，便要贬她为庶人呢。且她到底是李朝人，没了心腹在身边出谋划策，瞧她怎么扑腾。"她喜滋滋地看着如懿："皇上金口玉言，可当着皇贵妃的面亲口说的呢。"

如懿不置可否，笑意中却微露厌倦之色："皇上是金口玉言，但有些话说说也罢了。你我都不是不知，嘉贵人出身李朝，身份不同寻常。"

嬿婉颇为不解："那又如何？李朝原本依附前明，我大清入关后又依附于大清，一直进献女子为宫中妃嫔。既为妃嫔，就得守宫规。这次不就严惩了嘉贵人么？"

"虽然严惩，但不至于绝情。"如懿神色淡然，亦有一分无奈，"从前李朝依附前明，屡屡有女子入宫为妃。永乐皇帝的恭献贤妃权氏更因姿质秾粹，善吹玉箫而宠擅一时。我大清方入关时，李朝曾有'尊王攘夷'之说，便是要尊崇前明而抵触大清。历代先祖笼络多时，才算安稳下来。金玉妍也算李朝第一个嫁入大清的宗室王女。所以无论如何，皇上都会顾及李朝颜面。如今打发了她的心腹臂膀，也算是惩戒了。"她颇有意味地看了嬿婉一眼："再要如何，怕也不能了。"

嬿婉颇有几分失望："可嘉贵人如此作孽——"

海兰温和一笑，浅浅打断："作孽之人自有孽果，我等凡俗之人，又何必操心因果报应之事呢。"

嬿婉眸中一动，旋即明白，只衔了一丝温静笑意，乖巧道："愉妃姐姐说得是，是妹妹愚昧了。"

婉茵生性胆小，一壁听着，一壁连连念佛道："当初嘉贵人就不该鬼迷了心窍，污蔑皇贵妃与国师。不为别的，就为了佛法庄严，怎能轻易亵渎呢。皇上心里又是个尊佛重道之人，真是……"

海兰睨她一眼，玩笑道："婉嫔心中真当是有皇上呢。"她见婉茵面泛红晕，也不欲再与她取笑，只看着如懿殿阁中供着的一尊小叶紫檀佛像，双手合十道："国师曾希望嘉贵人可以体会清净圆明的自在，否则她的罪过会绵延到她的孩子身上，让他们来承受母亲的业报。国师修行高深，这么说想来也有几分道理。如今看来，九阿哥的病痛，岂非嘉贵人的缘故么？"

嬿婉拿绢子绕在指尖捻着玩儿，笑道："好好儿的，咱们说这些个不吉利的人不吉利的事做什么？我倒觉得奇怪呢，今年三月初三的亲桑礼，往年孝贤皇后在时，皇上有时是让皇贵妃代行礼仪的，如今孝贤皇后离世，怎么皇上反而不行此礼了呢？"

如懿叹道："皇上顾念旧情也是有的。毕竟孝贤皇后去世不过一年，和敬公主又刚出嫁，皇上难免伤怀。"

嬿婉便笑："也是。姐姐已经是皇贵妃，封后指日可待，也不差这些虚礼儿。也许是皇上想念孝贤皇后，这些日子去晋贵人的宫里也多，每每宠幸之后还赏赐了坐胎药，大约是希望能再有一个富察氏的孩子吧。"

海兰摇头道："其实论起富察氏的孩子，永璜的生母哲悯皇贵妃不也是富察氏么？听说自从去年永璜遭了皇上贬斥之后，一直精神恍惚，总说梦见哲悯皇贵妃对着他哀哀哭泣。这样日夜不安，病得越发厉害。昨日他的福晋伊拉里氏来见皇贵妃，还一直哭哭啼啼。皇上也未曾亲去看望，自然，或许是前朝事多，皇上分不开身。"

如懿掐了手边一枝供着的碧桃花在手心把玩，那明媚的胭脂色衬得素手纤纤，红白各生艳雅。她徐徐道："永璜如此，纯贵妃的永璋何尝不是。皇上虽然安慰了永璜的病情，也常叫太医去看着，对着永璋也肯说话了。只是父子的情分到底伤了。听说慧贤皇贵妃的父亲高斌，当日因为孝贤皇后的丧礼受了贬斥，到如今都还没缓过来呢。所以以后一言一行，若涉及孝贤皇后，大家也得仔细着才是。"

这样闲话一晌，便有宫人来请如懿往养心殿，说是皇帝自如意馆①中取出了画师禹之鼎②的名作《月波吹笛图》与她同赏。众人知道皇帝素来爱与如懿品鉴书画，偶尔兴起，还会亲自画了图样让内务府烧制瓷器，便也识趣，一时都散了。嬿婉带着春婵和澜翠回去，想着要给永寿宫里添置些春日里所用的颜色瓷器，便绕过御花园往东五所的古董房去。

正巧前头绿筠携了侍女漫步过来，看她愁眉轻锁，似有不悦之态。嬿婉忙轻轻巧巧请了个安道："纯贵妃娘娘万福金安。娘娘怎的愁容满面？"

绿筠嘱了她起来，苦笑道："皇上刚传了永璋去养心殿查问功课，令嫔也知道本宫这个儿子……"

嬿婉笑道："娘娘的阿哥自然是好的。便是学识上弱些，人是最温和敦厚的性子，皇上自然是知道的。德行乃立身之本，皇上也是看着三阿哥品行不差，才对他学业这般上心。"

一席话说得绿筠眉开眼笑，连连道："难怪皇上疼爱令嫔，果然见微知著，是个知冷知热的人。"

嬿婉忙谢了，又道："听闻前些日子嘉贵人对娘娘不敬，幸好娘娘也个宽厚人儿，如今她落魄，娘娘也不曾对她如何。"

---

① 如意馆：清朝以绘画供奉于皇室的一个服务性机构。在此处也会集了全国各地的绘画大师、书法家、瓷器大师，进入如意馆也成为被肯定画艺的一个重要表现。

② 禹之鼎：中国清代画家。字尚吉，一字尚基，一作尚稽，号慎斋。江苏兴化人，后寄籍江都。擅山水、人物、花鸟、走兽，尤精肖像。

可心道："可不是？嘉贵人担心九阿哥身体，总是在阿哥所外徘徊，想要见九阿哥。但宫规所限，哪里能够呢？而且九阿哥日夜啼哭不安，我们小主可怜孩子，还叫人送了玉瓶去安枕。这般宽宏大量，也唯有小主了。"

绿筠叹息道："永璋年幼时也不得养在我身边，母子分离之苦，我是知道的。何况九阿哥病着，我何必再去与嘉贵人计较。"

二人这般说着，便也散了。

嬿婉笑道："这般懦弱性子，难怪身为贵妃还是一事无成，这辈子也便这样了。"

正进了古董房，掌事太监呵斥着宫人们道："手脚仔细点儿。前儿个不知哪儿来的老鼠撞跌了一个珐琅瓶儿，叫管事的吃了二十鞭子，再毛手毛脚的，仔细你们的皮！"他正数落着，回头见是嬿婉来了，忙堆起笑奉承着。

澜翠也不理会，只管道："如今都四月里了，我们小主想换些颜色鲜亮些的瓶儿罐儿摆在阁里，也好让皇上来了看着新鲜舒坦。可有什么好东西么？"

嬿婉眼尖，见着博古架上放着一尊白玉花瓶，看着细腻如脂，光华莹然，便伸出纤纤玉指一晃，笑道："那个却还不错。"

掌事太监见嬿婉喜欢那个，立刻赔了十足十的笑容道："哎哟，令嫔娘娘眼力真好。这个玉瓶是嘉贵人生了九阿哥的时候李朝使者送来的。这回纯贵妃听说九阿哥伤风受寒，日夜啼哭，所以让奴才们把这个玉瓶儿送去阿哥所给九阿哥镇着的，也是取玉器宁神之效了。"

澜翠轻哼一声："你们也太不识轻重了。九阿哥不过是个贵人生的，咱们小主可是嫔位，看上李朝进献来的东西，是抬举了他们。"

嬿婉横了一眼，澜翠吓得不敢作声。嬿婉温然含笑："小丫头嘴上没个轻重，叫公公笑话永寿宫没规矩了。"

那掌事太监连声道了"不敢"，嬿婉笑吟吟道："九阿哥乃是皇嗣，皇嗣不安，便是皇上圣心不安。有什么好东西，还是赶紧送去阿哥所吧，别耽搁了。"说罢，她随意拣选了几样瓷器，便也走了。

出了古董房，澜翠犹自不满："纯贵妃也太会抓乖卖好了，用李朝进献的东西去给九阿哥安神，没费她什么东西，只动动嘴皮子，就给皇上落了个贤惠的印象。"

嬿婉倏然收住脚，伸出手指在她嘴上一戳，沉下脸道："嘴皮子碰两下就是给本宫出气了么？只长了嘴没长了脑子的，不配留在本宫身边伺候。"

澜翠吓得噤若寒蝉，忙跪下道："小主，奴婢再不敢多嘴了。"

嬿婉轻嘘一口气："真想给本宫出气，让本宫痛快的话，就去替本宫做一件事。"

澜翠忙道："但凭小主吩咐就是。"

嬿婉举眸良久，望着幽蓝辽远的天际，轻声道："方才他们说什么东西撞着珐琅瓶儿了？"

第四章　玉痕（下）

春日的黄昏暗下来早，夜色朦胧如纱，和着最后一道明紫霞光，将阿哥所披拂于沉沙般暗金之色下。窗外的梨花开到盛极，只消一场春雨，便可断送了最后的繁华。偶尔有风吹过，拂动满树雪色芳菲，花影沉沉欲坠。

玉妍在阿哥所外徘徊许久，苦于不得进殿，正巧绿筠经过，她也不理会，别过脸只作不见。

倒是绿筠却不过情面，先唤了一句："嘉贵人如何在这里？"

玉妍草草行了一礼，倔强道："纯贵妃娘娘可要指责嫔妾擅自离宫？皇上是责骂嫔妾，让嫔妾无事不得离宫，可嫔妾的九阿哥体弱不安，嫔妾也不能来阿哥所看看么？"

可心不忿道："嘉贵人曾经也做过贵妃，协理六宫，自然知道祖宗规矩。探望阿哥有时日安排，不是凭谁想进阿哥所就能进的。"

绿筠忙按住可心道："嘉贵人，伺候九阿哥的嬷嬷是一直跟着你的，想来对九阿哥也会精心照料，你安心就是。"

"奴才嘛，都贱！"玉妍瞟着可心道，"一日不打不骂就要翻天了，离了启祥宫，没有我盯着，哪里还能照顾好孩子。"接着，玉妍冷笑道："纯贵妃也是有儿女之人，虽然自己的孩子教养不善，也不必这么对旁人的孩子。要知道，若是对孩子关心不够，来日还不知养出什么黑心种子来呢。"

绿筠凡事好性，却最听不得指摘自己孩子的话，一时如何能忍，讥诮道："嘉贵人这话说得不错！要是为娘的其身不正，的确是要报应在孩子身上。本来这个时候，九阿哥是该养在您身边，不必这般受苦吧！"

玉妍气得面红耳赤，正要辩驳，刚巧古董房的掌事太监送了东西过来，见了绿筠忙趋奉道："纯贵妃娘娘万福金安，嘉贵人安。"

可心道："嘉贵人一味只会讥嘲旁人，自己却什么都帮不上。若不是有小主操持，九阿哥只怕连些安枕的玉器都得不上。能指望嘉贵人这位额娘做什么呢？"

玉妍见来人多了，也不便久留，气哼哼道："别假惺惺的！你的所作所为，真以为我不知么？"说罢，便拂袖而去。

绿筠连连苦笑："我都知道收敛本性，为了孩子安分守己，嘉贵人这般性子，可怎么收场呢？"

可心道："人在做，天在看，由着她去吧。小主就该告诉皇上，嘉贵人擅自出宫，顶撞小主。"

绿筠抚了抚鬓角，摇首道："多一事不如少一事，我何苦与人为难。也是可怜她为人额娘的心肠吧。"说着，便也由可心扶着去了。

古董房的掌事太监便把一应的玉器瓶罐送进了九阿哥房中，在他枕边的紫檀长桌上罗列排好，叮嘱了乳母道："这是纯贵妃吩咐的，玉器都要放在离九阿哥近的地方，以作宁神安枕之用，可别错了地方。"

乳母们因着玉妍失宠，对九阿哥也没那么上心，嘴里答应着，身上却懒懒的。到了夜间时分，乳母们愈加懈怠，其中一个陈嬷嬷道："太医说九阿哥喝不下药去，那药太苦，九阿哥一喝便吐，便让我们喝了化作奶水喂给九阿哥。"

另一个苏嬷嬷道："那药比黄连还苦，九阿哥的舌头怕苦喝不下，咱们的舌头难道就不是人的舌头？我喝了一口就悄悄倒了，阿弥陀佛，喝了一碗蜜都还缓不过劲儿来呢。"

陈嬷嬷笑道："原来姐姐和我一样。其实不就是伤风，盖严实点就好了，吃那么多药也没用。"正说着，九阿哥又嘤嘤哭起来，陈嬷嬷厌烦道："早也哭晚也哭，总没个歇着的时候。他没哭累，咱们倒先听累了。"

苏嬷嬷摆手道："罢了罢了，还是看着些吧。嘉贵人那个爆炭脾气，要听见了又以为咱们苛待了九阿哥呢。昨儿上午来见九阿哥瘦了，又责骂了咱们一通。"

陈嬷嬷冷笑道:"她还当自己是嘉贵妃呢,如今可是嘉贵人,差了一个字就是天差地别了。每次来都打鸡骂狗的,我瞧九阿哥就是摊上这么个额娘才落得这个地步。"说着,她打了个哈欠:"晌午哭得我睡不好,我去后头睡一会儿,你先看着。"

苏嬷嬷答应了一声,解开衣衫喂九阿哥喝了几口奶,见九阿哥恹恹的没什么胃口,便皱眉道:"喝奶也喝不成个样子。"便抱了在床上,胡乱拍了几下哄他入睡,自己也伏在床边打起了瞌睡。

夜深人静,红烛高照,散发着幽幽的火光。九阿哥哭得累了,终于睡了过去。桌上的玉瓶透着莹润微光,一阵窸窸窣窣的吱吱声,在静夜里听来格外地诡异。忽然,玉瓶晃了几下,咕咚一声歪了过来,滴溜溜在桌上滚了一圈,碰倒了旁边两个青玉双耳花罐。那几个瓶瓶罐罐都打磨得极圆润,一下从一人高的长桌上哐啷摔了下来,砸了个粉碎响亮。

九阿哥骤然听了这巨大的碰摔之声,撕心裂肺地哭了起来。苏嬷嬷也被惊醒了,揉了揉眼一看地上一只灰色的老鼠爬过,便举起扫把赶了赶道:"真晦气,好好儿一只老鼠出来撞了东西。"说罢又连连可惜:"这么好的玉瓶儿,就这么摔碎了,可值不少钱呢。"

她略扫了扫,不耐烦地去拍九阿哥哄着,才拍了几下,只见九阿哥面色铁青,翻着白眼,肚子一抽一抽地搐动着,浑身冒着豆大的汗珠,哭声也越来越微弱。她有些着慌,忙不迭唤了陈嬷嬷出来,两人一起看时,九阿哥已经脸都白了,手脚也不会动了,只有出气没有进气。两人对视一眼,慌不迭冲出去喊道:"太医,太医,九阿哥不好了!"

九阿哥是在太医赶到之前停了气息的。待皇帝赶来阿哥所探视的时候,玉妍已经哭成了一个泪人儿,死死抱着九阿哥已经冰凉的尸身不肯撒手。

玉妍在失去幼子的痛楚里迷蒙地想起,是自己让贞淑去威胁艾儿,威胁她再简单不过,那么在意佛珠,自然在意安多。果然拿安多的性命一说,艾儿便愿意舍了性命污蔑如懿私通来维护这个唯一待自己好过的人。

如今，如今真是报应了吗？孩子生下来多病多痛，如今这样养不大。不是因为孝贤皇后丧仪上哀痛过甚。而是她自己有孕时便谋算七阿哥、谋算孝贤皇后、谋算纯贵妃母子和大阿哥，又算计如懿，根本就是耗费了太多的心神，才会如此啊。

她披头散发地坐在地上，脸上脂粉不施，泪痕斑驳，越发显得脸儿黄黄的，凄楚可怜。皇帝见她如此，也难免动了几分怜悯，忙叫进忠和毓瑚扶了玉妍起来。

皇帝向着乳母怒道："好好儿的，你们是怎么照顾阿哥的？"

跪在地上的太医是院判齐鲁，他忙道："皇上，九阿哥本就伤风啼哭，心肺脆弱，乍然听了玉瓶跌碎的大响动，饱受惊恐，惊厥而死。"

皇帝看了满地的玉器碎片："好好儿的玉瓶怎么会跌下来，是不是你们不当心？！"

苏嬷嬷吓得慌忙回道："皇上恕罪，皇上恕罪。这些玉瓶是黄昏的时候古董房送来的，说是纯贵妃叫送来宁神安枕的。奴婢守着九阿哥睡觉，不知怎的，房中溜进了老鼠，撞碎了瓶子才会惊吓到了阿哥。"

陈嬷嬷也拼命磕头道："皇上，奴婢们不敢撒谎，的确是守着阿哥一步也不敢走开。本来奴婢们还给九阿哥喂了奶，九阿哥睡得香呢。谁也不知道畜生是怎么溜进来作害的。"

齐鲁道："九阿哥本来就有伤风之症，加上从娘胎里带来的孱弱，听不得大响动。太医院这些日子给九阿哥对症下药，可方才从微臣查验九阿哥来看，这些药九阿哥并没喝多少，病势沉重，加上受惊吓，才会等不到太医来就过身了。"

皇帝惊怒交加，喝道："为什么九阿哥有风寒却没有吃药？他的药呢，都上哪儿去了？"

陈嬷嬷与苏嬷嬷吓得面面相觑："汤药太苦，小阿哥喝不下去，所以，所以……"

齐鲁道："阿哥年幼，喝不下药也是有的，乳母可以自己喝下化作乳汁给阿哥，也是一样的。可从九阿哥最后的样子来看，这些药也没到乳母们的嘴里。怕是药太苦，所以乳母们不肯喝吧。"

玉妍听到这里，呆滞的眼神转了两圈，一把将怀中的九阿哥塞给毓瑚，发疯似的冲上来抓着两个乳母又撕又打："你们这些黑了心肠的女人，平素不好好儿照顾九阿哥，偷懒懈怠！如今倒好，生生害死我的九阿哥！"她恨到了极点，下手极凶，如同疯狂的母兽一般撕拉抓扯，乳母们也不敢躲避，被她抓得满脸血痕，狼狈不堪。

皇帝实在看不下去，挥了挥手示意拉住了玉妍。陈嬷嬷忍不住道："嘉贵人这会儿来怪奴婢，奴婢不敢分辩！只是要不是贵人自己存了害人的念头，九阿哥还好好儿地养在您身边，由不得您每次到阿哥所打鸡骂狗的。您的宫里可混不进老鼠去！"

玉妍哭得两眼发直，皇帝冷道："做错事还敢犟嘴！李玉，这两个贱婢照顾皇子不善，致使夭折，立刻拖出去打断手脚再赐死。"

玉妍见乳母被拖了出去，抱着皇帝的腿哭道："皇上，皇上！纯贵妃没安好心，她一直疑心是臣妾挑拨了大阿哥和三阿哥失宠于您，所以送了玉瓶来害九阿哥，臣妾的九阿哥死得好冤啊！"

皇帝摆手道："好了。这玉瓶朕看过了，是李朝送来的贡品，纯贵妃做不了什么手脚。但凡纯贵妃有错，也只是错在太关心你的儿子。朕看方才两个乳母的样子，想来你平时对她们也不好，她们才敢疏忽了九阿哥。别哭成这么个样子，好歹你还有永城和永璇呢。"

玉妍哭得声嘶力竭，伏倒在地："皇上，臣妾哪怕有错，但臣妾的爱子之心没有错啊！臣妾跟随您那么多年，一心一意伺候您，为您诞育皇嗣。如今臣妾连幼子都失去了，若没有您在身边，臣妾活着还有什么意思！"她说罢，昏头涨脑地爬起身来，便往墙上撞去。

幸好李玉眼明手快，一把拉住了。皇帝见她如此，又是生气又是怜悯，便吩咐齐鲁道："嘉贵人伤心过度，给她服点安神药。"齐鲁答应着，皇帝又道："李玉，等下好好儿送嘉贵人回宫，再通知内务府，办好九阿哥的身后事。"说罢，他将最后的温情留于手心，抚摩着九阿哥已经冰冷的小脸，眼角闪过一丝泪光，迈着疲倦的步伐出去了。

九阿哥的突然夭折，令玉妍伤心得难以言喻。因着玉妍失宠的缘故，九阿哥一直没有取名，此时皇帝亦是难过，吩咐了九阿哥随葬在端慧皇太子园寝，一切按照郡王身份举丧。而玉妍每次见到皇帝，必要疑心是绿筠暗害的九阿哥，少不得皇帝冷落了绿筠，更少往钟粹宫去。

绿筠诉苦无门，只得拉着如懿泣道："皇贵妃娘娘必要替我做主才好。那玉瓶虽是我送的，可谁知道有那畜生爬进去。皇上心疼九阿哥，也不能让我受这不白之冤啊。"

如懿虽然不信绿筠会害九阿哥，但也无从说起，只得好言安慰道："纯贵妃别伤心，皇上也是心疼九阿哥，怕嘉贵人伤心头上再胡闹生事，所以且冷一冷你，避避嫌疑。"

绿筠且哭且诉："如今我便知道了。这样没影儿的事皇上都半信半疑，可见从不曾相信我们。我好歹侍奉皇上十数年，为他生儿育女，却连这点信任都得不到，要我日后如何立足？更难怪我连我的孩子都护不住了。"

绿筠语出伤心，何尝又不是如懿的锥心之痛。原来她与旁人也并无二致。

倒是嬿婉从旁劝阻："纯贵妃看得通透，却也别太难过。皇上对您如此，对嘉贵人何尝不如此。"她长叹不息："或许除了孝贤皇后，真的无人走到皇上心里去。"

绿筠闻言愈加悲伤："那么我这一生，到底是为了什么？儿女不可庇护，恩情不得长久，空有这贵妃位分，却是形单影只。我又为何要来此走一遭呢？"

唇亡齿寒，兔死狐悲。如懿心底的哀凉、疑惑，不过也同绿筠一般。这一生辛苦辗转，苦苦挣扎所求，到底求得了什么呢？

皇帝虽然不喜玉妍陷害如懿之事，但看她为爱子如此伤心，亦不觉怜悯。正逢李朝闻知九阿哥夭折之事，上书表示慰问，皇帝亦不能太不顾李朝的颜面。连如懿亦劝："看在往日的情分上，还有永珹和永璇，皇上是该去好好儿安慰嘉贵人。"

李玉亦道："嘉贵人都三十七了，眼看着幼子逝去，以后只怕也不能再诞育皇子，哪能不伤心得发狂。"

彼时江与彬在旁为如懿请平安脉，听完这些之后，看着皇帝离去，方才冷笑："李公公的话最是滴水不漏，既做了好人，又提醒着皇上嘉贵人的年老色衰。"

如懿微微一笑，低头绣着紫檀绣架上绷着的春意枝头图："那么告诉本宫，你又做了什么？"

江与彬笑道："什么都瞒不过皇贵妃。微臣做不了害人的狠心事，只是在九阿哥的伤风药里多加了一味黄连。这样，九阿哥喝不下去，那些受了嘉贵人打骂的乳母也不肯喝，九阿哥的病自然难好了。但是黄连有清热燥湿、泻火解毒的功效，治高热神昏、心烦不寐是最有效的。微臣可没下错药。"

如懿浅笑如烟："用一味黄连，让嘉贵人也尝尝你和惢心的黄连之苦吧。"

江与彬心疼道："一想到惢心的腿再不能像常人一般行走，微臣就痛心不已。本来只想让九阿哥受点病痛折磨，没想到他会受了惊吓夭折。"他嗤笑，"大概这就是所谓的报应不爽吧。不过皇上如今肯去启祥宫看她，也算她因祸得福了。"

眼看着皇帝的明黄御驾进了启祥宫，嬿婉站在月色底下，体会四月微温的夜风带着木兰的花香愉悦地拂上面颊。天际有阴云掩过，蔽了半面弯月，那半月映照在红墙耸立之上，在浮光如锦的琉璃瓦摇碎的粼粼光影中浮沉漾动，渐渐有了支离破碎的势态，映得嬿婉姣好的面庞也有了几分碎玉般的暗影。

澜翠颇为担心道："皇上这几日日日都去看望嘉贵人，听进忠的口风，皇上只怕要晋她的位分了。小主，咱们会不会是白白为他人作嫁衣裳了？"

嬿婉含着一缕清浅的微笑："晋位就晋位，探视就探视，左右皇上这些脸面都是给李朝看的，不只给嘉贵人一个。再说了，她都三十七了。女人啊，一过四十就跟开败的花似的，花无百日红，她还能有几天呢。本宫年轻，容得下皇上对她的一时怜悯。"

澜翠道了"是"。嬿婉笑盈盈握住她的手，将手上一串赤金八宝手串顺势推到了她的手腕上。澜翠忙要褪下来，急切道："小主赏赐，奴婢不敢受。"

嬿婉含笑道："这回的事你做得好，本宫该赏你的。"

澜翠抿嘴笑道："奴婢不过是抓了一只饿急了的老鼠悄悄塞进玉瓶里。等到夜深人静的时候，那畜生闻到奶香，哪有不急着出来的。那玉瓶口子细长肚子大，塞进去便爬不出瓶口，就只能打翻了玉瓶儿逃出来了。"

嬿婉笑道："所谓打老鼠惊了玉瓶儿，便是如此。你是做得好。这事皇上要怪，也只能怪纯贵妃多事献殷勤罢了。"

次日，皇帝便下了旨意，复玉妍为嫔位。接着又回书李朝，向李朝国主对嘉嫔与皇嗣的关怀略表谢意。

海兰便向如懿笑道："表面看来皇上是安慰了嘉嫔的丧子之痛，其实明升暗降，倒是便宜了令嫔，与嘉嫔平起平坐呢。"

嬿婉便笑吟吟向如懿道："妹妹一直受嘉嫔的脸色，哪怕和她是一样的嫔位，可有皇子到底是不同的。"她抚着肚子道："妹妹承恩这么久，也总是没有身孕，真不知……"

嬿婉说到一半，才想起如懿也一直膝下空空，连忙起身："皇贵妃娘娘恕罪，妹妹不是有心的。"

如懿淡然微笑："妹妹不必吃心，你还年轻，迟早会有孩子的。"她看着坐在一旁眼眶微红的意欢，温言道："舒妃也是，许多事在天意，不只在人为，只要有心，总会有的。"

意欢拭了拭眼角，嘴上却强撑着："多谢皇贵妃关怀。"

如懿温和道："其实皇上对舒妃妹妹和晋贵人都格外体贴，也是想你们早早有孕，所以一直赏赐着坐胎药。听说最近连嘉嫔也在向太医院要坐胎药喝了，以期再为皇上添一个皇子。"

嬿婉听得"嘉嫔"二字，脸色便不好看："一大把年纪了，还不死心，一味折腾着要生皇子做什么？自己不争气，生得再多又有什么用？"她气咻咻说罢，见如懿也不放在心上，忙赔着笑亦试探着道："皇贵妃娘娘正当盛年，也该喝些坐胎药，以求早日生下皇子。"

如懿含笑道："年轻的时候，本官和慧贤皇贵妃都着急没有孩子，眼看着别人的孩子一个个落地了，长大了，哪里有不心急的。一碗碗坐胎药喝下去，喝得舌头都不是自己的了。只是后来想明白了，太医院的药再好，毕竟是药三分毒。再说，子嗣之事是命里注定的，所以也不强求了。"

嬿婉看着如懿的神色，见她不像作假，便也笑道："娘娘说得是。妹妹们受教了。"

意欢亦道："也是的，这些年喝着这些坐胎药，一开始十分想要得子的心也喝得淡了，总之，听天由命吧。"

出了翊坤宫，嬿婉便有些神色悒悒，春婵知她又在伤心子嗣之事，便道："小主，今儿是十五，去宝华殿上香最灵验，奴婢陪小主走一趟吧。"

嬿婉有些痴怔："春婵，你说本官吃那些坐胎药吃了这么些年，怎么还是一点儿动静也没有。若不然，便停了那些药吧，喝得本官心都烦了。"

春婵道："这药是皇上赏赐舒妃的，咱们偷偷弄来已经不易，若是不喝，怕更难有孕了。"

嬿婉思忖片刻，犹豫着道："也是，那本官喝着只当求个安慰吧。对了，嘉嫔也跟太医院求取坐胎药了，仔细咱们那个方子，别被她学去了。"

春婵连忙道："那是。太医院的坐胎药，再好也好不过皇上赏赐的。小主这几年吃的那药，都是奴婢取了方子自己熬的，嘉嫔知道不了。"

嬿婉抚着心口，手指上的翡翠嵌珠护甲映得她的下颔碧色莹莹："不过嘉嫔没了九阿哥伤心成那个样子，本宫可真是痛快！且连消带打又让纯贵妃更受了冷落，也算一举两得。"

春婵笑道："可不是。当初纯贵妃以为要当皇后了，多么得意。后来，她的大阿哥和三阿哥失宠，要说她去害嘉嫔的孩子，人人都信呢。"

二人正笑着，见凌云彻领了两个侍卫从前头过来。凌云彻行礼如仪："令嫔娘娘万安。"

嬿婉矜持地扬了扬下巴："凌大人好。"

凌云彻向身后的两个侍卫看了一眼，那两个侍卫自行退开。云彻道："令嫔娘娘似乎很高兴。"

嬿婉略略不自在："本宫没有什么可不高兴的。"

云彻沉吟片刻，直视她道："有件事恕微臣大胆了。九阿哥的死令嫔娘娘可知么？"

嬿婉眉毛一扬："宫中无人不知。"

他上前一步，低声道："是否与你有关？"

嬿婉沉下脸："大胆！东西是纯贵妃叫送去的，你竟敢肆意怀疑本宫？"

云彻带着意味深长的苦笑："人人都以为这件事和纯贵妃脱不了干系，可微臣的揣测不是怀疑，而是了解。令嫔娘娘，微臣方才去了古董房，听闻九阿哥房中的玉瓶在送去的路上，曾碰到过娘娘身边的澜翠，而澜翠碰过那些玉瓶。微臣想，阿哥所怎么突然进了老鼠，又那么恰好碰倒了玉瓶惊吓了九阿哥？"

嬿婉神色微变，略略惊惶："那你打算如何？"

云彻不卑不亢道："若微臣打算如实禀告皇上，由皇上定夺。娘娘以为如何？"

嬿婉惊得倒退一步："你敢！"

云彻凝神良久，拱手道："令嫔娘娘，微臣所知，本来仅限于澜翠碰到过古董房的人，至于澜翠有没有碰到玉瓶，连古董房的人自己都只顾说笑，没看清楚。可您的反应却告诉微臣，微臣的揣测是事实了。"

嬿婉惊怒交加："你敢试探本宫？！"

"令嫔娘娘敢谋害皇嗣，微臣为何不敢试探娘娘？"他起身径直向前。嬿婉慌了手脚，喝道："凌云彻！"

云彻并不回头，嬿婉紧赶了几步，拦下他道："云彻哥哥，看在我们多年的情分上——"

云彻打断她，伤感道："从你骗我进永寿宫那天，我们便已经没有情分了。"

第五章

笑语闲

嬿婉娇美如水仙的容颜因为紧张和焦急而微微扭曲，她急急拉住云彻的衣袖，将他拽进近旁甬道，连声音都变了腔调："云彻哥哥，我这么做固然是为了自己，可也是为了皇贵妃啊。嘉嫔以私通的罪名诬陷皇贵妃，那几日皇贵妃禁足翊坤宫，蕊心被关进慎刑司拷打，你不是也很着急么？我为了替皇贵妃求情，在养心殿外跪了那么久，你也是亲眼看见的。我只是想救皇贵妃，想替皇贵妃报仇，那有什么错？"她慌不择言："而且……而且要不是嘉嫔自己存了坏心，她的孩子怎么会那么不禁吓，一吓就死了。这是报应，不是我！"

云彻气恼："孩子不禁吓？是你的手太狠！"

嬿婉见他难以说动，亦不觉动了气："我的手狠？这宫里谁的手不狠？！谁的手上没沾过些脏东西？！便是皇贵妃，如今看着在万人之上，谁知道她的手曾经做过什么？"

云彻的神色冷若寒冰，亦闪过一丝悲悯："皇贵妃做过些什么，我不能去指摘。嬿婉，我知道嘉嫔一直欺辱你，可你害了九阿哥，也冤了纯贵妃。你要自保不难，为何要学嘉嫔？你也不怕自己有报应么？"

嬿婉冷笑道："报应？我还能有什么报应？左右我没有自己的孩子，和皇贵妃是一样的。若这是报应，那皇贵妃也是报应。"

云彻摇头："我以为你做这事是攀附皇贵妃的恩宠，向她寻个依靠，原来你对她也不过如此而已。嬿婉，我与你，真的是无话可说了。"

嬿婉深吸一口气："是。你与我早无话可说。只不过你一定要向皇上揭发这次的事是我做的，我便告诉皇上，是皇贵妃和愉妃指使我做的。反正嘉嫔死了孩子，纯贵妃被冷落，这样一箭双雕的事，怎么着别人也更相信是皇贵妃和愉妃为了巩固地位所做的。"

云彻逼近一步，脸色深寒："你敢！"

嬿婉索性笑得笃定："就算是死，我也不能自己死了。你的荣华富贵是皇贵妃给你的，你就看我敢不敢！"

云彻用力甩开她的手："嬿婉，你真是变得面目全非。"

嬿婉冰冷的语调中带了几分伤感："你又何尝不是？从前你只在乎我，现在你不仅在意荣华富贵，也在意皇贵妃了。"

云彻心头微微一颤："皇贵妃是我的恩人。"

嬿婉迫视着他的眼睛："但她也是个女人。"她忽然含了几分得意："不过，只是一个和我长得有些相似，却比我年老的女人。"

云彻以目光坦然承受她的笑意："皇贵妃的确比你年长，但你可知道为何皇贵妃比你更得宠？"

嬿婉目光一缩："我比她年轻，我一定会比她更得宠。"

云彻微微摇头，沉笃道："我知道她的手也未必干净，但她还有自己的底线，而不像你，除了依附献媚，便是阴谋害人。"

他拂袖欲去，嬿婉眼中忽然沁出了泪水："云彻哥哥，我即便再不好，你也别忘了我们的青梅竹马之情。我，我即使变得再多，也从未忘记过。"

云彻微微一怔，神色复杂难言，茕茕离去。

绿筠被冷落一直到了乾隆十五年的春天，而玉妍，亦在这个春天复位嘉妃，但无论如何，恩宠是比不上从前了。而常常陪伴皇帝身侧的，是一直以来圣眷不断的舒妃意欢。

黄昏时分流霞满天，余晖金光不减，缠着绵绵的醉紫红铺满长空。晚霞渐渐变为绛紫，空透了一般，烙在万寿长春的支窗上。

如懿进了养心殿书房，见意欢陪侍在侧，与皇帝一起翻着一本诗集细赏。她行礼如仪，却也有几分尴尬，只笑道："皇上万安，臣妾来得不是时候呢。"

意欢起身肃了一肃，面色微红："皇贵妃最爱说笑了。妹妹不过是陪皇上小坐怡情而已。"

皇帝笑着起身，牵过如懿的手："这时候怪热的，怎么想着过来了？仔细路上沾了暑气。"

如懿因见意欢在侧，脸上一烧，忙抽了手道："一路上乘着轿辇，并不很热。"

惢心伴在一旁，吐了吐舌头笑道："回皇上的话，我们小主听说这两日天气热，皇上进御膳房的点心都进得不香，所以特意制了些糕点送来给皇上。"

意欢抿嘴笑道："皇贵妃的手艺妹妹竟未尝过呢，今儿倒是巧了。"她侧首望着惢心手里的食盒："皇上素来畏热，御膳房的点心又甜腻得很，仿佛离了糖汁便做不出味道来似的，真真无趣。"

皇帝好奇，便伸手去掀食盒："做了什么？朕瞧瞧。"

如懿卷起绣着连珠葡萄的浅紫袖口，露出一截白藕似的细腕，端了几个素白小碟出来，一一指着道："这一碟是紫阳湖产的白菱藕，只切成薄片，脆爽甜津，若嫌味薄，也可佐以酸梅汤浇汁。"

意欢似乎颇为中意："酸梅汤色泽深红，淋在白藕上倒也好看。只是莲藕只取其清甜就已上佳，不用旁的也罢。"

如懿略点头，又道："这一碟是脂油糕。"

皇帝皱眉，不觉好笑："朕素日是爱吃这个，但如今天这样热，脂油糕这样油腻的东西怎能下咽？"

如懿睨他一眼，旋又笑道："臣妾所做和皇上往常吃的不一样。"她盈盈端起，托到皇帝鼻端，眼见皇帝似乎很被香气吸引，忍着得意的欢喜道："这脂油糕是将仲春盛开的紫藤花剪下，只挑纯正的紫色用，留下开到八分及未开的花苞，只要花瓣，截蒂去蕊后拿蜂蜜拌了取小坛子封好。那蜜也有讲究，须得是紫藤花蜜，才能气味纯净而不掺杂。等要吃的时候，拿纯糯粉拌切成细丁的脂油，再加冰糖捶碎，一层面一层花瓣拌起来放盘中蒸熟，再用冰块冰得微冷，这便成了。"

意欢看着那盘浅紫糕点，很是喜欢："寻常脂油俗气，藤花清甜解腻，看着晶莹剔透，倒像是春意融融一般。"

如懿听了这赞便道："舒妃妹妹若喜欢，可得多尝几块。"她才说完，皇帝已经取过银筷夹了一片入口，连连赞道："清香甜软，的确不错。"说着又眼馋："还有别的什么？"

如懿的眉眼间含着慧黠跳脱，笑着道："还有一碟软香糕和一盏甘草冰雪冷圆子。这甘草冰雪冷圆子倒也寻常，入口生津罢了。软香糕是用粳米粉兑了薄荷汁做的，入口清爽生凉。"她边说边递给皇帝和意欢，不觉生了几分怀念之色："臣妾幼年随阿玛在苏州小住，最爱这软香糕。别处再比不上。臣妾随阿玛回京后十余年间再未曾尝到，后来自己按照记忆中的口味试做了几次也不甚佳。今日又做一次，倒还能入口。"

皇帝和意欢尝过，便牵了如懿坐下，感叹道："你幼时在苏州小住，至今念念不忘。朕每次听你提起，都十分神往。"他抚着如懿的手背，和缓而坚定："你放心。朕所喜的杭州，你所爱的苏州，便是人间天堂。朕有生之年，一定会带你去苏杭山水间。"

如懿心头微暖，脸色淡淡地透出了几分芙蓉晕红之意，一抹少有的旖旎微笑点缀于上，竟是奇异动人："皇上有心，臣妾多谢了。"

皇帝注目片刻，不觉心旌动摇，越发低柔道："前儿朕嘱咐如意馆的画师郎世宁①为你画了像，你可喜欢？朕觉得郎世宁笔法甚佳，不同于朝中画师的拘束古板，只是怕他一向画惯了吉服正容的模样，画不出你此刻的温柔旖旎。"

---

① 郎世宁：意大利人，原名朱塞佩·伽斯底里奥内，生于米兰，清康熙五十四年（1715年）作为天主教耶稣会的修道士来中国传教，随即入宫进入如意馆，成为宫廷画家，曾参加圆明园西洋楼的设计工作，历仕康、雍、乾三朝，在中国从事绘画达五十多年。

如懿见意欢抿着唇笑吟吟听着，越发地窘，眼波横流，睨了皇帝一眼："郎世宁又不是第一次为臣妾画了，一向也都好。"

皇帝叹道："先祖康熙时的画师禹之鼎，最善画人物小像，清俊动人。"他笑意温盈："可惜画像再好，总不及真人风流清朗。你曾说人老画不老，岁月匆匆，铭记一刻也好。朕会命郎世宁为你一一写实，留待日后细细赏玩。"

意欢微微一怔，似是入神想了片刻，不觉艳羡道："皇贵妃福气真好。皇贵妃说过的，皇上总惦记着。且不说旁的，这一年一度苏州进贡的绿梅，只有皇贵妃才有呢。"

皇帝意态闲闲，睨了意欢一眼笑道："舒妃这是吃醋么？四季百花繁盛，皇贵妃却只爱梅花一种，尤其是绿梅。朕起初也疑惑她为何喜欢，后来一见才知，梅花中唯绿梅色泽纯绿，枝梗亦青色，恍如翠袖笼寒映素肌，特为清妍别致。有好事者比之为九嶷仙子萼绿华，倒也合宜。"

意欢俏生生的脸孔一板，取了一片软香糕嚼了道："臣妾不过叹一句羡慕罢了，皇上便要这般取笑，真是无趣。"

皇帝满眼皆是笑意，只看着如懿牵着她的袖子道："你瞧，舒妃生气了，你可要怎么赔补才好？"

如懿低低啐了一口，笑着道："皇上自己惹的祸害，关臣妾何事？岂有让臣妾赔补的道理！"

皇帝笑得前仰后合，指着二人道："你们一个个牙尖嘴利，算是朕说不过你们。罢了罢了，朕只是觉得这糕点十分惬意，但得配个什么茶才算极佳。"

惢心忙道："皇上说得是。可不是，咱们小主就备下了。"说罢端出一把青玉茶壶，倒出清冽茶汤，道："这是松阳进贡的银猴茶①，小主说了，也不是什么最名贵的茶，但胜在山野清新，颇有雅趣，配着这些江南糕点，

---

① 银猴茶：松阳银猴因条索卷曲多毫，形似猴爪，色如银而得名。

最是回味甘芳。"

皇帝举杯抿了一口，便道："入口鲜醇甘爽，仿佛有点栗子香。"

意欢品了半盏，便道："臣妾也曾听闻银猴茶，只是难得见到罢了。配着今日的点心，果然最相宜。"

皇帝夹了一片白菱藕送到如懿口边："你忙碌那么久，自己也不尝尝么？"如懿拗不过皇帝，就着他的手吃了一片，道："臣妾其实并不擅长厨艺，只不过尽力一试罢了。"

还不待皇帝说话，意欢轻摇罗扇，似笑似嗔道："是不是只有皇上喜欢的，皇贵妃才会尽力一试？"

如懿见她一双眸子晶光激滟，也不知她是玩笑还是醋意，只蕴了浅浅笑色道："换作舒妃妹妹也会这样，是不是？"她眼见意欢的脸越来越红，仿佛不胜羞涩，只暗自好笑，转头看着皇帝手边的书卷问："方才皇上和舒妃妹妹在瞧什么书，这样有趣？"

皇帝将手边的书卷递给如懿，笑道："是纳兰容若的《饮水词》，算来也是舒妃的娘家人了，都是叶赫那拉氏的文笔。"

意欢素来清冷的脸庞含了一抹温柔笑色，仿佛二月枝头新绽的鹅黄嫩叶。她低下头卷着衣角，轻声道："臣妾是真喜欢纳兰容若的词，倒不是因为都是叶赫那拉氏的缘故。臣妾进宫前就知道，皇上喜欢纳兰词。"

皇帝看她一眼，甚是温柔。他的手指笃笃敲在桌上，激起沉沉的余音袅袅："朕喜欢的，你都很喜欢。朕也觉得纳兰的词极好，读来口角噙香。"

意欢纤纤手指翻过浅黄书页，指着其中一篇道："旁的也就罢了。臣妾细细读来，觉得这一首《采桑子》最佳。"她细细吟哦，语调清婉："而今才道当时错，心绪凄迷。红泪偷垂，满眼春风百事非。情知此后来无计，强说欢期。一别如斯，落尽梨花月又西。"

如懿见意欢临风窗下，着一身碧水色银丝长衫，清粹冷冽如凝于细翠青竹上的白露。她虽是女子，看在眼中亦觉心动摇。意欢真是美，难怪这么多年承宠，恩眷不断。皇帝虽不容她生子，却也舍不得丢开。其实如懿也是美的。如懿的美是要在姹紫嫣红的娇艳中才格外出挑，静静地处于明艳之间，便如一枝萼华绿梅，或是一方美玉翡翠，沉静地散发温润光华。比之玉妍美得让人觉得不留余地，分分寸寸逼迫于眼前，意欢更像芝兰玉树，盈然出脱于冰雪晶莹之上，让人心醉神迷。

此刻，如懿听她语声如大珠小珠散落玉盘，十分清越，便道："纳兰容若的词以'真'字取胜，写情真挚浓烈，却非如烈火烹煮，烧得灰飞烟灭，必得细细读来，以为是淡淡忧伤，回味却是深深黯然。臣妾以为，容若之词比柳永、晏几道的更清淡，却更隽永，算是本朝佳作了。"

意欢听得如懿娓娓道来，不觉颔首："皇贵妃说到晏几道的词，我却以为有一首可堪与容若的《采桑子》情境相较。"

如懿抿嘴一笑："舒妃妹妹且别说，由得我猜一猜。"她沉吟片刻，眼中一亮："休休莫莫，离多还是因缘恶。有情无奈思量着。月夜佳期，近写青笺约。心心口口长恨昨，分飞容易当时错。后期休似前欢薄。买断青楼，莫放春闲却。可是这一首《醉落魄》？"

皇帝拊掌轻笑："不知舒妃说的是不是？朕想的也是这一首。"

意欢素来清冷如冰雪，如今一笑，却似雪上红梅绽放，光艳夺目。她取过桌上切好的两片雪梨，分别递与皇帝与如懿，笑道："猜得不错，便是这个做嘉赏了。"

皇帝唇边的笑意恬淡如天际薄薄的云："良日如斯，是该与两位爱妃把酒论诗，闲散度日，总胜过与那些前朝的老头子聒噪了。"

如懿不觉问："皇上有烦心事？臣妾本是来禀告这个月六宫用度的。皇上若着心烦，臣妾更不敢说了。"

皇帝笑着摆手："六宫的事，你掌度着便是，不必时时来回禀朕。"

意欢取过一只新橙："那雪梨太甜腻了，还是吃点酸甜的好。"她拾起果盘边的小银并刀，另一手扶定新橙轻轻一剖，橙子旋即裂开，露出满盈莹亮水色的深红色果肉，犹有汁水饱满溢出。意欢有条不紊地将新橙切成大小均匀的块搁入雪白的素纹碟中，碧意盈然的织锦袖口下露出一截如玉皓腕，让人注目。

意欢分好橙子，望着皇帝盈然有情意流转，笑道："并刀如水，吴盐胜雪，纤指破新橙。锦幄初温，兽香不断，相对坐调笙。低声问：向谁行宿，城上已三更。马滑霜浓，不如休去，直是少人行①。连宋徽宗都有为了李师师不提政事暂且沉醉的时候，皇上怎么还要提那些前朝不高兴的事？"

如懿知道意欢是在宽解皇帝心绪，但能让她这般费心劝解，想来皇帝是动过真怒的。她当下也不多言，只屏息敛神，取过橙子咬了一片，道："新橙降火，舒妃有心了。"

皇帝摇头笑道："朕真能不烦躁便好了。昨日在朝堂上，礼部提起孝贤皇后离世已是第三年了，又说立后之事。谁知朕还没言语，张廷玉便向朕道，富察氏乃满洲八大姓之一，在我朝又家世显赫，若要选立继后，当以富察氏出身最佳。他提了这一句也罢了，朝中居然立时有许多人附和，提出要立晋贵人为后。"

意欢微微震惊，与如懿对视一眼，很快垂眸道："晋贵人入宫不久，出身虽好，资历却浅，只怕难以服众。"

晋贵人年轻貌美，又出身后族，皇帝难免在她宫中多留了几夜，的确也是得宠。但如懿何曾会把这样一个新宠放在眼里，何况皇帝名为恩宠之下赏赐了坐胎药。

如懿微微沉吟，眸中清亮："皇上生气的不是晋贵人能否当得起皇后之位，而是张廷玉在朝中一呼百应。"

---

① 出自北宋周邦彦的《少年游》。相传这首词是周邦彦为北宋名妓李师师写的。李师师是北宋末年色艺双绝的名妓，连宋徽宗也拜倒在她的石榴裙下。有一次宋徽宗生病，周邦彦前来看望李师师。二人叙阔之际，忽报圣驾前来，周邦彦躲避不及，藏在床下。宋徽宗送给李师师新鲜的橙子，聊了一会儿就要回宫，李师师假意挽留道："现已三更，马滑霜浓，龙体要紧。"而宋徽宗正因为身体没全好，才不敢留宿，急急走了。这首词应该就是以徽宗夜探李师师为背景写成的，以此来表达暗含的醋意。

皇帝的眸底闪过一丝阴郁："先帝驾崩时，留下鄂尔泰与张廷玉为辅政大臣，朕一即位，就下令予二人来日配享太庙的待遇。配享太庙是臣属至高无上的荣耀，但因两位都是老臣，辅佐先帝尽心，朕也都肯许他们。现在看来，张廷玉虽不动声色，却极难缠。"

如懿觑着皇帝神色，轻声道："张廷玉本家和亲家姚家有二三十个人在朝中或地方上做官，若加上其门生故旧，势力实在不小。难怪才提了一句要立晋贵人为后，便有那么多人附和。"

"他们附和便附和，朕不肯就是了。朕以潜邸次序论，说起你以侧福晋之位居孝贤皇后之后，资历又深。再者，还有纯贵妃、嘉妃和愉妃，有这些潜邸旧人在，晋贵人实在难以服众。又岂有以区区贵人之位一跃而至皇后的？"

意欢闪过一丝意料之中的笑容："那么以那些人的心胸，必定要提起孝贤皇后的临终举荐，要荐纯贵妃为后了？"

皇帝冷笑一声："你倒乖觉，张廷玉所言和你如出一辙。"

意欢秀眉微蹙："这样的胡话后宫里传来传去，也当是妇人之见了。怎么朝堂上的大臣也这样不堪了？皇后之位取决于皇上，怎是前任皇后选定后任，或是由大臣们商讨皇上的家事呢？若不是张廷玉糊涂，便是他僭越了。"

第六章　风波定（上）

纱窗隔断的阳光只留下淡漠的晖迹，遥远天边的云霞却有炫目的光亮。皇帝拈着一个新橙搓揉着："糊涂也好，僭越也好，朕怎会容他肆意置喙朕的家事国事，又这般广布党羽，群起进言！这朝廷是朕的，可不是张廷玉的。于是张廷玉便奏告朕，以年老上奏请求告老还乡。折子里有这么一句话，说'以世宗遗诏许配享太庙，乞上一言为券'。"

如懿微微变色："怎么？张廷玉还怕皇上不许他已经答允的事，一定要皇上有所保证么？这实在是太无礼了。这么看，他这请求告老还乡的折子，竟有几分试探皇上的意思了。"

皇帝接过意欢递来的橙子吃了一片，缓缓道："他要试探，朕便成全。只要他安安分分从朕眼前走开，朕便许他一个安稳到老。朕已让军机大臣汪由敦拟好了折子来看，明日就可发出去了。"

如懿微微松一口气："那就好。"她迟疑片刻，还是道："皇上，臣妾有一事不得不禀告，只请皇上听了不要气急忧心。"

皇帝瞟她一眼，淡淡道："你说就是了。"

如懿宁静而柔和，含有难得的凝重，和一丝若隐若现的忧虑，她见皇帝脸色松动了些许，才敢婉声劝道："皇上。永璜的福晋伊拉里氏来回禀，开春之后永璜身上就很不好，一日不如一日。请皇上若得空儿，一定要去瞧一瞧。"

皇帝的侧脸棱角分明，平静而至淡漠："永璜的病情朕也略知一二。无非是他自己心思重，又都是些不该有的心思。朕已经让最好的太医去瞧了，也吩咐下去，永璜每日要吃山参吊精神，只要他吃得下，便是每日十斤，朕这个做皇阿玛的也给得起。只求他心思安分些，别再做些无妄之念。"

如懿听皇帝口气，仍是对永璜昔年欲为太子之心十分介怀："那臣妾可否去看望，也好稍稍宽慰……"

皇帝摆手道："罢了。你如今是皇贵妃，身份贵重。你一去，不知道永璜又要动什么心思。永璜有他养母纯贵妃探视，你便少去这是非之地。"

如懿只得起身应允。正好李玉进来，道："皇上，张廷玉大人求见。"

皇帝不悦道："这个时候，他来做什么？"

李玉道："张廷玉大人喜滋滋的，说知道皇上下旨许他配享太庙，所以特来谢恩。"

这一来，不仅皇帝，连如懿和意欢都变了脸色。皇帝径自起身，走到书房翻了翻奏折，蓦然变色："朕的奏折刚批复完不久，尚未发出，张廷玉怎会知道？"他横一眼李玉，带了一抹厉色道："李玉！"

李玉吓得忙跪下："皇上，奴才不敢！"

如懿忙道："皇上，李玉不敢。内监不得干政，他不敢看皇上的折子。"

"那么，便只有汪由敦了！"皇帝的脸色极难看，"是了。汪由敦出自张廷玉门下，定是他提前给张廷玉透了风。真是大胆！竟敢擅自透露朕的旨意，到底在汪由敦心里，朕是皇帝还是张廷玉是皇帝？朕为天下主，而今在朝大臣因师生而成门户党羽，怎可姑容！"

意欢冷冷道："皇上自然是皇上，可他这个门生竟忘了天地君亲师，反而将师长凌驾于君主之上，实在是不该！"

皇帝沉下脸："张廷玉既然来了，朕就见见他。李玉，去传！"

李玉忙不迭去了。如懿与意欢不敢在侧，便也告退离开。才出殿门，便见张廷玉满脸喜色候在殿外。张廷玉行礼道："皇贵妃娘娘万福金安。舒妃娘娘万福金安。"

如懿与意欢微微欠身，看他踌躇满志地入内。意欢不屑："自作聪明才自取其辱！他以为扶持了一位富察氏的皇后便得意了，难不成以后每一位皇后都要出自富察氏么？"

　　如懿悄然一笑："内外互为援引，一直是后宫与前朝的生存之道。张廷玉即便为三朝老臣，也不能免俗。只是皇上心性极强，岂是轻易可以左右的？"

　　意欢笑道："他越是举荐旁人，越是成全了姐姐。我便先恭喜姐姐了。"

　　果然，皇帝勃然大怒，斥责张廷玉道："太庙配享的都是功勋卓越的元老，你张廷玉何德何能，有何功绩，可以和那些元勋比肩？鄂尔泰他还算有平定苗疆的功劳，你张廷玉所擅长的，不过是谨慎自将、传写谕旨，竟也狂妄自大如此！"

　　一席话骂得张廷玉冷汗淋淋，皇帝犹不解气，下令革去张廷玉的伯爵之位，只以大学士衔告老还乡，又下诏解除汪由敦协办大学士和刑部尚书之职，仍旧让他在刑部任上赎罪。自此，再无人敢随意置喙立后之事。

　　这一日天高气爽，明朗天光在紫禁城中无遮无拦地流动，宛如潺潺的河水。静静停滞的团云，自由盘旋的飞鸟，连绵如重山的殿脊，沉寂的宫阙掩映了平日的喧嚣，让人心意闲闲。如懿闲来无事，便往储秀宫看意欢。如懿才扶着侍女的手进了殿中，便禁不住笑道："从前进来，你的殿中草药气味最重，如今倒淡了许多，只闻得花香清淡了。"

　　意欢正捧了一束新折的玉色百合插瓶，莲青色的绛花袖下露出素白的十指尖尖，纤长的深碧花叶垂在她三寸阔袖上，那袖口绲了三层云霞缎的暗纹边，上头绣着星星点点的橘花，显得格外明艳。意欢的身形高挑，身影最是纤细瘦美，一枚白玉镏金蝴蝶压发扣在燕尾之上，垂落细长的碎银流苏，被风徐徐拂动，更添了几许难得的柔美。意欢笑盈盈睇她一眼，侧身让了让如懿坐下，轻轻嘘了一声："去岁听了皇贵妃的话，如今是想开了。皇上照例还是赏赐了坐胎药，嫔妃们也都自己找了方子喝。其实有什么呢，我如今也是有一遭没一遭的，惦记着就喝了，没惦记着也便罢了。"

　　如懿笑道："你自己想得开便是了。我如今也不大喝这个了，左右到了这个年纪了，有没有子嗣都看天意吧。"

意欢笑意幽妍："是啊，心思都在那上头，成日里也不快活。倒不如闲下来侍弄侍弄花草，心里也清静些。"

画眉子和云雀在廊下嘀呖啼啭，一唱一和，啼破金屋无人的静寂。如懿笑道："皇上喜欢在圆明园养这些鸟雀，你也喜欢。"她眼底闪过一丝促狭，伸手刮着意欢的脸颊道："只是皇上这样宠爱你，前两日连内务府新绣的一床满绣合欢鸳鸯连珠帐也独赏了你，可算是娇眠锦衾里，展转双鸳鸯①。既有了鸳鸯，你还要别的鸟儿做什么呢？"

意欢面颊一红，啐了一口道："这也是皇贵妃说的话？没半点儿尊重！"她忽然定了乌澄的眼眸，盯着如懿道："皇贵妃这般说，可是拈我的酸呢？"

意欢的话，五分玩笑，五分认真。如懿心头微微一颤，这清光悠长之中，因了她的猝然一问，触动一时情肠。她不愿去思索，由着性子道："若说不拈酸，都是女子心肠，难免有时小气。况你初初承宠那些日子，也是我最受苦的日子。这样想起来，我能不心酸？只是自你我相识，总觉得心性投契，且在宫里久了，方知寻常人家的拈酸吃醋到了这里竟也是多余，徒增烦恼而已。"

仿若一滴清澈的雨水无意颤起铺满澄阳的湖面，漾起金色的涟漪点点，意欢清冽的眸光微有痴怔："姐姐说的这话，也是我的心思。皇上纵然疼我，但见他宠幸旁人，心里也是火烧火燎的，便是对姐姐，有几次也是忍不住。可日子长了，才觉这心思除了挫磨自己受苦，也无旁用，所以我才养些鸟儿花儿，散散闲心。且在宫里，说话做事都不得不逼着自己小心。有时候不能对着人说的话，不如对着这些鸟儿说说，也当解了自己的心事了。"

意欢自在皇帝身边，便深得圣眷。她有时说话尖锐，待人亦不热络，因着皇帝的爱宠纵容，也无人敢明着计较。这些年，在旁人眼中，她总是活得纵情恣意的，可在背人处，她竟也有这样的凄清。

---

① 出自唐代崔莺的《古意》。崔莺，字伯容，女诗人，生平无考。全诗为：灼灼叶中花，夏萎春又芳。明明天上月，蟾缺圆复光。未如君子情，朝违夕已忘。玉帐枕犹暖，纨扇思何长。愿因西南风，吹上玳瑁床。娇眠锦衾里，展转双鸳鸯。

如懿温然相望，抚摩着娇妍的花瓣，柔声道："那是你不爱往别人宫里去走动。侍奉皇上这么多年了，除了我宫里，也难得看你和旁人来往。"

意欢取过小银剪子，细细修完花枝，洒了一点儿清水在花叶上，转首道："我肯与姐姐来往，是性子相投。与其费那些力气和不相干的人来往，我还不如拾掇拾掇自己。"

如懿看着疏朗殿内，布置大气，并不像是寻常女子的闺阁香艳而秾丽，除了满架子诗书，再无多少锦绣装饰。"宫里除了你，再没有谁能把自己拾掇得这样干净舒服了。"

意欢道："人干净了，心也干净。"

"咱们身在这地方，周遭的污浊血腥自是不必说了，有时候难免连自己的手也不干净。能求得心有几分干净，也算难得。"如懿莞尔一笑，看她手边搁着一本温庭筠的诗集，道，"那日在皇上跟前，他不过提了句温庭筠的诗好，你便留心上了。"

意欢脸上绯红如流霞："姐姐一直忙着，今日难得有空儿，还替我留心起这些了。我不过是听皇上说起，随手翻翻罢了。"

二人正说着话，忽然三宝跑了进来道："小主，小主，不好了。"

如懿沉下脸道："好好儿回话，这么毛毛躁躁的。"

三宝擦了把汗道："回娘娘的话，大阿哥府里来传话，大阿哥病重，怕是不好了。"

如懿霍地起身，起得太快，身子不觉晃了一晃，便道："纯贵妃知道了么？"

三宝道："大阿哥福晋先来禀报的皇贵妃，钟粹宫只怕还不知道。"

如懿忙道："纯贵妃是大阿哥养母，让菱枝赶紧去钟粹宫通报。你亲自去养心殿告诉皇上，再吩咐备轿，本宫去瞧永璜。"

意欢见如懿担心，亦叹道："自从孝贤皇后去世，永璜被申饬，终究积郁成疾。好好儿的一个皇子，唉……姐姐路上小心些，别太心急了。"

如懿哪里还能和她细细分说，忙出了储秀宫去。才过长康右门的夹道，却见一众年长宫女正立在红墙下，一个个四十上下的年纪，都是出宫后无依无靠才继续留在宫中服侍的。一众人等正在听内务府太监的调拨。如懿只看了一眼，芸枝道："回皇贵妃的话，这是内务府新从圆明园拨来的一批宫女，说是做惯了事极老练的，正训了话要拨去各宫呢。"

如懿点点头，也不欲过问。突然，宫女里一个穿蓝衣的跑了出来，喝道："赵公公，凭什么你收了她们的银子便拨去东西六宫，咱们几个没使银子给你，你便拨咱们去冷宫当差。天下没有这样的道理。"

如懿听得"冷宫"二字，触动旧事，不觉多看了两眼。那赵公公五大三粗，拉过那宫女拖在地上拽了两圈，抓着她的头发狠狠往墙上搡了一下，喝道："你们这班圆明园来的宫女，外来的人敢唱内行的戏，猪油蒙了心吧？本公公肯收钱是给你们脸，你给不起就是自己没脸，还敢叫唤？打死了你都没人知道。"

如懿虽然赶着去永璜府邸，亦不觉蹙眉，唤过跟前的小太监小安道："小安，去把那个赵太监拉过来，说他的专横霸道本宫都知道了，让他自己去慎刑司领五十大棍，从此不必在内务府当差了。"

小安赶紧着上前去了，那赵公公看见如懿来，早吓得腿软了。如懿哪里肯听他啰唆，留下了小安去内务府知会宫女人选的分配，便要离开。方才挨打的宫女忙膝行到如懿跟前道："多谢皇贵妃娘娘主持公道。"

如懿见她挨了打，神色却十分倔强，一点儿也不害怕，便道："你倒是个直性子的，只是什么话都喊出来，也不怕自己吃亏么？"

那宫女不卑不亢道："奴婢自己吃亏不要紧，不能让没钱的姐妹都吃了亏。"

如懿见她被打得灰头土脸的，仔细看相貌却也端庄整齐，落落大方，像是个有主意的，想着惢心伤了腿之后自己身边也没个得力的人，便道："你这样的性子是吃亏，可本宫喜欢。等下洗漱干净了去翊坤宫等着，留在本宫宫里当差吧。"她说罢，便急匆匆去了。

待赶到永璜府里时，一众的福晋格格都跪在地下，嘤嘤地哭泣着。绿筠已经先到了，与伊拉里氏陪在床前，她见了如懿进来，少不得擦了擦眼角的泪痕，肃了一肃道："皇贵妃万安。"

如懿见阁中一片凄云惨雾，忙按住绿筠的手道："这个时候了，还闹这些虚文做什么。"说罢便转首急急问伊拉里氏："太医看过了么？可怎么说？"

伊拉里氏哭得两眼核桃似的，听得如懿问，忙止了泪站起身来，道："回娴娘娘的话，太医说永璜梦魇缠身，日夜不安，心气断断续续的，只怕是……"

如懿心中一沉，脸色便有些不好："别胡说！永璜才二十三岁，怎么会心气断续？"

伊拉里氏说不上两句，呜咽道："这两年永璜身上总不大好，忧思过虑，像是总转着什么念头，又不肯告诉妾身。好几次从梦里惊醒，总是大哭说自己不孝。前几日是孝贤皇后的忌辰，永璜梦魇更厉害，说要去找孝贤皇后理论。妾身也吓坏了……"

伊拉里氏话未说完，脸上已经挨了重重一掌。绿筠脸色煞白，气急败坏地指着她道："终究是你没照顾好永璜，还一味胡说八道！永璜最有孝心，他梦魇什么？要去找仙逝的孝贤皇后理论什么？糊涂油蒙了心，红口白舌地来拉扯永璜不孝！依本宫看，永璜身上不好，都是素日里你们这些不知轻重的人调唆得他没养好身子。"

绿筠素来性子和缓，如今突然发作，如懿自然明白是因为伊拉里氏的话没说好。这样的话若是落到皇帝耳朵里，又惦记起昔年永璜和永璋在灵前不孝的事，更会惹得皇帝不高兴。

如懿忙拉住绿筠劝道："姐姐别生气。媳妇儿素日是懂事的，只是一时情急说话不当心罢了。"她盯着伊拉里氏，温声嘱咐道："这样的话再不许提了。"如懿看着床上昏睡的永璜，见他满头豆大的虚汗，冒了一层又是一层。她看着心疼不已，忙取过绢子替他仔细擦了又擦，心中愈加内疚不已。永璜似是感觉到她的动作，稍稍有些清醒。他动了动身子，忽然睁开了眼，直瞪瞪地望着帐顶，大声道："额娘，额娘，你别走，您等等儿子，心疼心疼儿子。"

绿筠忙坐到榻边，拉住永璜的手垂泪道："永璜，永璜，额娘在这里。"如懿听他呼喊哀切，一时触动了心肠，切切唤道："永璜。"

两人唤了几声，也不见永璜有任何回应。绿筠便有些讪讪道："什么额娘？怕是咱们都自作多情了，永璜是在唤他的亲额娘哲悯皇贵妃呢。"说罢又叹，"我虽养他这些年，可这孩子，到底不太肯叫我一声'额娘'。"

如懿眼底一酸："永璜是个有孝心的孩子。"

正巧太医进来，翻了翻永璜眼皮，忙灌了一碗汤药下去，磕个头道："皇贵妃娘娘恕罪，纯贵妃娘娘恕罪，大阿哥怕是回光返照了。有什么话，能说的就赶紧说了吧。"

如懿听了这话悲从中来，转过脸呜咽起来。汤药灌下去，永璜果然清醒了些，两眼也渐渐有神，盯着如懿道："母亲来了。"

绿筠叹口气道："永璜好歹也曾养在皇贵妃膝下过，我是没用，两个孩子都遭了皇上的训斥，抬不起头来做人。有什么话，皇贵妃陪着说说吧。"她说罢，便扶着几个福晋的手一同出去了。

阁中静静的，恍若一潭幽寂深水，日光细碎的影子落在地上，像是一个幽若的梦。永璜咳嗽了几声，轻轻道："多谢母亲还惦记着儿子。幼时养育之恩，儿子一直不敢忘记。"

如懿含了泪，抚着他的额头柔声道："好孩子。母亲也都还记得，你这孩子什么都好，唯独母子情分上亏欠了。虽然有母亲和纯娘娘照料，但若哲悯皇贵妃还在，你也不至于如此。"

永璜大口大口地喘息着，苍白的脸上浮起两团虚弱的酡红，过了好半晌，才缓过来一口气："儿子自知是不能了。这些日子一直梦见额娘对着儿子含泪不语，总像是有许多委屈，却说不出来。前几日孝贤皇后忌辰，儿子更梦见孝贤皇后喂额娘吃些什么，额娘吃完就七窍流血。母亲，儿子心里明白，是孝贤皇后害死了额娘！"

如懿看着他颧骨高耸，两眼深深地凹了进去，难过道："哲悯皇贵妃之死本来就蹊跷，母亲是听过这样的闲话的。可永璜，闲话是不能过心的，一旦过了心，挣不出来，成了你的心魔，你就害死你自己了。"

永璜呜呜咽咽地哭着，那样幽咽而绝望的哭泣，像于深夜中迷失了方向的孩童。"儿子自幼失了额娘，被人欺侮，儿子很想争气，所以也动过利用母亲的心思。可皇阿玛骂儿子对孝贤皇后不孝，儿子是真的孝敬不了。是她害得我在阿哥所受苦，是她害死我额娘，是她给额娘吃了那么多相克积毒的食物，甲鱼和苋菜，麦冬和鲫鱼……诸如种种，都是同食则会积毒的。我额娘就是这样被她慢慢毒死的，我怎么能对着她尽孝……我……我……再不要、不要在这污秽之地了！"

如懿抱着永璜，心绪哀恸的须臾，有浓墨般的疑惑如同泼洒于素白生绢之上，迅疾流泻，扩散渗染。她抑不住一颗几乎要跳跃出来的心，紧紧攥住他的手道："这些食物相克积毒是谁告诉你的？愉妃告诉过你是孝贤皇后害死你额娘，可她从来不知道这些细枝末节。告诉母亲，这些是谁告诉你的？"

永璜一时急切，一口痰涌了上来，咳咳道："嘉……嘉……"

多年来如在迷雾中穿行，终于有隐约窥得的明亮，如懿连连追问："是金玉妍是不是？是不是？"永璜拼命张大了嘴，极力晃着脑袋想要点头。如懿见他如此，吓得什么都顾不得了，忙唤道："太医，太医！"

永璜在她怀里挣扎着，如同脱水之鱼，苟延残喘。他的眼神渐渐涣散，终于吃力地闭上了眼睛，回归至永久的安宁。前尘往事纷至沓来，仿佛秋日黄昏时随风涌动的尘埃，轻得几乎没有半分力气，却萦萦绕绕缠到身上，闷住了心肺鼻息，竟生出一种彻骨的惶然无力。仿佛还是在小时候，永璜不过七八岁，下了学乏了，便是这样靠在如懿的臂弯里，沉沉睡去。

太医扯着袍子三步并作两步赶了进来，摸了摸永璜的鼻息，垂头丧气道："皇贵妃娘娘节哀，大阿哥已经去了。"

如懿轻缓地摸着永璜的脸，低声道："好孩子，睡吧，睡了，你就能见着你的额娘。"她捂着嘴，压抑着喉间的呜咽，终于在沉默中让眼泪肆意地流了下来。

第七章　风波定（下）

乾隆十五年庚午三月十五日申时，皇长子永璜薨，追封定亲王，谥曰安。

如懿进养心殿向皇帝禀报永璜的丧仪时，皇帝正横躺在暖阁的榻上。金立屏，软烟绮，莲瓣枕，枕边螺钿几上供着一尊釉里红缠枝瓶，瓶中斜斜插着一把姿态妖娆的曼陀罗，雪白浅紫的花瓣碎碎流溢下来，蜿蜒成清媚的风姿。

一切陈设一如往日，却毫无生气。

春日明媚清澈的阳光透过细雕花红木格窗，如一片金色的软纱轻扬起落，无声覆盖在他面上，却亦不能遮去分毫憔悴与神伤之色。

皇帝摩挲着手中一枚子母狮和田青玉佩，听得她足音轻悄，只是微微抬了抬沉重的眼皮，嘶哑着喉咙道："你来了。"皇帝转过脸，露出几日未刮的青青的胡楂，颇有神骨清羸、沈腰潘鬓①的支离。

如懿心头一沉，竟泛起些微酸楚的涟漪。原本在永璜府中处理丧仪，皇帝迟迟不肯露面，她虽然只做了永璜几日的养母，心中也不免怨怼，皇帝对这长子竟连最后的颜面也不给。但如今见他这般，如懿亦不由得生出一分哀恸，转了低柔的语声："皇上放心，一切都料理好了。"

皇帝将手中的子母狮和田青玉佩递到如懿眼前。那是一枚肉质的青玉佩，玉质细腻油润，幽光沉静，刀工古朴流畅，包浆熟美，一大一小两头狮

---

① 沈腰潘鬓：南朝梁朝沈约老病，百余日中，腰带数移孔；又晋潘岳年始三十二岁，即生白发。后以"沈腰潘鬓"为形容身体消瘦，形容憔悴之典故。

子神态亲昵，依偎在一起，一看便是积古之物。皇帝的言语间凭空透出几许悲凉："朕找了很久，真的很久。你去主持永璜的丧仪，朕就一直在找，想找出一样诸瑛用过的东西，可以做个念想。可朕一直找不到，还是毓瑚想起来，从库房的锦匣里找到了这个。朕记得很清楚，这是诸瑛的陪嫁。虽然都是富察氏，但她远不比琅嬅，所以这玉也不算十分名贵。可她戴了很久，一直到死才摘下来。朕叫人封存起来。"他絮絮地说着："你看，这对子母狮多亲热，天伦之乐，毫无嫌隙。"

如懿的瞳孔蓦然收紧："皇上的意思是，天家父子还不如这一对狮子。"

皇帝瞥她一眼，并不动怒，只是将那玉佩握在手中，细细抚摩："这样的话，只有你会说。如懿，你倒真的不怕。"他苦笑，声音像是垫在香炉下的霞色锦缎，星星点点溅着烧煳的焦灰迹子："朕真的觉得对不住诸瑛。她是朕的第一个女人，若不是那一刻的动心，朕也不会留下她。她是那么天真单纯的女子，看见朕就会笑得那么高兴。"

如懿凄惘道："可咱们，终究没有善待她的孩子。"

皇帝的眉宇间衔着温默与疲倦，缓缓地道："朕不是故意不给永璜脸面，不去他的丧仪。"他握住如懿的手："如懿，朕是真的不敢看，更不敢去面对。永璜病着的那些日子，朕不愿意听到一点儿他病重的消息，也不愿去看他。朕怕他看朕的眼光只剩了怨恨。朕更怕，怕自己又一次看见朕的孩子走在了朕的前头。"

眼中不可抑制地漫上泪光，酸涩之味亦从腔子里慢慢涌上了喉头。他固然狠心，却原来也是这样难。如懿只得柔声道："臣妾知道。臣妾把皇上的意思都告诉了永璜府里，所有的阿哥、命妇都去致丧了。"

皇帝挪了挪身子，虚弱地靠在如懿的腿上，颓丧得像个受了伤的孩子："从乾隆三年端慧太子去世，十二年七阿哥去世，去岁九阿哥去世，如今又是朕的大阿哥。朕登基以来，一直敬慕上天，尊崇佛理，为什么朕的儿子一个个先朕而去，让朕落得白发人送黑发人的伤心。朕，到底做错了什么？"

有泪意模糊地盈上羽睫，仿佛暮霭沉沉时分欲落的雨水。如懿低低道："皇上，人哪，吃五谷杂粮的身子有病，经不住世事的便是心病。这不是您的错。"

皇帝以手覆额，叹道："朕知道你说什么，也只有你会告诉朕，永璜的死是心病。自从孝贤皇后死后，朕知道永璜有夺嫡之心，朕便忌讳着他。他是朕的儿子，他刚刚成年，还那么年轻，朕却渐渐开始老了。朕不能不忌讳，不能不疑心……"

心中的触动如潮水上涌，如懿伸出手指，覆住皇帝的口："皇上，您正当盛年，如日中天……"

皇帝的眼底露出几分颓丧和阴郁："如日中天之后便是夕阳西下，哪里比得上冉冉升起的太阳？"

皇帝似是在问，却无人也无话可以应答。他沉浸在自己的思绪里："儿子长成自然欢喜，可长大了，无能让人担心，有野心又让人害怕。如懿，有时候连朕自己也觉得，自己宠爱公主比皇子更甚。因为对女儿，不会又爱又怕。从太祖努尔哈赤以来，长子争权已经成了本朝君王不得不忌惮的事。太祖皇帝的长子褚英仗着战功便心胸狭隘，清算功臣，最后被太祖下令绞杀；太宗皇帝的长子豪格觊觎皇位，屡生事端，结果死于多尔衮之手；圣祖皇帝的长子胤褆因魇咒太子胤礽，谋夺储位，被削爵囚禁；皇阿玛的长子，朕的三哥弘时，为逆臣进言，被先帝逐出宗籍。如懿，朕是经历过昔年的弘时之乱的，朕更害怕，自己一手养大的孩子会和列祖列宗的长子们一样，所以朕申饬永璜比对永璋更严厉，但朕的心里还是疼爱永璜的，毕竟朕的这些孩子里，他是陪着朕最久的一个啊！"

如懿眼中一酸，终于有泪含着温热的气息垂垂而落。她哽咽，极力平复着气息，缓缓道来："皇上，永璜要是明白您的心思，在九泉之下也会有所安慰。臣妾去看过永璜，他临死前念念不忘他的生母哲悯皇贵妃，深悔自己不能尽孝。"

皇帝的声音极轻，如在梦呓："朕不是对哲悯皇贵妃的死全无疑心。昔年朕不懂得保护她，让她盛年之时便稀里糊涂离世，如今，又是朕的疑心，逼死了她的儿子。"他轻轻握住如懿的手，手心潮湿而微凉："如懿，朕在万人之上，俯视万千。可这万人之上却也是无人之巅，让朕觉得自己孤零零的，没有人可以陪着朕。"

如懿的手指抚在皇帝发辫之上，发尾上系着一颗墨绿的玉髓珠子并一颗镂空赤金珠。皇帝束发素来只用明黄一色，然而，不知怎的，如懿只觉得那明亮的金色也变得乌沉沉的，让人心头发坠。她柔声道："皇上不要多思多虑。您是皇上，亦是人夫，人父，有时候走下来片刻，也未必不好。"

皇帝倦怠地摇头："这个地方，朕一旦走上去，便已经下不来了。朕从前一直以为孝贤皇后太像一个皇后，而不像一个女人，可如今朕却明白了，她也有她的身不由己。如懿，朕的皇后之位一直空缺，朕很想你快点来，来到朕身边，咱们站在一块儿。"

她意外到了极处，也震惊到了极处，不意皇帝会在这个关节上提起立后之事。然而，心底还是有蒙昧的欢喜："一块儿？"

皇帝重重颔首，软弱而温存："如懿，告诉朕，这么多年形影相随，无论朕厚待你、冷弃你，你对朕是否有些许真心？"

"真心？"她的欢喜抽离得如此迅疾。终究，还是清醒的吧。哪怕可以拥有与他并肩而立的荣耀与名位，到底还是在乎那一丝真心。"皇上，臣妾一直以为，相信真心的人是不会这般问的。"

皇帝重重叹一口气，握着她手的掌心潮湿得如被眼泪倾覆："如懿，朕也很想去相信，时时处处相信，没有半分疑惑。可朕的身边，太多的女子，对朕的心意未必那般真诚。也许，在她们眼里，朕所能带给她们的尊荣与贵宠，甚至朕的这件龙袍，都远远胜过朕这个人。"

"不是的，不是的。"她急急地分辩，仿佛是为了那一缕一直不肯被尘埃泯去的真意，"皇上，自臣妾是青樱，您是皇子时，臣妾相随您左右。臣妾真的希望，臣妾与您，可以是少年时的相伴，白头后的不离。"

她满心满肺的恳切，似是要将多年的心思与委屈一并诉出。皇帝温柔地沉默须臾，紧紧握住她的手，轻声唤她："青樱。"

如懿微微苦笑，深吸一口气，抖落心底封存多年的疑虑："皇上，其实臣妾一直很想问，当年臣妾为您兄长弘时所厌弃，不肯娶入府中，让臣妾沦为笑柄。"她仰着脸，深深地望到皇帝眼底，仿佛要从他深不见底的心潭中探知某种真实的情感："可皇上，为什么在臣妾最尴尬的时候，您会愿意娶臣妾做您的侧福晋，会那样善待臣妾，让别人都知道臣妾嫁得很好，圆满了乌拉那拉氏的颜面？"

皇帝闭着眼睛，伸出手慢慢地抚摩着她的脸颊。他的手那样轻柔，依稀还如当年那样，爱惜地抚过她的面孔，与她一同在镜中看见最年轻饱满的笑颜，人成双，影成双。皇帝轻声道："如懿，这是你的鼻子，你的眼睛，你的额头。朕那么熟悉，哪怕是闭上眼睛，你的脸都一直在朕的脑海里。那年朕娶你，娶的是失意的你，安慰的却是同样失意的自己。当年弘时被你的姑母乌拉那拉皇后抚养，几乎与嫡子无异，而朕只是庶出之子。伤心人对伤心人，才能最懂得彼此。娶你入府之后，一开始你总是闹小性子，可时日长了，也渐渐沉稳起来。朕自幼拘束，时时克己，有时候看你的小性子，总觉得那是朕做不到的一面。而你逐渐懂事，朕也很欣慰，因为你的懂事，是为你自己，也是为了朕。所以，朕会和你一起走了那么多年，越来越相知相惜。"皇帝睁开眼，有迷蒙的雾气湿漉漉地浮现："朕这样说，不知道你明不明白？朕与你的感情，若说不是男女之情，那实在冤屈；若说只是男女之情，却也是委屈了它。因为朕对你，早已超出了如此。"

如懿轻叹一声，有无限岁月凝聚的酸涩一同凝在那叹息的尾音里："臣妾有自知之明，宫中府中佳丽如云，臣妾并不是最美，性子也算不得最好。作为儿媳，臣妾并不是太后所属意的皇后人选。"

皇帝嘘一口气："朕知道，你的姑母乌拉那拉皇后是太后的死敌，太后虽然为你改名如懿，面子上也还可可，但心里总不是最愿意的。不过，孝贤皇后就是当年太后与先帝为朕所选，后来太后待她也不过尔尔。"他深吸一口气，眸中深沉，有星芒一般的光熠熠闪过，朗然道："可朕是皇帝，朕才是天下之主！若连立谁为皇后都由不得自己，那朕算什么皇帝！张廷玉已经走了，太后也不是当年能事事调教朕的太后，谁也不能再约束着朕。哪怕有谁不愿意，朕也必要纵情任意一回！"

心里有绵绵的暖意，仿佛少年的时光再度回到她与他的掌心，盛放出连枝并蒂的缠绵。曾经，她是那样爱慕他，仰望他，是他给了她救赎，让她不必成为一辈子的失意人。如懿依着皇帝的肩，轻声道："可皇上，也是您说的，那是无人之巅，太过清寒。"

皇帝的笑意如透过云层的光。"所以，咱们在一块儿。"他长嘘一口气，"朕已经失去了一个长子，两个嫡子。朕希望册立你为皇后之后，朕还是会有自己的嫡子。"

如懿垂下头，语意伤感："可臣妾已经是三十三岁了，未必能有所生育。"

皇帝伸开手掌，与她的十指一根根交握："天命顾及，自然会诞育嫡子；天命若不顾，你与朕最喜爱的孩子，就交给你抚养，可以是咱们的嫡子。所以，你不会膝下孤单。"

如懿轻轻颔首，垂下脸和皇帝紧紧贴在一起："那么，臣妾可不可以更贪心一些。臣妾日夜期许的，不仅是与皇上有夫妻之情，更有知己之谊，骨血之亲。"

"如懿，你是觉得男女欢爱太过缥缈？"

"是。"她心意沉沉，"臣妾所有，不过是与皇上的名分所在。如果可以，臣妾更希望牢牢把握不会轻易碎裂的情分。"

他拥着她，以保护的姿态，颔首允诺："朕答允你。如懿，朕答允你。"

她与他的感情，其实一开始就并不纯粹——是她，为了争一口气，嫁入宗室，半委屈半期待着嫁作他的侧福晋；是他，借着她与旁人家族的显赫，一步一步走到九五至尊的地位，才渐渐生出几许真心。这一路走来，明媚欢悦固然不少，可艰难崎岖，也几乎曾要了她的性命，却从未想过，居然也能走到今日。

窗外，有春色如许，遍耀光年。

仿佛所有带着脂粉气的残酷凄烈，种种的波云诡谲、暗潮汹涌，在那一刻都戛然而止，急速归于平静。待回到翊坤宫中，合宫上下已皆知皇帝的立后之意。虽然在皇长子丧中，欢喜不能形于色，可是这么些年的艰难苦辛、辗转流离，终于到了这一步。

海兰早已等在了翊坤宫中，在垂花门下徘徊相候。如懿远远见了她，穿着一袭新崭崭的天水蓝袍子，衣衫上是不同深浅的亮银与暗蓝的颜色，捧出大朵大朵栀子花的影彩，是静默而深沉的真心欢悦。如懿不知怎的，见了海兰，整个人才从虚茫茫的震动和喜悦里落定了心意。好似方才那一路，欢喜而恍惚，竟是稀里糊涂回来的。

海兰见了如懿，疾步上前，想要笑，却是落了泪，紧紧执着她的手，哽咽道："姐姐，终于有这一日了。"

如懿亦是慨然，隐然有泪光涌动："是。只是赔上了永璜一条命，才成全了我。"

海兰闻言止了泪，正了容色道："只有到了皇后之位，姐姐才稍稍安全些。所以，不管谁赔了进去，都不可惜。"

夏日天光极长，夕阳的余晖斜斜铺开红河金光，曳满长空。晚霞渐渐变为绛紫与暗蓝交织的宝带，晚霞背后是烧灼了的深红色云彩，将天际都燃得空透了一般，影影绰绰烙在殿前"光明盛昌"的屏门上，蔓延倒影在青石砖地上，似水墨画上泼斜的花枝。暮色中的二人披着金黄而模糊的光辉，偶尔有乍暖还凉的风拂掠起袍子飞扬的边角，人也成了茫茫暑气中花叶缭乱的微渺的一枝。

如懿的手心有黏腻的微凉汗珠，她悄然紧握海兰的手，低声在她耳边道："是。我们所走过的路都是必经之路，所做的事都是不可避免之事。哪怕月寒日暖，来煎人寿。但永璜已死，我固然伤心，却也知一件秘事。原来除了你，金玉妍也对永璜说过哲悯皇贵妃被孝贤皇后所害。"

海兰眼中有迷惑的旋影波转，她惊诧道："金玉妍？"

如懿含着凛冽的警醒："金玉妍所言，比你细致许多，连哲悯皇贵妃如何被害死的细枝末节都无一不知，且告诉永璜哲悯皇贵妃是吃了哪些相克的食物而死。"她的声音失却这个季节应有的余温："皇上曾经与我说过，孝贤皇后至死也不认害死哲悯皇贵妃……我从前从不相信，如今看来，却真有几分可信了……"

海兰深吸一口气，蹙起了眉头，但随即又以一贯平和无害的微笑抚平了那一丝凌厉的警惕："若孝贤皇后所言是真，那么唯一能把如何害死哲悯皇贵妃的始末知道得一清二楚的，才是真正下手害死哲悯皇贵妃之人。"她屏息凝神，呼吸渐渐有了明显的起伏："姐姐记得么？孝贤皇后生前对饮食性寒性热之事几乎一无所知，连自己的一饮一食都不甚注意，还是金玉妍偶尔提醒。虽然阿箸和双喜都说过，是慧贤皇贵妃和孝贤皇后在咱们冷宫的饮食里加了许多寒湿之物，可是背后主使，或许另有其人。且还有许多事，孝贤皇后也是至死不认的。"

如懿眯起眼眸，有一种细碎的光刺在她的眸底幽沉地晃："如今看来，这个人倒更像是金玉妍呢。只是海兰，她出身李朝，看似不如慧贤皇贵妃和孝贤皇后出身高门华第、身份尊贵，但皇上顾着主属两邦之谊，不到绝处，绝不会轻易动她。"

海兰侧了侧首，牵动云鬓上珠影翠微，闪着掠青曳碧的冷光。她拍一拍如懿的手，屏声静气道："从前不知敌人身在何处，才受了无数暗算。如今知道是谁了，又已经剪除了她的羽翼，只须看着死死的，还怕她能翻出天去么？不怕！天长日久，闲来无事，这些账便一笔笔慢慢算吧。"

如懿的声线里有沉沉的决断与冷冽："是，是要慢慢算。我们在这宫里多年，唯一学会的，不就是将对方最引以为傲、赖以为生的东西慢慢挫磨殆尽么？下半生还长着呢，咱们还在一块儿，有的是时间，有的是同一份心力。"

　　她们彼此相握的手指紧紧收拢，关节因为过于郑重和用力而微微泛白。哪怕有更辉煌的荣耀即将披拂于身，她们依然是昔年彼此依靠的姐妹，相伴同行，从未有异。

　　之后再有嫔妃来贺，如懿一概都谦逊推却了。皇帝在立后的旨意之后，也于同日下旨，在八月初四，也就是立后的两天之后，复金玉妍贵妃之位。这样的安慰，既是因为玉妍的丧子之痛，也是因为立后大典有万国来朝，不能不顾着李朝的颜面。

第八章

凤位

立后的典礼一切皆有成例，由礼部和内务府全权主持。繁文缛节自然无须如懿过问，她忽然松了一口气，仿佛回到了初嫁的时候，由着旁人一一安排，她便只需安安心心等着披上嫁衣便是。如今也是，只像一个木偶似的，等着一件件衣裳上身量定，看着凤冠制成送到眼前来。皇帝自然是用心的，一切虽然有孝贤皇后的册封礼可援作旧例，皇帝还是吩咐了一样一样精心制作。绫罗绸缎细细裁剪，凤冠霞帔密密铸成，看得多了，一切也都成了璀璨星河中随手一拘，不值一提。

惢心自然是喜不自胜的，拖着一条受伤的腿在宫中帮忙。这个时候，如懿便察觉了新来的宫女的好处。那个宫女，便是容珮。

容珮生着容长脸儿，细细的眉眼扫过去，冷冷淡淡的没有表情，一身素色斜襟宫女装裹着她瘦削笔直的腰身，紧绷绷地利索。容珮出身下五旗，因在底下时受尽了白眼，如今被人捧着也不为所动，谁也不亲近。她的性子极为利落果敢，做起事来亦十分精明，有着泼辣大胆的一面，亦懂得适时沉默。对着内务府一帮做事油惯了的太监，她心细如发，不卑不亢，将封后的种种细碎事宜料理得妥妥当当。但凡有浑水摸鱼不当心的，她提醒一次便罢，若有第二次，巴掌便招呼上去，半点也不容情。

海兰见了几回，不觉笑道："这丫头性子厉害，一点儿也不把自己当新来的。"

如懿亦笑："容珮是个能主事的厉害角色，她放得开手，我也能省心些。"

然而海兰亦担心："容珮突然进了翊坤宫，底细可清楚么？"

如懿颔首："三宝都细细查摸过她的底细了。孤苦孩子，无根无依，倒也清静。"

这样伺候了些日子，连恣心亦赞："有容珮伺候娘娘，奴婢也能安心出去了。"

自此，如懿便把容珮视作了心腹臂膀，格外看重。而容珮因着如懿那日相救，也格外地忠心耿耿，除了如懿，旁的人一个不听，也一个不认。

然而，对于这次的立后，也不是人人都心服的。

自从永璜死后，绿筠更是对亲子永璋的前程心有戚戚，不仅日日奉佛念经，渐渐也吃起斋来。若无大事，也不大出门了。可哪怕温厚避世如绿筠，私下无人偶然相见时，亦黯然神伤道："皇贵妃，你虽然出身贵族，但细论起来，你家世破落，又不为太后中意，并不比汉军旗出身的我好多少。若论美貌，你也不是宫中最美最好的，皇上对你也不算椒房专宠，更何况你连一个公主都没有生过，可是到了最后，竟是你成了皇后。是为了什么呢？"

绿筠的迷惑，或许也是许多人不能言说的不解吧。

彼时的如懿，正是盛世芳华，着华丽纯粹的郁金香红锦袍，那样纯色的红，只在双袖和领口微微缀绣金线夹着玉白色的并蒂昙花纹，袍角长长地拂在霞色云罗缀明珠的鞋面上，泛着浅淡的金银色泽，华丽如艳阳。也只有这样的时候，她才当之无愧地承担着这样热烈而纯粹的颜色，并以淡然之势，逼得那明艳的红亦生生黯淡了几分。

"是为了什么呢？"如懿自嘲地笑笑，"我本是成也家世，败也家世。我没有最耀眼的美貌，没有深重的宠爱，贤名也不如孝贤皇后。至于孩子，我确实比不上你儿女双全，多子多福。我只有这一条命，一口气，什么都是我自己的。可就是因为我什么都没有，我才可以做一个无所畏惧的皇后。"如懿深深凝睇绿筠渐渐被岁月侵蚀后细纹顿生而微微松弛的脸庞，还有经过孝贤皇后灵前痛责之事后那种深入骨髓的灰心与颓然，像一层蒙蒙的灰网如影随形紧紧覆盖，她不觉生出几分唇亡齿寒的伤感："还有，换作我，绝不会如你一般问出，凭什么是谁当皇后这样的话。"

　　绿筠注视如懿良久，遗下一束灰暗的目光，垂下哀伤的面孔："这些年我不求别的，只求我的孩子能平安有福地长大。为了这个，多少委屈我也受得。终于，等啊等，居然那些人都死在了我这个不中用的人前头。我便生了痴心妄想，也听信了金玉妍的奉承，以为自己也有资本争一争皇后之位，至少能为我的孩子们争得一个嫡出的身份，争得一个不再被人欺侮的前程。可是，我终究不如你命好。所以，你要怪罪我当初和你争夺后位的心思，我也只能自作自受而已。"

　　绿筠迎着风，落下感动的泪。永璜和永璋的连番打击，早已让绿筠的恩宠不复旧日，连宫人们也避之不及。世态炎凉如此，不过倚仗着往年的资历熬油似的度日罢了。而她，除了尊贵的身份，早已挽留不住什么，甚至，连渐渐逝去的年华都不曾眷顾她。比之同岁的金玉妍，绿筠的衰老过于明显，而玉妍，至少在艳妆之下，还保留着昔年的风华与韶艳。

　　绿筠的痛苦如懿何尝不懂得，也因这懂得而生出一分悲悯。如懿面色宁和，柔和地望着她："你一切所为，不过是为了你孩子的前程，并非有意害我。因为我膝下无子，所以不会偏袒任何一位皇子，更不会与你计较旧事。"

　　绿筠眼中一亮，心被温柔地牵动，感泣道："真的？"

　　如懿坦然目视她，平静道："自然。不为别的，只为永璜是我们都抚养过的孩子，更为了曾经在潜邸之时，除了海兰，便是你与我最为亲密。"

　　她想了想，郑重而恭敬地行了一个大礼："皇贵妃若有此心，便是保全我们母子了。"

　　绿筠离开后，海兰却是在长春宫寻到了如懿的踪迹。

　　长春宫中一切布置如孝贤皇后所在之时，只是伊人已去，上泉碧落，早已渺渺。

　　如懿静静立于暖阁之中，宛然如昨日重来。

　　海兰款步走近："不承想姐姐在这里。"

　　如懿淡淡而笑："皇上常来长春宫坐坐，感怀孝贤皇后。今日，我也来看看故人故地。"

海兰轻嗤: "皇上情深,姐姐大可不必如此。"

如懿蛾首微摇: "不!与纯贵妃一席话,彼此解了心结。我才发觉当年与孝贤皇后彼此纠葛是多么无谓!我们用了彼此一生最好的年华,互相憎恨,互相阴害,一刻也不肯放过。到头来成全了谁呢?"

海兰垂眸: "所以姐姐由此及彼,肯与纯贵妃和解。"

如懿瞬然睁眸, "昔日争夺后位,纯贵妃既是因为爱子心切,也是有金玉妍的挑唆。我即将正位中宫,许多事固然需要雷霆手段,但也须多一些宽和之心。"

海兰抿唇而笑,陪伴在如懿身侧: "姐姐说什么,便是什么吧。我只是觉得,姐姐越来越像一个皇后了。"

如懿颦起了纤细的柳叶眉,长长的睫毛如寒鸦欲振的飞翅,在眼下覆就了浅青色的轻烟,戴着金镶珠琥珀双鸳镯的一痕雪腕抚上金丝玉白昙花的袖,轻声道: "越来越像皇后?海兰,你知道这些日子,我最常想到谁?"

海兰立于她身后,穿了一件新制的月白色缕金线暗花长衣,外罩碧玉色银线素绡软烟罗比甲,手中素白绣玉兰纨扇有一下没一下地摇着,一双眼睛似睁非睁: "姐姐是想起您的姑母,从前的景仁宫娘娘?"

如懿环视长春宫,静静道: "能有今日,我也算略略对得住姑母的苦心。可我最常想到的却是孝贤皇后。"她见海兰浑不在意,继续道: "身为中宫,孝贤皇后也算无可挑剔,为何皇上对她也有所误会?若她不是中宫,不曾有与皇上并肩而立同治家国的权柄,会不会皇上待她更好?会不会……"

海兰道: "各人有各人的命,姐姐替旁人操心做什么?"

如懿咬一咬唇,还是抵不住舌尖冲口欲出的话语: "海兰,我一直在想,若孝贤皇后只是妾而非正妻,不曾有与皇上并肩而立同治家国的权柄,会不会皇上待她,会像待其他女人一般,更多些温存蜜爱?会不会——"

海兰接口道: "会不会姐姐的姑母也会得些更好的结果。"她柔声道:

"姐姐的话，便是教我这样冷心冷意的人听了，也心里发慌。总不会姐姐是觉得，即将正位中宫，反而惹了皇上疑忌吧？姐姐，你是欢喜过头了，才会这么胡思乱想。皇上固然一向自负，不愿权柄下移，更不许任何人违逆，但……总不至于此吧。"

如懿勉强一笑："或许我真是多心了。"明灿的日色顺着熠熠生辉的琉璃碧瓦纷洒而下，在她半张面上铺出一层浅灰的暗影，柔情与心颤、光明与阴暗的分割好似天与地的相隔，却又在无尽处重合，分明而模糊。她只是觉得心底有一种无可言喻的阴冷慢慢地滋生，即使被夏日温暖的阳光包围着，那种凄微的寒意仍然从身体的深处开始蔓延，随着血脉的流动一点一点渗透开去。

乾隆十五年八月初二，皇帝正式下诏，命大学士傅恒为正使，大学士史贻直为副使，持节赍册宝，册立皇贵妃乌拉那拉氏如懿为皇后。

册文隆重而华辞并茂：

朕惟乾始必赖乎坤成健顺之功以备，外治恒资于内职，家邦之化斯隆。惟中阃之久虚，宜鸿仪之肇举。皇贵妃那拉氏，秀毓名门，祥钟世德。早从潜邸，含章而懋著芳型。晋锡荣封，受祉而克娴内则。今兹阅三载而届期，成礼式遵慈谕。恭奉皇太后命，以金册金宝立尔为皇后。逮盦斯樛木之仁恩，永绥后福。覆茧馆鞠衣之德教，敬绍前徽。显命有光。鸿庥滋至钦哉。

立后这日清晨，天气并不如何烦热，皇帝执手含笑："朕选在八月初二，那是你当年嫁入潜邸的日子。八月，也和朕的万寿节，又和中秋团圆同一个月。朕希望与你朝朝暮暮相见，年年岁岁团圆。"

如懿着皇后朝服，正衣冠，趁着立后大典之前前往慈宁宫拜见太后。彼时太后已经换好朝服，佩戴金冠，见她来，只是默然受礼。

如懿伏首三拜，诚恳道："无论皇额娘是否愿意儿臣成为皇后，儿臣能有今日，终究得多谢皇额娘指点提拔。"

太后抚着衣襟上金龙妆花，目色平淡宁和："你虽然不是哀家最中意的皇后人选，但也终究是你，能走到这个位置。"

如懿恭顺低首："多谢皇额娘夸奖。"

太后平和地摇头："不是夸奖。是你身上流着乌拉那拉氏的血液，那种骨子里的血性，是谁也及不上的。"太后轻嘘一口气："便是哀家，当年也未曾真正斗赢你的姑母。"

如懿微微惊讶，在她的印象中，太后一向是城府极深、妙算心至的。而姑母，成王败寇，早已成了一抹云烟，为世人淡忘。

如懿沉默须臾，道："皇额娘，儿臣有一事一直不明，还请明示。"

太后看她一眼，淡淡道："你说吧。"

如懿直视太后，目光中有太多不解与疑惑："当年儿臣的姑母贵为中宫，又是孝敬宪皇后的亲妹，圣祖孝恭仁皇后的亲眷，为何会在太后您手下一败涂地，最后惨死冷宫？"

太后微微一笑，眼底是深不可测的寒意："今日是你的喜日，偏要问这么晦气的话么？"

如懿的笑意静静的，像瑰丽日光下凝然不动的鸳鸯瓦，瑰丽中却让人沉得下心气："问了晦气的话，是指望自己的来日不会晦气。但请皇额娘成全。"

太后望着殿外浮金万丈，微微眯了双眼，似是沉溺在久远的往事之中，幽幽道："自作孽，不可活。"

如懿微一沉吟，雪白的齿轻轻咬住："宫中何人不作孽，为何独独姑母不可活？"

太后望向如懿，细细打量了片刻："你说这话的时候，很有你姑母不输天下的气度。只可惜……"太后摇摇头，徐徐道："你姑母就是太在意了，太在意子嗣，太在意后位，更在意君心。其实，皇后就是一个供奉着的神位，什么都是过眼云烟，只要能不出错，不为人所害，终究等得到一生荣华平安。"

如懿迟疑片刻："那么子嗣、后位、君心，在乎就不对了么？或者，皇额娘不在乎？"

太后从容笑道："总有人不在乎一些，总有人更在乎一些。更在乎的那些人，露了自己在乎什么，就等于告诉别人自己的致命伤在何处，总让人有机可乘，害了自身。而且，哀家可以再说一次，哀家从未斗赢过你的姑母。能斗赢你姑母这位当年的皇后的，只有一个人，那便是先帝，当时的万乘之尊。"

如懿听闻过旧事，抬起明亮的眼眸注目于太后："是。可是昔年，后宫缭乱，姑母的后位也并不稳当。"

太后的声音是苍老中的冷静，便如秋日冷雨后的檐下，郁积着的水珠一滴滴重重坠在光滑的石阶上，激起沉闷的回响："你错了。历朝历代，即便有宠妃专权，使皇后之位不稳当的，那也只是不稳当而已。从来能动摇后位的，只有皇帝一个。成亦皇帝，败亦皇帝。"

如懿了然于心，扬眸微笑："所以儿臣一身所系，只在皇上，无关他人。儿臣只要做好皇上的妻子便是了。"

太后亦是笑亦是叹："能说这话，所以你能坐上后位。但你要明白，你不仅是皇帝的妻子、盟友，也是他的臣子、奴才。即便你是皇后，也是一样。"太后注目片刻，忽而笑得明澈："从此，你就是万千人之上的皇后，但是，大清的乌拉那拉氏皇后，少有善终啊。"

太后的话，似是诅咒，亦是事实。太祖努尔哈赤的大妃乌拉那拉氏阿巴亥，被太宗皇太极殉葬后，又因顺治爷厌弃其子多尔衮，阿巴亥死后被逐出努尔哈赤的太庙，并追夺一切尊号，下场极为凄凉。而自己的两位姑母，又何尝不凄凉，一个个无子而死。到了自己，自己的来日，又会如何？

她来不及细想，亦没有时间容她细想。喜悦的礼乐声已经响起，迎候她成为这个王朝的女主人，与主宰天下的男子共同成为辽阔天日下并肩而立的身影。

如懿叩首，缓步离开。走出慈宁宫的一刻，她转头回望，日色如金下，慈宁宫的匾额恍如灿灿的金粉挥扬。或许有一日，与太后一样成为慈宁宫的主人，鞠养深宫终老一生，将会是她作为一个皇后最好的归宿吧。

册立之时，钦天监报告吉时已到，午门鸣起钟鼓。皇帝至太和殿后降舆。銮仪卫官赞"鸣鞭"，丹陛大乐队也奏起"庆平之章"的乐声。皮鞭落在宫中的汉白玉石台上格外清脆有力，仿佛整个紫禁城都充满这震撼人心又让人心神眩晕的巨大回声。

如懿站在翊坤宫的仪门外，天气正暑热，微微一动，便易汗流浃背，湿了衣衫。容珮和蕊心一直伺候在侧，小心替她正好衣衫，除去汗迹，保持着端正的仪容。其实，比之皇贵妃的服制，皇后的服制又厚重了不少，穿在身上，如同重重金丝枷锁，困住了一身。然而，这身衣衫又是后宫多少女子的向往，一经穿上，便是凌云直上，万人之巅。明亮得发白的日光晒得她微微晕眩，无数金灿灿的光圈逼迫到她眼前，将她绚烂庄重的服色照得如在云端，让人不敢逼视，连身上精工刺绣的飞凤也跃跃欲试，腾云欲飞。

终于走到与自己的男人并肩的一刻，如懿忽然想到了从前的人。同样是继后，她的姑母，在那一刻，是怎样的心情？是否如自己一样，激动中带着丝丝的平静与终于达成心愿的喜悦，感慨万千。

而翊坤宫之侧便是从前孝贤皇后所居的长春宫，比对着翊坤宫的热闹非凡、万众瞩目，用来被皇帝寄托哀思的长春宫显得格外冷清而荒落。或许，连孝贤皇后也未曾想到，最后入主中宫的人，居然会是她，乌拉那拉如懿。

阳光太过明丽眩烈，让如懿在微眯的视线中看见正副册使承命而来，内监依次手捧节、册、宝由中门入宫，将节陈放于中案，册文和宝文陈放于东案。再由引礼女官引如懿在拜位北面立，以册文奉送，如懿行六肃三跪三拜礼。至此，册立皇后礼成。

次日，皇帝在王公和文武大臣的陪同之下，到皇太后宫行礼。礼毕，御太和殿。诸王、文武百官各上表行庆贺礼。而如懿也要到皇太后宫行礼，礼毕再至皇帝前行礼。之后，贵妃携妃嫔众人及公主、福晋与内外命妇至翊坤宫内行礼。

而那一日，如懿见到了归宁观礼的和敬公主。一别数年，公主出落成一个明艳照人的妇人，蒙古的水草丰美让她显得丰腴而娇艳，风沙的吹拂让她更添了一丝坚毅凛冽。她扬着美眸望着如懿，那目光无所顾忌地扫视在身上，终于沉沉道："我没有想到，居然是你成了皇后。直到皇阿玛下旨命我回来观礼之时，我都不能相信。总觉得是纯贵妃也好，嘉妃也好，总轮不到你的。"她的笑意有些古怪，有些鄙夷："凭什么呢？你配么？"

如懿对着她的视线静静回望："世间事唯有做不到，少有想不到。何况配与不配，今日本官与公主，终究也成了名分上的母女。"

和敬骄傲地仰起头："我皇额娘是嫡后，我是嫡长公主，你不过是继后而已。民间继室入门，见嫡妻牌位要执妾礼，所以，无论如何，你是不能与我皇额娘比肩的。"

如懿笑意蔼蔼，不动声色地将气得脸色发青的容珮掩到身后："孝贤皇后以'贤'字为谥，本官自认，无论如何也得不到一个'贤'字为谥了。德行既不能与孝贤皇后比肩，家世亦难望其项背，本官只有将这后位坐得长久些，恪尽皇后之责，才能稍稍弥补了。"

和敬乍然变色，但闻得周遭贺喜声连绵不绝，她亦不敢多生了是非："只可惜……我皇额娘早逝，兄弟也无福留在人世，才落魄如此，由得你居于后位。"她重重地咬着唇，衔了冷毒的目光，忽而冷笑声声："享得住这泼天的富贵，也要受得住来日弥天的大祸。我且看着，看你得意多久？"

如懿望着她年轻的面庞，仔细看着，真是肖似当年的孝贤皇后。她不觉叹了口气，和缓了语调道："公主，当年孝贤皇后执意将你嫁去蒙古，为的是保有尊荣之余亦可以避开宫中祸端。既然如此，你何不平心静气，好好儿守住自己这一段姻缘。要知道，如今你是蒙古王妃，你的一言一行，系着蒙古安宁与富察氏的荣耀，切记，切记！"

如懿才说罢，便有执礼女官催促她往皇帝身边去，只余下和敬呆立当地，怔怔不言。

日光是一条一条极细淡的金色，如懿仿佛走了很远，终于走到了皇帝身边。皇帝望着她，含着笑意，向她伸出手来，引她至自己身边。

如懿立在皇帝身侧，只觉得自己俯视在万人之上，看着欢呼如山，敬贺之声排山倒海。她有渺茫的错觉，仿佛在浩瀚云端飘浮，相伴终身的人虽在身边，却如一朵若即若离的云，那样不真实。

可是，终也是他，带自己来到这里，不必簇拥在万人中央，举目仰望。如懿的眼角闪过一滴泪，皇帝及时地发现了，轻轻握住她的手，低声道："别怕，朕在这里。"

如懿温柔颔首，微微抬起脸，感受着日光拂面的轻柔，浅浅地微笑出来。

第九章

鸳盟

种种繁文缛节，如懿在兴奋之余，亦觉得疲累不堪。然而，那疲累亦是粉了彩绘了金的，像脸上的笑，再酸，也不会凋零。

真正的大婚之夜，便是在这一晚。

虽然已是嫁过一次的了，然而，皇帝还是郑重其事，洞房便设在了养心殿的寝殿之中。自大婚前一月，皇帝已不在养心殿中召幸嫔妃，仿佛只为静待着大婚之夜。

如懿缓步踏上养心殿熟悉的台阶时，有一瞬的错觉，好像这个地方她是第一次来。如何不是呢？从前侍寝，她亦不过是芸芸众妃之一，被裹在锦缎被幅中，只露出一把青丝婉转，被抬入寝殿，从皇帝的脚边匍匐入内。

比起那时，或许此刻的自己真的是有尊严了太多。如懿静静地想，或许，她所争取的只是这一点儿生存的尊严吧。当然，这或许是太过奢侈的事。

她缓步走完重重台阶，那样静，连裙角拂过玉台的声音都清晰可闻。仰起脸时，先看到的居然是凌云彻的面孔，他笑意欣慰，屈膝行礼："皇后娘娘万安。"

这两日一声声入耳皆是"皇后娘娘"，听得连自己都恍惚了，此刻从他口中唤出，才有了几分真实的意味。如懿含笑："凌侍卫。"

凌云彻起身相迎："微臣在此恭迎娘娘千岁。恭喜娘娘如愿以偿。"他微微侧身："这一路并不好走，幸好，娘娘走到了。"

如懿盈然微笑："多谢你，等本宫走到这里。"

他拱手，神态萧肃："微臣会一直陪着娘娘走到想去的地方。"

如懿颔首，亦不多言。彼此懂得，何须再多言呢，就如她伤心之时，凌云彻只默默身后相随，便是最好的陪伴与宽慰。

如懿行至殿外，是李玉躬身相迎："皇后娘娘，里头布置妥当，请娘娘举步入内。"

如懿推门而入，素日见惯的寝殿点缀满了让人目眩的红色和金色，连垂落的云锦鲛绡帐也绞了赤金钩帘，缀着樱红流苏。阁中仿佛成了炫彩的海洋，人也成了一点，融入其中，分不清颜色。如懿这才想起，自己已经换下白日的皇后吉服，按着皇帝送来的衣衫，穿上了八团龙凤双喜的正红色锦绣长袍。那锦袍用的是极轻薄软和的联珠对纹锦，触肌微凉，袖口与盘领皆以金线穿雪色小珠密密绣出碧霞云纹西番莲和金云鸾纹小轮花。裙底以捻银丝和水钻做云水潇湘纹，显出蔚蓝迷离的变幻之色。两肩、前后胸和前后下摆绣金龙凤同合纹八团，以攒枝千叶海棠牡丹簇拥，点缀在每羽花瓣上的是细小而饱满的蔷薇晶与海明珠。除此之外，通身遍饰红双喜、团金万寿字的吉祥纹样，碎珠流苏如星光闪烁，透着繁迷贵气。锦袍下质地轻柔的罗裙，是浑然一体的郁金香色，透明却泛着浅淡的金银色泽，仿佛日出时浅浅的辉光，光艳如流霞。

这并不是寻常的皇后服色，乃是皇帝亲许内务府裁制，仅供这一夜穿着。连佩戴的珠饰也尽显玲珑别致的心思。绿云鬟鬓正中是一支九转连珠赤金双鸾镶玉嵌七宝明金步摇，其尾坠有三缕细长的翡翠华题，深碧色的玉辉璀璨，映得人的眉宇间隐有光华流转熠熠。鬓边点缀一双流苏长簪，流苏顶端是一羽点翠蝙蝠，蝠嘴里衔着三串流云珍珠红宝石坠角长穗，都以红珊瑚雕琢的双喜间隔，垂落至肩头。鬓后是三对小巧的日永琴书簪，皆是以白玉做成，在云鬟间温润有辉。因如懿素喜绿梅，点缀的零星珠花皆以梅花为题，散落其中。而宫中素来爱以鲜花簪发，如懿便在内务府所供的鲜花中弃了牡丹，只用一朵开得全盛的"醉仙枝"玫瑰，如红云初绽，妩媚娇妍。

那时容珮便笑言："衣裳上已经有牡丹，再用牡丹便俗了。还是玫瑰大方别致，也告诉别人，花儿又红又香却有刺，谁也别错了主意。"

是呢。这样步步走来，谁还是无知的清水百合，任人攀折。再美，终究亦是带了刺的。

李玉引着如懿坐下，轻声道："皇后娘娘安坐，皇上稍后便到。"

如懿安静坐下，描金宽榻上的杏子红苏织龙追凤逐金锦平整地铺着，被幅四周的合欢并蒂莲花纹重重叠叠扭合成曼妙连枝，好似红霞云花铺展而开。被子的正中压着一把金玉镶宝石如意和一个通红圆润的苹果。她凭着直觉去摸了摸被子的四角，下面果然放置枣子、花生、桂圆、栗子，取其早生贵子之意。

如懿怔了怔，缓缓有热泪涌至眼底，她知道这样的日子不能哭，忍了又忍，只是没想到，重重的失望复希望之后，皇帝还这样待她，以民间的嫁娶之道，再还她一次新婚之夜。

因为，那是她所缺失的。当年以侧福晋身份入府，到底也是妾室，哪里有红烛高照，对影成双的时刻，那时她的房中，最艳的亦不过是粉色而已。而粉色，终究是上不了台面的侧室之色。

如今，皇帝是补她一次昔日的亏欠，让她再无遗憾。

浸淫在往事的唏嘘中，皇帝不知何时已悄然入内，凝视她道："想什么这样出神？"

如懿有些不好意思，忙拭了拭眼角道："皇上万安。"

皇帝温然含笑，眉目淡淡，似有无限情深："今夜，朕不是万岁，而是寻常夫君。"他有些愧然："如懿，朕很想还你一个真正的大婚之夜。但再三问了礼部，皇帝只有登基之后第一次册立皇后，才能在坤宁宫举行大婚，否则便不能了。朕思来想去，祖宗规矩既不能改，那么朕便许你一个民间的婚仪，明媒正娶一回。"

如懿只觉得一颗心温软如春水，绵绵直欲化去："虽然皇上不是亲自来迎娶臣妾，但能有此刻，臣妾已经心满意足。"

皇帝仔细端详她，温柔道："寻常的皇后服制太过死板严肃，朕希望给你一夜美满，所以特意嘱咐内务府制了这身衣裙，既有皇后服色的规制，也不失华美妩媚。朕希望朕亲自选定的皇后，可以与众不同。"

如懿温柔绵绵，如要化去："即便只穿一夜，臣妾亦会珍藏。"

皇帝牵着她手并肩坐下，击掌两下，福珈和毓瑚便满面堆笑地进来，把皇帝的右衣襟压在如懿的左衣襟之上。毓瑚端上备好的红玉酒盏，道："请皇上皇后饮交杯酒。"

如懿与皇帝相视一笑，取过酒盏互换饮下。许是喝得急了，如懿唇边滑落一滴清绵酒水，皇帝以手擦去，温柔一笑。

福珈喜滋滋端过一盘子孙饽饽，屈膝道："请皇上皇后用子孙饽饽。"

如懿取过银筷子夹起吃了一口，连忙皱眉道："哎呀，是生的！"

福珈笑得满脸皱纹都散开了："千金难换皇后这句话呀！"

如懿这才回过味来，不觉脸上飞红。皇帝已笑得痴了，便也吃了一口道："皇后说是生的，那自然是生的。"

福珈道："交杯酒已经喝过，子孙饽饽也已经吃了，请皇上与皇后听一听《合婚歌》吧。"她说罢，打开寝殿的长窗，窗外庭院中立着的四位年长的亲王福晋唱起了《合婚歌》。《合婚歌》共分三节，每唱一节后，左首的年长福晋即割肉一片掷向天，注酒一盏倾于地，以供神享，祝愿帝后和和美美。

终于，曲终人亦散去，寝殿中亦安静了下来。

皇帝的眼中有如许情深，似要将如懿刻进自己的眼眸最深处："如懿，这两天，朕虽然亲自下旨册封你为皇后，可也只有此时此刻，你与朕宁静相对，朕才觉得，你是真的成了朕的皇后了。"

如懿温婉侧首："臣妾与皇上一样，如在梦中，此刻才觉美梦成真。"

皇帝轻轻握住如懿的手，低头吻了一吻，那掌心的暖意，便这样分分寸寸地蔓延上心来，一脉一脉暖了肌肤，融了心意。

皇帝执着她的手，声音低而沉稳，仿若青山逶迤，岿然不动："如懿，朕能许你天下女子中至高无上的地位，却不能许你一心一意的夫妻安稳。不管从前，此刻，还是以后，朕都不能许你。这是朕对不住你的地方，亦是朕最不能给你的。"

如懿微微低下头，镏金百合大鼎里有缥缈的香烟淡若薄雾，袅袅逸出。她从未曾发觉，那样轻的烟雾，也会有淡淡水墨般的影子，笼上人荫翳的心间。

这样的话，从前她不是不知，一路妻妾成群过来，她不能，也不敢期许什么。哪怕是午夜梦回，孤身醒转的一瞬，曾经这样盼望过，也不敢当了真。可如今听他亲口这样说出来，哪怕是情理之中，意料之内，也生了几分失落。

她依偎在皇帝胸前，轻声道："皇上说的，臣妾都明白。臣妾所企求的，从来不是位分与尊荣。"

皇帝轻轻颔首，下颌抵在她光洁的眉心，仿佛叹息："可是如懿，不管皇额娘是否反对，朕都会立你为皇后。或许皇后之位也不是最要紧的，朕能给你的，是朕心里的一份真心意。或许，这份真心意抵不上荣华富贵、权倾后宫来得实在，可是这是唯一能由着朕自己、不被人左右的东西。"

如懿心头震动，仿佛看着陌生人一般看着眼前这个相守相伴了十数年的男子，她不是不知道他的多疑他的反复，也不是不知道他身边从来有无数的姹紫嫣红。可是她深深地觉得，哪怕是陪在他身边最长久的时刻，也比不上这一刻内心的百感交集，倾尽真心。

他不过是弘历，她也只是青樱，是红尘万丈里最凡俗不过的一对男女。没有雄心万丈，没有坐拥天下，更没有钩心斗角、你死我活。只有一个男人和一个女人，这一刻的真心相许。

如懿微微含泪，紧紧伏在他胸口，听着他心跳沉沉入耳，只是想，倾这一生，有这一刻，便也足够了。她这般凝神，伸手缓缓解下衣袍下一个金线绣芙蓉鸳鸯荷包，荷包上缀赤金红丝流苏，鸳鸯成双，花开并蒂，是花好月圆影成双的文采。

她轻轻解开荷包，一样一样取出其间物什，呢喃低语："这是臣妾嫁给皇上那日戴过的一双耳坠，这是皇上第一次写给臣妾的家书，这是臣妾在潜邸第一次生辰时皇上所赠的玉佩……"她一一数了七八样，无一不爱惜珍重。

皇帝拈起一个薄薄的胭脂红纸包抖开，里头是两束发丝，一粗一细，用细巧红绳分别扎好，并排放着，显是属于两个不同的人。皇帝的眼里忽然沁出星子般的光，冲口而出："朕记得这个。这是你初嫁那夜，朕与你各自剪下一缕发丝作存，以待来日白首之时再见。你竟然真还存着！"

浅笑的唇线牵动一弧梨涡浮现于如懿面上："臣妾一直仔细保存，便是进冷宫前，亦交由海兰保管。幸好，一直以来都未曾错失。"她有些不好意思，引过华彩映红的袍袖掩在唇际："只是那年，臣妾嫁与皇上为侧福晋，所以这两束发丝可放在一处已是皇上格外垂怜，却不可行结发之仪。"

皇帝慨然微叹："那年大婚，与朕能结发的唯有嫡妻，所以朕与琅嬅是结发之礼。"

这样明好的夜里，谈起故去的人，总有几分伤感。皇帝很快撇开这些情绪的浮缕，和声道："不过今夜，你终于是朕的妻子了。"

一双明眸水光潋滟，如懿将手心之物珍重存起，期许而感慨："臣妾左思右想，皇上为了今日费尽心思博臣妾欢悦之心，臣妾所有皆是皇上所赐，无以为报，只能将旧年岁月里值得珍惜之物一一保存妥帖，以表臣妾之心。"

皇帝的眼里是满满的感动："谁说你无以为报？这两束头发不能结也罢了。"他手指轻溜，滑至她发髻后拔出细细一缕，取过紫檀台上的小银剪子，又将出自己辫梢一缕一并剪下，对着灼灼明火用红绳仔细结好，放入胭脂红纸中一并叠好："那是从前的不够完美，这是今夜结发往后，一并存起。"

如懿怔怔地看着，有泪水轻轻溢上眼睫，她只是一味垂首，摇头道："皇上不可。少年结缡，原配夫妻才可为结发。臣妾不是。"

皇帝将温柔眸光深深凝住："朕知道与你不是原配，结发之礼不甚相宜，所以只取其'结发为夫妇，恩爱两不疑'①之意。"

莫名的情绪泛着巨大的甜蜜，和那甜蜜里的一丝酸楚，她无言，只能感受着泪水的润与热，与她的心潮一般，温柔地汹涌，喃喃细语："结发与君知，相要以终老②。满人不可轻易剪发，皇上是为了臣妾，臣妾都知道。"

他且行且笑："是了。满人头发珍贵，若无决绝之事，不可断发，否则形同悖逆。可今夜朕与你，是欢喜之事。"他缓身行至攒枝金线合欢花粟玉枕边，俯身取出一个浮雕象牙锦匣，打开莲瓣宝珠金纽，里头薄薄一方丝帕，只绣了几只殷红荔枝，并几朵淡青色的樱花。他叹道："青樱，弘历，并存于此，便是你最好的回报。"他轻吻她眉心，温柔得如同栖落花瓣的蝶："你出冷宫之后，朕告诉过你，希望和你长长久久地走下去。如懿，如今你是朕的妻子，生同床，死同穴，会一直一直、永永远远和朕在一起了。"

她无言应对，唯有以感动的蒙眬泪眼相望，还报情深，低低吟道："愿我如星君如月，夜夜流光相皎洁。皇上说过的话，臣妾都记得。"她垂首，略有几分无奈，却终究仰望着他，切切道："臣妾知道，往昔来日，臣妾择不尽皇上身边的人。臣妾所求，唯有一句。"

皇帝拥着她，问道："什么？"

她郑重而恳切："臣妾不敢求皇上一心，但求此生长久，不相欺，不相负！不管去到何处，皇上总是信臣妾的，便如臣妾信皇上一般。"

皇帝亦是沉沉慨然："如懿，此生长久，不相欺，不相负！君无戏言，这个君，既是天子君王，亦是你枕畔夫君。"

如懿有说不出的感动，一颗心像被浪潮裹袭着，退却又卷近，唯有巨大的喜悦与温情将她密密匝匝包裹，让她去释怀，去原谅，去遗忘。

皇帝的吻落下来，那是一对经年夫妻的轻车熟路，彼此熟知。她以温柔

---

① 出自汉代苏武《诗》之三。
② 出自清代陈梦雷《青青河畔草》诗。

的低吟浅唱相应，看着红罗帐软肆意覆落，轻轻地闭上了眼睛。

唯余龙凤花烛，红影双双，照彻一室旖旎。

殿中的烛火越来越暗，终于只剩下了一双花烛如双如对的影子。守夜的太监在廊下打开了蒲团和被铺守着。李玉打了个哈欠道："皇上和皇后都睡下了。你们也都散了吧。"便有小太监将檐下悬挂的水红绢纱灯笼摘了一半，守在养心殿外的侍卫也散去了两列。凌云彻亦在其中。

李玉拱手道："这一日辛苦了。凌大人早些回去歇息吧。"

凌云彻道："哪里比得上李公公的辛劳，皇上大婚，一刻也离不开您上上下下打点着。"二人寒暄罢，便也各自散了。

八月初的天气，即便是夜深，也有些许残留的暑意。这几日的喧闹下来，此刻只觉得紫禁城中安宁得若无人之境。凌云彻说不出自己此刻的心情是喜是愁，倒像是汪着一腔子冰冷的月光倒在了心里，似乎是分明地照着什么，却又是稀里糊涂的。

他这样想着，脚也不知迈去了哪里，并非自己平日休息起居的侍卫房，抬头一看，却是到了坤宁宫。他想了想，左右赵九宵也在这里当差，便进去他所住的庑房。赵九宵见了他来十分欢喜，二人倒了一瓮酒，拨了几个菜，相对而饮。赵九宵拿胳膊撞了撞他，道："你在皇上跟前挺得器重的，今儿又是皇上大喜的日子，你怎么不高兴？是不是看着皇上娶亲，自己也想娶亲了？"

凌云彻笑道："你自己这样想便罢，别扯上我！"

赵九宵搓着手道："你还别说，我倒真为了一个姑娘朝思暮想呢。"

凌云彻好奇："谁？是宫里的宫女么？"

赵九宵凑近了道："就是令嫔娘娘宫里的澜翠，那模样那身段儿，我……"

凌云彻横了他一眼，道："别人也就罢了，要是永寿宫，想都别想！"

赵九宵啧啧道："你这个人也太小心眼儿了！人往高处走嘛，也不能都说她不对。你就这么忌恨令嫔娘娘？"

凌云彻冷冷不言，赵九宵也无趣了："弄了半天，你不高兴也不是为了令嫔娘娘？我还当皇上立了新后，你是心疼她被冷落了呢。"

凌云彻喝了几大杯酒，那是关外的烧刀子，入口烫喉，一阵阵热到肠子里，却也容易上头。他有些昏昏沉沉："皇后？你以为立了皇后就好么？从前的孝贤皇后出身名门，还不是活得战战兢兢的？我是心疼，心疼坐到这个位子上的人会受苦。"

赵九宵也有些晕了，往他胸口戳了一拳，道："谁的婆娘谁心疼！你心疼个什么劲儿？这个年纪了，也不成个家，孤零零的什么意思？"

凌云彻按着自己的心口："我也不知道，孤零零地为了什么；我更不知道，她是什么时候在我心里落了个影儿。这么个只能远不能近的影儿。她伤心的时候我只敢远远看着她，可是她的伤心，我都明白。如今见她好，我自然高兴，可是高兴了还是担心来日她还会遇到什么。"

赵九宵吃了块牛肉，伏在桌上昏昏沉沉道："你看，你看，你还是想着令嫔娘娘不是？"

凌云彻苦笑了一刻，仰起头，把酒浇入了喉中。任由酒气浓烈，弥漫心间。

福珈回到慈宁宫中时已是夜深，她悄然入内，却见暖阁中灯火通明，太后托腮凝神，双眼微闭。听得她来，太后只是轻声相询："回来了？"

福珈吃了一惊，忙道："太后怎么还不安置呢？时辰不早了。"

太后淡淡一笑，睁开眼道："知道。只是喧闹了这两日，总觉得喜悦声还聒噪在耳边，嗡嗡的，让人不想睡。"

福珈忙道："那奴婢去点安神香吧。"

太后摆摆手，支起身来，道："人老了就是心事多，不容易睡着。你陪哀家说说话。"

福珈应了声"是"，在太后膝边坐下。太后出神片刻，似是自言自语："养心殿那儿都好了？"

福珈嘴角不觉多了一丝笑意："都好了。这个时辰，怕已经安置下了。洞房花烛，皇上对皇后真是有心了。"

太后颔首道："皇帝肯用心，真是难得。"她的目光落在远处空茫的一点，隐隐多了一丝沉溺的微笑："肯被人这样用心相待，又能用心待之，真好。乌拉那拉如懿，到底是有福的。"

福珈垂下脸，恭谨道："皇后的福气再好，又怎能与太后比。"

太后微微侧首，一串碧棱双枝长簪垂下蓝宝流苏微微摇曳："哀家到底没有做过皇后，不能与她相比了。只是皇帝的用心，男人的用心啊……"

福珈低眉敛目："太后见过的真心，绝对胜于今时今日皇上对皇后的。"

太后似有万千感触，眼中莹然有光："是。只是怕真心相待太短，伸手挽留也留不住。"

福珈微笑："但是只消一刻，便已经胜却人间无数。"

太后唇边有沉醉的笑意，片刻，又恢复了往日的从容镇静："是啊，但愿男女相悦之心，能得长久，而非一时之兴。"

如懿睡在皇帝身侧，一夜都做着繁迷的梦。梦里，有皇帝的执手相看两不厌，有琅嬅的泪眼哀怨，亦有云彻与海兰的相伴在侧。但是梦见最多的，居然是姑母唇边不退的微笑。姑母穿着与自己一样的皇后冠服，神色悲喜交加，更是欣慰。那声音似远忽近，是姑母的叮嘱："乌拉那拉氏不可出废后！如懿，乌拉那拉氏再不能有弃妇了！"

她终于松一口气，原来只与自己有数面之缘的姑母，是那样深刻地活在自己的记忆里，又深远地影响着今时今日的自己。

她从梦中醒来，隐隐觉得夜凉如水，似游弋浮动在身侧。皇帝仍在熟睡，眉心带着舒展的笑意，大约是个好梦。她披衣坐起，才发觉寝殿的窗扇不知何时已微微开了一隙，凉风徐徐穿入。她正要起身关窗，忽然周身的血液一凉，竟呆住了。

案几上所供的龙凤花烛，不知何时，那支凤烛上的火焰已然湮灭，只余一卷烧焦了的烛芯，映着累累烛泪，似一只流泪至盲的眼睛。

心中的恐惧骤然冰裂贯入，不是没有听说过，龙凤花烛要在大婚之夜亮至天明，若有一支先灭，便是夫妻中有一人早亡，或是半路分折，恩爱两绝。民间传闻虽然有些无稽，谁能保证夫妻能白首到老，又同年同月逝去？只是这样夜半天灭一支，却也实在是不吉。

她回头见皇帝犹自沉睡，忙关上了窗扇，又仔细检视一遍无碍，重新点燃了凤烛。做完这一切，她才觉得自己的双手有些发抖。

原来她还是怕的，是那样怕，怕夫妻恩情中道断绝。如懿回到皇帝身边，紧紧依在他身侧，仿佛只有他的温热才能提醒着自己一切的美好才刚刚开始。

第十章

穿耳

这样思虑，再度入梦便有些艰难。蒙蒙眬眬中，便已天色微明。皇帝照例要去早朝，嘱咐她起身后再休息片刻。如懿想着今日是嫔妃陛见的日子，也随着皇帝起身，一同穿戴整齐，含笑送了皇帝出门，亦回自己宫中去。

金玉妍自九阿哥夭折之后脾气越发不大好。皇帝看在她丧子之痛，着意安慰，又在立后次日重新复她贵妃之位以示恩遇，沉寂多时之后，她也终算扬眉了。

这一日是立后之后嫔妃第一次合宫拜见。如懿不愿摆足新后的架子，便按着时辰在翊坤宫与嫔妃们相见，倒是众人矜守身份，越发早便候在了宫中。

因着是正日，如懿换了一身正红色龙凤勾莲暗花纱氅衣，发髻上多以纯金为饰，夹杂红宝，喜庆中不失华贵雍容。

彼时嘉贵妃玉妍与纯贵妃绿筠分列左右首的位置，绿筠下首为愉妃海兰、令嫔嬿婉、婉嫔婉茵、庆贵人缏络、秀常在，玉妍之下为舒妃意欢、玫嫔蕊姬、晋贵人、平常在、揆常在及几个末位的答应。为免妨皇后正红之色，嫔妃们多穿湖蓝、萝翠、银朱、淡粉、霞紫，颜色明丽，绣色繁复娇艳，却不敢有一人与如懿的穿戴相近，便是嫔妃中位列第一的苏绿筠，也不过是一身橘色七宝绣芍药玉堂春色氅衣，配着翡翠银丝嵌宝石福寿绵长钿子，有陪同着喜悦的得体，也是谦逊的退让。

嫔妃之中，唯独新复位的玉妍一身胭脂红缀绣八团簇牡丹氅衣，青云华髻上缀着点满满翠镶珊瑚金菱花并一对祥云镶金串珠石榴石凤尾簪，明艳华贵，直逼如懿。

如懿心中不悦，却也不看她，只对着绿筠和颜悦色："本宫新得了乌木红珊瑚笔架一座，白玉笔领一双，想着永瑢正学书法，等下你带去便好。"

绿筠见如懿关爱自己儿子，最是欢喜不过，忙起身谢道："皇后娘娘新喜，还顾念着臣妾的孩子，臣妾真是感激不尽。"说罢便向着玉妍道："嘉贵妃复位，又贺皇后娘娘正位中宫之喜，难得打扮得这样娇艳，咱们看着也欢喜。"

嬿婉温婉道："臣妾等侍奉皇后娘娘，穿得再好看也不是为了自己，只是博皇后娘娘一笑罢了。能让皇后娘娘高兴，也不枉嘉贵妃穿了这么一身颜色衣裳。好赖都是讨主子娘娘喜欢罢了。"

玉妍的笑冷艳幽异："令嫔一心想着讨好主子娘娘，本宫倒是巧合，只不过惦记着皇上说过，喜欢本宫穿红色而已。"

嬿婉有些窘迫，掩饰着取了一枚樱桃吃了，倒是海兰笑道："皇上与皇后娘娘本是夫妻一体，嘉贵妃记得皇上，便是记得皇后娘娘了。"

玉妍见如懿端坐其上，慢慢合着青花洞石花卉茶盅的盖子，热气氤氲蒙上她姣美的脸："皇后是新后，翊坤宫却是旧殿。臣妾记得当时皇上把翊坤宫赏赐给还是娴妃的皇后娘娘居住，便是取翊为辅佐之意，请娘娘辅佐坤宁，原是副使的意思。怎么如今成了中宫之主，娘娘住的还是辅佐之殿呢？"

这话问得极犀利。如懿想起封后之前，皇帝原也提起过换个宫殿居住，但东西六宫中，只有长春宫、咸福宫、承乾宫和景仁宫尚不曾有人居住。长春宫供奉着孝贤皇后的遗物；咸福宫乃是慧贤皇贵妃的旧居，慧贤皇贵妃死后便空置着；景仁宫，如懿只消稍稍一想，便会想起她可怜的姑母，幽怨而死的姑母，如何再肯居住？皇帝倒也说起，承乾宫意为上承乾坤，历来为后宫最受宠的女子所居住，顺治帝的孝献皇后董鄂氏便是。但年久失修，总得修一修才能让如懿居住。只是，这样的话何必要对她金玉妍解释。

如懿便只是浅笑不语，不去理会。嬿婉抿起唇角轻笑，纤细的手抬起粉彩绣荷叶田田的袍袖掩在唇际，带着一丝讥诮的眸光潋滟，拨着耳上翠绿的水玉滴坠子，柔柔道："皇后便是皇后，名正言顺的六宫之主，不拘住在哪里，都是皇上的正妻，咱们的主子娘娘。"

玉妍笑意幽微，微微侧首，满头珠翠，便曳过星灿似的光芒，晃着人的眼："主子娘娘倒都是主子娘娘，但正妻嘛……"她的身体微微前倾，对着绿筠道："纯贵妃出身汉军旗，自然知道民间有这么个说法吧？续弦是不是？还是填房，继妻？"她甩起手里的打乌金络子杏色手绢，笑道："到底是续娶的妻子，是和嫡妻不一样的吧？"

这话，确是刻薄了。绿筠一时也不敢接话，只是转头讪讪和意欢说了句什么，掩饰了过去。

有那么一瞬间的沉吟，如懿想起了她的姑母，幽怨绝望而死的景仁宫皇后，或许，她生前也是一样在意吧？在意她的身份，永远是次于人后的继后。如懿忽然微笑出来，坦然而笃定。其实，有什么要紧？真的，在这个位置的唯一的人，才是最重要的人，之前之后，都只是虚妄而已。

如懿侧脸，召唤容珮："去将本宫备下给纯贵妃与嘉贵妃的耳环呈上来。"

容珮答应了一声，立刻从小宫女手中接过了一个水曲木镂牡丹穿凤长盘，上面搁着两只粉红色织锦缎圆盒。她利落打开，按着位序先送到绿筠面前，那是一对玛瑙穿明珠玉珏耳环，颜色大方又不失明亮，极适合绿筠的年纪与身份。绿筠忙起身谢过："多谢皇后娘娘赏赐。"

如懿淡淡含笑："等下还有三把玉如意，你带回去给三阿哥、六阿哥和四公主，也是本宫的一点儿心意。"

绿筠再三谢过，神色恭谨。容珮又将另一对耳环送到玉妍面前，如懿温然含笑："这一对耳环与纯贵妃那对不同，专是为你选的。嘉贵妃应该会喜欢吧？"

玉妍只瞟了一眼，蓦然变色，如懿恍若未见，如常道："给嘉贵妃的这一对是红玉髓的耳环，配着七宝中所用的松石和珊瑚点缀，在最末垂下拇指大的雕花金珠，颜色明丽，很适合嘉贵妃这样亮烈妖媚的性子。只是，红玉髓到底不如玛瑙名贵，那也是没办法的，纯贵妃到底资历深厚，儿女双全，自然是在嘉贵妃之上了。"

这话，既是褒奖绿筠众妃之首的超然地位，稳了她永璜和永璋被贬斥后惶惑不安的心思，亦是提点着玉妍当日意图用七宝手串暗害她的事。前因后果，她都记得分明。

玉妍果然有些失色，脸色微微发白，并无意愿去接那对耳环。

如懿的脸色稍稍沉下，如秋日荫翳下的湖面："怎么？嘉贵妃不愿接受本官的心意么？"

绿筠到底还乖觉，忙摘下自己耳垂上的碧玺琉璃叶水晶耳坠，将如懿赏赐的耳环戴上，起身道："皇后娘娘赏赐，臣妾铭记于心，此刻便戴上，以表对娘娘尊敬。"

如懿满意地颔首，平静目视玉妍，玉妍勉强道："谢过皇后，臣妾回去自会戴上。"

嬿婉轻笑，脆生生道："这是咱们第一日拜见皇后娘娘，嘉贵妃若有心，此刻戴上便是了，何必分回去不回去？再说了，怎么回去不都是在皇后娘娘所辖的六宫里。"

意欢素来不喜玉妍，侧目道："嘉贵妃不喜欢便是不喜欢，何必伪作托词，可见为人不实。"

婉茵亦劝："嘉贵妃，皇后娘娘赏赐的耳环极好看，也便只有你和纯贵妃有，咱们羡慕都羡慕不来呢。"

玉妍只得伸手了掂耳坠，勉强道："皇后娘娘可真实诚，这么大的金珠子，想必是实心的吧，臣妾戴着只怕耳朵疼呢。昔年孝贤皇后在时，最忌奢侈华丽，这么华贵的耳坠，臣妾实在不敢受。"

这一来，已经戴上耳环的绿筠不免尴尬，还是海兰笑道："孝贤皇后节俭，那是因为皇上才登基，万事草创。如今皇上是太平富贵天子，富有四海，便是贵妃戴一双华贵些的耳环怎么了，只怕皇上瞧见了更欢喜呢。"

玉妍仔细看那耳坠，穿孔的针原是银针做的，头上比寻常的耳坠弯针尖些，针身却粗了两倍不止，便道："这耳针这么粗，臣妾耳洞细小，怕是穿不过的。"

如懿不欲与她多言，扬了扬下巴，容珮会意，便道："戴耳坠原不是嘉贵妃娘娘的事，穿不穿得进是奴婢的本事，肯不肯让奴婢穿便是嘉贵妃自己的心意。"

如懿微微斜过身子，拨弄着身旁一大捧新折的深红芙蓉，笑吟吟道："嘉贵妃自然知道本宫为何要赏你红玉髓耳坠。本宫的心思，你明白就好，若是说穿了，你这个贵妃之位复位难得，别再轻易丢了。"

玉妍满脸恼怒，到底也不敢发作，只得低下了头对着容珮厉色道："仔细你的爪子，别弄伤了本宫。"

容珮答应一声，摘下玉妍原本的耳环，不管三七二十一，对着她的耳孔便硬生生扎了下去。那耳针尖锐，触到皮肉一阵刺痛，很快被粗粗的针身阻住，怎么也穿不进去。容珮才不理会，硬生生还是往里穿，好像那不是人的皮肉耳洞似的。玉妍起先还稍稍隐忍，后来实在吃痛，转头喝道："不是教你仔细些了么？你那手爪子是什么做的，还不快给本宫松下来！"

容珮面无表情，手上却不肯松劲儿，只板着脸道："不是奴婢不当心，是奴婢的手不当心，认不得人。当初嘉贵妃把惢心姑姑送进慎刑司，自己可没做什么，可慎刑司那些奴才不就是嘉贵妃您的手爪子么，您的手爪子遂不遂您的心奴婢不知道，可现在奴婢的手爪子不听自己使唤了，非要钻您的耳朵，您说怎么办呢？"

玉妍又惊又怒，痛得脸孔微微扭曲："皇后娘娘！你就这么纵容你的奴婢欺凌臣妾么？"

如懿含笑不语，似乎只是看着一场有趣的笑剧，吩咐道："惢心，给各位小主添些茶点。你的腿脚不好，慢慢走吧，不必着急。"

玉妍见如懿如此，愈加惊恼："惢心的腿坏了，是慎刑司的人下手太重，皇上也已经贬斥过臣妾。如今臣妾复位，那是皇上不计较了。皇上都不计较，皇后还敢计较么？"

如懿看着她，和煦如春风："皇上不计较是皇上仁慈，本官不计较是与皇上同心一体。所以，本官眼下是赏赐你，而不是惩罚你。你可别会错了意。"

容珮冷着脸道："嘉贵妃，耳针已经穿进去了，您要再这么挣扎乱动，可别怪自己不当心伤了自己的耳朵。再说了，您规矩一些，奴婢立刻穿过去了，您也少受些罪不是？"

玉妍恨得双眼通红："皇后娘娘，您是拿着赏赐来报自己的私仇！臣妾不服！"

如懿笑得从容淡然："你从来都是不服的，也不是这一日两日了。而且，本官大可以明明白白告诉你，不是本官要报自己的私仇，而是你承担自己做过的事！所以对你，赏也是罚，罚也是赏！"

嬿婉伸着柔若无骨的指，缓缓地剥着一枚新橙："皇后娘娘已经足够宽宏大量了。身为嫔妃，对着皇后娘娘你呀你的，敬语也不用，还敢撞了皇后娘娘的颜色。说白了，嘉贵妃再尊贵，再远道而来，还不是和咱们一样，都是妾罢了。我倒是听说，在李朝遵守儒法，妾室永远是正室的奴婢，妾室所生的孩子永远是正室孩子的奴婢。怎么到了这儿，嘉贵妃就忘了训导，尊卑不分了呢？若是皇上知道，大约也会很后悔那么早就恢复您的贵妃之位了。这么不懂事，可不是辜负了皇上的一片苦心么？"

玉妍听得"皇上"二字，到底也不敢再多争辩，只得红了眼睛，死死咬牙忍住。容珮下手毫不留情，仿佛那只是一块切下来挂在钩子上的五花肉，不知疼痛、不知冷热的，举了耳针就拼命钻。玉妍痛得流下泪来，她真觉得这对耳垂不是自己的了。这么多年来养尊处优，每夜每夜用雪白的萃取了花汁的珍珠粉扑着身子的每一寸，把每一分肌理都养得嫩如羊脂，如何能受得起这般折腾。可是，她望向身边的每一个人，便是最胆小善良的婉茵，也只是低垂了脸不敢看她。而其他人，都是那样冷漠，只顾着自己说说笑笑，偶尔看她一眼，亦像是在看一个笑话。

玉妍狠狠地咬住了唇，原来在这深宫里，她位分再高，皇子再多，终究也不过是一个异类而已。

也不知过了多久，容珮终于替玉妍穿上了耳坠，那赤纯的金珠子闪耀无比，带着她耳垂上滴下的血珠子，越发夺目。容珮的指尖亦沾着猩红的血点子，她毫不在乎的神情让人忘记了那是新鲜的人血，而觉得是胭脂或是别的什么。倒是玉妍雪白的耳垂上，那过于重的耳坠撕扯着她破裂的耳洞，流下两道鲜红的痕迹，滴答滴答，融进了新后宫中厚密的地毯。

有须臾的安静，所有人被这一刻悲怒而绮艳的画面怔住。

如懿面对玉妍的怒意与不甘，亦只沉着微笑。她忽然想起遥远的记忆里，她偶然去景仁宫看望自己的皇后姑母，在调理完嫔妃之后，踌躇满志的姑母对她漫不经心地说："皇后最要紧的是无为而治，你可以什么都想做，但若什么都亲手做，便落了下乘。要紧的，是借别人的手，做自己想做的事。"

如懿知道，此时此刻的自己早已违背了姑母的这一条禁忌。但，她是痛快的。此刻的痛快最要紧，何况作为新任的皇后，自己从妃妾的地位一步步艰难上来，她懂得要如何宽严并济，所以平抚了苏绿筠，弹压了金玉妍。

如懿笑意吟吟地打量着玉妍带血的艳丽耳垂，那种鲜红的颜色，让她纾解了些许恧心残废的心痛和自己被诬私通的屈辱。她含笑道："真好看！不过，痛么？"

玉妍分明是恨极了，却失了方才那种嚣张凌厉，有些怯怯道："当然痛。"

如懿笑着弹了弹金镶玉的护甲："痛就好。痛过，才记得教训！起来坐吧。"

玉妍身边的丽心吓得发怔，听得如懿吩咐才回过神来，畏怯地扶了玉妍起身坐下。

意欢瞟了眼丽心，语气冷若秋霜："你可得好好儿伺候嘉贵妃，别和贞淑似的，一个不慎被送回了李朝。贞淑有李朝可回，你可没有！"

丽心吓得战战兢兢，哪里还敢作声。

容珮见玉妍脸色还存了几分怒意，便板着面孔冷冷道："嘉贵妃的眼泪珠子太珍贵，要流别流在奴婢面前，在奴婢眼里，那和屋檐上滴下的脏水没分别！但您若要把您的泪珠子甩到皇上跟前去，奴婢便也当着各位小主的面回清楚了。皇后娘娘给的是赏赐，是奴婢给您戴上的，要有伤着碰着，您尽管冲着奴婢来，奴婢没有一句二话。但若您要把脏水往皇后娘娘身上泼，那么您就歇了这份心吧。所有的小主都看着呢，您是自己也愿意承受的。不为别的，只为您自己做了亏心事，那是该受着的。"

众嫔妃何等会察言观色，忙随着为首的绿筠起身道："是。臣妾们眼见耳闻，绝非皇后娘娘之责。"

如懿和颜悦色，笑对众人："容珮，把本宫备下的礼物赏给各宫吧。"

如是，嫔妃们又陪着如懿说笑了一会儿，便也散了。

到了晚间时分，皇帝早早便过来陪如懿用膳。如懿站在回廊下，遥遥望见了皇帝便笑："皇上来得好早，便是怪臣妾还没有备好晚膳呢。"

惢心俏皮道："可不是！皇上来得急，皇后娘娘亲自给备下的云片火腿煨紫鸡才滚了一遭，还喝不得呢。"

皇帝挽过如懿的手，极是亲密无间："别行礼了，动静又是一身汗。"他朝惢心笑道："不拘吃什么，朕批完了折子，只是想早些来陪皇后坐坐。"

如懿笑道："皇上说不拘吃什么就好，有刚凉下的冰糖百合莲子羹，皇上可要尝尝么？"

皇帝眼底的清澈几乎能映出如懿含笑的仿佛正在盛放的莲一般的面容："自然好。百合百合，百年合欢，是好意头。"

如懿婉然睨他一眼："一碗羹而已，能得皇上这样的念想，已是它的福气了。"

惢心顷刻便端了百合莲子羹来，又奉上一个冰碗给如懿。那冰碗是宫中解暑的佳品，用鲜藕切片，鲜菱角去皮切成小丁块，莲子水泡后去掉皮和莲心，加清水蒸熟，再放入切好的蜜瓜、鲜桃和西瓜置于荷叶之上，放入冰块冰镇待用。这般清甜，如懿亦十分喜欢。

如懿才舀了一口，皇帝便伸手过来抢了她手中银勺："欸，看你吃得香甜，原来和朕的不一样。"说着便就着如懿用过的银勺吃了一口，叹道："好甜！"

如懿奇道："臣妾并不十分喜甜，所以这冰碗里不会加许多糖啊。"

皇帝便道："不信，你自己再尝尝。"

如懿又尝了一口，道："皇上果然诳臣妾呢。"

皇帝忍不住笑了，凑到她耳边低低道："是朕自己心里觉得甜。"

如懿笑着瞋了皇帝一眼，啐道："皇上惯会油嘴滑舌。"

皇帝眉梢眼角皆是笑意："油嘴滑舌？也要看那个人值不值得朕油嘴滑舌啊。"他陪着如懿用完点心，话锋骤然一转："对了。方才嘉贵妃来养心殿见朕，哭哭啼啼的，耳垂也弄伤了。是怎么了？"

长长的睫毛如寒鸦的飞翅，如懿羽睫低垂，暗自冷笑，金玉妍果然是耐不住性子去了。她抬起眼，看着皇帝的眼睛笑意盈盈道："是是非非，皇上也已经听嘉贵妃自己哭诉了一遍，臣妾便不饶舌了。"

皇帝慢慢舀了一颗莲子在银勺里："她说的话自然是维护她自己的，朕想听听你的说辞。"

如懿不假思索道："后宫是归臣妾的，更是归皇上的。臣妾不会蓄意惹是生非。"

皇帝粲然一笑，眉毛一根根舒展开来："有你这句话，朕便放心了。其实你不说朕也知道。嘉贵妃刚刚复位，难免有些桀骜，从哪里争口气来恢复自己往日的尊荣，挣回些面子。你初登后位，若不稍加弹压，往后也的确难以压制。"

如懿低眉颔首，十分温婉："皇上说得是。嘉贵妃出身李朝，本该格外优容。可是前两日臣妾见到和敬公主，深觉公主有句话讲得极是。"

皇帝饶有兴味，笑道："和敬嫁为人妇，如今也不再任性。她说出什么话来，叫朕听听。"

如懿拨着手里的银匙，轻轻笑道："公主说，享得住泼天的富贵，也要受得住来日弥天的大祸。"

皇帝轩眉一挑，显是不豫："前两日是朕的立后大典，她说这般话，是何用心？"

如懿知他不悦，浅浅笑道："公主这句话放诸六宫皆准，臣妾觉得倒也不差。皇上开恩垂爱，嘉贵妃便更应谨言慎行，不要再犯昔日之错。"

皇帝摆手，温言道："嘉贵妃之事你已经处置了便好。和敬……她到底已经出嫁，你也不必多理会。对了，再过几日便是朕的万寿节。朕想来想去，有一样东西要送与你。"

描绘得精致的远山黛眉轻逸扬起，如懿笑道："这便奇了。皇上的生辰，该是臣妾送上贺礼才是，怎么皇上却倒过来了？"

皇帝握住她的手，眼中有绵密情意："朕今日往漱芳斋过，想起你在冷宫居住数年，苦不堪言，而同住的女子，多半也是先帝遗妃。所以，朕已经下了旨意，将这些女子尽数遣往热河行宫，择一处僻静之处养老，不要再活得这般苦不堪言。"

有轻微的震动涌过心泉，好像是冰封的泉面底下有温热的泉水潺潺涌动，如懿似乎不敢相信，轻声道："皇上的意思是……"

"朕不想宫中再有冷宫了。"皇帝执着如懿的手郑重道，"没有冷宫，是朕要宫中夫妻一心，再无情绝相弃之时。"

心中的温热终于破冰而出，如懿回望着皇帝，笑意温柔："皇上情意深重，六宫同沐恩泽。"

殿中清凉如许，如懿只觉得心中温暖。只是在那温暖之中，亦有一丝不合时宜的惆怅涌过。其实，冷宫也不过是一座宫殿，若有朝一日皇恩断绝，哪怕身处富贵锦绣之地，何尝不是身在冷宫，凄苦无依呢？

只是这样的话，太过不吉。她不会问，亦不肯问。只静默地伏在皇帝肩头，劝住自己安享这一刻的沉静与温柔。

第十一章

母家

封后之后，如懿的父亲那尔布被追尊为一等承恩公，母亲亦成为承恩公夫人，在如懿册封为后的第五日，入宫探望。

一家团聚，如懿自然是喜不自胜。从前为贵妃、皇贵妃之时，母亲也不是没来探望过，但那时谨言慎行、战战兢兢，到底比不上此刻的舒展畅意。

如此一家子絮絮而言，母亲说得最多的一句，便是"乌拉那拉氏中兴，你阿玛在九泉之下亦可瞑目了"。这样的话在喜庆时节听来格外招人落泪，如懿适时地阻止了母亲的喜极而泣，再论起来，便是小妹的嫁龄已经到了，求婚的人家都踏破了门槛。

如懿沉吟道："从前无人问津，如今踏破门槛，不过是因为女儿这皇后之位。可见世人多势利！"

母亲便道："若论势利也总是有的。额娘冷眼瞧着，来求婚的人家里头，有皇上的亲弟弟和亲王来求娶侧福晋的，还有便是平郡王来求娶福晋，赵国公为他家公子——"

母亲的话尚未说完，如懿便连连摆手："额娘别再说这个。皇上嘴上不说，心里却是最忌讳与皇室或重臣多沾染的。咱们和皇家的牵扯还不够么？若要女儿说，在从前相熟不嫌弃咱们落魄的人家里选一个文士公子，便是最安稳了。武将要出征沙场，文士才子便好，还得是不求谋取功名的，安安稳稳一生便了。"

母亲迟疑片刻，摇头道："咱们这样的人家，好容易兴旺了，便嫁与这样的人，便是你妹妹甘心，我也不能甘心呀！"

如懿道："额娘万勿糊涂。富贵浮云，有女儿一个在里头便是了。妹妹便清清静静嫁给有情人的好，连弟弟，以后也是承袭爵位便好，不要沾染到官场里头来。”

如此郑重其事地嘱咐，母亲终于也应允了。

母亲离去时已是黄昏时分。晨昏定省的时刻快到，嬿婉候在翊坤宫外，看着如懿亲将母亲搀扶到门外，不觉微湿了眼眶，低低道："春婵，也不知本官的额娘在家如何了。有心要见一见，可本官到底不算是得宠的嫔妃，家中又无人在朝为官，想见一面也不能够。"

春婵好生安慰道："小主想见家人又有什么难的，您与皇后娘娘常有来往，请皇后娘娘的恩典便是了。"

嬿婉迟疑："也不知皇后娘娘肯不肯？"

春婵笑道："嘉贵妃的事小主是出了力的，皇后娘娘自然会疼小主呢。而且，皇后娘娘刚被册封，自然是肯施恩惠下的。"

嬿婉想了想，果然去求了如懿。如懿亦允准了，慨叹道："你家人原在盛京，本官让人早些准备下去，好接你家人入宫探视。"

嬿婉的母亲和弟弟便是在十来日后入宫的。那一日晨起，嬿婉便吩咐备下了母亲和弟弟喜爱的点心，又将永寿宫里里外外都打扫了一遍，更换了重罗新衣，打扮得格外珠翠琳琅，只候着家里人到来。

果然，到了午后时分，如懿身边的三宝已经带着嬿婉的母亲和弟弟入内，打了个千儿便告退了。

嬿婉多年未见母弟，一时情动，忍不住落泪，伏在母亲怀中道："额娘，弟弟，你们总算来了。"

魏夫人仔仔细细打量着永寿宫的布置，又推开怀中的女儿上上下下看了一遍，方郑重了神色问道："小主可有喜了么？"

嬿婉满心感泣，冷不防母亲问出这句来，不觉怔住。还是澜翠乖觉，忙道："魏夫人和公子一路上辛苦了，赶紧进暖阁坐吧，小主都备下了两位最喜爱的点心呢。"

魏夫人不过四十多岁，穿着一身烟灰红的丝绸袍子，打扮得倒也精神。

而嬿婉的弟弟虽然身子壮健，但一身锦袍穿在身上怎么看着都别扭，只一双眼睛滴溜溜打量着周围，没个定性。魏夫人虽然看着有些显老，但一双眼睛十分精刮，像刀片子似的往澜翠身上一扫，道："你是伺候令嫔的？"

澜翠忙答了"是"，魏夫人才肯伸出手臂，由着她搀扶进去了。

到了暖阁中坐下，澜翠和春婵忙将茶点一样一样恭敬奉上，便垂手退在一边。魏夫人尝了几样，看嬿婉的弟弟佐禄只管自己狼吞虎咽，也不理会，倒是澜翠递了一盏牛乳茶过去，道："公子，喝口茶润润吧，仔细噎着。"

佐禄不过十六七岁，看着澜翠生得娇丽，伺候又殷勤，忍不住在她手背上摸了一把，涎着脸笑道："好滑。"

澜翠自幼在宫里当差，哪里见过这般不懂规矩的人，一时便有些着恼，只是不敢露出来，只得悻悻退到后头，委屈得满脸通红。

嬿婉脸上挂不住，忙喝道："这是宫里，你当是哪儿呢？"

佐禄便垂下脸，抓了一块点心咬着，轻轻哼了一声。

魏夫人什么都落在了眼里，便沉下脸道："左不过是伺候你的奴才，也就是伺候你弟弟的奴才，摸一把便摸一把，能少了块肉怎的。"嬿婉一向视澜翠与春婵作左膀右臂，听母亲这般说，只怕澜翠脸皮薄生了恼意，再要笼络也难了，便嘱咐道："澜翠，你出去伺候。"

魏夫人立刻拦下，也不顾澜翠窘迫，张嘴便道："出去做什么？当奴才的，这些话难道也听不得了？"她见嬿婉紫涨了脸，也不顾忌，只盯着嬿婉的肚子道："方才我看小主你吃那些甜食吃得津津有味，偏不爱吃那些酸梅辣姜丝儿，怕是肚子里还没有货搁着吧？"

嬿婉听她母亲说得粗俗，原有十分好强之心，此刻也被挫磨得没了，急得眼圈发红道："额娘，这命里时候还没到的事，女儿急也急不来啊。"

魏夫人嘴角一垂，冷下脸道："急不来？还是你自己没用拢不住皇上的心？别怪你兄弟眼皮子浅，连伺候你的奴才的手都要摸一把。话说回来，还是你不争气的缘故，要是多得宠些，生了个阿哥，也可以多给咱们家里些嚼用，多给你兄弟娶几个媳妇儿，也不会落得他今天这个样子了。"

佐禄听母亲训斥姐姐，吸了吸鼻子，哼道："不会下蛋的母鸡！"

嫱婉自侍奉皇帝身侧，虽然明里暗里有许多委屈，但到底是养尊处优的嫔妃，再未受过母弟这么粗鲁的奚落。如今母女重逢，又听见幼年时听惯了的冷言冷语，禁不住落下泪来："旁人怎么说是旁人的事，怎么额娘和弟弟也这么说我？这些年我有什么好的都给了家里，满心的委屈你们只看不见，好容易来了宫里一趟，人家都欢欢喜喜的，偏你们要来戳我的痛处！"

魏夫人一不高兴，神色更加难看："人家欢喜是因为人家高兴，我们有什么可高兴的？你伺候了皇上这么些年，怎么到了今天还是个嫔位？嫔位也就罢了，这肚子怎么还是一点儿动静也没有？你这个年纪，我们庄上多少人都拖儿带女一大群了。"

春婵听不过，只得赔笑道："夫人别在意，小主一直吃着坐胎药呢。小主心里也急啊！再说了，孩子跟恩宠也没什么关系，愉妃有五阿哥，皇上还不是不大理会她。便是皇后娘娘，也还没有子嗣呢，可皇上还不是照样封了她为皇后。"

魏夫人浑不理会，横了春婵一眼："人家的福气是生在骨子里的，咱们姑娘的福气是要自己去争取来的。她要有皇后娘娘这个本事，一个孩子也没有便封了皇后，我还有什么可说的。我记得我们姑娘这个嫔位总有两年没动了吧，伺候皇上也四五年了，眼见着年纪是越来越大了，我这个当娘的能不着急么？都说进了宫是掉在金银堆里了，福气是堆在眼前的，怎么偏咱们就不是呢？"她看着嫱婉道："你看，额娘来了，坐了这么久，皇上那边连个使唤的人也没派来看看，可见你的恩宠是一日不如一日了吧。"

春婵听魏夫人说的话句句戳心，实在是太不管不顾，便她是个宫女也听不下去了，忙将嫱婉准备的绫罗绸缎、金银首饰一一捧上来给魏夫人看了，殷勤道："这些绸缎都是江南织造进贡的，宫里没几个小主轮得上有。这些首饰有小主自己的，也有皇后娘娘知道了夫人要来特意赏赐的，夫人都带回家去吧。来一趟不容易，小主的孝心都到跟前了呢。"

魏夫人看一样便念一句佛，眼见得东西精致，脸色也和缓了许多："还是皇后娘娘慈悲。"她看完，神神秘秘对着嬿婉道："听说皇后娘娘跟你长得有几分相像，真的假的？怎么她成了皇后，你连个妃子也没攀上呢？要不，皇后娘娘赏赐了这许多，我也带了你弟弟去给皇后娘娘谢个恩？"

嬿婉听得这一句，急得眉毛都竖了起来，哪肯母亲去翊坤宫丢丑。还是春婵机敏，笑吟吟劝道："这个时候，皇后娘娘怕是在处理六宫的事宜呢，不见人的。"如此，魏夫人才肯罢休。

好容易时辰到了，小太监来催着离宫，魏夫人抱着一堆东西，气都缓不过来了，还是连连转头嘱咐："赶紧怀上个孩子，否则你阿玛死了也不肯闭眼睛，要从九泉之下来找你的。"

魏夫人一走，嬿婉还来不及关上殿门，便落下泪来："旁人的家人入宫探望，都是一家子欢喜团圆的，怎么偏本宫就这么难堪。原以为可以聚一聚，最后还是打了自己的脸。"她拉过澜翠的手："还连累了你被本宫那不争气的兄弟欺负。"

澜翠见嬿婉伤心，哪里还敢委屈，只得道："小主待奴婢好，奴婢都是知道的，奴婢不敢委屈。"

春婵叹气道："奴婢们委屈，哪里比得上小主的委屈。自己的额娘兄弟都这么逼着，心里更不好受了。其实，夫人的话也是好心，就是逼得急了，慢慢来，小主总会有孩子的。便是恩宠，小主还年轻，怕什么呢。"

嬿婉紧紧攥了手中的绢子，在伤感中沉声道："可不是呢。娘家没有依靠的人，一切便只能靠自己了。"

册后大典的半个月后，皇帝便陪着新后如懿展谒祖陵，祭告列祖列宗，西巡嵩洛，又至五台山进香，游历名山大川。

而除了皇后之外，所带的亦不过是纯贵妃、嘉贵妃、舒妃、令嫔而已。宫中之事，则一应留给了愉妃海兰料理。

细细算来，那一定是一生中难得的与皇帝独处的时光。他与她一起看西山红叶绚烂，一起看蝶落纷飞，暮霭沉沉。在无数个清晨，晨光熹微时，哪怕只是无言并立，静看朝阳将热烈无声披拂。虽然也有嫔妃陪伴在侧，但亦只是陪侍。每一夜，都是皇帝与如懿宁静相对，相拥而眠，想想亦是奢侈。然而，这奢侈真叫人欢喜。因为她是名正言顺的皇后，皇帝理当与她出双入对，形影不离。

后宫的日子宁和而悠逸，而前朝的风波却自老臣张廷玉再度受到皇帝斥责而始，震荡着整个九月时节。

自皇长子永璜离世，初祭刚过，张廷玉不顾自己是永璜老师的身份，就急匆匆地向皇帝奏请回乡。皇帝不禁动怒，斥责道："试想你曾侍朕讲读，又曾为皇长子师傅，如今皇长子离世不久，你便告老还乡，乃漠然无情至此，尚有人心么？"

张廷玉遭此严斥，惶惶不安。之后，皇帝命令九卿讨论张廷玉是否有资格配享太庙，并定议具奏。九卿大臣如何看不出皇帝的心意，一致以为应该罢免张廷玉配享太庙。皇帝便以此为依据，修改先帝遗诏，罢除了张廷玉死后配享太庙的待遇。自此，朝中张廷玉的势力，便被瓦解大半。

如懿这新后的位置，因着孝贤皇后去世时慧贤皇贵妃母家被贬斥，而孝贤皇后的伯父马齐早在乾隆四年去世，最大的支持者张廷玉也就此回了桐城老家。据说地方大员为了避嫌，无一人出面迎接，只有一位侄子率几位家人把他接进了老宅之中。

前朝自此风平浪静，连西藏郡王珠尔默特那木札勒的叛乱亦很快被岳钟琪率兵入藏平定，成为云淡风轻之事。皇帝可谓是踌躇满志。而为了安抚张廷玉所支持的富察氏，皇帝亦遥封晋人为晋嫔，以示恩遇隆宠，亦安了孝贤皇后母家之心。

这样的日子让如懿过得心安理得，而很快地，后宫中便也有了一桩突如其来的喜事。

这一年十一月的一夜，皇帝正在行宫书房中察看岳钟琪平定西藏的折子，如懿陪伴在侧红袖添香；嬿婉则轻抚月琴，将新学的彝家小曲轻巧拨动，慢慢奏来；而意欢则临灯对花，伏在案上，将皇帝的御诗一首首工整抄录。

嬿婉停了手中的弹奏，笑意吟吟道："舒妃姐姐，其实皇上的御诗已经收录成册，你又何必那么辛苦，再一首首抄录呢？"

意欢头也不抬，只专注道："手抄便是心念，自然是不一样的。"

如懿轻笑道："舒妃可以把皇上的每一首御诗都熟读成诵，也是她喜欢极了的缘故。"

皇帝合上折子，抬首笑道："皇后不说，朕却不知道。"

如懿含笑："若事事做了都只为皇上知道，那便是有意为之，而非真心了。"

皇帝看向意欢的眼神里满盈几分怜惜与赞许："舒妃，对着灯火写字久了眼睛累，你歇一歇吧，把朕的桑菊茶拿一盏去喝，可以明目清神的。"

意欢略答应一声，才站起身，不觉有些晕眩，身子微微一晃，幸好扶住了身前的紫檀梅花枝长案，才没有摔下去。

如懿忙扶了她坐下，担心道："这是怎么了？"

皇帝立刻起身过来，伸手拂过她的额，关切道："好好儿的怎么头晕了？"

荷惜伺候在意欢身边，担忧不已："这几日小主一直头晕不适，昨日贪新鲜吃了半个贡梨，结果吐了半夜。"

嬿婉怔了一怔，不自禁地道："该不会是有喜了吧？"

皇帝不假思索，立刻道："当然不会！"

意欢对皇帝的斩钉截铁颇有些意外，讪讪地垂下脸。如懿微微一怔，才反应过来皇帝是答得太急了，便若无其事地问："月事可准确么？有没有传太医来看过？"

意欢满脸晕红，有些不好意思："臣妾的月事一直不准，两三个月未有信期也是常事。"

荷惜掰着指头道："可不是。左右小主也已经两个多月未曾有月信了。"她忽然欢喜起来："奴婢听说有喜的人就会头晕不适，小主看着却像呢。"

嬿婉看着荷惜的喜悦，心中像坠着一个铅块似的，扯着五脏六腑都不情愿地发沉。她脱口道："这样的话不许乱说。咱们这儿谁都没养过，别是病了硬当成身孕，耽搁了就不好了，还是请太医来瞧瞧。"

这一语提醒了众人，皇帝沉声道："李玉，急召齐鲁前来，替舒妃瞧瞧。"

李玉当下回道："正巧呢。这个时候齐太医要来给皇上请平安脉，这会儿正候在外头。"

说罢，李玉便引了齐鲁进来，为舒妃请过脉后，齐鲁的神色便有些惊疑不定，只是一味沉吟。皇帝显然有些焦灼："舒妃不适，到底是怎么回事？"

齐鲁忙起身，毕恭毕敬道："恭喜皇上，贺喜皇上，舒妃小主的脉象是喜脉，已经有两个月了呢。"齐鲁虽是道贺，却无格外欢喜的口吻，只是以惴惴不安的目光去探询皇帝的反应。

行宫的殿外种了成片的翠竹，如今寒夜里贴着风声吹过，像是无数的浪涛涌起，沙沙地打在心头。

如懿心中一沉，不自觉地便去瞧着皇帝的脸色。皇帝的唇边有一抹薄薄的笑意，带着一丝矜持，简短道："甚好。"

这句话过于简短，如懿难以去窥测皇帝背后真正的喜忧。只是此时此刻，她能露出的，亦只有正宫雍容宽和的笑意："是啊，恭喜皇上和舒妃了。"

意欢久久怔在原地，一时还不能相信，听如懿这般恭喜，这才回过神来，想要笑，一滴清泪却先涌了出来。她轻声道："盼了这么些年……"话未完，自己亦哽咽了，只得掩了绢子，且喜且泪。

皇帝不意她高兴至此，亦有些不忍与震动，柔声道："别哭，别哭。这是喜事。你若这样激动，反而伤了身子。"

如懿见嬿婉痴痴的，有些不自在，知道她是感伤自己久久无子之事，

121

便对意欢道："从前木兰秋狩，舒妃你总能陪着皇上去跑一圈，如今可再不能了吧。好好儿养着身子要紧。"她看一眼嬿婉，向皇帝道："皇上，这些日子舒妃得好好儿养着，怕是不能总侍奉在侧了。令嫔，一切便多劳烦你了。"

嬿婉低低答了声"是"，脸色稍微和缓了些许，便道："舒妃姐姐要好好儿保养身子呢，头一胎得格外当心才好。"她小心翼翼地伸出手，抚着舒妃的肚子，满脸艳羡："还是姐姐的福气好，妹妹便也沾一沾喜气吧！"

意欢低头含羞一笑，按住嬿婉的手在自己尚且平坦的小腹上："多谢妹妹。但愿妹妹也早日心愿得偿。"

皇帝神色平静，语气温和得如四月里和暖的风："舒妃，你既有孕，那朕赏你的坐胎药以后便不要喝了。"他一顿，"许是你一直喝得勤，苍天眷顾，终于遂了心愿。"

意欢小心地侧身坐下，珍重地抚着小腹："说来惭愧，臣妾喝了那么些年坐胎药，总以为没了指望，所以这一两年都是有一顿没一顿地喝着。这次出宫以来，皇上一直无须臣妾陪伴，这身孕怕还是在宫里的时候便结下的。仿佛臣妾是有好几次耽搁着没喝了，谁知竟有了！"

齐鲁忙赔笑道："那坐胎药本是强壮了底子有助于怀孕的。小主的体质虚寒，再加上以前一直一心求子，心情紧张，反而不易受孕。如今底子调理得壮健了，心思又松快，哪怕少喝一次半次，也是不打紧的。但若无前些年那么多坐胎药喝下去调理，也不能说有孕便有孕了。"

意欢连连颔首，恳切道："齐太医说得是。只是这般说来，宫中还是纯贵妃与嘉贵妃的身子最好，所以才子嗣连绵。"

齐鲁道："纯贵妃一向身子壮健，而嘉贵妃出身李朝，自小以人参滋补，体质格外温厚，所以有所不同。"

意欢笑靥微生，信任地望着齐鲁道："那本宫以后的调理补养，都得问问齐太医了。"

齐鲁诺诺答应。皇帝温声嘱咐道："齐鲁是太医院的国手，资历又深。

你若喜欢，朕便指了他来照顾你便是。"

意欢眉眼盈盈，如一汪含情春水，有无限情深感动："臣妾多谢皇上。"

皇帝嘱咐了几句，如懿亦道："幸好御驾很快就要回宫了，但还有几日在路上。皇上，臣妾还是陪舒妃回她阁中看看，她有了身孕，不要疏漏了什么才好。"

嬿婉亦道："那臣妾也一起陪舒妃姐姐回去。"

皇帝颔首道："那一切便有劳皇后了。"

第十二章

惊孚

三人告退离去，皇帝的脸色慢慢沉下来，寒冽如冰："齐鲁，怎么回事？"

齐鲁听皇帝说完，不觉神色惊恐："舒妃娘娘突然有孕，而坐胎药也没有按时喝下，那必定是坐胎药上出了缘故。皇上，因您怜惜舒妃娘娘，所以那坐胎药并非是绝育的药，而是每次临幸后喝下，才可保无虞，漏个两次三次也无妨。只是听舒妃娘娘口气，大约是有一两年这么喝得断断续续了，药力有失也是有的，才会一朝疏漏，怀上了龙胎。"

皇帝微微一惊："你的意思是，舒妃或许知道了那坐胎药不妥当？"

齐鲁想了想，摇头道："未必。若是真知道了，大可一口不喝，怎会断断续续地喝？怕是舒妃娘娘对子嗣之事不再指望，所以没有按时喝下坐胎药，反而意外得子。"他忙磕了个头，诚惶诚恐道，"微臣请旨，舒妃娘娘的身孕该如何处置？"

皇帝脱口道："你以为该如何处置？"

齐鲁不想皇帝有此反问，只得冒着冷汗答道："若皇上不想舒妃娘娘继续有孕，那微臣有的是神不知鬼不觉的法子落胎。左右舒妃娘娘是初胎，保不住也是极有可能的。"他沉声道，"宫里，有的是一时不慎。"

皇帝有些迟疑，喃喃道："一时不慎？"

齐鲁颔首，伏在地上道："是。或者皇上慈悲，怜惜舒妃和腹中胎儿也罢。"

皇帝怔怔良久，搓着拇指上一颗硕大的琥珀扳指，沉吟不语。许久，皇帝才低低道："舒妃……她是皇额娘的人，她也是叶赫那拉氏的女儿……

她……她只是个女人，一个对朕颇有情意的女人。"

齐鲁见皇帝语气松动，立刻道："皇上说得是。舒妃娘娘腹中的孩子，也有一半的可能是公主。即便是皇子，到底年幼，也只是稚子可爱而已。"

"稚子可爱，稚子也无辜！"皇帝长叹一声，"罢了！她既然有福气有孕，朕又何必亲手伤了自己的骨血！留下这孩子，是朕悲悯苍生，为免伤了阴骘。至于这孩子以后养不养得大，会不会像朕的端慧太子和七阿哥一般天不假年，那便是他自己的福气了。你便好好儿替舒妃保着胎吧。"

齐鲁得了皇帝这一句吩咐，如逢大赦一般："那么，令嫔娘娘和宫里的晋嫔娘娘也还喝着那坐胎药呢，是否如旧还给两位小主喝？"

皇帝的手指笃笃地敲着乌木书桌，思忖着道："令嫔么，喝不喝原是由她自己的性子，朕可从来没给她喝过，是她自己太要强了，反而折了自己。至于晋嫔……"皇帝一摆手，冷冷道，"她还是没有孩子的好，免得富察氏的人又动什么不该有的心思。左右你想个法子，让她永无后顾之忧便是。"

齐鲁道："用药是好，但就怕次数频繁了太过显眼。"

皇帝犹豫再三，便道："也是。那就朕来。"

齐鲁听皇帝一一吩咐停当，擦着满头冷汗唯唯诺诺退却了。

从意欢阁中出来已经是皓月正当空的时分了。如懿吩咐了侍女们换了柔软的被褥，每日奉上温和滋补的汤饮，又叮嘱了意欢不要轻易挪动，要善自保养。

如懿守在意欢身侧，见她行动格外小心翼翼，便笑道："你也忒糊涂了，自己有了身子竟也不知道。"

意欢且喜且叹："总以为臣妾身子孱弱，是不能有的。哪里想到有今日呢。"如懿见她手边的鸡翅木小几上搁着一盘脆炸辣子，掩袖更笑："这么爱吃辣？也不觉得自己口味变了。"

嬿婉忙笑道："酸儿辣女，说不定舒妃姐姐也会喜欢吃酸的了呢。"

意欢红晕满面："男女都好。我一贯爱吃辣，总觉得痛快，所以口味也无甚变化。"

如懿伸出手去刮她的脸："你呀！只顾着自己痛快淋漓，以后也少吃些。辛辣总是刺激腹中胎儿的。"

意欢殷殷听着，一壁低下雪白柔婉的颈，唏嘘道："从未想过，竟也有今天。"

嬿婉赔笑道："其实依照舒妃姐姐的盛宠，怀上龙胎也是迟早的事。"

意欢略略沉吟，重重摇头："不是的，不是。男欢女爱，终究只是肌肤相亲。圣宠再盛，也不过是君恩流水，归于虚空。只有孩子，是我与他的骨血融合而成。从此天地间，有了我与皇上不可分割的联结。只有这样，才不枉我来这一场。"

如懿听得怔怔，心底的酸涩与欢喜，执着与期盼，意欢果然是自己的知己。她何尝不是只希望有一个小小的人儿，由他和她而来，在苍茫天地间，证明他们的情分不是虚妄。这般想着，不觉握住了意欢的手，彼此无言，也皆明白到了极处。

如此，直到意欢有些倦怠，如懿才回自己宫中去。

嬿婉伴在如懿身边，侍奉的官人们都离了一丈远跟着。如懿看着嬿婉犹自残留了一丝笑意的脸，婉声道："是不是笑得脸颊都酸了？"

嬿婉摸了摸自己的脸，低低道："看着舒妃姐姐如愿以偿，是为她高兴，但心里还是忍不住发酸。"

如懿喜欢她这样不加掩饰的口吻："心里再酸，脸上也别露出来。再好的姐妹，你脸上酸了一酸，也难免有让人吃心的时候。记着，待在这宫里，该笑的时候，再想哭也得笑；该哭的时候，再高兴也得哭出来。如果连自己的悲喜都不能掌控，那就不是宫中的生存之道了。"

嬿婉眼波流转，低柔若叹息："娘娘一晚上都很是高兴，嘱咐了舒妃姐姐那么多有孕的保养之道，其实娘娘心里也不好受吧？"

如懿伸出手，接住细细一脉枝头垂落的清凉夜露："诚如你所言，是为舒妃高兴，也是为自己伤感。懂得那么多有孕的保养之道，却都不能用在自己身上。"

嬿婉一语勾中心思，不觉泪光盈然："皇后娘娘，不瞒您，舒妃喝什么坐胎药，臣妾也一样喝了。这么多年，却是一点儿动静也没有。可见是无福了。"

如懿虽然明白个中原委，但如何能够说破，只得婉转劝慰道："舒妃有孕，到底也是意料之外。她侍奉皇上也八九年了，谁能想到呢？你也是太想得子了，或许如舒妃一般，停一停药，或许就能有了也未可知啊！"

嬿婉语气幽微如诉："但愿吧！但愿臣妾能如舒妃姐姐一般，得上苍垂怜照顾。"

如懿替她拂了拂鬓边被夜风吹乱的一绺银丝紫晶流苏，和婉道："本宫虽然被册封为皇后，一时得皇上宠爱，但到底也是三十三岁的人了。纯贵妃与嘉贵妃的年纪犹在本宫之上，玫嫔也是三十来岁的人了。年轻的嫔妃里，你是拔尖儿的。凡事不要急，放宽了心，自然会好的。"

如在冰天雪地中忽得一碗热汤在手，嬿婉心头一暖，眼中噙了晶莹的泪："多谢皇后娘娘眷顾。"

嬿婉的殿中烛火幽微，那昏暗的光线自然比不上舒妃宫中的灯火通明、敞亮欢喜。嬿婉的面前摆着十几碗乌沉沉的汤药，那气味熏得人脑中发沉。嬿婉脸上似笑非笑，似哭非哭，像发了狠一般，带着几欲癫狂的神情，一碗碗往喉咙里灌着墨汁般的汤药。

春婵看得胆战心惊，在她喝了七八碗之后不得不拦下道："小主，别喝了！别喝了！您这样猛喝，这到底是药啊，就是补汤也吃不消这么喝啊！"

嬿婉夺过春婵拦下的药盏，又喝了一碗，恨恨道："舒妃和本宫一样喝坐胎药，她都怀上了，为什么本宫还不能怀上！我不信，我偏不信！哪怕本宫的恩宠不如她，多喝几碗药也补得上了！"

她话未说完，喉头忽然一涌，喝下的药汤全吐了出来，一口一口呕在衣衫上，滑下混浊的水迹。

春婵心疼道："小主，您别这样，太伤自己的身子了！您还年轻，来日方长啊！"

嬿婉痴痴哭道："来日方长？本宫还有什么来日？恩宠不如旧年，连本宫的额娘都嫌弃本宫生不出孩子！一个没有孩子的女人，算是什么！"

春婵吓得赶紧去捂嬿婉的嘴，压低了声音道："小主小声些，皇后娘娘听见算什么呢！"

嬿婉吓得愣了愣，禁不住泪水横流，捂着唇极力压抑着哭声。她看着春婵替自己擦拭着身上呕吐下来的汤药，忽然手忙脚乱又去抓桌上的汤碗，近乎魔怔地道："不行，不行！吐了那么多，怎么还有用呢？本宫再喝几碗，得补回来！一定得补回来！"

春婵吓得赶紧跪下劝道："小主您别这样！这坐胎药也不一定管用。您看舒妃小主不就说么，她也是有一顿没一顿地喝着，忽然就有了！"她凝神片刻，还是忍不住道："小主，您不觉得奇怪？当初舒妃小主每次喝每次喝也没怀上，怎么有一顿没一顿的时候就怀上了。难不成她是不喝才怀上的？或者您不喝这坐胎药了，也能怀上也说不准！"

嬿婉当即翻脸，喝道："你胡说什么？这药方子给宫里的太医们都看了，都是坐胎助孕的好药！"

春婵迟疑着道："奴婢也说不上来，宫里的药……宫里的药也不好说。小主不如停一停这药，把药渣包起来送出去叫人瞧瞧，看是什么东西！"

嬿婉柳眉竖起，连声音都变了："你是疑心这药不对？"

春婵忙道："对与不对，奴婢也不知道。只是咱们多个心眼儿吧！谁让舒妃是断断续续喝着药才有孕的呢，奴婢听了心里直犯嘀咕。"

嬿婉被她一说，也有些狐疑起来："那好。这件事本宫便交给你办，办好了本宫重重有赏。"

春婵磕了个头道："奴婢不敢求小主的赏，只是替小主安安心罢了。奴婢的姑母就在京中，等回去奴婢就托她去给外头的大夫瞧瞧。这些日子小主先别喝这坐胎药就是了。"

嬿婉沉静片刻："好！本宫就先不喝了。"

春婵忙道："是啊。小主总急着想有了身孕可以固宠，其实反过来想想，咱们先争了恩宠再有孩子也不迟啊！左右宫里头的嫔妃一直是舒妃最得宠，如今她有了身孕也好，正好腾出空儿来给小主机会啊！"

嬿婉的神色稍稍恢复过来，她掰着指头，素白手指上的镏金玛瑙双喜护甲在灯光下划出一道道流丽的光彩："宫里的女人里头，皇后、纯贵妃、嘉贵妃、愉妃和婉嫔都已经年过三十，再得宠也不过如此了。年轻的里头也就是舒妃和晋嫔得脸些罢了。舒妃这个时候有孕，倒实在是个好机会。"

春婵笑道："如此，小主可以宽心了。那么奴婢去端碗黑米牛乳羹来，小主喝了安神睡下吧。"

御驾是在九日后回到宫中的。意欢直如众星捧月一般被送回了储秀宫，而晋嫔亦在来看望意欢时被如懿发觉了她手上那串翡翠珠缠丝赤金莲花镯。嬿婉一时瞧见，便道"眼熟"，晋嫔半是含笑半是得意道："是皇上赏赐给臣妾的晋封之礼，说是从前慧贤皇贵妃的爱物。"

嬿婉闻言不免有些嫉妒："慧贤皇贵妃当年多得宠，咱们也是知道些的。瞧皇上多心疼你。"

那东西实在是太眼熟了，如懿看着眼皮微微发跳，一颗心又恨又乱，面上却笑得波澜不惊："这镯子还是当年在潜邸的时候孝贤皇后赏下的，本宫和慧贤皇贵妃各有一串，如今千回百转，孝贤皇后赏的东西，最后还是回到了自家人的手里。"

众人笑了一会儿，便也只是羡慕，围着晋嫔夸赞了几句，便也散了。

这一日陪在如懿身边的恰是进宫当值的惢心，背着人便有些不忍，垂着脸容道："晋嫔小主年轻轻的，竟这样被蒙在鼓里，若断了一辈子的生育，不也可怜。"

有隐约的怒意浮上眉间，如懿冷下脸道："你没听见是皇上赏的？慧贤皇贵妃死前是什么都和皇上说了的，皇上既还赏这个，是铁了心不许晋嫔有孕。左右是富察氏作的孽落在了富察氏自己身上，有什么可说的！"

恣心默然点头："也是！当年孝贤皇后一时错了念头，如今流毒自家，可见做人，真当是要顾着后头的。"

檐下秋风幽幽拂面，寂寞而无声。半晌，如懿缓了心境，徐徐道："若告诉了晋嫔，反而惹她一辈子伤心，还是不知道的好，只当是自己没福罢了。"

太后得到意欢有孕的消息时正站在廊下逗着一双红嘴绿鹦哥儿，她拈了一支赤金长簪在手，调弄那鸟儿唱出一串嘀呖啼啭，在那明快的清脆声声里且喜且疑："过了这么些年了，哀家都以为舒妃能恩宠不衰便不错了。皇帝不许她生育，连自作聪明的令嫔都吃了暗亏，怎么如今却突然有了？"

福珈含笑道："或许皇上宠爱了舒妃这么多年，也放下了心，不忌讳她叶赫那拉氏的出身了。"

太后松一口气，微微颔首："这也可能。到底舒妃得宠多年，终究人非草木，皇帝感念她痴心也是有的。"

福珈亦是怜惜："太后说得是。也难为了舒妃小主一片情深，这些年纵然暗中为太后探知皇上心意，为长公主之事进言，可对皇上也是情真意切。如今求子得子，也真是福报！"

太后停下手中长簪，瞟一眼福珈，淡淡道："所谓一赏一罚，皆是帝王雨露恩泽。所以生与不生，都是皇帝许给宫中女子的恩典，只能受着罢了。不告诉她，有时也比告诉更留了情面。糊涂啊，未必不是福气。何况对咱们来说，舒妃有孕自然多一重安稳，可若一直未孕，也不算坏事。"

福珈幽幽道："奴婢明白。舒妃对皇上情深，有孕自然是地位更稳，无孕也少了她与皇上之间的羁绊，所以太后一直恍若不知，袖手未理。"

太后不置可否，只道："对了，舒妃有孕，皇帝是何态度？"

福珈笑道："皇上说舒妃小主是头胎，叫好生保养着，很是上心呢。"

太后一脸慈祥和悦："皇帝是这个意思就好。那你也仔细着些，好生照顾舒妃的身子。记着，别太落了痕迹，反而惹皇帝疑心。"

福珈笑容满面答应着："以后是不能落了痕迹，可眼下有孕，也是该好好儿赏赐的。"

太后笑道："可不是，人老了多虑便是哀家这样的。那你即刻去小库房寻两株上好的玉珊瑚送去给舒妃安枕。还有，哀家记得上回李朝遣使者来朝时有几株上好的雪参是给哀家的，也挑最好的送去。告诉舒妃好好儿安胎，一切有哀家。"

福珈应道："是。可是太医院刚来回话，说晋嫔小主身子不大好，太后要不要赏些什么安慰她，到底也是富察氏出来的人。"

太后漫不经心地给手边的鸟儿添了点儿水，听着它们叫得嘀呖婉转，惊破了晨梦依稀："晋嫔的病来得蹊跷，这里怕是有咱们不知道的缘故，还是别多理会。你就去看一眼，送点子哀家上回吃絮了的阿胶核桃膏去就是了。"她想了想："舒妃有孕，玫嫔的宠遇一般，身子也不大好了，哀家手头也没什么新人备着。"

福珈想了半日，为难地道："庆贵人年轻，容颜也好，可以稍稍调教。"

太后点头道："也罢。总不能皇帝身边没一个得宠的是咱们的人，你便去安排吧。"

这边厢意欢初初有孕，宫中往来探视不断，极是热闹，连玉妍也生了妒意，不免嘀咕道："不就是怀个孩子么，好像谁没怀过似的，眼皮子这样浅！"然而，她这样的话只敢在背后说说，自上次被当众穿耳之后，她也安分了些许，又见皇帝不偏帮着自己，只好愈加收敛。

而嬿婉这边厢，春婵的手脚很快，将药托相熟的采办小太监送出去给了姑母，只说按药拟个方子，让瞧瞧是怎么用的。她姑母受了重托，倒也很快带回了消息。

嬿婉望着方子上的白纸黑字，眼睛里几乎要滴出血来。她震惊不已，紧紧攥着手道："不会的！怎么会？怎么会！"

春婵吓了一跳，忙凑到嬿婉跟前拿起那张方子看，上面却是落笔郑重的几行字："避孕去胎，此方极佳，事后服用，可保一时之效。"

阳光从明纸长窗照进，映得嬿婉的面孔如昨夜初下的雪珠一般苍白寒冷。嬿婉的手在剧烈地发抖，连着满头银翠珠花亦沥沥作响。春婵知道她是惊怒到了极点，忙递了盏热茶捧到她手里道："不管看到什么听到什么，小主千万别这个样子。"

嬿婉的手哪里捧得住那白粉地油红开光菊石茶盏，眼看着茶水险些泼出来，她放下了茶盏颤声道："你姑母都找了些什么大夫瞧的？别是什么大夫随便看了看就拿到本宫面前来应付。"

春婵满脸谨慎道："小主千叮咛万嘱咐的事，奴婢和姑母怎敢随意，都是找京城里的名医看的。姑母不放心，还看了三四家呢。您瞧，看过的大夫都在上头写了名字，是有据可查的。小主，咱们是真的吃了亏了！"

嬿婉摊开掌心，只见如玉洁白的手心上已被养得寸把长的指甲掐出了三四个血印子。嬿婉浑然不觉得疼，沉痛道："是吃了大亏了！偏偏这亏还是自己找来的！"她沉沉落下泪来，又狠狠抹去："把避胎药当坐胎药吃了这些年，难怪没有孩子！"

春婵见她气痛得有些痴了，忙劝解道："小主，咱们立刻停了这药就没事了。方子上说得明明白白，这药是每次侍寝后吃才见效的。舒妃小主停了几次就怀上了，咱们也可以的。小主还年轻，一切都来得及。"

嬿婉的眼中闪过一丝冷厉："可是这药是皇上赏给舒妃，后来又一模一样赏给晋嫔的。咱们还问过了那么多太医，他们都说是坐胎的好药，他们……"

春婵忙看了看四周，见并无人在，只得低声道："说明皇上有心不想让舒妃和晋嫔有孕，而小主只是误打误撞，皇上并非不想让小主有孕的！"

嬿婉惊怕不已："那皇上为什么不许她们有孕，皇上明明是很宠爱舒妃和晋嫔的……"

春婵也有些惶惑，只得道："皇上不许，总有皇上的道理。譬如舒妃是叶赫那拉氏的出身，皇上总有些忌讳……"

嬿婉脸上的惊慌渐渐淡去，抓住春婵的手道："会不会是舒妃已经察觉了不妥，所以才停了那药，这才有了身孕？"她秀丽的面庞上有狠辣的厉色刻入："她知道了，却不告诉我？"

春婵忙道："小主，小主，咱们喝那药是悄悄儿的，舒妃不知道，倒是皇后跟前您提过两句的。"

嬿婉雪白的牙森森咬在没有血色的唇上："是了。皇后屡次在本宫和舒妃面前提起要少喝些坐胎药，要听天由命，要随缘。这件事，怕不只是皇上的主意，皇后也是知道的。"

春婵惊道："小主一向与皇后娘娘交好，皇后娘娘知道，竟然都不告诉您？或者舒妃小主也是听了她的劝才停了药的，她只告诉舒妃，却不告诉您？您可是为了皇后娘娘下了好大的力气整治嘉贵妃的呀。皇后娘娘的心也太狠了！"

嬿婉死死地咬着嘴唇，却不肯作声，任由眼泪大滴大滴地滚落下来，湮没了她痛惜而沉郁的脸庞。

第十三章　蟲斯

这一日是意欢怀孕满三月之喜，因为胎象稳固，太后也颇喜悦，便在储秀宫中办了一场小小的家宴以作庆贺。

席间言笑晏晏，便是皇帝也早早自前朝归来，陪伴意欢。太后颇为喜悦，酒过三巡，便问道："近些日子时气不大好，皇帝要留心调节衣食才是。"

皇帝坐于意欢身侧，忙赔笑道："请皇额娘放心，儿子一定随时注意。"他转脸对着意欢，关切道："你如今有了身子，增衣添裳更要当心。"

意欢满面红晕，只痴痴望着皇帝，含羞一笑，一一谢过。

太后的韶华日渐消磨于波云诡谲的周旋中，仿佛是紫禁城中红墙巍巍、碧瓦峨峨，却被风霜侵蚀太久，隐隐有了苍黄而沉重的气息。然而，岁月的浸润，深宫颐养的日子却又赋予她另一种庄静宁和的气度，不怒自威的神色下有如玉般光润的和婉，声音亦是柔软的、和蔼的："看舒妃盼了那么多年终于有了身孕，哀家也高兴。只是舒妃如今不能陪侍皇帝，皇帝可要仔细。"

皇帝极为恭敬："是。巡幸归来，前朝的事情多，儿子多半在养心殿安置了。"

太后夹了一筷子凤尾鱼翅吃了，慢悠悠道："皇帝来回养心殿，都会经过蠡斯门吧？"

皇帝不意太后有此问，便笑道："是，儿子来回后宫，时常经过蠡斯门。"

太后停了手里的银累丝祥云筷子，庄重道："皇帝知道螽斯门的来历么？"她说罢横了如懿一眼："皇后总在后宫，也常经过螽斯门，该知道吧？"

皇帝神色悠然，缓缓吟道："螽斯羽，诜诜兮，宜尔子孙，振振兮。"他停一停，环视殿内，将众妃仰慕的神色尽收眼底，有几分得意："螽斯门的典故源自《诗经·周南·螽斯》，儿子都记得的。"

如懿伴在皇帝身侧，微微地偏过头，精致的红翡六叶宫花，玲珑的花枝东菱玉钿，随着她语调的起伏悠悠地晃："皇上博学，此诗是说螽斯聚集一方，子孙众多。"她与皇帝相视一笑，又面向太后道："内廷西六宫的街门命名为螽斯，与东六宫的麟趾门相对应而取吉瑞之意，便也是意在祈盼皇室多子多孙，帝祚永延。"

太后微微眯眼，颔首道："皇帝与皇后博学通识，琴瑟和鸣，哀家看在眼里真是高兴。先帝在时，常与哀家说起螽斯门的典故。说螽斯门原来是明朝的旧名，祖先进关以后，更改明宫旧名，想扫除旧日之气，却在看到螽斯门时心有所触，说这个名字甚好，是让咱们子孙后代繁盛的意思，所以就留了下来。也是，雄螽斯一振动翅膀叫起来，雌螽斯便蜂拥而至，每个都给它生下九十九个孩子，当真兴旺繁盛！"

原先渺然的心便在此刻沉沉坠下，如懿如何不明白太后所指，只得不安地起身，毕恭毕敬地垂手而听。皇帝的面色也渐渐郑重，在底下悄悄握了握如懿的手，起身笑道："皇额娘的教诲，儿子都明白。正因皇额娘对上缅怀祖先，对下垂念子孙万代，儿子才能有今日儿女满膝下的盛景啊。"

皇帝此言，绿筠、玉妍、意欢、海兰等有所生育的嫔妃都起身，端正向太后敬酒道："祖宗福泽，太后垂爱，臣妾等才能为大清绵延子嗣。"

太后脸上含着淡淡的笑意，却未举杯接受众人的敬酒。皇帝眼神一扫，其余的嫔妃都止了笑容，战战兢兢站起身来，一脸敬畏与不安："臣妾等未能为皇家开枝散叶，臣妾等有愧。"

太后仍是不言，只以眼角的余光缓缓从如懿面上扫过。如懿只觉得心底一阵酸涩，仿佛谁的手狠狠绞着她的心一般，痛得连耳根后都一阵阵滚烫起来，不由得面红耳赤。她行至太后跟前，跪下道："臣妾身为皇后，未能为皇上诞育一子半女，臣妾忝居后位，实在有愧。"

太后并不看她，脸上早已没了笑容，只是淡淡道："皇后出身大家，知书识礼，对于螽斯门的见解甚佳。但，不能只限于言而无行动。"她的目光从如懿平坦的腹部扫过，忧然垂眸："太祖努尔哈赤的孝慈高皇后、孝烈武皇后皆有所出；太宗的孝庄文皇后诞育世祖福临，孝端文皇后亦有公主；康熙爷的皇后更不必说；先帝的孝敬宪皇后，你的姑母到底也是生养过的；便是连皇帝过世的孝贤皇后也生了二子二女。哀家说的这些人里，缺了谁，你可知么？"

如懿心口剧烈一缩，却不敢露出丝毫神色来，只得以更谦卑的姿态道："皇额娘所言历代祖先中，唯有世祖福临的两位蒙古皇后，废后静妃和孝惠章皇后博尔济吉特氏没有生育，无子无女而终。"

太后眉眼微垂，一脸沉肃道："两位博尔济吉特氏皇后，一被废，一失宠，命运不济才会如此。可是皇后，你深得皇帝宠爱，可是不应该啊！"

脸上仿佛挨了重重一掌，如懿只觉得脸上烧得滚烫，像一盆沸水扑面而来。她只能忍耐，挤出笑道："皇额娘教诲得是，是臣妾自己福薄。"

海兰看着如懿委屈，心头不知怎的便生了股勇气，切切道："太后，皇后娘娘多年照顾永琪，尽心尽力，永琪也会孝顺皇后娘娘的。"

太后一嗤，冷然不屑道："是么？"

皇帝上前一步，将酒敬到太后跟前，连连赔笑道："儿子明白，儿子知罪了。这些年让皇额娘操心，是儿子不该。只是皇后未有所出，也是儿子陪伴皇后不多之过，还请皇额娘体谅。而且儿子有其他妃嫔诞育子嗣，如今舒妃也见喜，皇额娘不必为儿子的子嗣担心。"

太后的长叹恍若秋叶纷然坠落："皇帝，你以为哀家只是为你的子嗣操心么？皇后无子，六宫不安。哀家到底是为了谁呢？"

皇帝忙道："皇额娘自然是关心皇后了。但皇后是中官，无论谁有子，皇后都是嫡母，也是一样的。"

有温暖的感动如春风沉醉，如懿不自觉地望了皇帝一眼，满心的屈辱与尴尬才稍稍减了几分。到底，他是顾着自己的。

意欢见彼此僵持，忙欠身含笑道："太后关心皇后娘娘，众人皆知。只是臣妾也是侍奉皇上多年才有身孕，皇后娘娘也会有这般后福的。"

许是看在意欢有孕的面上，太后到底还是笑了笑，略略举杯道："好了，你们都起来吧。哀家也是看着舒妃的身孕才提几句罢了。皇帝，哀家的女儿都不在自己身边，若是舒妃生了个阿哥，不如交给哀家抚养，膝下也热闹些。"

皇帝颇为意外，脸色便有些不大好，意欢亦不知该如何回话。

倒是嬿婉先笑了："都说皇子公主们生下后就送去了阿哥所，太后娘娘疼惜孙儿养在身边，真是舒妃腹中孩儿无上的福气。"

皇帝亦赔笑："舒妃这是头胎，儿子本想让舒妃自己养育，若是皇额娘喜欢，舒妃你便常带去皇额娘宫里陪伴。"

太后微微蹙眉，不想会这样被婉拒，意欢却是得了无上欢喜，尚未生育就得皇帝允许将孩子养在身边，一时感动于心，立刻起身道："皇上厚爱，臣妾无以为报。太后喜爱臣妾腹中孩儿，无论男女，臣妾都会日日带到太后身边请安。"

如懿知皇帝与意欢心意："也是，若是个公主，文静可爱，皇额娘更喜欢。"

如此，太后眉头微松，也不再言此事，只是对如懿道："皇后，有空儿时，便多去螽斯门下站一站，想想祖先的苦心吧。"

如懿诺诺答应，转眼看见玉妍讥诮的笑色，心头更是沉重。她默默回到座位，才惊觉额上、背上已逼出了薄薄的汗。仿佛激烈挣扎扑腾过，面上却不得不支起笑颜，一脸云淡风轻，以此敷衍着皇帝关切的神色。到底，这一顿饭也是食之无味了。

自储秀宫归来时已经是月上中天了。如懿回到宫中，卸了晚妆，看着象牙明花镂春和景明的铜镜中微醺的自己，不觉抚了抚脸道："今儿真是喝多了，脸这样红。"

容珮替如懿解散了头发拿篦子细细地篦着道："娘娘今儿是为舒妃高兴，也是为皇上高兴，所以喝了这些酒，得梳梳头发散发散才好。"

容珮说罢，便一下一下更用心为如懿篦发，又让菱枝和芸枝在如懿床头的莲花镏金香球里安放进玉华醒醉香。那是一种专用于帮助醉酒的人摆脱醺意的香饼，翊坤宫的宫女们会在阳春盛时采摘下牡丹的花蕊，与荼蘼花放在一起，浇入清酒充分浸润，然后在阴凉处放置一夜，再用杵捣，将花蕊与花瓣一起捣成花泥，捻成小饼，外刷一层龙脑粉，以它散发出的天然花香，让人在睡梦中轻松地摆脱醉酒的不适。

如懿素来雅好香料，尤其是以鲜花制成的香饵，此刻闻得殿中清馨郁郁，不觉道："舒妃有孕，本宫自然是高兴的。只是……太后也看上了那孩子。舒妃是太后安排的人，本宫又没有嫡子，只怕太后想抚养舒妃的皇子，是想扶持一个自己养大的孙儿吧。"

容珮越听越是心惊，回想筵席上皇帝的反应，渐渐明白了几分，不觉同情意欢："舒妃自己夹在皇上和太后中间做人，没想到没落地的孩儿也要受这般为难。幸好娘娘提了舒妃的孩儿或许是公主，太后才不作声了。"

如懿微微点头，想着若舒妃真生了阿哥，怕又是一场风波。可她，也实在谋划不了那么多了。实在不成，就将舒妃生的孩儿如永琪一般归到自己名下，然后还是留给舒妃自己养育。哪怕太后再不喜自己这般作为，至少也解了皇帝的烦忧。这样想着，头脑中越发昏沉，她沉吟着道："前儿内务府说送来了几坛子玫瑰和桂花酿的清酿，说是跟蜜汁似的，拿来给本宫尝一尝吧。"

容珮知道她心中伤感与委屈，便劝道："娘娘，那酒入口虽甜，后劲儿却有些足。娘娘今日已经饮过酒了，还是不喝了吧？"

如懿笑："喝酒最讲究兴致。兴之所至，为何不能略尝？你快去吧！"

容珮经不得她催促，只好去取了来："那娘娘少喝一些，免得酒醉伤身。"

如懿斟了一杯在手，望着盈白杯盏中乳金色的液体，笑吟吟道："伤身啊，总比伤心好多了！"

容珮知她心意，同情而不服，见她饮了一杯，便又再添上一杯："今儿这么多人，太后也是委屈您了。"

如懿仰起脸将酒倒进喉中，擦了擦唇边流下的酒液，味味笑道："不是太后委屈本宫，是本宫自己不争气。太后让本宫去螽斯门下站着，本宫一点儿也不觉得那是惩罚！若是能有一个自己的孩子，让本宫在螽斯门下站成一块石头，本宫也愿意！"她眼巴巴地望着容珮，眼里闪过蒙昽的晶亮："真的，本宫都愿意！舒妃入宫这么多年，喝了这么多年的坐胎药，如今多停了几回，便也怀上了。到底是上苍眷顾，不曾断了她的念想。可是本宫呢？本宫已经三十三岁了，三十三岁的女人，从来没有过自己的孩子，那算什么女人？！"

容珮难过道："娘娘，您还年轻！不信，您照照镜子，看起来和舒妃、庆贵人她们也差不多呢。"

如懿带着几分醉意，摸着自己的脸，凄然含泪："是么？没有生养过的女人，看起来或许年轻些。可是年轻有什么用？！这么些年，本宫做梦都盼着有自己的孩子。"她拉着容珮的手往自己的小腹上按："你摸摸看，本宫的肚子是扁的，它从来没有鼓起来过。容珮，本宫是真心不喜欢嘉贵妃，可是也打心眼儿里羡慕她。她的肚子一次又一次鼓起来，鼓得多好看，像个石榴似的饱满。她们都说怀了孕的女人不经看，可是本宫眼里，那是最好看的！"

容珮眼里沁出了泪水："娘娘，从奴婢第一次看到您，奴婢就打心眼儿里服。宫里那么多小主娘娘，可您的眼睛和别人不一样。人家的眼睛是流着眼泪珠子的，您的眼睛再愁苦也是忍着泪的。奴婢佩服您这样的硬气，也担心您这样的硬气。不爱哭的人都是伤了心的了。奴婢的额娘也是，她生了那么多孩子，还是挨我阿玛的打。我阿玛打她就像打沙袋似的，一点儿都不懂得心疼。最后奴婢的额娘是一边生着孩子一边挨着我那醉鬼阿玛的打死去的。那时候奴婢就想，做人就得硬气些，凭什么受那样人的挫磨。可是娘娘，现在奴婢看您哭，奴婢还是心疼。奴婢求老天爷，让一个孩子来您的肚子里吧！"

如懿伏在桌上，俏色莲蓬绣成的八宝瑞兽桌布扎在脸上硬硬地发刺。她伸着手茫然地摩挲着："还有纯贵妃，这辈子她的恩宠是淡了，可是她什么都不必怕。儿女双全，来日还能含饴弄孙。宫里活得最自在最安稳的人就是她。"

容珮从未见过如懿这般伤心，只得替她披上了一件绛红色的拈金珠大氅："娘娘，您是皇后，不管谁的孩子，您都是嫡母；她们的子孙，也都是您的子孙。"

如懿凄然摇首："容珮，那是不一样的。人家流的是一样的血，是骨肉至亲。而你呢，不过是神庙上的一座神像，受着香火受着敬拜，却都是敷衍着的。"

容珮实在无法，只得道："娘娘，好歹您还有五阿哥啊。五阿哥多争气，被您调教得文武双全，小小年纪已经学会了满蒙汉三语，皇上不知道多喜欢他呢！来日五阿哥若是得皇上器重，您固然是母后皇太后，愉妃娘娘是圣母皇太后，一家子在一块儿也极好呢。"

如懿带着眼泪的脸在明艳灼灼的烛光下显出一种苍白的娇美，如同夜间一朵白色的优昙，独自含着清露绽放："永琪自然是个孝顺的好孩子。可是容珮，每一次盼望之后，本宫都恨极了。恨极了自己当年那么蠢钝，被人算计多年也不自知；恨极了孝贤皇后的心思歹毒。所以，本宫一点儿都不后悔，旁人是怎样害得本宫绝了子嗣的希望，本宫便也要绝了她所有的希望。可是容珮，再怎么样，本宫的孩子都来不了了！"

迷蒙的泪眼里，翊坤宫是这般热闹，新封的皇后，金粉细细描绘的人生，怎么看都是姹紫嫣红，一路韶华繁盛下去。可是只有如懿自己知道，那些恩爱荣华之后，她是如何孤独。夜静人散之后，宫里只剩下了她。阔大的紫檀莲花雕花床上铺着一对馥香花团纹鸳鸯软枕，上面是金红和银绿两床苏织华丝凤栖梧桐被。皇帝在时，那自然是如双如对的合欢欣意。可是皇帝不在的日子，她便清楚地意识到，那才是她未来真正的日子。她会老，会失宠，会有"红颜未老恩先断，斜倚熏笼坐到明"的日子。那种日子的寂寞里，她连一点儿可以依靠可以寄托的骨血都没有。只能嗅着陈旧而金贵的古旧器皿发出陈年的郁郁的暗香，淡淡的，像沉浸在水里发黄的旧蚕丝，一丝一缕地裹缠着自己，直到老，直到死。

那就是她的未来，一个皇后的未来，和一个答应、一个常在，没有任何区别。

容珮自知是劝不得了，她只能任由如懿发泄着她从未肯这般宣之于口的哀伤与疼痛，任由酒液一杯杯倾入愁肠，代替一切的话语与动作安慰着她。

过了片刻，芸枝进来低声道："容姐姐，令嫔小主来了，想求见皇后娘娘。"

容珮有些为难地看着醉得不省人事的如懿，轻声道："娘娘酒醉，怕是不能见人了。这样吧，你去好生回了令嫔小主，请她先回去吧。"

芸枝答应着到了外头，见了嬿婉道："令嫔小主，皇后娘娘方才从储秀宫回来，此刻醉倒了，怕不能见小主了。"

嬿婉向着暖阁的方向望了一眼，道："方才看娘娘从储秀宫回来有些薄醉，所以特意回宫拿了些醒酒汤来。怎么此刻就醉倒了呢？"

芸枝笑道："娘娘回来还喝了些酒呢。今儿酒兴真是好！"

嬿婉心中一突，很快笑道："是啊。舒妃有喜，娘娘与舒妃交好，自然是高兴了，所以酒兴才好！"

正说着，却见菱枝端了一碗醒酒汤走到殿外，容珮开了门道："娘娘醉得厉害，吐得身上都是，快去端热水来，醒酒汤我来喂娘娘喝下吧！"

菱枝忙答应着去。嬿婉一时瞧见，不觉道："皇后娘娘醉得真厉害，本宫便不妨碍你们伺候了，好好儿照顾着吧。"

芸枝恭恭敬敬送了嬿婉出去。春婵候在仪门外，见嬿婉这么快出来，不觉诧异道："小主这么快出来，皇后娘娘睡下了么？"

澜翠本跟着嬿婉进去，嘴快道："什么睡下，是喝醉了。"

春婵打趣道："哎哟！贵妃醉酒也罢了，怎么皇后也醉酒呢！"

嬿婉嘴角衔了一缕冷笑，道："贵妃醉酒也好，皇后醉酒也好，不过都是伤心罢了。本宫还以为皇后多雍容大度呢，巴巴儿地提醒了舒妃坐胎药的事儿，原来还是过不了女人那一关，也是个妒忌小心眼儿罢了。"

春婵笑道："小主说得是。女人就是女人，哪怕是皇后也不能免俗。"

嬿婉长睫轻扬，点漆双眸幽幽一转："所以啊，来日哪怕舒妃的胎出了什么事儿，那也是小心眼儿的人的罪过，跟咱们是不相干的。"

春婵会心一笑，扶着嬿婉悠然回宫。

乾隆十六年，前朝安静，西藏的骚乱也早已平定，皇帝以为西北无忧，便更重视江南河务海防与官方戎政。正月，皇帝以了解民间疾苦为由，奉母游览，第一次南巡江浙。

起初，倒颇有几位朝中官员进谏，以为南巡江浙，行程千里，惊动沿途官员百姓，趋奉迎接，未免靡费。皇帝便有几分不悦："如今你们都称天下安定富庶，这安定富庶朕都是在奏折上看到的，未曾眼见。圣祖康熙爷也曾南巡，下江南与官民同乐，了解民生疾苦。朕为圣祖子孙，理当效仿。"

如此，再不敢有人谏言。待回到宫中，皇帝见如懿已经候在养心殿暖阁等候他下朝，那笑意便不觉从唇边溢出，照得眉眼都熠熠生辉。

如懿忍不住笑："皇上虽然喜爱江南风景，但也不必如此喜形于色啊。"

皇帝握住她手，俯近她耳边轻声道："你幼时曾去过苏州，每每与朕说起，都十分向往可以再去。朕当日只是皇子，并不能擅自带你离京。如今，朕便与你一同实现心愿，去咱们最想去的地方走一走。"他眼底有明亮的光，像星子在墨蓝夜空里闪出钻石般璀璨的星芒："朕答允你，不仅是这次，往后咱们还有许多时日，朕会一直陪着你去山水之间。"

心底的暖色仿佛敷锦凝绣的桃花，迎着春风一树一树绽放到极致，那样轻盈而芬芳，充斥着她的一颗心。她依在皇帝胸前，依依婉然道："只要是皇上想去的地方，臣妾一定伴随身侧，绝不轻离。"

窗外仍有薄薄的飞雪如柳絮轻扬，而他与她的眸光相触间，唯有无限欢喜与安宁。

按照皇太后的意思，因是巡幸江南烟柔之地，随行的嫔妃除了皇后，便以汉军旗出身的纯贵妃、玫嫔、令嫔、婉嫔、庆贵人和李朝出身的嘉贵妃陪伴。

皇帝对太后的安排甚是满意，便将六宫中事都托了愉妃海兰照应。临行前，如懿又去探望了意欢。彼时意欢已经有五个多月的身孕了，逐渐隆起的腹部显得她格外有一种初为人母的圆润美满。如懿含笑抚着她的肚子道："一切可都还好么？"

身下浅碧色的玉兰花样坐褥软似棉堆，意欢爱惜地将手搭在腹部："一切都还好。只是总觉得像是在梦里似的，不太真切。"

如懿忍不住取笑："肚子都这么大了，孩子也会踢你了，还总是如在梦中么？"

窗外的雪光透过明纸映得满殿亮堂，意欢满是红晕的脸有着难言的柔美，似有无限情深："娘娘知道么？臣妾第一次见到皇上的时候，是在入宫的前一年。皇上祭陵回来，街上挤满了围观的百姓，臣妾便跟着阿玛也在茶楼上看热闹。隔了那么远的距离，臣妾居然能看清皇上的脸。在此之前，臣妾作为备选的秀女也曾熟读皇上的御诗，可是臣妾从未想过，这个人会有着这样好看的一张脸。从那时开始，这个人便扎在了臣妾心里。知道皇上那年不选秀的时候，臣妾哭得很伤心，却也没想到会被太后选中入宫侍奉。跟着太后的日子里，太后待臣妾很好，她告诉臣妾皇上喜欢翰墨，喜欢诗词，喜欢画画。咱们满人马背上得天下，可是皇上精通琴棋书画风雅典趣，几乎没有什么是他不会的。有时候皇上来慈宁宫，臣妾便躲在屏风后悄悄瞧他一眼。那时臣妾真是高兴，原来我一生为人，熟读诗书，都是为了要走到这个人身边去。"

如懿见她痴痴地欢喜，隐隐却有莫名的忧愁盘旋在心间，她只得笑道："妹妹如今又有了孩子，是该高兴。"

意欢眼底有明亮的光彩，仿佛满天银河也倾不出她心中的喜悦与幸福："臣妾一直觉得，能在皇上身边是最大的福气。因为这福气太大，所以折损了臣妾的子嗣。皇后娘娘，这话臣妾对谁说她们都不会明白，但是娘娘一定会懂得。满宫里这么些人，她们看着皇上的眼神，她们的笑，都是赤裸裸的欲望。只有皇后娘娘和臣妾一样，您看皇上的眼神，和臣妾是一样的。"

果真一样么？她在心底怅惘地想。其实连她自己也怀疑，当初所谓的真心，经过岁月的粗糙挫磨，还剩了几许？看到的越多，听到的越多，她质疑和不信任的也越来越多。那样纯粹的爱慕，或许是她珍惜意欢，愿意与之相交的最大缘由。那是因为，她看见的意欢，恍然也是已然失去的曾经的自己。可那样的自己，那样的意欢，又能得到些什么？

这样的念头在她的脑中肆意穿行，直到荷惜担心地上前劝道："小主一直害喜得厉害，到了如今，闻见些什么气味不好还是呕得厉害。这会子说了这许多话，等下又要难受了。"

如懿强按下自己纷繁的念想，关切道："你是头胎，难免怀着身孕吃力些。不过本宫也听人说，越是害喜得厉害，腹中的孩子往后便越聪明。你大可安心就是。"说罢又嘱咐了伺候的荷惜，哪些东西不能碰不能闻，连茶水也要格外当心。

荷惜笑道："皇后娘娘嘱咐了许多次了，奴婢一定会当心的。"

如懿叹道："不是本宫不放心，本该留着江与彬伺候你的，可是他如今在太医院颇有资历，也得皇上信任，要跟着南巡一路伺候，所以你这里要格外小心留意。"

意欢颔首道："皇后娘娘对臣妾这一胎的关切，臣妾铭感于心。好在愉妃姐姐是个细心的，有她在，皇后娘娘也可以放心了。"

如懿含笑道："可不是，本宫就是看你有孕才欢喜，所以左也放不下右也放不下的。不过话说回来，本宫此次跟着皇上南巡，永琪年幼不能带在身边，海兰又要照顾永琪，又要料理后宫中事，只怕也是吃力。凡事你自己多小心。"

意欢且笑且忧，小心翼翼地护着小腹："且不说前朝如何，就是当今，从怡嫔、玫嫔的孩子的事儿，还有愉妃姐姐生产时的凶险，臣妾还不知道警惕么？这个孩子是臣妾与皇上多年情意的见证，臣妾必定好好儿爱护，不许有任何人任何机会伤他分毫！"

第十四章　嬿舞

这一年正月十三，皇帝奉皇太后离京，经直隶、山东至江苏清口。二月初八，渡黄河阅天妃闸、高家堰，皇帝下诏准许兴修高家堰的里坝等处，然后由运河乘船南下，经扬州、镇江、丹阳、常州至苏州。三月，御驾到达杭州，观敷文书院，登观潮楼阅兵，遍游西湖名胜。

毕竟西湖六月中，风光不与四时同。何况是江南三月，柳绿烟蓝，动若莲步轻移，婀娜多姿；静如少女独处，袅袅婷婷。姹紫嫣红，浓淡相宜，就那样偎依在西湖的周围，晕染着、守望着西湖一湾碧水。

皇帝对江南向往已久，终于一偿夙愿，守着晴也是景，雨也是景，烟雾蒙蒙又是一景的西湖，沉醉其间，如溺醇酒，不能自拔。

除了与文官诗酒相和，如懿亦陪着皇帝尝了新摘的雨后龙井、鲜美的西湖莼菜和宋嫂醋鱼，还有藕粉甜汤、桂花蜜糕。虽然年年有岁贡，但新鲜所得比之宫中份例，自然更胜一筹。闲暇之时，苏堤春晓、柳浪闻莺、雷峰夕照、双峰插云、南屏晚钟、三潭印月，都留下皇帝纵情游览的足迹。

只是某日回到寿心殿，如懿亲自服侍皇帝穿上龙袍，那钮子一个接一个，她扣得手酸。皇帝也叹息："这龙袍穿一重便多一重限制，失了自在随意。待一重重穿在身上，沉重已极。"如懿只得笑言："虽然沉重，但世人向往莫及。"

其实重的不是衣物，而是肩上的责任与担当，还有这无限尊荣后的烦恼。皇帝幽幽道："朕登基那么多年，无一日懈怠，真是有些倦了。"

如懿与皇帝相处，知他自登基后一直励精图治，效仿先帝与圣祖皇帝，从未生过片刻倦怠之心，如今这般说，倒真是意料之外。她为皇帝正好衣冠，道："皇上宵衣旰食，不懈于治，为的就是要继先帝之志，定盛世江山。臣妾陪着一路走来，为您这样的夫君骄傲至极。"

皇帝笑着为她抚平凤袍衣襟上的粉色碧玺十八子手串，笑盈盈道："盛世已定，你我都可安享片刻了。"他还要说什么，进忠已经来报浙江总督求见。皇帝无奈地笑笑："你看，出来一趟也躲不开烦扰。"

当然，杭州的时光还是闲暇松散的。皇帝每常感叹，虽然是春来万物生，自然有"桃红复含宿雨，柳绿更带朝烟""酌酒会临泉水，抱琴好倚长松"之美，但断桥残雪不能访见，曲院风荷亦是只见新叶青青，未见满池红艳擎出了。

这一夜本是宫中夜宴，皇帝陪着太后与诸位王公、嫔妃临酒西湖之上。亲贵们自然是携带福晋，相随而行；后妃们亦是华衫彩服，珠坠摇曳，更不时有阵阵娇声软语传开。人们挨次而入，列上珍馐佳肴，白玉瑞兽口高足杯中盛着碧盈盈的醇香琼浆，还未入口，酒香就先无孔不入地沁入心脾。仿佛是觉得这西湖鲜花不够繁盛，更要再添一枝明艳似的，陪行的官员将侍奉的女子都换成年方二八的少女，软语烟罗。嫔妃们虽然出身汉军旗，却也不得不稍逊江南女子的柔媚了。

皇帝叹道："皇额娘属意曲院美景，只是风荷未开，唯有绿叶初见，不能不引以为憾了。"

太后笑吟吟道："哀家承皇帝的孝心，才得六十天龄还能一睹江南风光。哀家知道皇帝最爱苏堤春晓，可惜咱们不能在杭州留到夏日，所以也难见曲院风荷美景了。只是哀家想，既然来了，荷叶都见着了，怎么也得瞧一瞧荷花再走啊。"

说罢，太后轻轻击掌，却见原本宁静的湖面上缓缓漂过碧绿的荷叶与粉红荷花。那荷叶也罢了，大如青盏，卷如珠贝，小如银钱，想是用色色青绿生绢裁剪而成，与湖上的真荷叶掺杂其间，一时难辨真假。而那一箭箭荷花直直刺出水面，深红浅白，如胭脂，如粉黛，如雪花，莲叶田田，菡萏妖娆，清波照红湛碧。偶尔有淡淡烟波浮过，映着夹岸的水灯欹波，便是天上

151

天桃，云中娇杏，也难以比拟那种水上繁春凝仁，潋滟彩幻。

其中两朵荷花格外大，几有半人许高，在烟波微澜之后渐渐张开粉艳的花瓣。花蕊之上，有两个穿着羽黄绢衣的女子端坐其中，恰如荷蕊灿灿一点。二人翩翩若飞鸿轻扬，一个缓弹琵琶，一个轻唱软曲。

灯火通明的湖面渐渐安静下来，在极轻极细的香风中，琵琶声淙淙，有轻柔舒缓的女子歌声传来，唱出令人沉醉的音律：

> 西湖烟水茫茫，百顷风潭，十里荷香。宜雨宜晴，宜西施淡抹浓妆。尾尾相衔画舫，尽欢声无日不笙簧。春暖花香，岁稔时康。真乃上有天堂，下有苏杭。[1]

那女子的歌声虽不算有凤凰泣露之美，但隔着水波清韵，一咏三叹，格外入耳。更兼那琵琶声幽丽入骨，缠绵无尽，只觉得骨酥神迷，醉倒其间。直到有水鸟掠过湖面，又倏忽飞入茫茫夜气，才有人醒转过来，先击节赞赏。

皇帝亦不觉赞叹，侧身向如懿道："词应景，曲亦好，琵琶也相映成趣。这些也就罢了，只这曲子选得格外有心。"

如懿低首笑道："素来歌赞西湖的词曲多是汉人所作，只这一首《仙吕·太常引》乃是女真人所写，且情词独到，毫不逊色于他作。"

皇帝不觉含笑："皇后一向雅好汉家词曲，也读过奥敦周卿[2]？"

如懿轻轻侧首，牵动耳边珠络玲珑："臣妾不是只知道'墙头马上遥相顾，一见知君即断肠'，元曲名家如奥敦周卿，还是知道一些的。"

---

[1] 出自元代奥敦周卿的《仙吕·太常引》：这首小令着力描绘杭州西湖春暖花开时的美丽风光。全曲既描写了秀丽怡人的自然景观，也表现了人寿年丰的欢乐气氛。

[2] 奥敦周卿：元代散曲作家，女真族人。姓奥敦，名希鲁，字周卿。其先世仕金。父奥敦保和降元后，累立战功，由万户迁至德兴府元帅。

皇帝伸出手，在袖底握一握她被夜风吹得微凉的手："朕与你初见未久，在宫中一起看的第一出戏便是这白朴的《墙头马上》。"他的笑意温柔而深邃，如破云凌空的旖旎月色："朕从未忘记。"

如懿含羞亦含笑，与他十指交握。比之年轻嫔妃的别出心裁，事事剔透，她是一国之母，不能轻歌，亦无从曼舞，只能在不动声色处，撩拨起皇帝的点滴情意，保全此身长安。

太后转首笑道："皇帝是在与皇后品评么？如何？"

皇帝笑着举杯相敬，道："皇额娘又为儿子准备了新人么？"

太后笑着摇首，招手唤荷花中二女走近："皇帝看看，可是新人么？"她的目光在如懿面上逡巡而过，仿佛不经意一般："宫中新人太多，只怕皇后要埋怨哀家不顾她这个皇后的辛劳了。"

如懿心头一突，却笑得体："有皇额娘在，儿臣怎么会辛劳呢？"

太后不置可否地一笑，只是看着近前的两名女子，弹琵琶的是玫嫔，而唱歌的竟是入宫多年却一直不甚得宠的庆贵人。

玉妍举起自己手中的酒盏，抿嘴笑道："旧瓶装新酒，原来是这个意思。"

皇帝颇有几分惊喜之意："缨络，怎么是你？"

绿筠亦笑："玫嫔的琵琶咱们都知道的，除了先前的慧贤皇贵妃，便数玫嫔了。但是庆贵人的歌声这样好，咱们姐妹倒也是第一次听闻呢。"

众人的目光都只瞧着庆贵人，唯独玫嫔立在如懿身旁。如懿无意中扫她一眼，却见她脸色不大好，便是再娇艳的脂粉也遮不住面上的蜡黄气息。她正暗暗诧异，却听太后和缓问道："庆贵人，你是哪一年伺候皇帝的？"

庆贵人依依望着皇帝，目中隐约有幽怨之色，道："乾隆四年。"

太后叹息一声："是啊，都十二年了呢。哀家记得，你刚侍奉皇帝那年是十五岁。"

庆贵人垂下娇怯怯的脸庞："是。太后好记性。"

"哀家记得，你刚伺候皇帝的时候，并不会唱歌。"

庆贵人含羞带怯看了皇帝一眼，很有几分眉弯秋月、羞晕彩霞的风采：
"臣妾自知不才，所以微末技艺，也是这十二年中慢慢学会，闲来打发时光
的。还请皇上和太后不要见笑。"

庆贵人这几句话说得楚楚可怜。皇帝听得此处，不觉生了几分怜惜：
"这些年是朕稍稍冷落了你，以致你长守空闺，孤灯寂寞，只能自吟自唱打
发时光。以后必不会了。"

玉妍媚眼横流，笑吟吟道："皇上待咱们姐妹，总是新欢旧爱都不辜
负的。"

婉嫔亦打趣："嘉贵妃难不成还说自己是新欢么？自然是最难忘的旧
爱了。"

如此闲话一晌，太后略觉得湖上风大，便先回去，只留了嫔妃们陪伴皇
帝笑语。

彼时皓月当空，湖上波光粼粼。有三五宫裳乐伎坐于湖上扁舟之中，或
素手抚琴，或朱唇启笛。笛声顺着和煦的微风飘来，细长有如山泉溪水，醇
和好似玉露琼浆，丝丝绵绵宛若缠萦的轻烟柔波，在耳畔萦绕不绝。湖边彩
灯画带，悉数投影在微凉如绸的湖水中，让人仿似身处灿灿星河之中。

皇帝与身侧的庆贵人絮絮低语，也不知是谁先惊唤起来："是下雪
了么？"

此时正当三月时节，南地温暖，何曾见三月飘雪。然而，众人抬起头
来，却果然见有细碎白点缓缓撒落，尽数落在了湖上，恍惚不清。

有站在湖岸近处的宫眷伸手揽住，唤起来道："不是雪花，是白色的梅
花呢！"

如懿惊喜："人间三月芳菲盛，怎么此时还会有梅花？"

和亲王弘昼素来喜好风雅，便道："皇嫂有所不知，孤山与灵峰的寒梅
开得晚，或许还有晚梅可寻。再不然，附近的深山里也还有呢。"他转首惊
叹："寒梅若雪，此人倒有点心思。"

如懿微微不悦："梅花清雅，乃高洁之物，只这般轻易抛撒，若为博一

时之兴，实在是可惜了。"

玉妍托腮欣赏，手指上累累的宝石戒指发出炫目的光："皇后娘娘喜欢梅花，自然珍爱，可不是人人都和皇后娘娘一个心思呀。话说回来，甭管什么心思，臣妾倒也挺喜欢看这漫天飞花呢。"

玉妍话音未落，已被湖上飞起的雪白绸带吸引了目光。只见一叶墨色扁舟不知何时已经驶到了满天如虹的绸缎之下，一名着莹白色薄缕纱衫的女子俏立当中，举着一枝盛开的红梅和韵轻盈起舞。她的衣衫上遍绣银线梅花，上面缀满银丝米珠，盈盈一动，便有无限浅浅的银光流转，仿若星芒萦绕周身。画舫上的彩灯将湖面映得透亮，连夜空也有几分透亮，照得那女子眉目如画，顾盼生情，更兼大片月光轻泻如瀑，玉人容色柔美，如浸润星月光灿中，温柔甜软，人咫尺可探。更有身后青衫乐姬相衬，几乎要让人以为身处蓬莱仙岛之境。

婉嫔低声惊道："这不是令嫔么？"

玉妍看了片刻，手上绕着绢子，撇嘴冷笑道："今儿晚上可真是乏味，除了歌便是舞，咱们宫里的女人即便是铆足了心思争宠，也得会点儿别的吧。老跟个歌舞乐伎似的，自贬了身价，有什么趣儿。"

绿筠笑着瞥了眼玉妍，慢悠悠道："嘉贵妃也别总说旁人。你忘了自己刚入潜邸那会儿，什么长鼓舞啊扁鼓舞啊扇舞啊剑舞啊，又会吹短箫又会弹伽倻琴，一天一个花样儿，皇上宠你宠得不得了。如今也惯会说嘴了，也不许别人学一点儿你的样儿么？"

玉妍嗤笑道："那也得舞得起弹得出才好啊。我出身李朝，学的也是李朝的歌舞，到底还能让皇上喜欢个新鲜。可如今庆贵人和令嫔她们不过是东施效颦罢了，有什么好看的。"

绿筠叹了口气，有些自怨自艾："东施效颦也得看是谁效啊，像我和嘉贵妃都是半老徐娘了，哪里比得上十几二十来岁的妹妹们年轻水嫩呢。"

玉妍笑道："那也难说。有时候女人的韵味，非得年纪长一点儿才能出来。岂不知半老徐娘还风韵犹存呢。姐姐忘了，我生四阿哥那会儿是二十六岁，愉妃生五阿哥也是二十六了，舒妃如今头胎也二十六了。姐姐生三阿哥是二十二岁，那还算是早的。咱们皇上啊，或许就是觉得十几岁的丫头们嫩瓜秧子似的，伺候得不精细。且看庆贵人就知道了，从前十几岁的时候跟着皇上也不得宠，倒是如今开了点儿眉眼了。所以啊，姐姐别整天念叨着人老珠黄，除了把自己念叨得絮烦了，其他真没什么好处。"

如懿笑道："有嘉贵妃这句话，本宫也宽心多了。原来越老，好处越在后头了。"

玉妍犹自在那儿絮絮，只见湖上景致一变，四艘青舫小舟遍盛鲜花围了过来，舫上一页页窗扇打开，连起来竟是一幅幅西湖四时图。嬿婉曼步舞在那绸带之间，衣袂飘飘，宛若凌波微步，跌宕生姿。最后轻妙一个旋身，往最末的舫上一靠，身姿纤柔，竟融进了西湖冬雪寒梅图中。

高台之上掌声四起，惊赞之声不绝于耳，歌舞乐姬在众人的赞叹中逐一退场。

皇帝拊掌叹道："舞也罢了，最难得的是匠心独运，白衣红梅，轻轻一靠，便融入画中。"他轻含了一缕薄笑："如今令嫔也进益了，不是当日只知燕窝细粉，连白瓷和甜白釉也不分的少女了。"

如懿闻言而知意，当下亦点头："在皇上身边多年，耳濡目染，自然长进。此刻令嫔白衣胜雪，手中红梅艳烈，果然是用心思了。"

玉妍轻哼一声："这样的好心思，怕也是皇后娘娘的安排吧。"

如懿懒得顾及，只淡漠道："心思若是用在讨皇上喜欢也罢了，若是一味地旁门左道，可真是白费一番心思了。"

玉妍见皇帝笑意吟吟，目光只凝在舫中寻找嬿婉的身影，也不觉有些讪讪。

皇帝眼中有无限惊艳赞叹之意，扬声道："令嫔，再不出来，真要化作雪中红梅了么？"

须臾，嬿婉从冬雪寒梅图中盈然而出，捧着手中一束红梅，却先奉到如懿身前，盈然一笑若春桃轻绽："臣妾知道皇后娘娘素爱绿梅，原想去寻些绿梅来奉与皇后娘娘的，只是绿梅难得。虽是红梅，却也请皇后娘娘笑纳吧。"

如懿凝眸嬿婉手中所捧，乃是江南盛产的杏梅，花头甚丰，叶重数层，繁密斑斓如红杏一般，大似酒晕染上玉色肌肤。如懿一时未伸手去接，只是笑得意味深长："这些日子不见妹妹，原来是在忙这些呢。"

嬿婉眼波流漾："臣妾能懂什么，不过是花点儿心思博皇上和皇后一笑罢了。"

如懿见她将红梅捧在手中，进退有些难堪，也不欲把这些心思露在人前，便颔首示意容珮接过。

皇帝笑着招手，示意她在身边坐下："庆贵人与玫嫔弹琴唱曲，确实有心，你却能融情于景，借着西湖三月落一点儿白雪之意。"

嬿婉低眉浅笑："臣妾曾听皇后娘娘读张岱之文，向往雪湖之美，虽不能够逼真，也多一分意境罢了。"

皇帝笑着在她鼻尖一刮："意境二字最好，朕最喜欢。"

话音尚未散去，敬事房总管太监徐安上前道："皇上，该翻牌子了。"

皇帝执着嬿婉的手，笑语亲昵："不必翻了，便是令妃吧。"

这一言，举座皆惊，还是徐安反应得快，忙躬身道："是。恭喜令妃娘娘。"

皇帝与嬿婉笑意盈盈，眉眼生春。如懿如何不知趣，借着不胜酒力，便带着嫔妃们先告辞了。

玉妍十分不满，向着绿筠轻哼道："说句不好听的，咱们当年都是生了皇子才封的妃位。她凭什么，便也一跃封妃了？"

绿筠扬了扬绢子道："那有什么？舒妃不也没生孩子便封妃了么？"

玉妍轻嗤一声道："那可不一样！舒妃是满军旗贵族的出身，又得太后亲自举荐，得了皇上多年宠爱。令妃是宫女出身，怎能和她比呢？"

绿筠郁郁失色，道："比不比的，都是人家的恩宠。太后今晚替玫嫔和庆贵人费了这一番心意，却是螳螂捕蝉，黄雀在后，便宜了令妃呢。"

　　这话落在如懿耳中，便更是不能悦耳。她转过脸，沉声吩咐道："嘉贵妃，你在宫中有位分有资历，有些话，人微言轻的人说说便也罢了，若是从你的嘴里出来，便是自个儿不尊重了。若是落在奴才们的耳朵里，知道主子们也这样背后议论，更不成个体统。"

　　绿筠听得这话知道不好，忙笑道："皇后娘娘，四公主第一回跟了臣妾出来，怕是要惦记臣妾了。臣妾先回去了。"

　　如懿温言道："也好。三公主出嫁，四公主是皇上心尖儿上的女儿，你仔细照顾着便是。"

　　玉妍受了一夜的气，愈加有些悻悻。离去时，她犹是忍不住："皇后娘娘，今夜令妃的精彩若是您的安排，臣妾无话可说；若不是您的安排，她这样伶俐，可是伶俐过头了。即便您的手是五指山，也拢不住这样的孙猴子吧！"

　　玉妍的话如同芒刺，密密锥在心上。如懿回首，见皇帝与嬿婉举止亲昵，宛若一对密好情人，细语呢喃，将一应的烟花璀璨、歌舞升平都拂到了身后，只成了成双影儿后头的盛世点缀。

　　她有些伤怀地轻笑。皇帝原是这盛世华章里最得天独厚可以随心所欲之人，他所喜欢的，别人正好讨了他的喜欢，又有何不可呢？她所能做的，也不过是个旁观者而已。

　　待回到殿中，如懿便有些闷闷的。容珮支开了伺候的小宫女，亲自替如懿换了一件家常的深红绫暗花夔龙盘牡丹纹衬衣，拿玉轮替她轻轻摩挲着手背的经络。"皇后娘娘，今晚嘉贵妃的话是不中听，但不中听的话也有入耳的道理。按说令妃小主一直和翊坤宫来往亲密，她若想多得些宠爱，皇后娘娘也不会不成全了她。怎么忽然有了这样自作主张的心思却不让咱们知道呢？奴婢倒以为，嘉贵妃的心思有多深，咱们到底是碰到过有些数的，但令妃小主的心思，却是不知深浅的哪！"她想一想，"不过令妃小主再怎么样，跳完了舞还是先把红梅奉给了娘娘，可见她还是顾忌娘娘的。有顾忌，就不怕她太出格。"

如懿闭着眼缓缓道："一个人越想左右逢源，越见心思机巧。可今日皇上捧她为妃，未必有多真心，只怕更多的是对太后安排庆贵人和玫嫔的不满。"

　　容珮直皱眉头："那真是便宜了令妃。只是她不想想，这般做作讨巧，娘娘心里不喜。"

　　如懿若有所思，把玩着一个金腰线青花茶盏沉吟："她想讨本宫喜欢，种种巴结奉承，归根结底只是为了博皇上恩宠。如今直接得了皇上喜爱，就不必再在本宫面前虚与委蛇了。"

　　正说话间，只见底下的小太监瑞穗儿跑了进来。瑞穗儿原是来往京城替海兰和如懿传递宫中消息的。如懿见了他便问："这么急匆匆的，可是宫里出了什么事？愉妃和舒妃都还好么？"

　　瑞穗儿忙道："回皇后娘娘的话，自从御驾离京，从二月里起，五阿哥便断断续续地伤风咳嗽，一直不见好。愉妃娘娘都快急坏了，这才不得已想问问，能不能拨了江太医回京照顾。"

　　如懿为难道："皇上的圣驾一直是齐鲁齐太医照顾的。这一向齐太医身上也不大好，一应请平安脉之类的起居照顾，都托付了江太医，一时三刻怕是不能够呢。"她到底还是着紧："五阿哥的病到底要不要紧？"

　　瑞穗儿道："要紧却不要紧，只是这伤风缠绵未愈，愉妃娘娘到底心疼。还有……"

　　如懿心中一紧："还有什么？"

　　瑞穗儿道："还有便是舒妃娘娘，原先是害喜吐得厉害，一吐完就胃疼吃不下东西，人见天儿就瘦下去了，那太医就调了药，胃是不疼了。如今月份大了便水肿，手上脚上肿得晶晶亮的，又得调了泄水的药。小主有孕之后太医一直说小主肾气弱，这些日子脸上起了好多斑块。愉妃娘娘也是担心得不行，找了太医再去看，可是除了肾气弱也没别的了。"

　　"那孩子呢？孩子有没有事？"

　　瑞穗儿忙张了笑脸道："娘娘安心，一切都好。"

第十五章

红艳凝香

如懿抚着胸口，想来想去还是不放心："海兰一向精细，照顾着永琪怎么会出错？偏偏永琪一病，舒妃也身上不安。虽然怀了孕的女人肾气弱是常事，可是起斑水肿也厉害了些。"

瑞穗儿道："那奴才回去一定提醒着，多请几个太医瞧瞧。"

如懿叮嘱道："舒妃这一胎不容易，仔细着点儿。"

这般怀着心事睡去，也不大安稳。如懿昏昏沉沉地睡着，一会儿梦见嬿婉长袖翩翩，一会儿梦见永琪烧得通红的小脸与海兰焦灼的神情，一会儿是意欢惊惶的面孔。

如懿吃力地辗转着身子，忽然背后一凉，惊醒了过来，才发觉冷汗湿透了罗衫寝衣。容珮便睡在地下，听得动静，忙起身秉烛，照亮了如懿不安的面庞。

容珮仔细替如懿擦着汗，又端来了茶水："娘娘可是梦魇了？"

如懿喝了几口茶水润泽了干涸的心肺："老是梦见心里头不安的事，尤其是舒妃和永琪。"

容珮劝道："娘娘别着急，女人怀了孕起斑是再寻常不过的，从前奴婢的额娘怀着奴婢的妹妹时也这样。至于五阿哥，亲娘照顾着，不会坏到哪里去。"

如懿犹豫片刻，霍然坐起身，惊起手腕上的赤金镯子丁玲作响："不行！不管怎么样，还是得让江与彬回去一趟！"

这一夜如懿不安枕，玉妍也是夜不能寐，虽然嬿婉得宠，但她无子，皇帝待她也是有一阵没一阵的，并不大长久。只是一想起蕊姬弹琵琶的模样，心中总是不安。

玉妍不把嬿婉放在心上，太后早起知道却是动了起床气，向福珈怨道："咱们一走，没想到还有令妃这出好戏。真是螳螂捕蝉，黄雀在后。令妃聪明过头了。福珈，你得多留意着。"

福珈心中有数，道："是。魏氏都封妃了，陆氏还是贵人。皇上怕是故意捧了令妃压庆贵人呢。"

太后冷笑一声，舀起一勺银耳汤喝下，极力平缓气息，道："皇帝是有脾性，可他未必敢这么对哀家不敬。且看他怎么待庆贵人再说。"

早膳过后，如懿便过来了，她如实向皇帝说起永琪与舒妃的事，皇帝听着亦十分焦急，立即唤了江与彬来，嘱咐了他回去照看。江与彬立时赶回京去，一刻也不敢耽搁。为着怕水路缓慢，还特意快马加鞭，只夜里赶到驿站休息。如此，如懿才放心了小半。

自嬿婉封妃，便常在皇帝身边伴随，虽然出行在外，封妃的礼数都省了，可嬿婉这般得宠，到底是好事，头一个最欢喜的就是进忠。这日进忠来传话，皇帝午后让令妃至翠雨轩一聚。嬿婉便笑言："令妃？这个称呼还不是最顺耳的。来日令贵妃、令皇贵妃，本官要一步步往上走。"

进忠笑眯眯看着她意气风发的样子，真是怎么看都好看。他思忖片刻，贴近两步，摸着嬿婉的鬓发细声道："奴才还有一言，是一片真心。小主这次得宠封妃，是借了太后捧庆贵人，皇上又暗自不满的东风，实在有些侥幸。小主千万记着，谁都可以不理会，皇后娘娘正得圣宠，又掌六宫，绝不可轻易与皇后娘娘冲突了。"

嬿婉强忍着恶心，面上挂着微笑，推开他道："你的好意，本官都记在心上。"

进忠连连颔首，又微眯了略肿的眼泡，似笑非笑道："知道您得宠，别忘了奴才的好。还有，那个凌云彻……"

嬿婉浑身一凛，立刻盯住他，眼里多了几分寒气。进忠笑眉笑眼的，带了一丝阴阳怪气："奴才什么都还没说，您急什么呀？难道您还没忘了他？"

嬿婉理了理胸前的白玉鸣蝉上垂下的桃粉色流苏，冷冷道："别胡说！本官是皇上的妃子，他只是一个侍卫。"

日色从镂花长窗里悠悠洒进，进忠站在窗下的阴影里，白皙的面孔上落着长窗一格一格的影子，像是地下冒出来的一个幽幽的鬼魅，他唇边的笑意竟有几分森然之意。

嬿婉的胸微微平伏，显然是松了口气。她不欲进忠发觉，只是转了话头："哦。进忠，你觉得皇上除了朝政与子嗣，最在意什么？"

进忠掸了掸袖子，手在空气中轻轻一撮金色的浮沉，轻描淡写道："祥瑞咯。"

嬿婉自倚赖进忠，虽然知道他有别样的心思，但只能按捺着脾气，先按他所言讨好如懿要紧。毕竟湖上起舞那一役，她虽然封妃，又得恩幸，可心中终究没底，一怕太后追究，二怕皇帝的宠爱不过是过眼云烟，少不得还是要对正当时得令的新后如懿低头。

春和风熏，正是江南好时节。如懿与皇帝闲话家常，甚是惬意随心。才说完江与彬去照顾舒妃之事，如懿又道："皇上，皇额娘那里总是希望皇上后宫繁茂、子嗣昌隆。令妃便罢了，宫中其他嫔妃，皇上是否多看顾些？否则臣妾这个皇后也确是耽于私情，有失责任。"

皇帝神色微微一顿，便有些意兴阑珊："朕与你新婚宴尔，难道要抛下你去宠遍后宫嫔妃？皇额娘分明是为了私心，要朕宠她举荐的女人。"

如懿含了蕴静笑意，娓娓劝道："庆贵人侍奉皇上日久，行事并无差池，本也可晋个嫔位了。否则魏氏无子都封妃，庆贵人却迟迟没有动静……"

皇帝心中再清楚不过，嬿婉封妃，只是他不喜欢太后当众干涉自己宠幸嫔妃的私事，气恼之下见了嬿婉，便抬了她的位分。这多是赌气之意，如懿看他神色，也猜到了几分，只是不愿两宫就此嫌隙愈深，便劝和道："臣妾明白皇上心情，也感念皇上厚爱。只是皇额娘身为太后，是得顾及六宫嫔

看雪》图必早已奉于皇帝的养心殿内，足以让他时时回味雪中西湖之美了。

此时皇帝说起那夜嬿婉湖上一舞的情致，嬿婉眉目低垂如柳，温顺如乳燕："臣妾不过是取巧，博皇上皇后一笑。哪里比得上西湖真情实景，又哪里真入得了皇上和皇后娘娘的眼。"

说罢，便认认真真三跪九叩，行了封妃叩头的礼数。

正礼毕，进忠领着钦天监监正求见。钦天监日夜监察天象，向皇帝进言，颇有分量。此刻过来，皇帝也是意外。嬿婉见皇帝肃穆，只是温婉赔笑："钦天监骤然求见，想来是皇上恩泽江南，天象祥瑞吧。"

皇帝听她说得乖巧，微微颔首。而当时说话间，钦天监监正匆匆赶来求见，皇帝以为天象有异，自然关切。何况乾隆十三年七阿哥夭折，孝贤皇后离世，天象便有预警。

果然监正神色郑重禀告："今日微臣见紫微星周有小星相冲，有刑克之象，微臣惶恐，特来禀告。"

嬿婉陪伴在侧，颇为紧张："皇上，紫微星乃帝星，有小星刑克，那是克着皇上。"

监正十分不安："此小星不祥，且是从紫微星中分离而出，似主皇嗣降生。若真如此，乃指父子相克。"

宫中皇嗣为重，如懿亦有些不安。皇帝比她更早问出口："你是指朕的儿子里有人对朕不忠不孝？可有化解之道？"

监正连连摆手："只需父子不相见，于皇上便是无碍。眼下皇上还不在宫中，只怕这小星已经克着命弱的皇子了。"

如懿转念一想，便记挂着意欢的身孕，暗暗心惊。虽然她不太相信天象之说，但七阿哥与孝贤皇后之死也算合了天象，而皇帝最是在意这些说法，她便问："如何克法？"

监正说话倒是干脆，不肯有所隐瞒："轻则抱病，重则丧命，与皇上相克也是如此。"

嬿婉轻轻"呀"了一声，有些惴惴，看着皇帝，很是担忧："监正所指莫非是舒妃腹中皇嗣，五阿哥可不是就在宫里病了么。"

如懿扫一眼嬿婉，示意她不要胡乱揣测。嬿婉连忙低头，恭谨侍奉在侧。皇帝便问："若真是朕的皇嗣相克，何谓不相见？"

监正一语概之，无缘为父子便是。

监正禀告完了便先出去，嬿婉也跟着告退。嬿婉才一出来，便见蕊姬等候在外，正有离去之意。嬿婉便招呼道："玫嫔姐姐？你要求见皇上？"蕊姬有些不自在："知道你当宠，我就不能见皇上了么？"

嬿婉不欲得罪她，便殷殷笑道："那我替你告诉皇上。"蕊姬也不理会，径自转身离开。嬿婉嗤笑道："自己不得宠，朝我撒气做什么。"

蕊姬疾步走着，便往太后宫里去。俗云有些惴惴："小主，这些日子皇上没召见您，您见太后说什么呢？"

蕊姬笑得悲苦："就是皇上心里没有我，我若不在太后面前尽些心力求存，那更无立足之地了。"

蕊姬去得远了，监正只在甬道角落等候。无人见时，陪候在外的进忠将一张银票塞到监正手里，三人一笑，都知自七阿哥和孝贤皇后离世，皇帝极信天象。今日虽未表态，但必然是介怀了。监正恭谨道："皇后娘娘耿直，微臣便有赖令妃娘娘眷顾了。"

殿中格外寂静，仿佛出巡的欢悦也被这突如其来的天象扫去了不少。皇帝有些犹疑，缓缓道："永琪这孩子一直康健，忽然病了，不会是舒妃腹中孩儿相克吧？"

如懿心中微冷，知道皇帝多半是信了，只得温言道："皇上，天象之言不可尽信。永琪风寒乃是时气不佳，皇上乃天子，那孩子更不会妨着皇上。"

皇帝的笑意薄薄的，他站在窗口，不知在想什么："朕知道。舒妃的孩子自然也是朕的孩子，朕怎会不要他。"如懿还要劝解，皇帝摆手："不要想这么多，让江与彬赶回去全心照顾永琪和舒妃就是。"

离开杭州，御驾便从江宁绕道祭明太祖陵，且在太祖陵前阅兵扬威。皇帝为解太后枯闷，亲自陪着皇太后到江宁织造机房观织，又命江宁织造赶制皇太后六十寿辰所用的布料，以讨皇太后欢心。

淮扬风情，江宁原是六朝古都，彼时金陵王气已收，更添了几许秦淮柔媚，引得皇帝驻足了好些日子。嬿婉因着得宠，也深得官员们巴结。嬿婉倒也乖觉，有什么好的，都先奉着如懿，也不管如懿是否喜欢，都往她宫里送去。

嬿婉这里花团锦簇地热闹，玉妍倒是闲着，这一日蕊姬正见陆氏坐了恩辇前去侍寝，春风酥软，拂在她身上却是寒浸浸地生凉。这么颠倒半生，费尽了心思往上爬，还是落在不尴不尬的境地里，子嗣不得，恩宠无望，一颗心也是灰了。

如今连陆氏也能沾得些恩宠，封了庆嫔，她却不得皇帝一眼回顾，连伺候的俗云都替她抱屈："令嫔封妃，庆贵人封嫔，怎么皇上就不给小主您提提位分？"

蕊姬笑意微冷，似是看透了一切："太后就是怕庆嫔一个人不够出挑，才拿本宫去做陪衬的。若不是还能为太后做点事，那就连做陪衬的资格都没有了。"

俗云伺候她最久，想起她的身世便难过，便挽住她手："主儿太命苦了。"

都说北地的风刮骨生寒，可江南也不觉得和暖到哪里去。都说六朝烟云，不过是繁华如梦。桃红柳绿都是旁人的，自己不过是衰颜含草，在后宫的人群里熬日子罢了。蕊姬叹了口气："本宫身子不好，不知还能拖多久，或许很快就会成为一枚弃子。呵，耗尽心血，不过是大梦一场啊。"

这一语，说得俗云都含了泪。主仆二人正感伤，只听得后头幽幽一句笑声传来："人生如梦，你在梦里还痛快么？"

蕊姬使个眼色，要俗云退开，丽心便也跟着走了。蕊姬冷冷的，却是无比痛快："梦里大半伤心，只有报仇那一刻才是痛快的。"

玉妍伸出涂了鲜红蔻丹的手，摸着她小小一张巴掌脸儿，似笑非笑道："有时真怕你想不开，把梦里的痛快事儿说了出来。"

蕊姬如何不明白她的担心和威胁，伸出手拨开玉妍的手，冷冰冰道："梦境之事，岂能轻言？嘉贵妃这话是不放心我吧？咱们一条船上的，说出你来有我什么好儿，除非是我不想活了。"

玉妍嗤地笑出来，笑得鬓边一串赤金红璎宝石珠沙沙作响："活着好，好好儿活着。"说着，头也不回，径自走了。

这一日午膳刚毕，皇帝由江宁一地的官员陪着赏玩了玄武湖与莫愁湖，便留了一众嫔妃在行宫中歇息。

嬿婉得了江宁织造私下奉送的几十匹名贵锦缎，心中正自高兴，偏那织造府遣来的小侍女口齿格外伶俐，一匹匹指了道："这是鸾章锦，纹如鸾翔；这是云昆锦，纹似云从山岳中出；这是列明锦，纹似罗列灯烛；这是蒲桃锦，纹似蒲桃花，富贵吉祥；这是散花绫，纹皆花朵，朵朵不同。还有这最名贵的杂珠锦，纹以贯珠佩，须得最好的织娘用最细最亮的米珠按着纹路纹，又华贵，上身又轻盈，配给令妃娘娘是最合适了。这些都是咱们大人的一番心意，还请娘娘笑纳，便是咱们大人的荣光了。"

一席话说得嬿婉心花怒放，抓了一大把金瓜子放在她手里，好好儿打发了出去，又让春婵挑了好几匹最名贵的杂珠锦，亲自送去如懿殿中。

彼时风光晴丽，行宫又驻在栖霞山上，风景秀美乃是一绝。嬿婉坐在步辇上，闲闲地看着手腕上的九连赤金龙须镯，道："这镯子的颜色不大鲜亮了，得空儿拿去炸一炸。"想想又蹙眉："罢了，炸过了也是旧的了。匣子里多的是这些镯子，也不是什么稀罕玩意儿。"她随手摘下递给春婵："赏你戴了吧。"

春婵千恩万谢地接过了戴上。嬿婉掠起水红色的宫纱云袖，倚在步辇的靠上抚弄着葱管似的指甲："等下晚膳去问问御膳房，有什么新鲜的吃食么。前几日中午夸了一句他们做的鸭子好，便顿顿都是鸭子了。什么酱烧鸭、八宝鸭、盐水鸭、煨板鸭、水浸鸭，弄得宫里一股鸭子味儿，吃什么都是一样的。"

春婵笑道："那还不是因为小主一句话，他们就跟得了玉旨纶音了似的，个个巴结着咱们。虽然庆嫔小主也得宠，却不能像小主这般一言九鼎。便是这江宁织造私下孝敬的东西，咱们也比别的宫里足足多上三倍呢。"

嬿婉得意一笑："知道就行了，别挂在嘴上。"

春婵应了"是"，又道："小主如今这么得宠，为何还那么殷勤去皇后娘娘那里？连最好的杂珠锦都不自己留着，反而给了皇后。"

嬿婉轻嗤一声："本官上次费的那一番心思，原是借了太后抬举庆嫔和玫嫔的力，否则哪有这么顺利。只是即便这样也好，到底借了太后的东风，事先皇后也不知，只怕两宫心里都有些嘀咕，所以本官得格外殷勤小心，别得意过了头落了错处才好。"

春婵笑道："虽然是借了东风，可到底也是小主青春貌美，否则您看玫嫔，到底人老珠黄，太后怎么安排也是不得力的。"

嬿婉细长的手指轻轻抚在腮边，娇滴滴问道："春婵，人人都说本官和皇后长得像，你觉得像么？"

春婵听她语气如常，却不敢不多一分小心："是有几分相似，但是小主比皇后娘娘年轻貌美多了。"

嬿婉撇下手，拧着手里的桃花色双莺结儿绢子，淡淡道："皇上喜欢皇后，本官这张脸便也得了便宜。只是想要比皇后更得宠，就要看她日日如何得宠，还有，便是将皇后的短处变成本官自己的长处。"

春婵微微诧异："皇后也有短处么？"

嬿婉的唇扬起优美的弧度："是人总会有短处。如今情爱欢好，短处也看成了长处；哪一日情分浅了，短处就更成了容不下的错处。本官只有将皇后没有的做得更好，才能屹立不倒啊！"

嬿婉笑语盈盈，正说得得趣，转头见凌云彻领着侍卫走过，向她欠身道："请令妃娘娘安。"

嬿婉的脸色便有些不自在，略略点头示意："凌大人有礼。这个时候，凌大人怎么不陪着皇上在外呢？"

凌云彻简短道："李公公怕皇上在外人手不够，特意派微臣回宫多调派些。"他拱手又道："自杭州以来，一直未曾恭贺小主晋封之喜。"

嬿婉此刻只觉得扬眉吐气，眼角亦绽开一点儿粉色的笑意："凌大人有心了。能得凌大人这一声道贺，真是比什么都难得。"

凌云彻的脸上并无多余的表情："恭喜小主是因为小主得偿所愿，以后许多不必要的聪明心思和计谋都可以收起来了。"

嬿婉的脸色倏地一变，如遭霜冻，可是那么多人在，她如何能发作，只得极力维持着矜持的笑容："聪明是长在骨子里的，去也去不掉。至于计谋嘛，本宫可听不懂大人在说什么。"她的脸色愈加冷淡："原来你的道贺并非真心，你是否始终看不起本宫的所作所为？"

凌云彻十分恭谨："娘娘心思过人，微臣卑下，实在不敢看不起娘娘。"

凌云彻施礼离去。嬿婉一时性起，下了轿丢下众人就往前走。春婵如何不懂，忙留了王蟾看着众人等候，自己疾步跟了上去。

嬿婉正在恼恨头上，发狠似的扭着手里的绢子，沉声道："他就是厌恶本宫！从本宫弃他而择皇上，从本宫糊涂了想要给他下药搏一个孩子，从……他就厌恶本宫了。"

春婵正不知从何劝起，进忠从后面跟上来，阴恻恻地拧着嗓子唤："令妃娘娘。"

嬿婉吓了一大跳，哪里还敢存着恼怒神色，强笑道："进忠，你怎么来了？"

进忠慢悠悠走到她跟前，微眯了双眼打量她的眉梢眼角："奴才替皇上去庆嫔处传旨，远远看您和凌侍卫叙旧，不敢上前打扰。又见您生气才想着跟了上来，才听见什么下药求子的事儿……"

嬿婉一张俏生生的脸都白了，正想分辩什么。进忠一把握住了她手里的桃子红打金线绢子，轻轻绕在自己的手指上："别瞒了。你们的旧情奴才知道，为了争宠得子干点什么事儿也像您的脾气。选凌云彻，怕是您心里还惦念着他吧。"

嬿婉冷下脸，看着别处道："本宫早不念着他了。"

进忠顺着她的目光又走过去，总是不肯离开她的视线。嬿婉心中厌烦，又不敢表露出来，只得一味笑着，笑得脸都酸了。进忠这才慢慢地道："那就好。奴才是怕凌侍卫对当日令主儿亲近皇上之事怀恨，他日日在皇上跟前当差，难保哪一日不会在皇上面前进谗言。万全之策，还是除了他为妙。"

嬿婉几乎是脱口而出："他不敢。"

进忠脸上的笑纹儿更浓，一双眼却是冷得让人望之生寒。他伸出手，拿着绢子细细替她擦额头急出来的汗珠子："瞧您，奴才才说一句您就急成这样！"

嬿婉知道进忠的心性，也有些急了："凌云彻对皇后娘娘有恩，要除他只怕难过皇后那一关。"

进忠皮笑肉不笑地望着她，只是不应。她越发有些心虚了。想了想，还是拿出了嫔妃的架子，伸手搭在进忠手腕上，二人慢慢走着。进忠见她如此，也不敢扬着嗓子说话了，低眉顺眼听着嬿婉分说："别忘了你与本宫的约定。你要学的是李玉，挪开了李玉，你才能爬到顶峰去。凌云彻不是你的挡路石，他没碍着你。"

进忠扶着她的纤手，想着凌云彻却无这般机会，倒也好受些："凌云彻从来不是奴才的挡路石，是您的。扎心窝子的刀从来不在敌人手里，而是在您最亲近最心爱的人那儿。凌云彻知道您太多秘密了，随便往皇上跟前说那么一两件，您还能有活路么？"

嬿婉悚然一惊："不会的。他不会的。"

不过那么一瞬，冷汗已经浸透了衣背，暖风一吹，冷得她打了个寒噤。这样的念头不是没有转过。凌云彻知道她太多的过去，他就是她的软肋。

进忠幽幽道："您自己明白，凌云彻已经不像从前那样待您了。您可以为了荣耀富贵不要他，他不能为了荣华富贵出卖您？您想想，凌云彻是皇后一手提拔起来的，您要争宠，迟早得和皇后撕破脸。到时候凌云彻把您一卖，您这半辈子的心血可就白费了。连您额娘和弟弟又得受苦去。"他见嬿婉沉默，继续说下去："您担心李玉挡了奴才，他得皇上信任，还有皇后撑腰，要对付也不急在一时。可凌云彻这个人，您要心软，就害死自个儿啦。"

嬿婉紧紧地咬着牙，面上的惊恐之色越来越浓。她被进忠的目光逼得受不住，终究狠下心肠："那就……除了他！"

进忠的眉眼立刻都舒展了开来，笑着答允了："奴才一定给您办得妥妥当当的。您呀，安安生生去皇后娘娘那儿吧。"

嬿婉来到如懿殿中。彼时如懿正香梦沉酣，躺在暖阁的长榻上静静沉眠。嬿婉算着如懿午睡也快醒了，便候在一边，取过如懿在绣的一幅《湖心亭看雪》图绣了起来。不过一炷香时分，如懿便醒转了过来，见她在侧，不觉有些诧异："令妃怎么来了？"

嬿婉忙搁下手中的绣针，起身道："臣妾来给皇后娘娘请安的，不防娘娘还在梳洗，便在外等候。"她指着绣架上的《湖心亭看雪》图笑道："臣妾看娘娘绣这个，一时技痒，娘娘莫怪。"

如懿就着芸枝的手起身漱了口浣了手，方看了她一眼，话里藏着话道："本宫不备的时候，令妃做了些什么？"

嬿婉蓦然一凛，指着绣布笑道："臣妾能做什么，不过是皇后娘娘绣了什么，臣妾跟在后面绣什么罢了。"她双眸清灵如水，看来似有无限诚恳："皇后娘娘既是臣妾的姐姐，又是臣妾的主子，臣妾自然是亦步亦趋，跟随娘娘罢了。"她笑生两靥，赔着小心："娘娘，臣妾对皇后娘娘之心不敢怠慢。望皇后娘娘受臣妾敬拜。"

嬿婉正欲行礼，如懿取过菱枝端来的莲子羹慢慢喝了一盏，方看了她一眼道："礼数在人心，何必一定求这一跪，屈膝人前？"

嬿婉恭敬无比："臣妾在皇后娘娘跟前始终卑微，能得封妃，也是有皇后娘娘成全。以为娘娘一定也愿意臣妾为皇上献舞令皇上欢悦。不想臣妾自作主张了，臣妾愿长跪谢罪。"

如懿微微一笑："你有什么罪过？本宫意愿如何，也不必你主张了吧。"

嬿婉低头跪着："臣妾冒失，不该妄言。"

如懿当下也不再说什么。

嬿婉起身谢过："臣妾新得了一些杂珠锦，臣妾想着此物名贵，不敢擅专，所以特意奉送给娘娘，也只有娘娘才配得起这样华贵的锦缎。"

如懿瞧了一眼春婵捧进的缎子，淡淡道："妹妹有心了。"

嬿婉这才松了一口气。二人正说着话，却见瑞穗儿打了个千儿进来。

如懿本不想瑞穗儿当着嬿婉的面说话，但看瑞穗儿一脸神色匆匆，心下便有些不安，问道："出什么事了？"

瑞穗儿道："回皇后娘娘，江太医自奉了皇上的旨意一路赶着回京北上，可是到了山东境内，不知是劳累还是饮食不慎的缘故，一行人一直拉肚子，两条腿直打晃，根本没法走路。"

如懿惊异不已："江太医自己就是太医，难道医不好自己么？"

瑞穗儿擦着额头上的汗道："江太医是想医治自己来着，可是病得太厉害，跟着去的人也未能幸免。那地界又偏僻得很，缺医少药的，驿站的驿丞赶出去买个药就得一天，一来二去到底耽搁了。"

容珮疑道："这就奇怪了，怎么早不病晚不病，偏在那些个穷乡僻壤给误了。"

嬿婉将唇角一缕笑意及时抿了下去，急道："真是可怜见儿的。皇上要他回去便是看着五阿哥和舒妃姐姐的，这别的能耽搁，皇嗣的事可耽搁不得呀！"她看着如懿："娘娘，不如再派个人去瞧瞧江太医吧。"

如懿沉思片刻，道："远水救不得近火。江太医能救人，必能自救。且看他自己的。"她又问瑞穗儿："五阿哥和舒妃如何了？"

瑞穗儿道："都好。五阿哥病象有缓，舒妃小主除了掉点儿头发，也没什么别的不适了。"

如懿稍稍放心，嬿婉宽慰道："山东离京城也不远了，就算江太医不适，顶多耽搁个十天半个月，既然五阿哥和舒妃姐姐不要紧，娘娘且放宽心。听说咱们行宫所在有座栖霞寺，十分灵验。臣妾愿为五阿哥和舒妃姐姐祈福，祈佑五阿哥和舒妃姐姐一切安好。"

如懿不言。

春婵忙答应了道："皇后娘娘，我们小主是实诚人，嘴上不说，心里总记挂五阿哥和舒妃娘娘。在杭州时，便托了奴婢去各个有名的寺庙里替五阿哥挂了寄名符，替五阿哥求取平安呢。"

嬿婉满脸诚挚："皇后娘娘，臣妾自己没有孩子，看旁人的孩子心里也是疼爱得紧。"

如懿见她说得动容，口气也和缓了不少："你还年轻，迟早会有自己的孩子的。"

嬿婉黯然地垂下眼眸，伸手拨弄着几上新供的一盆蔷薇花，暗红的汁液带着柔靡的气味从她身旁萦绕散开。"早有多早，迟有多迟，不过都是心里虚盼着罢了，娘娘也不必安慰了。"她轻叹一口气，"便是眼前的恩宠，皇后娘娘或许觉得臣妾是费尽心机争来的，可是臣妾想争的，不过是一个日后可以相依为命彼此依靠的孩子，并不是贪求荣华富贵。"

如懿别过脸，轻叹一声："心口合一是无上的好处，但愿令妃有这般好处。"

嬿婉寒暄之后，便也离开了。她走出殿阁，正见容珮带了两个小宫女开了库房的门，将杂珠锦搬了进去。不过是门缝开合的一瞬，嬿婉已被库房中成堆的杂珠锦惊住。正巧一个小宫女退了出来，嬿婉便笑道："原来皇后娘娘有这许多杂珠锦了，本宫还送来，可是白白占了你们的地方了。"

那小宫女拍着手笑道："江宁织造原也要送来的，可是皇后娘娘说，皇上已经私下赏了这么多，连最名贵的鲛文万金锦皇上也全赏了娘娘，便叫江宁织造不必费事了。"

所谓鲛文万金锦，原是汉成帝殊宠的飞燕与合德二姐妹的爱物。早些年皇帝偶然读《飞燕外传》所知，吩咐江宁与江南二织造竞相复原此锦，不想江宁织造真是做了出来，且皇帝全数赏给皇后，她竟一点儿也不知。

嬿婉慢慢地走出如懿的庭院，嘴角忽而多了一丝冷凝的笑意。原来她所以为的荣宠万千，与如懿的皇后之尊相比，竟是如此不堪一击。她心里忽然闪过一丝旋电般的念头，何时她亦能享有这样的尊荣之宠，临天下凤位，便是好了。

那念头不过一瞬，便连她自己也惊着了。站在甬道的风口上，身上一阵阵发冷。

春婵忙道："小主，左右您的心意也到了。咱们要给皇后娘娘看的，不就是这一份心意么？其他的，皇后有多少好东西，关咱们什么事呢。"

嬿婉淡淡地笑了笑，那笑像个阴天的毛太阳似的挂在唇边。春婵看了有些害怕，没话找话地道："小主别担心，有澜翠在宫里，一切都好着呢。"

嬿婉浅浅一笑："这个本宫自然知道。她要是个不能干的，本宫也不留她了。本宫志不在五阿哥，也不想和皇后、愉妃撕破脸，五阿哥那儿的药要斟酌着用。至于江与彬，拖得久一点，舒妃要治愈也慢一些。本宫看她满脸斑块，如何再自负美貌缠着皇上。"

春婵笑吟吟道："皇后有一个江与彬忠心耿耿，却不知道太医院那么多太医，许官许银子，有几个人抵得住。"

二人正说着，便又往皇帝宫里去。嬿婉正得宠，少不得要在皇帝跟前多亲近侍奉。进忠当完了差事，正步上台阶，抬头见戍守在外的凌云彻，心中不喜，只是不动声色往上走。殿门"吱呀"一声，只见玉妍穿了一袭蜜色透纱银闪缎旗装，明艳照人地出来了。进忠才想起，原来玉妍怕被皇帝冷落，隔三岔五就到皇帝跟前来说话。此刻见她满面含笑，想是她又与皇帝说了什么高兴事。嬿婉正下辇轿，见是玉妍，便有些不喜，却也照足了礼数行礼。

玉妍斜眼瞟了嬿婉一眼，伸出水葱似的指甲托在自己腮边，笑道：

"哟，爬龙床爬得利索，别以为成了妃子，就忘记自己当年的低贱样儿了。"

彼时凌云彻在旁，嬿婉听得这话便有些窘迫，却也不肯这般颜面扫地，便道："有嘉贵妃为榜样，我怎敢不好好学着。"

玉妍怎肯把嬿婉放在眼里，只拿旧事道："我是你的主子，你是伺候我的婢子。主子的模样，奴才再怎么学也学不像。"她一伸手，作势便要去摸嬿婉纤细的腰肢，咯咯笑道："让我瞧瞧你的肚子，还没鼓起来过吧。趁着年轻还能风骚勾引皇上，能得意几时呢？"

有宠无子一直是嬿婉的伤心事，她登时面红耳赤，下不了台来。凌云彻实在听不下去，亦是不忍："嘉贵妃娘娘，令妃娘娘，太后娘娘要去栖霞寺禅修，皇上即刻要出来相送。"

嬿婉知他为自己解围，便道："皇上要去送太后，本宫就不打搅了。"玉妍占了口舌机锋，当下也痛快，便先走了。行至凌云彻身边，嬿婉心中不安，低声道："多谢。"

凌云彻也不接话，嬿婉还想再说什么，扭头瞥见廊下的进忠，心中一阵发紧，当下也不敢多说话，便走了下去。

春婵甚是不满，抱怨地啐了一口："一把年纪了，还打扮得这么妖妖调调的，嘴也不饶人。"

进忠看着凌云彻挺拔的背影，眼中闪过一丝阴狠，进了殿去。

春夜里格外安静，这一夜皇帝翻的是玉妍的牌子。长夜得闲，如懿便捧了一卷《小山词》在窗下静静坐着，窗外偶尔有落花的声音轻缓而过，像是谁的低吟浅唱。如懿侧首问道："容珮，是什么花落了？"

容珮推开朱漆长窗，望了一眼笑道："娘娘的耳力真好，是窗外的玉兰呢。"

如懿道："哪里是本宫耳力好，长夜如斯，寂静而已。"她轻声吟道："千千万蕊，不叶而花，当其盛时，可称玉树。这样干干净净的花，凋零了真是可惜。"

容珮笑道："说起玉兰花，昨儿奴婢还碰到凌大人，他也说这样的花儿落在污浊的泥里可惜。"

如懿笑道："他这么个男人，也这么怜花惜草，伤春悲秋的？"

容珮认真道："是啊。所以凌大人说，还不如做个玉兰羹、炸个玉兰片什么的，吃进肚子里也尽干净了。"

如懿止不住笑道："原来说了半天，到底还是副男人的心肠。罢了罢了。"

容珮道："男人家心肠豁达，笑一笑就过去了。倒是今日令妃娘娘来，她说的一番话，娘娘可信么？"

如懿淡淡道："她既要陈情，本宫就听着。不过心口不一之人，不可轻信。"

容珮松了一口气："奴婢就怕娘娘被轻易说动了。"

如懿淡然一笑："凡事只看她做了什么，只凭说什么，本宫是不信的。"

二人正说着，却见三宝慌慌张张进来道："皇后娘娘，凌大人出事了！"

如懿一怔，放下手中的书卷道："怎么了？"

三宝急惶惶道："皇上寝宫传来的消息，今晚本是嘉贵妃侍寝，谁知围房里送嘉贵妃进去的宫女嚷了起来，说才一会儿工夫，收拾嘉贵妃的衣衫时发现贵妃的肚兜小衣不见了。这才闹了起来。"

"那她的肚兜去了哪里？"

三宝不安道："是在当值的侍卫们休息的庑房里凌大人的衣物里夹着的。"

如懿下意识地脱口而出："不会！"

三宝忙道："皇后娘娘，这会不会的谁也说不清啊！毕竟，毕竟……"他吞吞吐吐道，"凌大人一直没有成婚，或许是私下恋慕嘉贵妃的缘故，也是有的。"

如懿不悦道："旁人胡说八道就算了，你是翊坤宫里出来的人，怎么也跟着胡乱揣测，不言不实！"

三宝吓得发昏，立刻道："皇后娘娘恕罪，皇后娘娘恕罪！奴才也是把在皇上寝宫那边的话如实说给娘娘听而已。不管怎么样，皇上发了好大的脾气，嘉贵妃还一直缠着皇上处死凌大人。凌大人现在已经受了刑了，李公公递来消息，问怎么办。"

如懿立刻起身："容珮，替本宫更衣备轿，即刻去皇上那儿！"

第十六章　旋波

如懿赶到时，凌云彻已经挨了满身的鞭子，衣衫破得不堪入目，连绑着他的庑房的廊柱下的石砖上都沾上了斑斑血迹。然而，进忠犹未收手，一鞭一鞭下去，又快又狠，直打得血沫飞溅，皮肉绽开。

进忠边打边骂："皇上的女人你也敢打主意，打死你也活该！"

凌云彻咬牙道："我没有！"

进忠恶狠狠道："没有？小爷还会冤枉了你？"

他骂着，下鞭更狠。凌云彻倒也硬气，硬生生忍着，不肯发出一丝呻吟。

如懿听着不入耳，脚步一滞，想要近前去看，还是觉得不妥。她扬了扬脸，容珮会意，朝着进忠摆了摆手，低低道："皇后娘娘要进去向皇上回话，先停一停手。"进忠无奈，只得答应了。

进得寝殿中，烛火下流动着水样的光泽，明明灭灭，樱红色的流苏款款漾漾，一摇一摇地拖出皇帝与玉妍细细长长的影子。皇帝在寝衣外披了一件湖蓝团墨外裳，脸色铁青。玉妍半坐在榻边，散着一把青丝，身上一袭艳梅色缂丝八团春花秋月衬衣，几颗镏金錾花扣疏疏地开着，露出雪白的一抹脖颈，正伏在皇帝手臂上哭得梨花带雨，连声说着恨不得去死了才好。

如懿见她打扮得如此艳，不觉蹙了蹙眉，只对着皇帝行礼如仪。

皇帝满脸不悦，并无招呼如懿的心思，便道："起来吧。夜深，皇后怎么来了？"

如懿和婉道："臣妾听得皇上寝殿闹了起来，便来请罪。"她含了几分谦卑与自责，"后宫不宁，是臣妾无能。还请皇上降罪。"

皇帝摆摆手，气恼道："不干你的事，到底是朕身边的人手脚不干净，做出这等见不得人的事来。"他问李玉："人在外头，打得怎么样了？"

李玉探头向外看了看道："打得没声气儿了，进忠手都酸了呢。"

玉妍晃着皇帝的胳膊，恨声道："皇上！一定要活活打死他，才能泄了臣妾心头之恨！"

如懿轻声道："李玉，说是不见了嘉贵妃的肚兜，给本宫瞧瞧，是什么肚兜？"

李玉忙答应着捧了上来，如懿看了一眼，却是一个包花盘金鸳鸯戏水的茜香罗肚兜，上面扎着鸳鸯戏莲的花样，红莲绿叶，五色鸳鸯，四周绲连续暗金色并蒂玫瑰花边纹，周匝压青丝绣金珠边儿，十分香艳。

如懿故意蹙眉道："这是嘉贵妃的东西么？怎么瞧着便是几个小常在她们十几岁的年纪也不用这样艳的东西呀。"

玉妍撇了撇嘴，转脸对着皇帝笑色满掬："皇上说臣妾皮肤白，穿这样的颜色好看，是不是？"

那原是闺房私语，这样骤然当着如懿的面说了出来，皇帝也有些不好意思，掩饰着咳嗽了一声，道："什么年纪了，说话还没轻没重的。"

玉妍娇声道："皇上在臣妾眼里，从来都是翩翩少年，那臣妾在皇上身边，自然也是永远不论年纪的。"

如懿听着不堪入耳，看着玉妍问："到底怎么回事？"

玉妍抽泣着道："回皇后娘娘，有浪荡之徒私盗臣妾贴身之物，羞辱臣妾。"

李玉忙回禀："皇后娘娘，今晚本是嘉贵妃侍寝，谁知围房嬷嬷们收拾嘉贵妃的衣衫时发现贵妃的肚兜不见了。奴才带人寻起来，竟在侍卫庑房里凌侍卫的衣物里找着了。"

如懿又问当时凌云彻在何处，嘉贵妃侍奉皇帝时凌云彻可曾离开过殿外。李玉一一回禀凌云彻是在殿外当值，侍卫们轮了一班，凌云彻回庑房歇息过，又换去了皇上殿前守卫。

玉妍白着脸，含羞忍辱道：“皇后娘娘还问这些做什么？教臣妾再听一回，简直让臣妾没脸面活下去。”

如懿正色道：“你的脸面要紧，是非清白更要紧。皇上，干得出这样的事的，必是思慕嘉贵妃之人。可平素并不曾见凌侍卫思慕贵妃啊。李玉，你与凌云彻一同伺候，可知他有这样的心思？”

李玉毫不犹豫地答：“回皇后娘娘的话，凌侍卫是个正派人，素无这样的事。”

这一来，皇帝也有些听住了。

如懿笑道：“李玉，你告诉本宫，什么人会偷肚兜啊？”

李玉满脸通红：“这个……这个……”

玉妍翻了个白眼，叱道：“必是浪荡之徒做的下作事情！皇上，贱奴觊觎臣妾，难道还到处说去！听说这个贱奴一直没有成婚，许是私下恋慕臣妾，早就存了坏心，到今日才动手。”

如懿瞥着玉妍笑道：“也是啊！嘉贵妃保养得宜，青春不老，别说皇上喜欢，是个男人也动心啊。干得出这样的事的，总得是思慕嘉贵妃的人才是吧？”

玉妍嫌弃地扬了扬绢子，靠得皇帝更近些，可怜巴巴地道：“皇上，臣妾可什么都不知道。”

玉妍粉面低垂，一身艳梅色八团折枝西番莲花样的纱袄衣裙，灯光下愈加容光夺魄，却比平日倍添妩媚别致。如懿蹙眉道：“若是巴巴儿地偷了这不能见人的东西，就该贴身藏着啊。怎么放到侍卫庑房那种人多手杂的地方去？也不怕人随手就翻出来？”

李玉亦道：“这更像是故意等着人翻出来，好教凌侍卫受责呢。”

进忠凑在门外，神色紧张起来。

皇帝道：“皇后的意思，此事有蹊跷？”

殿内安静极了，遥遥听见远处不知名的虫儿有气无力地鸣叫着。镏金八方烛台上的红烛还在滋滋燃烧着，流下的丝丝缕缕的红泪，似凌云彻身上滴落的血迹，静静淌下。如懿欠身，神色分明："出了这样的事，嘉贵妃是该羞恼。不过凌侍卫自伺候皇上以来一直忠心耿耿，而嘉贵妃也承宠多年，为什么偏偏在行宫便出了这样的事？"

皇帝乜了如懿一眼，淡淡道："你是在替凌云彻求情？"

如懿深深地垂下眼，以谦和恭敬的姿态深吸一口气，道："臣妾替凌云彻求情，更为皇上着想。凌云彻曾舍命救过孝贤皇后，乃是有功之人。若为此等有蹊跷之事杀他，来日他到了地下对孝贤皇后喊冤，只怕孝贤皇后也要怪罪臣妾主理六官不善，使人冤屈致死了。"

皇帝正沉吟，嬿婉领着春婵进来。进忠一脸看好戏地跟在后头。嬿婉请了安，皇帝诧异道："你怎么也来了？"

嬿婉笑吟吟的，婉顺如常："臣妾听说寝殿生事，怕皇上气坏了身子，特意赶来。"

玉妍盯着嬿婉，更是恼羞成怒："好事不出门，坏事传千里。这连令妃都知道了，来看臣妾的笑话。皇上，凌云彻非杀不可。"

嬿婉心中一沉，"皇上，这出行在外的，一动死刑，不闹得都知道了，还坐实了传言丑闻。不如掩下去罢了。"

进忠大为吃惊，微微变了脸色，只得退了两步忍耐着。

玉妍气得几乎要跳起来："丑闻？就是他闹出丑闻来才非死不可！"

嬿婉瞟了眼那艳丽逾常的肚兜："其实外头闲人的嘴最坏，事儿闹大了，不会说侍卫好色，而是议论官中嫔妃众多，年轻貌美的不被沾染，怎么非到了贵妃您身上，安知不是贵妃行事轻浮惹了人家！"

玉妍闻言，简直如火上浇油一般："你胡说什么？"

嬿婉毫不变色，只是端着笑道："不敢，妹妹是揣测外头闲人的话罢了。少不得这事儿还要扯进皇上去，议论纷纷，不堪入耳。"

玉妍霍然起身，恼恨异常，直以为嬿婉是故意要和她过不去，不觉扬声道："令妃，你为这个该死的奴才求情，是存心来看我的笑话的吧。事儿不出在你身上，你就想大事化小？皇上，臣妾怎么咽得下这口气？"

　　嬿婉也不退却，只看着皇帝，柔声道："嘉贵妃，您想错了。我是觉着区区侍卫有何要紧，皇上龙体安康才最重要。"

　　如懿知她与凌云彻旧事，想她这般维护，定是为了旧情，也不觉心软。她向玉妍道："本宫与令妃都想维护皇家清誉，嘉贵妃为何偏要张扬，难道不为皇上思量？"

　　嬿婉转头瞟一眼进忠，嘴上却只对着玉妍："您觉得谁碍眼，就别留在跟前了，打发得远远的去服役，还不够出气的么。"

　　玉妍哪里肯如此轻易放过，咬着唇恨声道："死罪可免，活罪难逃，必得罚去做最辛苦的差事才行。"

　　皇帝见玉妍气恨难平，又看看如懿和嬿婉关切之色，沉吟着道："罢了。上回东巡时凌云彻救过孝贤皇后，眼看着这回南巡快到济南了，朕不能在这时候杀了他，寒了孝贤皇后在九泉之下的心。"

　　嬿婉放低了柔柔的声音："皇上总是最顾念孝贤皇后的。"

　　皇帝略略凝神，亦觉得困倦。他抚慰似的拍了拍玉妍香肩："也罢。那便打发凌云彻去木兰围场做个打扫的苦役，以后再不许回京就是。"

　　玉妍这才稍稍泄恨："留着这条贱命，便宜他了。"

　　玉妍还欲再说什么，如懿肃了脸容，及时打断了她："嘉贵妃是位分尊贵得人尊重的年纪了，行事言语不该如此轻佻，于自己声名也不好。皇上，今夜既然闹出这么大的事，还是先送嘉贵妃回去的好。"

　　皇帝不耐烦地摆了摆手，道："嘉贵妃，你跪安吧。令妃，你留下吧。"

　　如懿亦告退离去。到了门外，如懿见是李玉亲自送出来，便低声道："多谢你传话过来。"

　　李玉忙道："凌侍卫对皇后娘娘有救命之恩，奴才是知道的。且奴才是皇后娘娘在宫里的一只眼睛，凌侍卫便是另一只。奴才可不愿看着旁人生生剜了娘娘的眼珠子去，免得剜了这一只，到时候就来剜奴才的了。"

　　如懿点头道："你是个乖觉的。好好儿给凌侍卫上点儿药，择日送去木兰围场。一切便靠你打点了。"

李玉答了"是"，恭恭敬敬送了如懿出去。

透破厚厚的云层洒落的微弱月光，在宫巷一片迷蒙的黑暗之中浮荡着，像是一层薄纱摇曳，落下迷蒙的湿润。夜风拂面微凉，如懿心头却不松快，只沉着脸，默默前行。

容珮扶着如懿，低声道："娘娘以为，今夜的事是不是有人在背后算计娘娘？"

如懿摇了摇头："本宫是举荐过凌云彻，但他并非帮本宫做事，也算不得本宫心腹，又有谁要算计呢？便是令妃也赶来为凌云彻求情，不算无义。"

容珮疑心道："莫不是嘉贵妃……"

如懿凝神道："嘉贵妃要害人也不会如此显眼地扯了自己进去，坏自己的名声。"

容珮想了半日，低声道："这可真是奇了，谁要凌侍卫的命呢？而且这人必和皇上身边有关系。"

如懿长叹一声："无论怎样，此事先瞒住了太后，免得她老人家从栖霞寺回来知道了生气。你再送些上好的金疮药去给凌云彻治伤，免得伤口溃烂。等悄悄儿送了凌云彻去木兰围场安置好，再问问他可曾得罪了什么人。"

容珮见如懿如此郑重，忙答应了不敢再提。

后半夜侍寝回来，嬿婉便辗转反侧，没有睡好。春婵也是愁容满面，"事到临头，主儿您怎么舍不得了？如今凌云彻没死，进忠公公白费了手脚，他能不来兴师问罪？"

嬿婉靠在青绫绣凌霄花的软枕上，瞪着满绣折枝花的帐顶，吐了一句："来就来。"

那密密匝匝的花朵，漫天漫地地落下来，平时是满满的热闹，此刻看着却让人眼晕。嬿婉厌倦地闭上眼睛："本宫不能眼睁睁看凌云彻死，毕竟，

187

只有他真心待过本宫。"

春婵不无担忧："可是进忠公公说凌大人会挡着您的路。"

"挡着就挪开，未必要他赔上性命。"

春婵越发地陪着睡不着了，搓着被角发呆："咱们宫里宫外都没靠山，不能和进忠公公闹翻了呀。"

嬿婉霍然坐起身来，连连啐了几口，恨声道："阉货！恶心！污秽！要不是他逼迫怂恿，本宫不会一时糊涂想要凌云彻的命。"

春婵吓坏了，忙起身给嬿婉端了一碗茶水，服侍她喝下，见她神气好些，方敢劝道："小主，您要继续得宠，离不开进忠公公递消息。"

嬿婉心下一阵阵发软，抱着那满绣凌霄花的软枕，轻轻贴在脸上。那密密的刺绣，针脚虽轻，可贴在面上总不如素缎那么和软。嬿婉感受着那针脚的摩挲，才觉得稍稍安心。那一朵一朵的凌霄，是少年情意的旖旎，她轻声道："得宠又如何？本宫是个女人，还体味不出谁待自己是真心么？皇上待本宫若有凌云彻的一半，本宫何必连一个太监都要讨好！"

春婵默然无言，只得道："一早进忠公公必定过来，您想好怎么应付啊。"

果然正在用早膳，进忠便铁青着脸过来了。嬿婉慢悠悠喝着一盏牛乳茶，春婵替她细细吹着一个松花饼的碎屑，主仆二人都不看进忠。进忠待着没趣，忍不住开口道："您昨夜伺候皇上可好？别叫皇上瞧出了您人在宁心殿，心在凌云彻身上。"

嬿婉就着春婵的手咬了一口松花饼，嫌弃口干，喝了牛乳茶，方才慢条斯理地道："是。本宫就是不想让凌云彻死。他不死，本宫自然专心伺候皇上。"

"你……嬿婉儿！"进忠气得脸色都变了，一屁股坐下道："你要我去除了凌云彻，我下手了你却去求情，你是什么打算？"

春婵正要拦着进忠不许这么对嬿婉说话。嬿婉倒是镇定："你急了？那你大可去告诉皇上，本宫曾经为了向上爬，怎么来求的你，怎么没给自己留后路，答允事败了就和你悄悄对食。你看皇上是厌恶本宫还是厌恶你？"

进忠嘴都挂下来了，看着嬿婉花容月貌一张脸，都止不住满腹怒气："嬿婉儿，你翅膀硬了，还唱的好一出美人救英雄，跑去给凌云彻那个好色之徒求情，还真不怕被皇上知道你们俩曾经有私情。"

"知道又怎样？"嬿婉笑意微冷，放下筷子，大约是手势重了，那银筷子头上的流苏沥沥作响，"你我是一根绳上的蚂蚱，求的是荣华富贵，平步青云。你要和本宫彼此算计，要挟本宫，那就一拍两散。"

进忠也翻了脸："好！好！你果然忘不了那个贱奴！明明是你要除了他，我才替你动手的！"

"本宫是要除了凌云彻，但不是杀他。如今他被赶走，也是一样。当初是本宫对不起他，如今就当还他。进忠，你以后安分老实，咱们就一起求富贵！否则这回的事拼着闹出来，皇后为了保自己的救命恩人凌云彻，多少会拉本宫一把。而你呢，嘉贵妃知道你害她没脸，头一个杀了你！"

嬿婉从未这般脸酸心硬地和进忠说过话，进忠一时也吓住了，不觉就软了气焰，喃喃道："你……你……魏嬿婉……小主……好小主。"

嬿婉心头微微一松，换了温和笑颜，示意春婵递了一碗溜鸡丝白菜汤给他："一肚子气说什么话，热热的喝一口再发火吧。"进忠见她如此，心中一软，便喝了两口。

春婵好声好气劝道："进忠公公，您真是冤枉我们小主了。小主除了一心伺候皇上，就惦记着和您的扶持之谊。昨夜要不是怕皇上、皇后和嘉贵妃追查下去扯出您来，小主怎么会赶走了凌云彻，了了这件事呢。"

进忠顺势下了台阶，赔着笑脸道："令妃娘娘，奴才也是心疼您，您的恩宠来得不易，您自个儿好好珍惜。"

嬿婉看着一桌子早膳，心里早就饱了，便亲手拣了一个花卷放在进忠手里："本宫和你都是没心肝的人，荣宠权位比情意更重要。自然会把拥有的一切死死抓在手里。你呢，也别轻举妄动，以后夹着尾巴做人，别叫皇后和李玉他们发觉是你做的事。"

进忠这才觉得好受些，把嬿婉给的花卷一口口吃了，敷衍几句，方才离开。

凌云彻的伤养了三五日，便被催着押送去了木兰围场。木兰围场原是皇家林苑，里头千里松林，乃是皇家每年狩猎之处。但除了这一年一回的热闹，平时只有与野兽松风为伍，更何况是罚做苦役，不仅受尽苦楚，更是断送了前程。

如懿自然是不能去送的，只得命容珮收拾了几瓶金疮药供他路上涂抹，又折下一枝无患子相送，以一语凭寄：长恨此身非我有，何时忘却营营？

容珮叹道："娘娘是以此物提醒凌大人，希望他无忧无患。"

如懿道："无患子抗风耐旱，又耐阴耐寒。本宫是希望凌侍卫无论身在何处，都能耐得住一时苦辛，图谋后路。再告诉他，走得不体面，若想回来，就必得堂堂正正，体体面面。"

容珮依言前去相送，回来只道："凌大人走了，只有一句话，娘娘的恩情他无以为报，只能谢过，也谢过……为他求情的令妃娘娘。"

如懿叹息："令妃是贪图富贵、工于心计些，但对凌云彻，实在还留了余地。"

四月过江宁后，御驾便沿运河北上，从陆路到泰安，又到泰山岳庙敬香。五月初四方才回到宫中。

到了私下，嬿婉也与如懿私语过几句："终于离了江宁这是非之地，可以回京了。凌侍卫也在路上了。臣妾不敢去送。"

如懿看她一眼，只淡淡道："许多事已成往事。你有心便好，也不必再提了。"

嬿婉无限伤感："是。臣妾自知不配提那些往事，只盼能稍有偿还，作为回报，心里也好受些。皇后娘娘，臣妾虽然求保命求富贵，但始终不敢昧了良心，求皇后娘娘明白。"

如懿不欲多言，嬿婉也不再提起。

回京后第一件事，如懿便是去储秀宫看望了意欢。彼时海兰亦带着永琪在意欢身边陪着说话。海兰素来装扮简素，身上是七成新的藕丝穿暗花流云纹蹙银线纱衫，云鬓上略微点缀些六角蓝银珠花，唯有侧鬓上那支双尾攒珠通玉凤钗以示妃子之尊。海兰行动间确有几分临水拂风之姿，楚楚动人，然而，却是永无恩宠之身了。

时在五月，殿中帘帷低垂，层层叠叠如影纱一般，将殿中遮得暗沉沉的。意欢穿着一袭粉红色纱绣海棠春睡纹氅衣，斜斜地靠在床上，爱怜地抚摩着永琪的手，絮絮地嘱咐着什么。江与彬便跪坐在一侧，替意欢搭脉请安。

见了如懿来，意欢便是一喜，继而羞赧，背过身去，低低啜泣道："臣妾今日这个样子，岂敢再让皇后和皇上瞧见。"

如懿微笑着劝慰道："皇上还在养心殿忙着处理政事，是本宫先来看你。大家同为女人，你何必在乎这些。"

海兰勉强笑道："这些日子，舒妃妹妹也只肯见臣妾罢了。"她环顾四周，"连殿里都这么暗沉沉的，半点儿光也不肯透进来。"

如懿懂得地点点头，搂过永琪："永琪病了这些日子，脸也小了一圈，叫皇额娘好好儿瞧瞧。"

海兰心疼道："可不是，总是断断续续的。幸好二十多日前江太医终于赶回来了，可算治好了。"

如懿蹙眉："不晓得什么缘故？"

海兰摇头："小孩子家的病，左右是晚上踢了被子什么的受了凉，乳母们一时没看严。"

如懿沉吟道："那这几个乳母便不能用了，立刻打发出去。"

海兰微微点头："打发出去前得好好儿问问，别是什么人派来害咱们永琪的。"她疑惑："可若真是害永琪，偏又害得那么不在点子上，只是让臣妾揪心，分不得身罢了。"

江与彬请完了脉，如懿问："不要紧么？"

江与彬温和道："就是起斑，其他也无碍。"

意欢缓过劲儿来，终于肯侧转身来。她面上黄黄的，虽然敷了脂粉，仍看得出与自己的肤色不合，隐约有斑点。女子素来以容貌白皙为美，起了孕斑，难免使她容貌折损。

如懿忙道："脸色还好，可是江太医调理了之后见好了些？"

意欢难过道："面上斑点甚多。吃了多少汤药，一点儿效果也没有。"

论容貌，意欢乃是宫中嫔妃的翘楚，与金玉妍可算是花开并蒂，一清冷一妩媚，恰如白莲红薇。偏偏意欢的性子与玉妍爱惜美貌逾命不同，她拥有清如上弦月的美貌，却从不以为自己美。但女子终究是女子，真的损了容貌，自然难过无比。如懿只得安慰道："你现如今怀着孩子呢，肾气衰弱也是有的。等生下了孩子，月子里好好儿调理，便能好了。"她爱惜且艳羡地抚着意欢高高隆起的肚子，又问："孩子都还好么？"

意欢这才破涕为笑，欣慰道："幸亏孩子一切都好。"

海兰抱着永琪慨叹道："只要孩子好。做母亲的稍稍委屈些，便又怎样呢？花无百日红，青春貌美终究都是虚空，有个孩子才是实实在在的要紧呢。"

意欢怀着深沉的喜悦："是啊，这是我和皇上的孩子呢。真好。"

海兰这话是肺腑之言，意欢也是由衷地欢喜。如懿怕惹起彼此的伤感，便问："你又不爱出去，也不喜见人，老这样闷着对自己和孩子都不好。这些日子都在做什么呢？"

意欢脸上闪过一点儿羞赧的笑色，像是任春风把殿外千瓣凤凰花的粉色吹到了她略显苍白的面颊上。她招招手，示意荷惜将梨花木书桌上厚厚一沓纸全拿了过来，递给如懿，道："皇后娘娘瞧瞧，臣妾把皇上自幼以来所写的所有御制诗都抄录了下来，若有一字不工整便都弃了，只留下这些抄得最好的。臣妾想好了，要用这些手抄的御诗制成一本诗集，也不必和外头那些臭墨子文臣一般讨好奉承了编成诗集，便是自己随手翻来看看，可不是好？”

海兰笑道："还是舒妃妹妹有心了，皇上一直雅好诗文，咱们却没想出这么个妙事儿来。"

如懿笑道："若是人人都想到，便没什么稀罕的了。这心意就是难得才好啊！什么时候见了皇上，本官必得告诉皇上这件妙事才好。"

意欢红了脸，忙拦下道："皇后娘娘别急，事情才做了一半儿呢。等全好了再告诉皇上也不迟。"

从意欢宫中出来时，海兰望着庭院中晴丝袅袅一线，穿过大片灿烂的凤凰花落下晴明不定的光晕，半是含笑半是慨叹："舒妃妹妹实在是个痴心人儿。"

如懿听她一语，想起了自己初嫁皇帝时的时光，那样的日子是被春雨润透了的桃红明绿，如这大片大片绚烂的凤凰花，美得让人无法相信。原来自己也曾经这样绽放过。

诚然，封后之后，皇帝待她是好的，恩宠有加，也颇为礼遇。但那宠爱与礼遇比起新婚宴尔的时光，到底是不同了。像画笔染就的珊红，再怎么艳，都不是鲜活的。

如懿笑了笑，便有些怅惘："痴心也有痴心的好处，一点点满足就那样高兴。"

海兰深以为然："是。娘娘看咱们一个个怀着孩子，都是为了荣宠、为了自己的将来，只有舒妃，她和咱们是不一样的。看着冷冷清清一个人儿，对皇上的心却那么热。"

如懿道："这样也好。否则活着只营营役役的，有什么趣儿呢？"

海兰长叹一声："但愿舒妃有福气些，别痴心太过了。人啊，痴心太过，便是伤心了。"

二人说着，便走到了长街上。在外许久，突然走在宫内长长的甬道上，看着高高的红墙隔出一线天似的蓝色天空，便觉得无比憋气，好像活在一个囚笼里似的。可是这囚笼里，终究是有人快乐的。

如懿这样想着，却见前头的转角处裙裾一闪，似乎是玫嫔的身影，却没有一个宫女跟着。如懿道："海兰，本宫是不是眼花了，前面过去的是玫嫔么？怎么鬼鬼祟祟的？"

海兰笑着啐道："宫里的女人，活得像鹦哥儿，像老鼠，像金鱼，哪个动起心思来不是鬼鬼祟祟的？"她低声道："皇后娘娘不知道么？玫嫔的身子坏了。"

如懿想起在杭州的时候，她那样费尽心思和庆嫔一起讨皇帝的欢心，最后还是受了冷落，及不上令妃与庆嫔的千宠万爱。而且，她的脸色那样不好，想着便疑云顿生。如懿问道："是怎么坏了？"

海兰叹口气："臣妾也是偶然看她吃药才知道的。许是那年生下了那个死孩子之后便坏了，玫嫔这些年总不能有自己的孩子，听伺候她的宫人说起来，常常是大半年都没有月信，一来便是一两个月，身子都作弄坏了。"

如懿惊道："有这样的事？江与彬也不曾和本宫提起？"

海兰摆摆手，也动了恻隐之心："这有什么可提的？女人的身体，熬不住就坏了呗。也是常事。何况她这些年不如从前得宠了，年纪到了，也没个孩子，更没什么家世，就这样熬着呗。"

如懿想起玫嫔的身世和那只见过一眼便离开了人世的孩子，心下仿佛被秋风打着，沙沙地酸楚。她想说什么，微微张了唇，也唯有一声幽凉叹息而已。

第十七章　玫凋（上）

人后不防时，如懿便召来了江与彬问起意欢的身体。

江与彬说起来便很是忧虑，道："舒妃娘娘有孕后一直有呕吐害喜的症状，呕吐之后便有胃疼，这原也常见。为了止胃疼，医治舒妃娘娘的太医用的是朱砂莲，算是对症下药。朱砂莲是一味十分难得的药材，可见太医是用了心思的。这朱砂莲磨水饮服，见效最快，却也伤肾。且舒妃娘娘越到怀孕后几个月，水肿越是厉害。微臣看了药渣中有关木通和甘遂两味药，那都是泄水除湿热的好药，可却和朱砂莲一样用量要十分精准，否则多一点点也是伤肾的。舒妃娘娘常年所服的坐胎药，喝久了本来会使肾气衰弱，长此以往，也算是积下的旧病了。有孕在身本就耗费肾气，只需一点点药，就能使得肾虚起斑，容颜毁损。一时间想要补回来，却也是难。"

如懿听了他这一大篇话，心思一点点沉下去："你的意思，替舒妃诊治的太医是有人指使？"

江与彬思虑再三，谨慎道："这个不好说。用的都是好药，不是毒药。但凡是药总有两面，中药讲究君臣互补之道，但是在烹煮时若有一点儿不当，哪怕是三碗水该煎成一碗被煎成了两碗，或是煎药的时间长或短了，都必然会影响药性。"

如懿沉吟道："那舒妃黄斑去除，得要多久？"

江与彬掰着指头想了想："少则两三年，多则五六年。"

如懿无奈，只得问："那对孩子会不会有影响？"

江与彬道："一定会。母体肾气衰弱，胎儿又怎会强健？所以十阿哥在腹中一直体弱，怕是得费好大的力气保养。只是，若生下来了，能得好好儿调养，也是能见好的。"

如懿抚着额头，头痛道："原以为是昔年的坐胎药之故，却原来左防右防，还是落了错失。"

江与彬道："坐胎药伤的是根本，但到底不是绝育的药，只是每次侍寝后用过，不算十分厉害。女子怀胎十月，肾气关联胎儿，原本就疲累，未曾补益反而损伤，的确是雪上加霜，掏空了底子。再加上微臣在山东境内腹痛腹泻，耽搁了半个多月才好，也实在是误了医治舒妃娘娘最好的时候。"

如懿眉心暗了下去："你也觉得你在山东的病不太寻常？"

江与彬颔首："微臣细细想来，似乎是有人不愿意微臣即刻赶回宫中。而愉妃娘娘因为五阿哥的身子不好，一时顾不上舒妃娘娘，那些汤药上若说有什么不谨慎，便该是那个时候了。"

如懿闭上眼睛，暗暗颔首："本宫知道了。"她微微睁开双眼："对了。听愉妃说起玫嫔的身子不大好，是怎么了？"

江与彬道："玫嫔小主从那时怀胎生子之后便伤了身体，这些年虽也调养，但一来是伤心过度，二来身子也的确坏了。微臣与太医们能做的，不过是努力尽人事罢了。"

如懿心头一悚，惊异道："玫嫔的身子竟已经坏到这般地步了么？"

江与彬悲悯道："是。玫嫔小主底子里已经败如破絮，从前脸色还好，如今连面色也不成了。微臣说句不好听的，怕也就是这一两年间的事了。只是玫嫔要强，一直不肯说罢了。"

思绪静默的片刻里，忽然想起玫嫔从前娇妍清丽的时候，一手琵琶声淙淙，生生便夺了高晞月的宠爱。从前，她亦是满庭芳中占尽雨露的那一枝，到头来昙花一现，这一生最美好的时光，便那样匆匆过去了，留着的，不过是一个残败的身体和一颗困顿不堪的心。

如懿虽然感叹，却无伤春悲秋的余地，第二日起来，整妆更衣，正要见来请安的合宫嫔妃，骤然闻得外头重物倒地的闷声，却是忙乱的惊呼："庆嫔！庆嫔！你怎么了？"

如懿霍然站起，疾步走到殿外，却见庆嫔昏厥在地，不省人事。她定了定神，伸手一探庆嫔鼻息，即刻道："立刻扶庆嫔回宫，请齐太医去瞧。余人不得打扰。"

众人领命而去，忙抬了庆嫔出去。

如懿立刻吩咐："三宝，先去回禀皇上，再去查查怎么回事。"

到了午后时分，江与彬提了食盒进来，笑吟吟道："慈心在家无事，做了些玫瑰糕，特来送与皇后娘娘品尝。"

如懿惦记着庆嫔之事，便道："你来得正好。正要请你回太医院去，瞧瞧庆嫔素来的药方。"

如懿正细述经过，正巧三宝进来了，低低道："皇后娘娘，庆嫔小主的事儿明白了。"

接二连三的事端，如懿已然能做到闻言不惊了，便只道："有什么便说吧。"

三宝道："庆嫔小主喝下了牛膝草乌汤，如今下红不止，全身发冷抽搐，怕是不大好呢。"

江与彬惊道："草乌味苦辛，大热，有大毒，且有追风活血之效，而牛膝有活血通经、引血下行的功效。牛膝若在平时喝倒还无妨，只是庆嫔小主这几日月事在身，她本就有淋漓不止的血崩之症，数月来都在调理，怎经得起喝牛膝汤？"

如懿的入鬓长眉蜷曲如珠，盯着江与彬道："你确定？"

江与彬连连道："是，是！为庆嫔小主调理的方子就在太医院，且这几日都在为她送调理血崩的固本止崩汤。这一喝牛膝草乌汤，不仅会血崩不止，下红如注，更是有毒的啊！"

如懿沉声道："三宝，有太医去诊治了么？"

三宝道："事情来得突然，庆嫔宫中已经请了太医了，同住的晋嫔小主也已经请了皇上去了。"

如懿本欲站起身，想想还是坐下，嫌恶道："这样有毒的东西，总不会是庆嫔自己要喝的吧？说吧，是谁做的？"

三宝微微有些为难，还是道："是玫嫔小主送去的。"

如懿扬了扬眉毛："这可奇了，玫嫔和庆嫔不是一向挺要好的么？"

三宝道："是要好。所以玫嫔小主一送去，说是替她调理身子的药，好容易托外头弄来的，比太医院那些不温不火的药好，庆嫔小主一听，不疑有他，就喝了下去。谁知才喝了半个时辰就出事了。"

如懿不假思索道："那便只问玫嫔就是了。"

三宝躬身道："事儿一出，玫嫔小主已经被拘起来了。皇上一问，玫嫔就自己招了，说是嫉妒庆嫔有宠，所以一时糊涂做了这件事。可奴才瞧着，她那一言一行，倒像是早料到了，一点儿也不怕似的。"

有一抹疑云不自觉地浮出心头，如懿淡淡道："可怜见儿的，做了这样的事，还有不怕的。"她说罢亦怜悯："算了，出了这样的事也可怜。容珮你陪本宫去瞧瞧庆嫔吧。"

待到景阳宫里，庆嫔尚在昏迷中，如懿看着帮着擦身的嬷嬷将一盆盆血水端了出去，心下亦有些惊怕。暖阁里有淡淡的血腥气，太后坐在上首，沉着脸默默抽着水烟。皇帝一脸不快，闷闷地坐着。晋嫔怯怯地陪在一旁，一声也不敢言语。宫人们更是大气儿不敢出一声。

如懿见过了太后与皇帝，亦受了晋嫔的礼，忙道："好端端的怎么会出了这样的事。庆嫔不要紧吧？"

晋嫔显然是受了惊吓，忙道："回皇后娘娘的话。庆嫔身上的草乌毒是止住了，但还是下红不止，太医还在里面救治。"

太后敲着乌银嘴的翡翠杆水烟袋，气恼道："玫嫔侍奉皇上这么多年，一向都是个有分寸的。如今是失心风还是怎么了，竟做出这种丧心病狂的事来？"

皇帝的语气里除了厌恶便是冷漠："皇额娘说玫嫔是丧心病狂，那就是丧心病狂。儿子已经吩咐下去，这样狠毒的女人，是不必留着了。"

太后一凛，发上垂落的祖母绿飞金珠珞垂在面颊两侧，珠玉相碰，泛起一阵细碎的响声，落在空阔的殿阁里，泛起冷脆的余音袅袅。"皇帝的意思是……"太后和缓了口气，"玟嫔是糊涂了，但她毕竟伺候皇帝你多年，又有过一个孩子……"

皇帝显然不愿听到这件陈年旧事，摇头道："那个孩子不吉利，皇额娘还是不要提了。"

太后被噎了一下，只得和声道："阿弥陀佛！哀家老了，听不得这些生生死死的事。但玟嫔毕竟伺候了你十几年，没有功劳也有苦劳，且庆嫔到底也没伤了性命。若是太医能救过来，皇帝对玟嫔要打要罚都可以，只别伤了性命，留她在身边哪怕当个宫女使唤也好。"她斜眼看着进来的如懿："皇后，你说是不是？"

皇帝显然是恨极了玟嫔，太后却要留她继续在皇帝身边，这样烫手的山芋，如懿如何能接，旋即赔笑道："有皇额娘和皇上在，臣妾哪里能置喙。且臣妾以为，眼下凡事都好说，还是先问问庆嫔的身子如何吧。"

太后有些不悦："平日里见皇后都有主意，今日怎么倒畏畏缩缩起来，没个六宫之主的样子。"

如懿低眉顺眼地垂首，恰好齐鲁出来，道："皇上，庆嫔小主的血已经止住了。只是此番大出血太伤身，怕要许久才能补回来。"

太后双手合十，欣慰道："阿弥陀佛，人没事就好。"

齐鲁微微一滞："性命是无虞，但伤了母体，以后要有孕怕就难了。"

太后嘴角的笑容霎时冻住，再不能展开。皇帝一脸痛心地道："皇额娘听听，那贱人自己不能为皇家生下平安康健的皇子，还要害得庆嫔也绝了后嗣。其心恶毒，其心可诛！"

福珈有些不忍心，叹道："皇上，按着庆嫔这么得宠，是迟早会有孩子的。但今年是太后的六十大寿，就当是为太后积福，还是留玟嫔一条命吧。"

皇帝的眉眼间并无一丝动容之色："按照从前的规矩，玟嫔这样的人不死也得打入冷宫。"皇帝脸色稍稍柔和些："只是朕答应过皇后，后宫之中再无冷宫，所以玫嫔只能一死。且她自己也已经招认了，朕无话可说，想来皇额娘也无话可说吧。"

太后的目光有一丝疑虑闪过，逡巡在皇帝面上。片刻，太后冷淡了神色道："既然皇帝心意已决，那哀家也没什么好说的。就当是玫嫔咎由自取，不配得皇帝的宠爱吧。及早处死便也罢了。"她摇头道："景阳宫的风水可真不好，昔年怡嫔死了，庆嫔又这么没福。"太后伸过手起身："福珈，陪哀家回宫。"

如懿见太后离去，便在皇帝身边坐下："皇上别太难过。"

皇帝倒真无几多难过的神色，只是厌烦不已："朕没事。"

如懿温声道："那，皇上打算怎么处置玫嫔？"

皇帝显然不想多提玫嫔，便简短道："还能如何处置？不过是一杯鸩酒了事。"

如懿颔首道："臣妾明白了。那臣妾立刻吩咐人去办。"她想一想："只是如今天色已晚，皇上再生气，也容玫嫔活到明日。免得有什么惊动了外头，传出不好听的话来。"

皇帝勉强颔首："也好。一切交给皇后，朕不想再听到与此人有关的任何事。"

如懿婉顺答应了，亦知皇帝此刻不愿有人多陪着，便嘱咐了李玉，陪着皇帝回了养心殿。才出了景阳宫，容珮好奇道："皇后娘娘，玫嫔犯了这么大的事儿，是必死无疑的。难道拖延一日，便有什么转机么？"

"没有任何转机，玫嫔必死无疑。"如懿轻叹一声，"犯了这么不可理喻没头没尾的事儿，也只有死路一条。只是宫里不明不白死了的人太多了，本宫虽不能阻止，但总得替她做些事，了她一个久未能完的心愿。"

如懿望着遥远的天际，那昏暗的颜色如同沉沉的铅块重重逼仄而下。她踌躇片刻，低声道："叫三宝打发人出去，吩咐惢心替本宫做件事。"

到了第二日，惢心一早便匆匆忙忙进了宫。如懿正嘱咐了三宝去备下鸩酒，见了惢心连眼皮也不抬，只淡淡道："事情办妥了？"

201

蕊心忙道：“一切妥当。奴婢连夜准备了祭礼和元宝蜡烛，选了个风水宝地放了玫嫔母子的生辰八字，还赶在子时前做了场法事，希望他们母子可以在地下相见。”

如懿眉心一松，安宁道：“虽然本宫只见过那孩子一眼，但到底心里不安。如今这事虽然犯忌讳，但做了也到底安心些。你便悄悄去玫嫔宫里，告诉她这件事情，等下本宫遣人送了鸩酒去，也好让她安心上路。”

蕊心答应着去了，不过一炷香时分，便匆匆回来道：“皇后娘娘，玫嫔小主知道自己必定一死，所以恳求死前一见娘娘。”

彼时如懿正斜倚在窗下，细细翻看着内务府的记账。闻言，她只淡淡问：“事情已经了了，本宫遂了她无人敢帮她遂的心愿，难道她还有什么非说不可的话么？”

蕊心沉吟着道：“玫嫔小主只求见娘娘，只怕知道要走了，有什么话要说吧。”她说罢又央求，“皇后娘娘，奴婢看着玫嫔小主怪可怜见儿的，您就许她一回吧。她只想在临走前见见娘娘，说几句话。她是要死的人了，娘娘……”

如懿念着与玫嫔同在宫中多年，蕊心又苦苦央告，便点了点头，道：“等晚些本宫便去看她。”

永和宫中安静如常，玫嫔所居的正殿平静得一如往日，连侍奉的宫人也神色如常，唯有来迎驾的平常在和揆常在的面上露出的惶惶不安或幸灾乐祸的神色，才暗示着永和宫中不同于往日的波澜。

如懿也不看她们的嘴脸，只淡淡道：“不干你们的事，不必掺和进去。”

平常在看着三宝手里端着的木盘，上头孤零零落着一个钧釉灵芝执壶并一个桃心忍冬纹的钧釉杯，不由得有些害怕，垂着脸畏惧地看着如懿。揆常在答应了一声，努了努嘴堆了笑道：“皇后娘娘，那贱人一回来就待在自己房里没脸出来呢。也真是的，怎么做下这种脏事儿。说来贱人也不安分，还让自己的贴身侍女请了您来的吧，还是想求情饶她那条贱命么？”

揆常在是五王爷弘昼的侧福晋送进宫来的美人儿，桃花蘸水的脸容长得妖妖调调的，素来不大合如懿的眼缘，眼下张口闭口又是一个"贱"字，听得如懿越发不悦。如懿皱了皱眉："她做的什么事儿，用得着你的嘴去说么？"

如懿素来不大言笑，揆常在听得这句，更是诺诺称是。还是平常在扯了扯揆常在的袖子，揆常在忙缩到一边，再不敢说话了。如懿懒得与她费唇舌，瞥了惢心一眼，吩咐道："你去瞧瞧。"说罢，便往内殿去了。

外头的太监们伺候着推开正殿的殿门，如懿踏入的一瞬，有沉闷的风扑上面孔。恍惚片刻，仿佛是许多年前，她也来过这里，陪着皇帝的还是新宠的蕊姬。十几年后，宫中的陈设还是一如往常，只是浓墨重彩的金粉黯淡了些许，雕梁画栋的彩绘亦褪了些颜色。缥缈的暮气沉沉缠绕其间，好像住在这宫里的人一样，年华老去，红颜残褪，也不过是弹指一挥间的事。

江湖子弟江湖老，深宫红颜深宫凋。其实，是一样的。

晚来的天气有些凉，殿内因此有一种垂死的气息。尽管灯火如常点着，但如懿依然觉得眼前是一片深深幽暗，唯有妆台上几朵行将凋零的暗红色雏菊闪烁着稀薄的红影，像是拼死绽放着最后的艳丽。

玫嫔独自坐在妆台前，一身嫔装的香色地翔凤团纹妆花缎吉服，暗金线织出繁复细密的凤栖瑞枝花样，正对镜轻扶侧鬓的双喜如意点翠长簪，让六缕金线宝珠尾坠恰到好处地垂在洁白的耳郭旁。她照花前后镜，虽已明艳动人，却仍不满足，从珠匣里取了一枚金盏宝莲花的采胜佩了鬓边。

如懿依稀记得，那枚采胜是昔年玫嫔得宠的时候皇帝赏赐给她的首饰中的一件，她格外喜欢，所以常常佩戴。那意头也好，是年年岁岁花面交相映，更是朱颜不辞明镜，两情长悦相惜之意。

如懿在后头望着她静静梳妆的样子，心下一酸，温言道："皇上并没有废去你的位分，好好儿打扮着吧，真好看。"

玫嫔从镜中望见是她，便缓缓侧首过来："皇后娘娘来了。"她并不起身，亦不行礼，只是以眸光相迎，却自有一股娴静宜雅，裙带翩然间有着如

203

水般的温柔。

如懿也不在意礼数，只是伸出手折下一小朵雏菊簪在她鬟边，柔声道："好好儿的，怎么对庆嫔做了这样的事？在宫里活了十几年，难道活腻了么？"

玫嫔轻轻点头，洁白如天鹅的脖颈垂成优美的弧度。"每天这样活着，真是活腻了。"她看着如懿，定定道，"皇后娘娘不知道吧？我和庆嫔，还有舒妃，都是太后的人。"

如懿的惊异亦只是死水微澜："哦？"

玫嫔取过蔻丹，细细地涂着自己养得水葱似的指甲，妩然一笑："天下女人中最尊贵的皇太后，也要在皇上身边安插自己的人，窥探、进言、献媚，是不是很好笑？"

如懿的神色倒是平静："人有所求，必有所为。没什么好笑的。"

玫嫔嫣然一哂："也是。哪怕是万人之上的皇太后，也有害怕的时候啊。安置着我们这些人在皇上身边，该窥探的时候窥探，该进言的时候进言，该献媚的时候献媚。太后和长公主才能以保万全无虞啊！"

如懿奇道："既然你和庆嫔是一起的人，你为什么还要害庆嫔？"

玫嫔看着自己玫瑰红的指甲，露出几分得意："太后自己的人给自己人下了毒药，绝了子嗣，伤了身子，好不好玩儿？"她慵懒一笑，似一朵开得半残的花又露出几瓣红艳凝香，越发有种妖异得近乎诡艳的美："反正众人都以为在曲院风荷那一夜，庆嫔占尽风光，我却是为他人作嫁衣裳，做了陪衬。那便随便吧，反正我是看穿了，说我嫉妒便是嫉妒好了，什么都不打紧。"

如懿轻鬟浅蹙，凝视她片刻："你若真嫉妒庆嫔，就应该下足了草乌毒死她，何必只是多加了那么多牛膝让她血崩不止，伤了本元，生不了孩子呢？你既是太后调教出来的人，就该知道斩草除根才是最好的办法。这半吊子的手法，除了叫人以为你无能，没有别的。"

第十八章 玫涸（下）

"我无能？"玫嫔抹得艳红的唇衬得粉霜厚重的苍白的脸上有种幽诡凄艳的美，她郁郁自叹，幽幽飘忽，"是啊！一辈子为人驱使，为人利用，是无能。不过，话说回来，有点儿利用价值的人总比没有好吧。这样想想，我也不算是无能到底。"她微微欠身："皇后娘娘，请您来不为别的，只为在宫里十几年，临了快死了，想来想去欠了人情的，只有你一个。"

"你要谢本宫替你好好儿安葬了你的孩子？"如懿凄微一笑，"本宫这一世都注定了是没有孩子的女人，替你的孩子做了旁人忌讳做的事，就当了了当年见过他的一面之缘。"

玫嫔的眸中盈起一点儿悲绝的晶莹："我知道。多谢你，愿意为我的孩子做这些事。"

"他是个很好看的孩子。"如懿的声音极柔和，像是抚慰着一个无助的孩子，"他很清秀，像你。"

一阵斜风卷过，如懿不觉生了一层恻恻的寒意，伸手掩上扑棱的窗。玫嫔痴痴地坐着，不能动弹、不能言语，唯有眼中的泪越蓄越满，终于从长长的睫下落下一滴泪珠，清澈如同朝露，转瞬消逝不见。片刻，她极力镇定了情绪："谢谢你，唯有你会告诉我，他是个好看的孩子。不过，无论旁人怎么说，在我心里，他永远是最好的孩子。"玫嫔长长地舒了一口气，那面上细细一层泪痕水珠瞬间凝成寒霜蒙蒙，绽出冷雪般的笑意："是啊！我这个做额娘的，到了地下，终于可以有脸见我的孩子了。他刚走的那些年，我可真是怕啊，怕他在地下孤单单的，都没个兄弟可以和他就伴儿。你猜猜，这个时候，我的孩子是会和孝贤皇后的二阿哥永琏在一起呢，还是更喜欢和他年纪近些的七阿哥永琮？"

如懿见她这般冷毒而笃定的笑容，蓦地想起一事，心中狠狠一搐："永琮？"她情不自禁地迫近玫嫔："永琮得了痘疫，跟你扯不开干系的，是不是？"

像是挨了重重一记鞭子，玫嫔霍地抬起头："自然了！孝贤皇后害死了我的孩子，我拿她儿子的一条命来赔，一命抵一命，公平得很！"极度的欣慰与满足洋溢在玫嫔的面容上，恰如她吉服上所绣的瑞枝花，不真实的繁复花枝，色泽明如玉，开得恣意而绚丽，是真实的欢喜。她拨弄着胸前垂下的细米珠流苏，缓缓道："皇后娘娘，不是只有你见过茉心，我也见了。她求不到你，便来求了我。"

"茉心求过你？"她的眉头因为疑惑而微微蹙起，"你不过是小小嫔位，不易接近孝贤皇后的长春宫，也未必有能力做这些事，茉心怎会来求你？"

玫嫔语气一滞，也不答，只顾着自己道："我为什么会生出那样的孩子，我的孩子是怎么死的，我都蒙在鼓里呢。那时候，你被指害了我和怡嫔的孩子，其实我的心里终没有信了十分！但是只有你进了冷宫，皇上才会看见我的可怜，看见我和我的孩子的苦，看见我们母子俩不是妖孽！所以我打了你，我指着你朝皇上哭诉！没办法，我从南府里出来，好容易走到了那一日，我得救我自己！不能再掉回南府里过那种孤苦下贱的日子！"她含了几分歉然："皇后娘娘，对不住！"

如懿也未放在心上，缓和道："本宫知道。那个时候，人人都认定是本宫害了你们。你怒气攻心也好，自保也好，做也做了。但是本宫出了冷宫之后，你并未为难过本宫。"

玫嫔颔首道："老天有眼！嘉贵妃身边的贞淑带我去见的茉心，我才知道我孩子死的真相，知道了仇人是谁，该怎么报仇！我悄悄换了春娘和茉心的贴身小衣，春娘染了痘疫，永琮也染上了。"

如懿张着自己素白的手掌："有些事看似是孝贤皇后所为，其实未必是

207

她做的。许多事还有蹊跷之处。"

玫嫔狠狠白了如懿一眼："不是她，还会有谁要这么防着我们的孩子？一命抵一命，我心里痛快极了！"

阁中静谧异常，四目相投，彼此都明白对方眸子中刻着的是怎样的繁情复绪。

玫嫔抚着心口，紧紧攥着垂落的碎玉流苏珞子，畅然道："很痛快！但是更痛！我的孩子，就这么白白被人算计了，死得那样惨！甚至，富察氏都比我幸运多了，至少她是看着她的儿子死的。而我，连我的孩子长什么样子都不知道！"

玫嫔狂热的痛楚无声无息地勾起如懿昔年的隐痛。她沉声道："蕊姬，都已经过去了。至少你的丧子之痛，那人已经感同身受，甚至亲眼看着自己的孩子死去。她的惨烈不下于你！"

玫嫔原本清秀而憔悴的脸因为强烈的恨意而狰狞扭曲："那还不够！我和嘉贵妃死命帮着推和敬公主嫁去蒙古，让孝贤皇后饱尝生离之痛，伤心而死。可她偏偏不死，嘉贵妃就派人在孝贤皇后回船的必经之路上涂了桐油，我故意在后面纯贵妃的船上闲聊，见孝贤皇后来了，说了几句报应言语，果然她气昏了头踩着桐油滑落水。我本想她病透了的人受不了落水的惊吓和寒冷，一定会病重不治，谁知她一下就去了，真是痛快。"

如懿静了静心神，轻声问："嘉贵妃帮你做了不少事啊。"

玫嫔微微颔首："我快死了，欠了你的人情，自然都会告诉你。嘉贵妃怕孝贤皇后害了我和怡嫔的孩子，又去害她的儿子。可她胆小不敢动手，都是我做的事。"她的嘴角衔着怨毒的快意："那些日子，听着长春宫的哭声，我真是高兴啊！我从没听过比那更好听的声音。我苦命的孩子，额娘终于替你报仇了。"

如懿轻轻吐出心中疑惑："你那么笃定嘉贵妃是胆小，不是她设计引了你报仇，除了孝贤皇后，又挑唆了纯贵妃争后位让皇上厌弃，为她自己争夺皇后之位扫清障碍？"

"你说是我被她利用了？"玫嫔轻轻笑，"也不要紧，只要我能报仇就成了！"

如懿再问素练之死，玫嫔却也只以为是殉主而已。如懿连连摇头，许多事越发分明："海兰难产伤身，是嘉贵妃安排太医下的手。便是当日你和怡嫔落胎，慧贤皇贵妃临终也疑惑她下朱砂不久，怎的你与怡嫔都会那么快出事。若本宫揣测，其实是嘉贵妃害了你和怡嫔之子，保她的儿子成为皇上登基后的第一个皇子，身份格外尊贵。接着她又对愉妃母子下手，孝贤皇后崩逝后借机害了永璜断绝太子之路，永璋母子也被皇上冷落。这样是不是更说得通，她是在为自己夺后位，为自己的儿子得太子之位谋算。"

玫嫔不以为然："茉心以死告发，怎会冤了孝贤皇后？许多事，或许就是孝贤皇后做的。而你说的或许不是凭空揣测，可孝贤皇后若没害人，怎会那么怕听到那句一报还一报？我都要死了，您要我相信恨错了人报错了仇？不！那我怎么配做一个额娘？"

以死告发就一定是真的吗？若那人自己也受蒙蔽呢？或许所谓死无对证，说什么也没用了。因为如懿，确实也无实据说是嘉贵妃做的。

玫嫔深深悲伤，眼泪如决堤的河水，肆意流淌："可是我从未见过我的孩子，他是什么模样。来日到了地下咱们母子怎么相见呢？我多怕见不到我的孩子，认不出他。"

心底有潮湿而柔软的地方被轻轻触动，像是孩子轻软的手柔柔拂动，牵起最深处的酸楚。如懿柔声道："母子血浓于水，他会认得你的。"

玫嫔的眼神近乎疯狂，充斥着浓浓的慈爱与悲决，呜咽着道："也许吧。孩子，别人嫌弃你，额娘不会。额娘疼你，额娘爱你。"她向虚空里伸出颤抖的枯瘦的手，仿佛抱着她失去已久的孩子，露出甜蜜而温柔的笑容："我的好孩子，不管别人怎么看待你，你都是额娘最爱的好孩子。"

在这华丽的宫殿里，她们固然貌美如花，争奇斗艳，固然心狠手辣，如地狱的阿修罗，可心底，总有那么一丝难以言说的温柔，抑或坚持，抑或疯狂。如懿不自禁地弯下腰肢，伸手扶住她："蕊姬，你只恨孝贤皇后，要为自己的孩儿报仇，那为何又突然要去害庆嫔？"

玫嫔仿佛从酣梦中醒来，怔怔落下两滴清泪，落在香色锦衣之上，洇出一朵朵枯萎而焦黄的花。"是啊！我何必如此，只是不能不如此罢了。"她仰着脸，嘴角的笑意是冷冽的妩媚与不屑，"你真想知道为什么？你敢知道？皇后娘娘，你猜，我为什么要害庆嫔？是谁指使的我？"

心头闷闷一震，仿佛有微凉的露水沁进骨缝，让如懿隐隐感知即将到来的迷雾深深后的森寒。她的点头有些艰涩："你什么也不缺，什么也不怕。要害太后的人，能指使你的唯有皇上。"

玫嫔的眼睛睁得极大，青灰色的面孔因为过于激动而洇出病态的潮红，一双点漆黑眸烧着余烬最后的火光，灼灼逼人。她颓然一笑："太后固然老谋深算，但皇上也不是一个真正足以托付的枕边人。一个男人，能把在深宫里浸淫多年的女人都给算计了。让太后吃了亏都说不出来，只能怨自己选错了人在皇上身边。这样的手段，您说厉害不厉害？皇上的心思一告诉我，我便知道太后赢不了皇上。皇上最恨身边有人算计，所以皇上容不下齐鲁帮着太后对慧贤皇贵妃下手，也容不下庆嫔还有生儿育女的可能。我把这个黑锅背下来，能换来家里人几辈子的荣华富贵，值了。"

如懿的背抵在墙上，仿佛不如此，便不能抵御玫嫔这些言语所带来的刮骨的冷寒一般："是皇上借你的手？你甘心这样一生为人棋子？"

玫嫔冷笑道："借谁的手不是手？是皇上可怜我，临死了还给我这么个机会。左右我在太后跟前也是个不得宠的弃子了，能被皇上用一遭便是一遭吧。一颗棋子，能为人所利用，才是它的价值所在，否则它就不该留在这世上。不是么？"

如懿的牙根都在颤抖，她控制不住，控制不住自己冲口而出的话语："皇上是什么时候知道的？"

"从曲院风荷那一夜，或者更早，为柔淑长公主劝婚的时候。"她瞥如懿一眼，"皇后娘娘，我记得那时您也为柔淑长公主进言了吧。仔细着皇上也疑心上了您。"她轻笑道："咱们这位皇上啊，疑心重，却不爱说出来，只自己琢磨着，还认定自己都琢磨对了。皇后娘娘，陪着这样一个良人，您的日子不大好过吧。"

如懿难过到了极处，勉强道："皇上从前并非如此。他居帝位越久，越让人心生畏惧。"

玫嫔的唇边挂着淡淡的笑意，眼里却有着深深的希冀。"皇后娘娘，告诉您这些话，便算是报了当年您的恩情了。"她的眼中渐渐平静如死水，"皇上打算怎么赐死我？我想体体面面齐齐整整地下去见我的孩子，不想吓着他。"

如懿的眼底有点潮潮的湿润，她别过脸道："鸩酒很烈，你不会难受太久。"她击掌两下，三宝捧了酒进来。

玫嫔笑了笑，起身道："皇后，我这样打扮好看么？"

心头的酸楚一阵阵泛起涌动的涟漪，如懿还是勉力点头："很好看。你的孩子见了你，会很骄傲他有一个这么美的额娘。"

玫嫔绷紧的神色松弛下来，温婉地点点头，接过鸩酒一饮而尽，并无一丝犹疑。她走到床边，安静地躺下，闭上眼，含着笑，仿佛期待着一个美梦。药性发作得很快，她的身体剧烈地抽搐了几下，嘴角流下一抹黑色的血液，终于回复沉睡般的平静。

那是如懿最后一次凝视玫嫔的美丽，恰如晚霞的艳沉里含露的蔷薇，凝住了最后一刻芳华。这些年，玫嫔并非宠冠后宫，可年轻的日子里，总有过那样的好时候，露湿晴花春殿香，月明歌吹在昭阳。笑是甜的，情是暖的，那样迷醉，总以为一生一世都是那样的好时光，永远也过不完似的。

只是，终究年华会老，容颜会朽，情爱会转淡薄，成了旧恨飘零同落叶，春风空绕万年枝。

如懿摘下手钏上系着的素色绫绢，轻柔地替她抹去唇角的血液："好好儿去吧。你最爱的孩子在下面等着你，和你再续母子情分。"

她在踏出殿门的一刻，最后望向玫嫔沉浸在死亡中显得平和的脸容，有一瞬的恍然与迷茫：若有来日，自己的下场，会不会比玫嫔好一点点？还是一样，终身限于利用和被利用的旋涡之中，沉沦到底？

有风吹过，如懿觉得脸上湿湿的，又有些发凉。风吹得满殿漫漫深深的珠绣纱帷轻拂如缭绕的雾，让人茫然不知所在。

紧闭的门扇戛然而开，有风乍然旋起，是蕊心闪身进来。她戚然望着锦榻上玫嫔恬静的容颜，轻声道："娘娘，玫嫔小主去了？"

如懿微微颔首。夜风扑着裙裾缠丝明丽的一角，宛如春日繁花间蝴蝶的翅，扇动她的思绪更加烦乱。

金玉妍！一定是金玉妍！是她借着玫嫔的手、阿箬的手、慧贤皇贵妃甚至是孝贤皇后的手，一样一样做着这些事情！直到无人可假手了，她自己也便跳了出来。蕊心的腿，与国师的私情，都是她忍不住出手了。

蕊心一步上前，紧紧扶住被怒火与恨意烧得灼痛的如懿，隐忍着道："皇后娘娘，如果孝贤皇后临死前的话是真的，许多事她没做过，那么如今的事，真的很可能是嘉贵妃所指使。若是连孝贤皇后的七阿哥都能死得无声无息，那这个女人的阴毒，实在是在咱们意料之外。"她越说越痛，情不自禁俯下身抚摩着自己伤残的腿脚，切齿道："皇后娘娘，她能害了奴婢和您一次，就能害咱们许多次。"

如懿紧紧地攥着手指，骨节发出咯咯的脆硬声，似重重叩在心上。她的声音并不如内心沸腾的火，显得格外平静而森冷："蕊心，无处防范是最可怕的事，只要知道了是谁，有了防范，便不必再怕。防范住了，才能反击。"

蕊心垂着头，懊丧道："只可惜，嘉贵妃有北族的身份，轻易动她不得。"

那又如何？一定会除去仇雠的，一定会！

第十九章　初老

　　玫嫔的丧礼办得极为草草，没有追封，没有丧仪，没有哀乐，更没有葬入妃陵的嘉遇，白布一裹便送还了母家。皇帝不过问，太后亦当没有这个人，仿佛宫里从来就没有过玫嫔，连嫔妃的言谈之间，也自觉地掩过了这个人存在过的痕迹。

　　倒是数十日后，与如懿一起时，皇帝才淡淡问起："那日送鸩酒，听说皇后亲自去了，玫嫔对你说了什么？"

　　如懿坐在日光晴明底下，拈着一枚白玉棋子，专心于棋盘之上，不以为意道："姐妹一场，终究得去送一送。玫嫔倒是说了几句，但都是疯话，不值得臣妾入耳，更不值得皇上入耳。"

　　皇帝含了若有若无的笑意："疯话也是人话，说给朕听听。"

　　如懿支着腮，思忖片刻，郑重其事地下了一枚子，方才松了口气道："玫嫔想知道，当年她死去的孩子长得什么模样。"

　　静室内幽幽泛着微凉，角落里放着一尊镏金蟠龙鼎炉，毓瑚拈着尺余长的细金箸，熟练拨弄中炉内浅银色的细灰，又撒落一把龙涎香。香料燃烧，不时发出轻微的"噼啪"之声，越发衬得四周的空气安静若一潭碧水。皇帝道："只是这样？"

　　如懿扬起眼眸，平视着皇帝："对于一个母亲来说，没能见到自己的孩子一面，是最大的缺憾，足以抱憾终身。"

　　墨玉的棋子落下时有袅袅余音，皇帝嘘一口气："你告诉她了？"

　　如懿的目光微有悲悯："这是她最后的心愿。"

　　皇帝微凉的手指像带着微湿的水汽，抚过她的手背："皇后慈悲。"

如懿有难以言说的心绪，细细辨来，居然是一种畏惧："是皇上慈悲。玫嫔自裁，皇上并未牵连她家人。"

皇帝的口气淡得如一抹云烟："她也是一时糊涂。"

隐忍已久的哀凉如涌动于薄冰之下的冷水，无法静止。如懿只觉得齿冷，那种凉薄的心境，如山巅经年不散的浓雾，荫翳成无法穿破的困境。她终于忍不住道："是。与其一世再这么糊涂下去，还不如自己了断了自己，由得自己一个痛快。"

如此寥寥几语，两人亦是相对默然了。殿中紫檀架上的青瓷阔口瓶中供着一丛丛荼蘼，雪白的一大蓬一大蓬，团团如轻绵的云，散着如蜜般清甜的雅香，垂落翠色的阴凉。置身花叶之侧，相顾无言久了，人也成了花气芬氲里薄薄的一片，疑被芳影静静埋没。幸好，意欢诞育的消息及时地拯救了彼此略显难堪的静默。李玉喜滋滋地叩门而入："皇上大喜，皇后娘娘大喜，舒妃小主生了，是个阿哥！"

皇帝喜悦表情后有一瞬的失望："是个阿哥？"

如懿及时地捕捉到了这一微妙的变化，笑道："皇上跟前如今只有一个四公主，一定盼着舒妃生一个和她一般玲珑剔透的公主吧？其实阿哥也好，公主也好，不都是皇上的骨血么？"

皇帝笑笑道："甚好，按着规矩赏赐下去吧。叮嘱舒妃好好儿养着，朕和皇后晚上再去瞧她。"

李玉答应着，满面堆笑地下去了。

如懿轻声道："皇上不高兴？"

棋盘上密密麻麻落满黑子白子，皇帝懒懒地伸手抚过："没有。皇后多思了。只是有了那么多阿哥，又添上一个，没有从前那般欢喜罢了。"

彼时如懿与皇帝尚未踏足储秀宫，太后已经由福珈陪着去看了新生的十阿哥，欢喜之余更赏下了无数补品。其中更有一支千年紫参，用香色的宫缎精致地裹在外头，上面刺绣着童子送春的烦琐花样，足有小儿手臂粗细，就连参须也是纤长饱满的——自然是紫参中的极品了。恰好嫔妃们都在，连见惯了人参的玉妍亦连连啧叹："太后娘娘的东西，随便拿一件出来便是咱们没见过的稀罕物儿。"

福珈笑道："可不是！这也算咱们太后压箱底的宝贝之一了，还是旧年间马齐大人在世的时候孝敬的。太后一直也舍不得，如今留着给舒妃小主了。"

意欢自然是感激不已："太后，臣妾年轻，哪里吃得了这样的好东西。"

太后笑叹着慈爱道："自孝贤皇后去世后，皇帝一直郁郁不乐。你诞下皇子，这样让皇帝高兴的事，哀家自然疼你。且你生这个孩子受了多少的辛苦。临了生了，肚子里孩子的胞衣又下不来，硬生生让接生嬷嬷剥下来的，又受了一番苦楚。哀家疼你，更是疼皇帝和皇孙。"

意欢抱着怀中粉色的婴儿，仿佛看不够似的："只要孩子安好，臣妾怎么样都是值当的。"

嫔妃们见太后如此看重，愈加奉承得紧，储秀宫中一片笑语连绵。

待回到自己宫中，嬿婉才沉下脸来，拿着玉轮慢慢地摩挲着脸颊，一手举着一面铜镏花小圆镜仔细端详着，不耐烦道："陪着在那儿笑啊笑的，笑得脸都酸了，也不知道有没有长出细纹来。"

澜翠正蹲在地上替嬿婉捶着腿，忙笑着道："怎么会呢？小主年轻貌美，哪像舒妃在坐蓐，眼浮面肿，口歪鼻斜的。"

嬿婉丢下手里的小镜子，懒懒道："舒妃真是天生丽质，虽说有孕脸上出斑，可生了孩子一敷粉，也看不出什么。"

澜翠撇嘴："侍寝又不能浓妆敷粉，不怕皇上瞧见了么。"

正说话，春婵带了田嬷嬷进来。

田嬷嬷是个半老的婆子了，穿了一身下人的服色，打扮得倒也干净，一看就是在宫里伺候久了的嬷嬷，十分世故老练。可如今进了永寿宫，却很是有些局促不安。

嬿婉见她进来，倒也不急着说话，由着澜翠给田嬷嬷搬了张小杌子坐下，自己慢慢喝了一碗冰豆香薷饮，才闲闲道："给田嬷嬷喝些，如今天热了，得解暑消闷的东西。"

春婵亲手端了一碗过去，田嬷嬷哪里敢接。嫌婉甚是可亲，道："喝吧，别拘束。"

田嬷嬷这才敢小口小口抿了，喝在嘴里，却也说不出是什么滋味。

嫌婉眼风轻轻一带，扫过田嬷嬷的脸："事儿已经办妥了？"

田嬷嬷立刻不自在起来，苦着脸道："若办不妥当，奴婢怎敢来见您，跟您拿这笔银子？奴婢原不敢干这伤阴骘的事，都是为了自己的孩儿。"

嫌婉这才笑了笑，示意澜翠取出了银票给她："三百两银票，你收好了。进忠找你，只知道你缺银子，知道你急着求医问药。"

田嬷嬷拿着银票却不肯收入怀中，嫌婉知她所求不在银票上，便从袖中取出一张药方搁在桌上。那白纸轻飘飘的，落在田嬷嬷眼中却有千斤分量，她露出渴求的神色，无限期盼与悲苦在这个半老妇人的面孔上闪过，很快恭顺地垂眸。

嫌婉娓娓道："田氏，你与夫君育有一子，夫死子成人，靠着接生的好手艺养家赚银子。本宫知道你不缺银子，缺的是续命的本事。你在乡间还有一女，一直寄养在别家，连你死去的夫君都不知道吧？"

田嬷嬷忍不住侧首抹泪："奴婢早年嫁过人，前头的相公不到二十岁就死了，只留下个女儿。奴婢命苦，后来才知道前头相公一家子都有怪病，人长得都俊秀，可没一个活过三十岁的。都是年纪越长血流越慢，最后浑身的血都凝住了，死得凄惨。"

嫌婉露出悲悯之色："真是可怜。这个方子是进忠托了包太医拟的，太医院的医术你总该相信吧。"

田嬷嬷渴盼极了，忙不迭道："信，信。奴婢这个女儿有怪病，全靠令妃娘娘怜悯。"

嫌婉纤手一扬，药方落在田嬷嬷手里，柔声细气："方子要了，也得有银子抓药啊。既然本宫和进忠知道了你的难处，就一定替你排忧解难。自然了，本宫的烦恼也都归你解了。"

田嬷嬷万分郑重地将药方收进怀里，银票也一并放好，起身三叩拜谢："多谢令妃娘娘，多谢进忠公公。您放心，这回的事神不知鬼不觉，舒妃自己都不知道。"

嬿婉喝着汤，悠悠道："本宫自然放心。你是积年的嬷嬷了。要不进忠怎么会找你。"

田嬷嬷忙着称是："这个自然。女人生下了孩子之后，总得一会儿这胞衣才会娩出来。奴婢便假称舒妃的胞衣落不下来。"她摆弄着右手："这一引呀，可轻可重。一旦伤着宫体，往后就难生养了。就连太医也查不出什么。"

嬿婉从不知女子生产险之又险，有那么多门道，不觉听住了。

澜翠听得咋舌："神不知鬼不觉的。这接生的功夫，花样万千呢。"

田嬷嬷肃然道："姑娘还年轻。不知道生孩子等于是在鬼门关门口逛，有一万个出事的机会。所以接生嬷嬷才得稳当啊。"

嬿婉惋惜地摇摇头，撩拨着冻青釉双耳壶扁瓶中一束盛开的雪白荼蘼，那香花的甜气幽幽缠绕在她纤纤素手之间，如她的神情一般。"只是舒妃到底有福气，十阿哥平平安安地生下来了。"

田嬷嬷思忖片刻，终于吐口："舒妃有孕时肾气弱，生的若是个公主还好，可要是个阿哥，肾气不足，本元就弱了，那是天寿不足。"

田嬷嬷说罢，总觉得是自己双手伤了他人生育，也不愿再多提此事，再三谢了嬿婉的方子，也便告退了。

嬿婉凝视着田嬷嬷离去的背影，冷冷地笑了笑，任由微红的烛光照耀着她恬美容颜。

日子平静地过去，仿佛是随手牵出的大片锦缎，华美绚烂又乏善可陈。

玫嫔蕊姬与庆嫔缨络的事仿佛是一页黄纸，揭过去也便揭过去了。太后依旧是慈宁宫中颐养天年的太后，皇帝依旧是人前的孝子皇帝，连庆嫔身体见好后都依旧得宠，一切仿佛都未曾改变。唯一美中不足的是，意欢这一次生育到底伤了元气，脸上斑点始终不退。皇帝虽然常常去看望意欢和新生的十阿哥，并且嘱咐了太医仔细治疗，但甚少再传她侍寝。意欢将汤药一碗碗地喝下去，又拿珍珠粉敷面，效果也是若有若无的。幸好她一门心思都在孩子身上，得闲便整理皇帝的御诗打发时日，倒也不甚在意。

而十阿哥仿佛一只病弱的小猫，一点点风凉雨寒都能惹起他的不适，扯去意欢所有的心血精力。太后本再度提起抚养十阿哥之事，但看他这般多病，也生了犹豫之心。皇帝亦是劝说："皇额娘养着十阿哥，劳心费力不说，万一有个头痛脑热，舒妃心疼，您也难过。若是养在舒妃自己那儿，舒妃也好照顾着。"如此，太后算是断了心念。

但也或许是因为之前的天象相克之言，皇帝再少去意欢宫中，便是关心十阿哥的身体，每每过问关照，嘱咐太医照顾，却也很少与十阿哥照面了。

当然，这也不过是漫长年岁里小小的波澜而已。日子就这样平静祥和地过着，仿佛也能过到天荒地老去。

然而，打破这平静的，是平常而又不平常的一日。那一段时日，河南阳武十三堡黄河决口，河水冲毁无数良田房屋。皇帝忙着办黄河决口合龙之事，连着许久没有出养心殿，除了在御书房见臣子批折子，调动库粮银钱赈灾，便在寝殿胡乱睡了。

等皇帝终于忙完了这一段，到了后宫时，却出了岔子。那日原是如懿侍寝，皇帝照例浸浴，如懿伺候在旁，不断地加入热水和草药。这是一个再寻常不过的秋天的夜晚，窗外天色阴沉，半点月光也没有，连星星都被银线般的雨丝淹没了，细雨绵延不绝地落在殿前的花树上，从树叶黄灿的枝条上溅起碎玉般凌冽的声音。

皇帝满头大汗，有些气喘。如懿扶住他的手，问："皇上是不是浸浴久了有些疲累？"皇帝不作声，勉力扶着如懿的手才站了起来。如懿敏锐地发现了皇帝眼睛里深深的恐惧和迷乱，像一张布满毒丝的蛛网，先蒙住了他自己。如懿赶紧拿黄绸裹住皇帝的身体，替他擦拭。

皇帝的声音失去了一贯的沉稳笃定："如懿,如懿。朕气闷得紧,好似全无了力气。"

如懿轻轻地应着:"皇上劳累国事久了,这般热浴,怕是虚耗。不如喝茶歇歇。"她扶了皇帝坐下,捧过温好的茉莉花茶,皇帝一气喝下,胸口仍是起伏不定,喉咙喘得像风箱里漏出来的风,嘶嘶的,有一种衰迈虚弱的气息流出。皇帝的肌肤是潮湿的,被热水泡得松软,松弛成一摊软绵绵的滑腻的肉。虚汗如大雨淋漓滑下,有黏腻的气味。如懿的心绪忧惧,有个念头秘不可示地转过,年过四十的皇帝,开始出现衰老的迹象。她情不自禁地哀伤起来,对着这个比自己大了七岁的男子,可是,这样的情绪她又怎敢流露。终于,她克制住心神,极尽所能地柔声道:"皇上日理万机,是太累了。"

皇帝的手指在颤抖,他恐惧地用左手紧紧抓住右手,却发现两手都在震颤。皇帝嘴唇颤动着,摇着头说:"我是怎么了?"

皇帝一向自重身份,对尊卑之分极为看重,很少在旁人面前自称"我",便是如懿陪伴他多年,在登基后的日子里,也极少听他这样自称。

他静了静,向外呼喝道:"李玉,李玉!朕的参汤呢?"

这样的呼喊含着某种急迫的气息,李玉不知就里,忙端着参汤上来。皇帝一口气喝了,将珐琅戗金盖碗狠狠砸了出去,喝道:"滚出去!"

李玉吓得连滚带爬出去。皇帝还未等他将沉重的殿门合上,便抱住了如懿。

作为一个陪伴他半生的女人,如懿很明白他的意图。然而皇帝一动也不动,许是参汤并没有起作用,许是阁中太热了,因为水汽蒸腾,热得发闷。微弱的烛火晃悠悠的,照着锦绣帷帐上所绘碧金纹饰,便泛起如七宝琉璃般的华彩。

阁中很静,连平缓而迟钝的呼吸声都清晰可闻。良久,皇帝抱着他,寥落轻轻一声:"如懿,朕好像老了。"

外头有淅淅沥沥的雨声,窗外的纱绣宫灯在夜来的风雨中飘摇不定,而庭院里枯得有些蜷曲发黄的芭蕉和满地堆积的黄花上响起一片沙沙之声。这样的雨夜里，许多曾经茂盛的植物都在静静等待衰老。

如懿紧紧抱着他，暗叹原来好时光就是这样逝去的。她和他这样慢慢地步入了不可预知的衰老，一步步走向白头。她这样念着，很想对他倾诉，他会老，她亦会老。男欢女爱的欢愉终有一日会在他们身上逝去，那并不要紧。所谓相濡以沫，并非只是以身体亲近。如果可以，绛纱帐内的十指相扣，并枕而眠，一夜倾谈，更能于身体痴缠的浅薄处，透出彼此相依为命的深情。

只是这样的话，她如何敢说。

她只得愈加紧地拥住他，温言道："不。皇上只是为国家大事操心，太累了。只要慢慢养着就好了。太医们都是回春妙手。"

的确，皇帝这些日子是忙而累的。自从黄河决口之后，皇帝便重新起用备受贬斥的慧贤皇贵妃的父亲高斌赴河南办阳武河工。这似乎意味着高氏家族的复恩之兆，高斌自然是尽心竭力去办这一桩河南阳武黄河决口合龙的辛苦差事。

前朝的事错综复杂。如懿虽然不喜高斌的复起，但也习惯了不轻易表达。皇帝倦倦地追问了一句："是么？朕只是累了而已么？"

如懿用力颔首道："自然。听说嘉贵妃不是又怀上身孕了么？皇上怎么会老呢？"

皇帝虚软地点了点头，又摇头："天象所言朕与十阿哥父子相克。看来果然是真的，否则怎么十阿哥身子多病，朕也这般虚弱了呢。"

如懿无言，知道他是将天象之言牢牢记在了心里，可这分明也是无从劝说的。

她叹了口气。水汽氤氲，把两个孤清的身影隔绝在芸芸众生之外。他们所拥有的，除了那高处不胜寒的唏嘘，还有世人都会有的、对于苍老逼近后的深深惶恐。

玉妍的再度有孕是在意欢诞下十阿哥之后不久。这个喜讯足以让复位后受过惩罚曾经一度惴惴不安的她再度趾高气扬起来。然而，再如何得意，对如懿亦不会再有一毫放松。

也是。对于一个入宫便恩宠不断的女子，在三十八岁的年纪再度怀孕，的确是让人万分欣喜的。这足以安慰了玉妍痛丧九阿哥的哀伤与难过，更意味着她在皇帝跟前长久的恩宠不衰。这一点，足以羡杀宫中所有的女子。

那一日，酷暑炎炎的天气下，玉妍兴致怏怏地看着嫔妃们一一向如懿请安，一手搭在腹部，似笑非笑地看着如懿，许久不肯起身。

如懿久在宫中，怎肯为这一点儿小事向她发作，遂也只是微笑："若嘉贵妃伺候皇上伺候得手足酸软，本宫也不勉强嘉贵妃了。"

玉妍迎着她的目光站起身，慢悠悠抚着平坦的小腹，骄傲地抬起脸："让皇后娘娘费心了。臣妾只是又有了身孕，所以起身才有些迟缓……"她说着，便作势欲呕，立即有宫女七手八脚地替她端茶的端茶，抚胸的抚胸，忙作一团。

绿筠很有些看不上玉妍的娇情样子，拿绢子掩了掩鼻子，向着海兰轻声不屑道："瞧她那样子，像谁没生过孩子似的。"

海兰贝齿轻露，微微一笑："这个年纪还能有，当然不容易。"她说得轻婉，但咬在"这个年纪"四字上，让两个女人都忍不住哧哧地笑了起来。

玉妍并不理会她们，只是微斜了凤眼，瞟着嫆婉道："其实本宫的雨露之恩哪里比得上令妃妹妹呢，只是令妃妹妹的肚子有点儿不大争气啊。"

这下庆嫔亦有些不悦："令妃姐姐还年轻，不怕没孩子。"

玉妍轻蔑地笑了笑，傲然道："是么？"

如懿感受酷暑的烈日照透宫殿后那种薄薄的云翳似的微凉，她含着淡如浮云的笑意，徐徐道："嘉贵妃不是第一次做额娘的人了，也不当心些。有话慢慢说就是了。"

玉妍娇俏一笑，直视着如懿，以倨傲的姿态相对："臣妾一次次有身孕，让皇后娘娘费心，实在是过意不去。说来，皇后娘娘自己都没有孩子，还要顾及臣妾的龙胎，恐怕真是费心不少了。"

玉妍手上的赤金红宝珠子护甲太过耀眼，在阳光下流转出针芒样的刺眼光芒，如她的话语一般让人觉得不悦。

如懿太阳穴的青筋倏地一跳，眼里闪过一丝黯然，容珮便笑道："皇后娘娘抚养着五阿哥，又是所有阿哥公主的嫡母，自然是把每一位皇嗣都照顾得妥妥帖帖的。除了皇后娘娘，还有谁能、谁配操持这份心呢？只要嘉贵妃自己当心，龙胎在您肚子里自然是安安稳稳的。"

玉妍的眼风在容珮脸上凌厉一转，笑着扶了半月髻上的赤金流珠累丝簪："可不是。皇后娘娘是所有皇嗣的嫡母，为了公平照顾，不偏不倚，哪怕委屈自己些暂时没有孩子，也是应当的。到底臣妾见识短浅，不及娘娘宅心仁厚，思虑深远。"

玉妍嘴上这样说，手却搭在自己腹部，露出无限得意之姿。如懿微微黯然，脸上却维持着一个皇后应有的威仪与和蔼，平视着前方，将自己无声的痛苦，默默地掩饰在平静之下。

玉妍得意扬扬地离开之后，如懿不无伤感地道："平时总说嘉贵妃嘴上刻薄，人也轻佻，可是她的福气就这般好，伺候皇上这么些年，就一次接一次地怀上了龙胎。不管是男是女，那总是为人母亲的福气啊。"

容珮咬着唇，低声道："会生孩子罢了，有什么了不起的。有娘娘在，她还能翻出天去。"

如懿愈加黯然。或许，昨夜皇帝意外的失败，更是昭示了她终身不可有孕的悲剧。她这样沉默着，脑海里盘旋着玉妍趾高气扬的笑声，忽然有些难掩地恶心。

但这样的情绪，是会让向来敏感的皇帝误会的。她只能极力忍耐着，无趣地想，这才九月初，怎么秋凉这么早就来了呢？

第二十章　离隙

　　这一夜心事重重，谁都没睡好。四更时分，皇帝起身，如懿便也醒了。皇帝一早便犯了起床气，脸色阴沉沉的，如同眼睛底下那一片憔悴的青晕一般。宫人们伺候得格外小心翼翼，还是免不了受了几声呵斥。如懿想着是睡不着了，便起身亲自侍奉皇帝更衣洗漱。一切停当之后，李玉便击掌两下，唤了进忠端一碗银耳羹进来。

　　这一碗银耳羹是皇帝每日早起必饮的，只为清甜入口，延年益寿，做法也不过是以冰糖清炖，熬得绵软，入口即化。

　　这一日也是如此。才用完银耳羹，离上朝还有一些辰光，皇帝仍有些闷闷的。如懿见皇帝梳好的辫子有些毛了，想着皇帝不看见便好，一旦看见，那梳头的太监少不得是一顿打死。恰巧李玉也瞧见了，只不敢出声，急得满脸冒汗。

　　如懿灵机一动，便道："皇上，臣妾好久没替你篦头发了。时辰还早，臣妾替你篦一篦，发散发散吧。"

　　皇帝夜来没睡好，也有些昏乏，便道："用薄荷松针水篦一篦就好。"

　　皇帝对吃穿用度一向精细，所用的篦子亦是用象牙雕琢成松鹤延年的图案，而握手处却是一块老坑细糯翡翠做成，触而温润，十分趁手。如懿解开皇帝的辫发，蘸了点薄荷松针水，不动声色地替皇帝梳理着头发。

　　然而，在一切行将完成之时，她却彻底愣住了。

　　皇帝乌黑浓密的发丝间，有一丛银白的发丝赫然跃出，生生地刺着如懿的双眼。她反反复复地想着，皇帝才四十一岁啊，居然也有那么多白发了。

　　她下意识便是要掩饰过去。拔是不能拔的，否则皇帝一定会发觉。但若不拔，迟早也会被皇帝发现。这么一瞬间的迟疑，皇帝便已经敏锐地发觉了，立刻问："什么？"

如懿知道是掩饰不过去了，索性拔下了那些白发，轻描淡写地道："臣妾在想，臣妾的阿玛三十岁时便有白发了，皇上怎么如今才长这些。"

这句话大大和缓了皇帝紧张的面色，他接过如懿手中的白发看了一眼，紧紧握在手心里道："这是朕的白发，挺多了。"

如懿见皇帝并未大发雷霆，心头大石便放下了一半："圣祖康熙爷在世时很喜欢喝首乌桑葚茶，臣妾也想嘱咐太医院做一些，皇上愿意将就臣妾一起尝尝么？"

皇帝看她一眼，神色稍稍松弛："皇后喜欢的话，朕陪皇后。"

如懿恍若无事般替皇帝结好了辫发，温柔道："臣妾倒想着，若臣妾与皇上都有了白发，那也算是白头到老了呢。"

皇帝笑了笑，静默着叹了口气，闭上了眼睛。

皇帝站起身，照例到院中练习五禽戏。这是他多年的习惯，极重养生之道，每日晨起必得先饮一碗银耳羹，然后便在庭院中打一套五形拳舒散筋骨。如懿抱着披风在廊下等候，忽然见皇帝膝盖一软，差点跌倒。李玉眼明手快，赶紧扶住。

如懿有些慌神，将披风盖在皇帝肩上，连声询问关切。皇帝脸色微白，虚弱道："朕的手脚发麻，全然使不上劲儿，这是怎么了？怎么了？"这一突如其来的事故，加重了皇帝昨夜的恐惧。他几乎不能自持，李玉忙碌着要请太医，皇帝显然不愿张扬此事，当即回绝了。如懿搀扶着皇帝进去，听他喃喃自语："朕比先祖都懂得养生，午睡后照例是一碗浓浓的枸杞黑豆茶，晚膳后必含了参片养神片刻，到了睡前又是一碗燕窝宁神安眠。为什么还会如此？"

皇帝一饮一食都格外注意，喝酒必不多饮，更不曾醉，顶多喝一些太医院和御膳一起调制的龟龄酒和松龄太平春酒，可活血安神，益气健身。除此，便是十分清淡的新鲜时蔬了。

皇帝这般精心保养，最恨自己见老。此时华发暗生，又这般人前失态，如何能不气恼伤感。他苦笑："头晕得厉害，手脚乏力。唉，岁月如秋风催衰草，挡也挡不住。"如懿虽然有心开解，却也只能无言。这样静默着，她便又觉得有些恶心，只好极力忍耐着。

皇帝记挂早朝，匆匆离开了，私下里索医问药，三日若不能见效，必要发一场大脾气，加之夜里惊梦不断，日子便更难熬。太医们屡屡苦劝，都云为龙体计，用药不敢过猛，更不敢急于求成。药性太烈于龙体也有损伤，必得慢慢进补，皇帝方才作罢。如此这般，皇帝连月不进后宫，难免嫔妃间私语，也都有了几分揣测。

皇帝的郁闷，辗转通过进忠传到了嬿婉耳中。相处时，嬿婉软语轻言，抚慰着皇帝的伤心处，顺手奉上了一盏鹿血酒："新鲜割的鹿血，兑了上好的烈酒，皇上尝尝。"

皇帝想起太医的劝告，总是有些犹豫，嬿婉捧到皇帝嘴边："臣妾悄悄派人去了趟鹿苑，宫里养着那些鹿，不就为了这个么？祖先进关前若不是常饮鹿血酒身强力壮，哪里打得下这天下。"她察言观色，知道皇帝的迟疑与心动，语调中充满了蛊惑："皇上以鹿血进补，可强身健体。而且皇上龙体安康了，朝廷不就安稳了，更可破了与十阿哥父子相克的天象之说。"

皇帝想着素日的疲累，心中烦闷难耐。谁不渴望青春与力量永驻在身体中，又能破了天象相克之说，到底还是动了心。

于是皇帝笑了笑，赞她一句贴心，接过便是一饮而尽。

这一饮，就生了贪杯耽乐之快。

接下来一连数日，如懿便再难见得到皇帝，一查敬事房的记档，才知这些日子皇帝得空儿便在几个年轻的嫔妃那里，不是饮酒作乐，便是歌舞清赏。而去得最多的，便是嬿婉宫中。

皇帝醉眼蒙眬中也念诗："白日放歌须纵酒，人生得意须尽欢。"晋嫔在旁听了想偷笑，到底也不敢说什么，一起奉承了皇帝的才华。皇帝愈发高兴，自觉案牍劳形了这么多年，今日才知白日纵饮的乐趣。于是有两回在御书房接见朝臣，也竟倦怠入眠了。臣子们当面不敢说什么，渐渐也有了议论，只瞒着太后而已。

容珮见四下并无其他人，压低了声音道："听说皇上这几日都歇在令妃宫里，每日令妃进了鹿血酒给皇上喝。"

如懿入耳便不舒服，一个恶心，胸口有难言的窒闷，不禁弯了腰呕出了几口清水。

容珮吓得赶紧给她递了绢子擦拭："皇后娘娘，您是怎么了？这几日您的面色都不好看呢。"

如懿摇头道："本宫是听着太恶心了。"

容珮忙道："娘娘这几日老觉得胸闷不适，奴婢还是去请个太医来看看吧。"

如懿摇头道："蕊心刚生了孩子正在坐月子呢，江与彬从两个月前便忙着照顾蕊心。除了他，本宫也不放心别人来请脉。也就是恶心一下，不打紧的。"

容珮犹豫地猜："娘娘不会是有喜了吧？奴婢看娘娘有两个月月信未至，而且嘉贵妃有喜了，就是这么恶心啊恶心的。"

如懿听她说这些字眼，只觉得胸腔里翻江倒海似的，只差没再吐出来。她想起前几日太医院得来的消息，除了大量进服补益强身的药物之外，皇帝开始问江与彬是否可饮用新鲜的鹿血酒了。

如懿是知道鹿血的功效的，鹿血益精血，大补虚损，和酒之后效力更佳。但江与彬亦禀告皇帝鹿血酒药性太烈，虚不受补，于圣体不合，到底婉拒了。

可皇帝真想要，总会有奉承的人弄来。譬如御苑中便养着百十头马鹿和梅花鹿，随时供宫中刺鹿头角间血，和酒生饮。先帝晚年沉迷丹药之时，亦大量地补服过鹿血，甚至在年轻时，因为在热河行宫误饮鹿血，才在神志昏聩之中仓促临幸了皇帝相貌粗陋的生母李金桂，并深以为耻，以致皇帝年幼时一直郁郁不得重视。

容珮忧心忡忡道："皇上若服用那么多鹿血酒，阳气太盛，只怕是伤身哪。"

这样的话，宫中也只有如懿和太后劝得。然而，皇帝却未必喜欢太后知道。如懿想劝，却又无从开口，沉吟许久才道："容珮，去炖一碗绿豆莲心汤来。"

容珮讶异道："皇后娘娘，已经入秋，不是喝绿豆莲心汤的时候啊！"

如懿拂袖起身，道："本宫何尝不知道是不合时宜。但，也只能不合时宜一回了。"

如懿进了永寿宫的庭院时，宫人们一个个如临大敌，战战兢兢。伺候嬿婉的太监王蟾端着一个空空如也的黄杨木方盘从内殿出来，见了如懿刚要喊出声，容珮眼明手快，"啪"一个耳光上去，低声道："皇后娘娘面前，少胡乱动你的舌头。"

容珮看了看他端着的盘子上犹有几滴血迹，伸出手指蘸了蘸一嗅，向如懿回禀道："是鹿血酒。"她转脸问王蟾："送了几碗进去？有一句不尽不实的，立刻拖出去打死！"

王蟾知道怕了，老老实实道："四碗。"

里头隐隐约约有女子响亮的歌唱调笑声传来，在白日里听来显得格外放诞。如懿听了一刻钟工夫，里头的声音渐渐安静了下来，方才平静着声气道："谁在里头？请出来吧。"

王蟾慌慌张张进去了。皇帝正与嬿婉等人围坐宴饮嬉笑，桌上杯盘狼藉。皇帝醉醺醺的，进忠在旁添酒伺候。闻得如懿突来，皇帝清醒了几分，见阁中酒气弥漫，诸女且歌且笑，不觉先生了几分愧怍与心虚。王蟾故意将如懿的气势添了几分，如同汹汹逼问一般。嬿婉慌乱起来，诸女更是不安，唯有晋嫔不怕，笑道："我们为皇上分忧罢了，皇后娘娘有什么可恼的。"

皇帝脸上便红了起来，按捺着不快："你们是为朕好，怕什么？朕喝了鹿血酒身子康泰，才是朝廷安稳之象。而且政务多麻烦，日日案牍劳形，皇后也不许朕高兴片刻么。"

嬿婉听出皇帝的抱怨，越发楚楚可怜："皇上，皇后娘娘兴师问罪，臣妾担当不起。"

皇帝想了想，还是觉得闹起来失了颜面，更不愿这般样子见到如懿，便道："你们几个先出去见皇后。令妃留下，给朕擦脸醒醒酒。朕喝得这样醉，皇后见了又有话说。"

嬿婉答应着，赶紧起身给皇帝打水擦脸，忙碌起来，一壁又听着外头的动静。

如懿原以为永寿宫中只有嬿婉，却不想出来的是艳妆且满身酒气的平常在、揆常在、秀常在、晋嫔。

如懿见她们如此，脸色越发难看起来，冷冷喝道："跪下。"

年轻的女子哪里禁得起这样的脸色和言语。平常在、揆常在和秀常在三个先跪了下来，晋嫔虽然有些不情愿，但也不敢一个人站着，只好也跟着跪了下来。

如懿不屑与她们说话，只冷着脸道："好好儿想想，自己的错处在哪里。"

其余三人涨红了脸色低首不语，眼看窘得都要哭出来了。倒是晋嫔扭着绢子嘟囔着道："什么错处？不过是侍奉皇上罢了。"

如懿扬了扬唇角算是笑，眼中却清冽如寒冰："孝贤皇后在世的时候最讲规矩，约束后宫。要知道她身死之后她的族人富察氏的女子这般不知检点，侍奉皇上白日酗酒，那可真是在九泉之下都蒙羞了。"

晋嫔仗着这些日子得宠，气鼓鼓道："臣妾伺候皇上，皇上也愿意臣妾伺候。孝贤皇后怎会怪罪？皇后娘娘别是自己不能在皇上跟前侍奉讨皇上喜欢，便把气撒在臣妾身上吧？"

如懿似笑非笑道："果然是富察氏家出来的，牙尖嘴利。"她扬了扬脸："带晋嫔去长春宫跪着。"

晋嫔含羞带气，这才有些怕，刚想分辩，早有几个太监架着她出去了。

如懿冷声道:"在永寿宫豪饮酗酒,永寿宫的主位呢?"

正问着话,嬿婉穿着一袭桃花色纳纱绣金丝风流散花氅衣出来,满面通红地跪下了。嬿婉跪着低头,心中暗恨皇帝不肯醉酒见皇后,推了自己出来,又道妃子被训斥几句也无妨,让皇后消气也罢了。皇帝自己想息事宁人,却让自己到如懿跟前受这份难堪,不肯护着自己呵斥如懿的不是。

嬿婉这样想着,甚是灰心,口中却恭敬:"不知皇后娘娘凤驾来临,臣妾未能远迎,还请皇后娘娘恕罪。"

如懿见她打扮得风流妖娆,心中有气,却也极力压低了声音道:"皇上呢?"

嬿婉一脸楚楚:"皇上刚睡下了,臣妾在旁伺候,不敢打扰。"

如懿问:"喝了四碗鹿血酒就睡了?"

嬿婉听她直截了当挑破,更不好意思,只得硬着头皮道:"是。"

如懿慢步上前,以护甲的尖锐拨起她的下巴,直视着她的眼睛道:"皇上酒醉?你还进了四碗鹿血酒让皇上喝下?"

嬿婉紧张:"回皇后娘娘,皇上酒醉,在寝殿睡下了。"她嗫嚅着唇,眼泪在眼眶里滴溜溜转着,十分委屈无奈:"臣妾也想劝皇上注意龙体,可是劝不住啊。皇上一心想补好了身子。"

如懿逼视着她,沉肃道:"你若劝不住皇上,大可来告诉本宫和太后。你有意纵着皇上的性子来,存心不说,居心不良。你别忘了宫中规矩。"

嬿婉只得哀求道:"前车之鉴,臣妾不敢不遵。皇后娘娘训斥,臣妾也合该领受,但请顾着皇上的颜面,您先回宫歇息,暂不提此事了吧。"

容珮鄙夷地看她:"身为嫔妃,敢哄皇后娘娘走。令妃娘娘也太大胆了。"

如懿的目光冷厉如剑:"皇上酒醉伤神,倦于朝政,你们不思劝谏,还献媚讨好。你若劝不住,大可来告诉本宫和太后。你存心不说便是居心不良,有意纵着皇上的性子来。"

嬿婉哪里受得住这般斥责,想着皇帝到底在自己宫里,只得硬着头皮道："臣妾等是皇上的嫔妃，讨好皇上侍奉皇上是光明正大的。"

如懿的神色淡淡的，望着游廊雕梁上龙腾凤逐的描金蓝彩，并不看她们："媚惑主上的罪名，是连你们母家的族人都要一起担着的。你还敢辈嘴？"

平常在几个胆小，先啜泣了起来。

皇帝酒气冲上了头脑，连嘴里含着醒酒石也觉得难受，一口吐掉了。皇帝想要呕吐，趴在痰盂边呕了两口，胸中愈加憋闷。进忠忙乱着给皇帝递水拍背。皇帝听得外头的动静，先前的几分愧怍早成了恼羞怒气，不耐烦道："怎么还吵闹不休？"

进忠觑着时机轻声道："皇上，您醉了该歇息醒酒才好。皇后娘娘这么斥责下去，只怕令妃也要受重责了。皇上，令妃可是一心为了您好啊。而且您让令妃去劝，只怕皇后娘娘气性更大，这就没个完了。"

皇帝深觉如懿无理取闹，更是不如嬿婉贴心顺意，霍地站起来，推门出去。

这一出去，皇帝更是气恼，对着如懿便喝道："是朕要她们伺候的，一切都由朕担着。"

如懿见皇帝扬声出来，便请安道："皇上，臣妾恭请圣安。"

皇帝见如懿神色还算平静，那一股想息事宁人的念头上来，也放缓了声音。他想扶如懿，只是手晃得厉害："朕就是喝了酒，没什么大碍。皇后放心。"

如懿关切中带了忧心："臣妾陪伴皇上年久，皇上从不白日酗酒，更无喝得这样醉过。"

皇帝避开她的目光，寻了由头道："朕操劳国事多年，偶尔一回放纵，偶尔而已。"也是，皇帝登基多年，少有这样放纵，自己这般说，也有了底气。可如懿却甚为担心："臣妾所知，仿佛不是偶尔，而是成了寻常之事。臣妾担心皇上，所以过来。"

"朕知道你的心意了。"皇帝看着跪着的嫔妃皱眉，"大白天的，一排跪在滴水檐下成什么样子，回自己宫里去。"

如懿不作声，诸女想起身，到底不敢，继续跪着。皇帝有些尴尬，声音大了："朕叫你们起来！"

揆常在怯生生哭诉："皇上，臣妾不敢不遵皇后娘娘懿旨。而且您说过，后宫的事是皇后娘娘做主。"

皇帝虚踢了一脚，诸女畏惧不堪，只得起身离开。平常在想想又害怕，走了两步还是跪下："臣妾一心侍奉您，想让您舒坦高兴，谁知这样皇后娘娘也容不得……晋嫔，晋嫔姐姐已经被拉去长春宫跪着了。臣妾不敢再惹皇后娘娘生气。"

其余几个嫔妃也啜泣起来。

如懿不看她："你们挑拨够了就走。"

皇帝也不理会她们，怒喝一声："滚！"

众人这才都离开了。嬿婉离不得永寿宫，更不敢起来，只得继续跪着。她低着头，看着砖石上的吉祥花纹，密密匝匝，石雕的富贵，多么牢固。不像她的恩宠，总要拼命争取才得来一点儿。皇帝似乎是在吩咐她起来进里头去，嬿婉答应着，又不敢离开，婉声道："皇上，臣妾是永寿宫主位，能回哪儿去呀？只能在这儿请皇后娘娘降罪。"

皇帝冷笑一声："朕喝个酒都不自在。皇后这般管束，和皇额娘也差不离了。"

如懿知道皇帝对太后是疏远忌讳，可她是好意，是对夫君的关切啊。"皇上若只是喝酒怡情，臣妾并不敢说什么。只是这鹿血酒性子过热，皇上一下喝了不少，又在体虚的时候，实在怕虚不受补。皇上若为一时自在而伤身，实在不值。"

皇帝有些烦躁了，巴不得这件事立刻过去，便以命令的口吻要如懿不再计较此事，也饶过今日侍酒的嫔妃。如懿自然是不肯的，尤其嬿婉，这般媚惑，实在是在她的底线之外。皇帝说了两句不通，连连冷笑："皇后好大的威势，难怪她们都如此畏惧你。"

皇帝瞥了嬿婉一眼道："你还在这儿做什么？不是给朕炖了茯苓地黄大补汤么，还不叫人端了来。"

如懿使了个眼色，容珮端着解酒汤上前。如懿尽力温婉了声线道："皇上若是渴了，臣妾备下了解酒饮，请皇上饮用。"

人令人不悦，解酒汤亦是。皇帝挥手，示意容珮离开："朕刚吐得难受，喝不下。"

如懿柔声劝道："皇上连着进补鹿血酒，那是烈性的热东西，还是喝些解酒饮缓和才好。"

皇帝说着，胸闷干呕了几口，扶着柱子便坐下了。如懿一时急切，立刻给皇帝抚胸："皇上白日贪欢纵饮，耽误政事不说，也损了龙体。"

皇帝的目光倏然冷了下来："政事政事，朕登基以来，哪一日不是忙于政务不敢懈怠？如今才松快几天，你就这般啰唆。"

如懿忙屈膝垂首："皇上，臣妾不敢。臣妾心中，皇上最重。"

"不敢？"皇帝冷哼一声，"你便是事事这般要强，性子又强硬，难怪宫里总说你不如孝贤皇后！"

这句话仿佛一个突如其来的耳光，打得如懿晕头转向。她怔了半天，只觉得眼底一阵阵滚热，分明有什么东西要汹涌而出。她用尽了全身的力气咬住了唇，仰起脸死死忍住眼底那阵热流："皇上之前劳心国事，龙体见虚，又急于求成喝了鹿血酒进补，实在大热伤身。嫔妃们为求一时之效，以鹿血酒邀宠，臣妾只盼皇上爱惜龙体。若是为此在您眼中不如孝贤皇后了，臣妾也无话可说。"

皇帝正被几个年轻貌美的嫔妃百依百顺奉承得惯了，如何受得了这一句，顺口便道："你自然不如孝贤皇后多了！"

如懿只觉得自己的一颗心在芒刺堆里滚来扎去，扎得到处都痛，偏偏又拔不出刺来，却又实在忍不得这样的罪名和指责，只能低首道："臣妾自知不如孝贤皇后。这皇后当得无能，臣妾立刻去奉先殿跪着，向列祖列宗请求宽恕便是。"

皇帝登时恼羞成怒，喝道："你去奉先殿？就凭你是皇后么？"

如懿镇声道："是！皇上封了臣妾为皇后，臣妾便不能不言。"

皇帝在懊丧中口不择言："且不说你是继后，便是孝贤皇后这位嫡后在这里，也不能拗了朕的性子！且你能去奉先殿做什么？去奉先殿告诉列祖列宗身为朕的皇后却不能绵延子嗣，为爱新觉罗氏生下嫡子嫡孙么？皇后无能，无皇嗣可诞，自身不正，还敢到朕面前妄言劝谏！"

是啊，她原本就是继后，哪怕是他亲自封了自己为皇后，心里到底也是这般瞧不起的。

如懿满脸血红，一股气血直冲脑门儿："臣妾无子是臣妾无能，但皇上不爱惜自己的龙体，便是对不起列祖列宗和天下苍生。"她接过容珮手里的汤盏捧过头顶，极力忍着泪道："臣妾不敢有什么劝谏的话，所有臣妾要说的都在这碗汤里了。"

皇帝回不了嘴，登时勃然大怒，拂袖挥去，一盏绿豆莲心汤砸得粉碎，连着汤水淋淋沥沥洒了如懿满头满身。那碎瓷片飞溅起来，直刮到如懿手背上，刮出一道鲜红的血口子，瞬间有鲜血涌了出来。

嬿婉吓得花容失色，指着如懿的手背道："血！皇后娘娘，有血！"

皇帝见了鲜血，满心里有些后悔，也心疼，忙道："皇后如何了？给朕瞧瞧！"

如懿猛地擦去手背上的血液，浑身狼狈，却不肯放柔了口气，道："臣妾这点血，比起皇上龙体所损，实在算不得什么。皇上封了臣妾为皇后，直言进谏便不能算错。皇上若怪罪，臣妾自己跪下领罚。但皇上不爱惜自己，臣妾实在痛心。"

如懿跪下，皇帝震惊、愧疚、心疼，又拉不下脸面，简直站也不是退也不是，呵斥不是安慰不是，落了个无从进退。

嬿婉也不知会闹到这个地步，见如懿受责，恨她将事情闹得这般不可收拾，心里又痛快，一阵热一阵凉的，面上只能好言好语劝皇帝："皇上别和皇后娘娘置气了，都是臣妾的错。皇上快扶皇后娘娘起来吧。"

皇帝伸手想扶，想想今日这一场大闹，既是自己任性，又是嬿婉妩媚，更是如懿太过倔强的不是。他还是缩回手，冷着脸道："她要跪就跪。令妃，跟朕进去。朕要你伺候着。"

皇帝转身进去，嬿婉跟随。容珮陪着如懿跪下。

如懿进退不得，直直跪在殿门前，看着嬿婉携着皇帝的手进去了。

容珮吓得脸色发青，忙陪着如懿跪下，低声道："娘娘，您这是何苦呢？"

如懿望着那紧闭的门扇，镂花朱漆填金的大门，上面雕刻着栩栩如生的云蝠八宝团花纹，团花以芍药为心，五蝠衔银锭、灵芝、如意、菊花、珊瑚分布于四周，本是极热闹的华彩，却像是缭乱纷飞的蝙蝠翅膀上的刚刺，一扑一扑，触目刺心。

"何苦？"她怔怔地落下泪来，"皇上的身体……难道是本官的错么？夫君不爱惜自己的身体，作为妻子不能劝一劝么？即便他是高高在上的君主，本官是臣子，亦不能一劝么？"

容珮无言以对，只得踌躇着道："出了这样的事皇上也不高兴，也在气恼的性子头上，皇上他……不找自己亲近的人撒气找谁呢？"

如懿用力抹去腮边的泪。容珮扶住了如懿，忍耐着抹去眼角的酸涩。

第二十一章 见喜

嬿婉陪着皇帝进了寝殿，一下一下替皇帝揉着心口道："皇上别生气了，皇后娘娘也只是气臣妾们伺候了您，所以才一时口不择言的。"

皇帝闭着眼睛，失望又气恨："朕一直以为皇后了解朕、体贴朕，朕为朝政劳碌这么多年，精疲力竭，更为天象之言伤神，皇后就不能让朕松快安心些么。"

嬿婉伏在皇帝肩头，柔声道："皇后娘娘也是关心皇上，只不过把朝政看得比您要紧。"

皇帝无心理会她的温柔，只听着窗外的动静，想着若是如懿自己走了也罢。偏偏外头一点离开的动静也无："皇后怎么还不起身？她打算跪多久？"

嬿婉"呀"一声，轻轻道："您不出声先低头，皇后娘娘哪里肯起来。"

皇帝满脸的阴郁："她这是恃宠，更是仗着皇后身份要挟朕。"说罢又看嬿婉："朕原来只以为你和皇后容貌有些相像，可是仔细辨起来，你们俩的性子却全不相同。皇后是刚烈脾气，宁死不折；你却是绕指柔情，追魂蚀骨。"

嬿婉压低了声音娇滴滴道："皇后娘娘脾气刚烈，就是因为她一心以为是您的妻子，是大清国的皇后，却忘了她和臣妾一样，都先是您的臣子您的奴才，然后才是伺候您的枕边人哪。"

这一句又勾起了皇帝的心结："朕的皇额娘都以为可以干涉朕，掣肘朕，皇后怎也生了这种脾气。"说罢扯了扯领子："虽然入秋了不热，可在外头这样跪着膝盖不疼？皇后又受伤了……"

眉梢眼角缓然生出的妩媚风情都白费了，嬿婉颇为沮丧："皇上，您喝口茶漱口吧。臣妾看您醉得难受。"皇帝不理她，嬿婉倒了热茶捧上："臣妾时时刻刻都记着，臣妾得顺从您，侍奉好您。但愿皇后娘娘也是如此。"

皇帝心不在焉，只是嘟囔："皇后怎么这般倔。"

嬿婉心里轻轻叹息了一声，伏在了皇帝膝上。

也不知跪了多久，秋末的毛太阳晒在身上轻绵绵的，好像带着刺，痒丝丝的。如懿望着门上云蝠八宝团花纹，明明是五只一格的蝙蝠扑棱着翅膀，她的眼前花白一片，越数越多。五只，六只……十只……

如懿轻轻地呻吟了一声："容珮……这些蝙蝠怎么多了……"

她的话未说完，忽然身子一软，发晕倒了下去。容珮吓得魂飞魄散，死死抱住如懿惊呼道："皇后娘娘！皇后娘娘！您怎么了？您别吓奴婢呀！"

皇帝很快冲了出来，嬿婉紧跟着劝了句什么，皇帝推开了她，唤道："皇后。如懿！"

皇帝想抱起如懿，却手脚发软，使不上劲儿。还是容珮与进保搭着手扶起了如懿，外头又有软轿，抬着出去了。皇帝着急地寻醒酒汤，宫人们不知忙哪里好。还是进保明白，一壁送如懿回翊坤宫，一壁又让人备了醒酒汤和皇帝一起过去。

嬿婉彻底愣住了，还是进忠推了她一把，她才回过神来，忙忙跟着去了翊坤宫。

如懿醒来时已经在自己的翊坤宫里。床前床后围了一圈的人，一个个笑脸盈盈的，连天青色暗织芍药春睡纱帐不知何时也换成了海棠红和合童子牡丹长春的图案。那样喜庆的红色，绣着金银丝穿嫩黄蜜蜡珠子的图案，牡丹是金边锦红的，长春花也是热热闹闹簇拥着的淡粉色，密得让她生厌。如懿只觉得身体轻飘飘的没个落处，头是晕乏的，眼是酸涩的，身上也使不上力气。她心下极不耐烦，半闭着眼睛转过身去道："都笑什么，下去！"

却是皇帝的声音在耳边，喜气盈盈道："如懿，你有身孕了！"

这句话不啻一个惊雷响在耳边，如懿急忙坐起身来。一起来才发觉自己起得急了，只怕伤了哪里，于是半僵着身体，瞪大了眼睛看着皇帝，犹自不信："皇上说什么？"

然而，皇帝是那样欢喜，方才在永寿宫的雷霆之怒全然化作了春风晴日。他握着如懿的手，有些愧疚："如懿，你方才在永寿宫外晕了过去。朕赶紧抱了你回来，让江与彬一瞧，你已经有了一个多月的身孕了。"

嬿婉陪在皇帝身后，满面的笑中有些畏惧："皇上一听说娘娘发晕，急得什么似的，原来是这样的大喜事。"

容珮忙挤上前来替如懿在身后垫了几个垫子，把嬿婉挤到了身后，道："娘娘仔细凤体，慢慢起身。"

如懿脑中有一瞬的空白，什么也反应不过来，仿佛是在空茫的大海上漂荡着。怎么会有孩子呢？怎么会有孩子呢？

如懿慌慌张张地抚着肚子，肚子是平坦的，怎么就会有孩子在里头了呢？可若不是有了孩子，皇帝怎么会这样高兴？她急忙唤道："江与彬呢？"

江与彬上前道："皇后娘娘安心，您胎气初显，虽然脉象还极不明显，但确是遇喜之象。且娘娘之前未有生育，这是头胎，一定要格外小心。"

皇帝的心情极好，朗声道："江与彬，朕便把皇后的身孕全权都交予你了。若有一点儿错失……"

江与彬赶紧趴下了身体道："微臣不敢，若有闪失，微臣便不敢要这条性命了。"

皇帝笑道："那就好。那就好。"

如懿的神色还是有些乏倦，并不愿十分搭理皇帝，连笑也是淡淡一抹山岚。还是李玉乖觉："皇后娘娘可是乏了？奴才立刻让江太医去熬上好的安胎药，娘娘好好儿歇一会儿吧。"

嬿婉忙堆了一脸柔绵的笑容，道："那臣妾伺候皇上先回永寿宫吧。晚膳备好了，是皇上最喜欢的炙鹿肉呢。"

如懿的眼光拂过嬿婉的脸，皇帝也不看她，摆手道："你先跪安吧，朕想陪陪皇后。"

嬿婉只得讪讪告辞。众人散去之后，皇帝对着如懿做小伏低："如懿，朕今日在永寿宫是喝了酒昏了头了。"

如懿侧身朝着里头，淡淡道："皇上恕罪，臣妾怀着身孕，怕酒气过给了孩子，还请皇上去暖阁歇息吧。"

皇帝听见孩子二字，更是内疚不已："如懿，你别生朕的气，孩子也会跟着不高兴。"

如懿心中一酸，抚着肚子发怔。是啊，若不是这个孩子，今日她又会到什么田地呢？

她眼中极酸，像小时候拿手剥完了青梅又揉了眼睛，几乎逼得她想落下泪来。可是落泪又能如何？她在永寿宫前落了再多伤心痛惜的泪也无济于事，若不是这个孩子，她的伤心担忧，不过也都是白费而已。

她望着帐上浮动的幽影，轻声道："若不是臣妾突然有了这个孩子，皇上也不会对臣妾这样说话吧？"

皇帝有几分尴尬："如懿，朕没想到你会这样，你的性子也太烈了。"

如懿长叹一声："臣妾性子烈，是对着不能容忍之事。这些日子，皇上太放纵自己了。臣妾不过是继后，人微言轻，行事莽撞，难免让皇上不喜欢。"

皇上轻吁道："朕对着国事十几年，夙兴夜寐，不敢稍有松懈，致使精力虚乏，还被天象之言所困。如懿，你真要为朕一句醉话计较到这种地步么？"

如懿侧过身子，未语，泪先涌出："臣妾怎敢计较皇上，臣妾是计较自己。有太医调治，皇上不能急于求成。何况您白日醉酒，夜夜留宿永寿宫，只会更伤龙体。"

皇帝的神色有几分伤感，仿佛凝于秋日红叶之上的清霜："如懿，朕是皇帝，也是男人。怕老，怕病，怕弱。朕着急，也生气，那是对着自己的。人啊，气急交加的时候，说什么话，做什么事，都是糊涂了的。你若在这个时候计较朕的糊涂，朕也无话可说。但你知道的，朕一直不是贪图欢娱、耽误政事之人。"

如懿见他这般软弱，虽然心软，却还是直说："皇上正值壮年，只要延医用药得当，很快就会见好。"

"皇阿玛不也是正值壮年便骤然离世。朕每回想起，实在心惊。"皇帝唏嘘，"朕喝鹿血酒无非是想快些强健起来。"他怀了几分恳切："朕这一回轻率，伤着了你，是朕最难过的。你也担待朕些，好不好？"

"先帝那时误信道士服用金丹。其实立刻见效的东西最易伤人根本，鹿血酒是好东西，可皇上现在的状况不宜喝。就算喝了当下觉得不错，其实于内里的根本并无好处。"如懿垂下的眼眸微微一扬，"这回皇上自是有错。令妃和晋嫔她们未曾劝谏还一心以此邀宠，亦得责罚。"

皇帝不假思索道："只要你高兴，你腹中的孩子高兴，朕也给你赔罪。至于令妃她们，自今日起至咱们孩儿满月之时，都撤了绿头牌不许侍寝，如何？这样她们想邀宠也不能了。你遇喜，皇额娘想必也高兴。朕会派人去告诉一声。"

如懿微微蹙眉，似有疑虑："皇上不亲自去告诉？派人去会不会太轻率了。"

皇帝颇为不悦："皇额娘是多心之人，行多心之事，朕实在不敢亲近。从朕的婚事到选妃，皇额娘无一不干涉其中。这些年皇额娘安排了舒妃、庆嫔、玫嫔在朕身边。朕枕边身侧都是这样的人，朕还能信谁？"

如懿叹道："臣妾知道，皇上介意的是十阿哥的生母舒妃是皇额娘的人。可是皇上，舒妃对您真心，您该看得明白。"

皇帝提起此事便有隐怒："十阿哥还未出生，皇额娘便想抚养此子，是何居心？如果你没生下嫡子，皇额娘执意要立十阿哥为太子，又该如何？若非知道舒妃对朕的心意，也不会有十阿哥出生了。好了，朕与皇额娘的事你别过问，安心养胎，给朕生一个皇子，比什么都要紧。"

殿中有晴明的日光摇曳浮沉，初秋的静好时光便渐渐弥漫开来。这一切似乎是那样完满，自然，也只能以为它是完满的。

海兰与意欢结伴来看望如懿时，如懿正倚在长窗的九枝梅花榻上，盖着一床麒麟同春的水红锦被，看着菱枝领着小宫女们在庭院里收拾花草。

各宫嫔妃都来贺喜过，连太后也亲自来安慰了。如懿应付得多了，也有些疲乏。用过午膳，也许也是有孕的缘故，总是懒怠动弹。宫人们虽都在外头忙活，但个个屏息静气的，一丁点儿声音都没有，生怕惊扰了她静养。于是，翊坤宫中也就静得如千年的古刹，带着淡淡的香烟缭绕的气息，静而安稳。

如懿戴着银嵌宝石碧玉琢蝴蝶纹钿子，里头是烟霞色配浅紫瓣兰刺绣的衬衣，身上披着玫瑰紫刺金边的氅衣，春意融融的颜色，偏又有一分说不出的华贵，长长的衣摆拖曳在松茸色地毯上，仿佛是被夕阳染了色的春溪一般蜿蜒流淌。

暖阁内的纱窗上糊着"杏花沾雨"的霞影纱，在寂寞的秋末时节看来，外头枯凉的景色也被笼罩上一层浅淡的杏雨蒙蒙，温润而舒展。

海兰比意欢早跨进一步，欲笑，泪却先漫上了睫毛。她在如懿身边坐下，执了如懿的手含泪道："想不到，原来还有今日。"

意欢忙笑道："愉妃姐姐高兴过头了。这是喜事，不能哭啊！"她虽这样说，眼眶也不觉湿润了："皇后娘娘别嫌咱们俩来得最晚。一大早人来人往的，人多了都是应酬的话，咱们反而不能说说体己话了。"

如懿挽了意欢的手坐下："多谢你们，沾了你们的福气。"

海兰忙拭了泪道："皇后娘娘，等了这么多年……"

是啊，等了这么多年，梦了这么多年，无数次在梦里都梦见了抱着自己孩子的那种喜悦，可最后，却是一场空梦。梦醒后泪湿罗衫，却不想，还有今日。

意欢接口道："只要等到了，多晚都不算晚。"她不免感触："皇后娘娘等到了，臣妾不也等到了么？一定会是个健健康康的孩子。"

意欢穿着湘妃竹绿的软缎绲银线长衣，袖口略略点缀了几朵黄蕊白瓣的水仙。发髻上也只是以简单的和田玉点缀，雕琢着盛放的水仙花。那是她最喜欢的花朵，也极衬她的气质，那样的凌波之态，清盈亮洁，便如她一般，临水照花，自开自落的芬芳。她从袖中取出一个一盘花籽香荷包，打开抖出一串双喜珊瑚十八子手串，那珊瑚珠一串十八颗，白玉结珠，系珊瑚杵，翡翠双喜背云，十分精巧可爱。

意欢含笑道："这还是臣妾入宫的时候家中的陪嫁，想来想去，送给皇后娘娘最合适了。"

海兰笑着看她："你轻易可不送礼，一出手就是这样的好东西。"

如懿推却道："既是你的陪嫁，好好儿收着吧。等十阿哥娶妻的时候，传给你的媳妇儿。"

意欢从来对嬿婉也只是淡淡的，如今更多了几分鄙夷之色，失笑道："哪里等得到那时候，臣妾也不过是什么人送什么东西罢了。虽说令妃每常和咱们也有来往，可她若怀孕，臣妾才不送她这个。"

海兰从藕荷色缎彩绣折枝藤萝纹氅衣的纽子上解下闪色销金绢子扬了扬，嫌恶地道："好端端的，提她做什么？"

意欢轻轻啐了一口，冷然道："要不是她这么狐媚皇上，今日娘娘在永寿宫也不会受这么大的罪过。若是不小心伤了腹中的孩子可怎么好？"

说起这个来，海兰亦是叹气："皇上年过不惑，怎么越来越由着性子来了呢？"她看着如懿道："娘娘有时便是太在意皇上了。许多事松一松，也不至于到今日这般剑拔弩张针锋相对的时候，平白让令妃和晋嫔她们看了笑话。"她犹疑着道："其实皇上多喝几口鹿血酒要寻些乐子，便也由着他吧。"

意欢咬了咬贝齿，轻声而坚决道："臣妾说句不知死活的话，今日若是臣妾在皇后娘娘这个位置，也必是要争一争的。"

海兰睁大了眼道："你是指太后会责怪皇后娘娘不能进言？"

意欢摇摇头，微红了眼圈："不只是太后，便为夫妻二字，这些话便只能由皇后娘娘来说。"

海兰沉默片刻，叹息道："说句看不破的话，你们呀，便是太在意夫妻二字了。无论民间宫中，不过恩爱时是夫妻，冷漠时是路人，不，却连路人也不如，还是个仇人呢。凡事太在意了，总归没意思。"

一席话，说得众人都沉默了。海兰只得勉强笑道："臣妾好好儿地又说这个做什么？左右该罚的也都罚了，臣妾过来的时候，还听见晋嫔在自己宫里哭呢。也是，做出这般迷惑圣心的事来，真是丢了她富察氏的脸面！"

她唤过叶心，捧上一个朱漆描金万福如意盘子，垫着青紫色缎面，内中放着二十来个颜色大小各不同的肚兜，有玉堂富贵、福寿三多、瑞鹊衔花、鸳鸯莲鹭、锦上添花、群仙献寿，还坠着攒心梅花、蝉通天意、双色连环、柳叶合心的串珠珞子，簇在一堆花团锦簇，甚是好看。

如懿拣了一个玉堂富贵的同心方胜杏黄肚兜，讶异道："哪里来这么些肚兜，本宫瞧这宝照大花锦是皇上刚登基的时候内务府最喜欢用的布料，如今皇上用的都没这么精细的东西了，你一时怎么找出来的？"

海兰抿着嘴儿笑道："只许娘娘盼着，也不许臣妾替娘娘想个盼头么？从臣妾伺候皇上那年开始，就替娘娘攒着了。一年只攒一个，用当年最好的料子，挑最好的时日里最好的时辰。臣妾就想着，到了哪一年，臣妾绣第几个肚兜的时候，娘娘就能有身孕了。不知不觉，也攒了这些年了。"

如懿心中感动，比之皇帝的喜怒无常、情意寡淡，反而是姐妹之间多年相依的绵长情意更为稳笃而融洽。或许怀着这个孩子，也唯有海兰和意

欢，是真心替她高兴的。她爱惜地抚着这些肚兜："海兰，也只有你有这样
的心意。"她吩咐道："容珮，好好儿收起来，等以后孩子大了，都一一穿
上吧。"

海兰眉眼盈盈，全是笑意，道："其实皇上赏的哪里会少，臣妾不过是
一点儿心意罢了。娘娘只看舒妃妹妹就知道了，自从生下了十阿哥，皇上没
个三五日就要赏赐呢。"

意欢虽然带着淡淡的笑意，眼角眉梢却添了几分薄雾似的惆怅。她不自
觉地伸手摸了摸自己的发髻，虽然是用了假发，但那把青丝还是看起来薄薄
脆脆的，让她昔日容颜失色了不少。"东西是赏了不少，可人却少见了。从
前总以为多年相随的情分，到头来也不过是以色事他人罢了。若不是这个孩
子，只怕臣妾早已经闭锁深宫，再不得见君颜了。"

此话亦勾起了海兰的愁意，她勉强笑道："不过有个孩子总是好些。
红颜易逝，谁又保得住一辈子的花容月貌呢？不过是上半辈子靠着君恩
怜惜，下半辈子倚仗着孩子罢了。比起婉嫔无宠亦无子，咱们已经算是好
的了。"

如懿怅然道："你们说的何尝不是。没有孩子，哪怕本宫位居皇后之
尊，也是如风中残烛，岌岌可危。"

海兰与意欢相对默然，彼此伤感。半晌，意欢才笑了笑道："瞧咱们，
明明是来给皇后娘娘贺喜的，有什么可不高兴的。只盼着娘娘宽心，平平安
安生下个小阿哥才好呢，也好给五阿哥和十阿哥做伴儿啊。"

如懿亦笑："可不是。五阿哥虽然养在本宫膝下，但本宫如今有孕，怕
也顾不上。还是海兰自己带回去照顾方便吧。"

海兰接了永琪在身边，自然是欢喜的，于是聊起养儿的话来，细细碎碎
又是一大篇，直到晚膳时分，才各自回宫去。

翊坤宫中一团喜庆，中宫有喜，那是最大的喜事。皇帝择了良辰吉日祭
告奉先殿，连太后也颇为欣慰，道："自从孝贤皇后夭折两子，中宫新立，

也是该添位皇子了。"

而几家欢喜几家愁。永寿宫中却是一片寂静，半点儿声响也不敢出。

嬿婉忍着气闷坐在榻上，一碗木樨血燕羹在手边已经搁得没半点儿热气了。春婵小心翼翼劝道："怒气伤肝，小主还是宽宽心，喝了这碗血燕羹吧。"

嬿婉恼恨道："喝了这碗还有下一碗么？停了本宫这么久的月俸，以后眼看着连碗银耳羹都喝不上了，还血燕呢？"她想想更加气恼："偏偏本宫的额娘不知好歹，又来跟本宫伸手要钱。钱钱钱，哪里变出这么多钱来，难不成还要去变卖皇上给的赏赐么？"

春婵半跪着替嬿婉捏着小腿道："瘦死的骆驼比马大，何况皇上喜爱小主，明里暗里地赏赐下来，小主还在乎这点子月俸么？"

嬿婉愁眉不展，道："月俸虽少，也是银子。在宫里哪里不要赏人的，否则使唤得动谁？银子流水价出去，本宫本来就没个富贵娘家，一切都指望着皇上的赏赐和月俸。如今少了这一桩进项，到底难些。"

春婵帮着出主意道："那也没什么。有时候织造府和内务府送来孝敬的料子堆了半库房呢，咱们也穿不了那么多，有的是送出去变卖的法子。左右也不过这一年，等皇后娘娘出了月子合宫大赏的时候，多少也熬出来了。"

嬿婉听到这个就有气，顺手端起那碗木樨血燕羹便要往地上砸，恨道："舒妃生了阿哥，皇后也有孕！为什么只有本宫没有？！明明本宫最年轻，明明本宫最得宠！为什么？为什么本宫偏没有？！"

春婵吓得立刻跪在地上，死死拦住嬿婉的手道："小主，小主，奴婢宁可您把奴婢当成个实心肉凳子，狠狠砸在奴婢头上，也不能有那么大动静啊！"

嬿婉怔了一怔，手悬在半空中，汤汁淋淋沥沥地洒了春婵半身，到底也没砸在地上。春婵瞅着她发怔的瞬间，也顾不得擦拭自己，忙接过了汤羹搁下道："小主细想想，若被外人听见，皇后娘娘有孕这么高兴的时候您却不

249

高兴了，那要生出多大的是非啊。好容易您才得了皇上那么多的宠爱呢。皇后娘娘这个时候有孕也好，她不便伺候皇上，您便死死抓着皇上的心吧。有皇上的恩宠，您什么都不必怕。"

嬿婉缓缓地坐下身，解下手边的翠蓝绡金绫绢子递给她道："好好儿擦一擦吧。本官架子上有套新做的银红织金缎子对襟袄配蓝缎子裙儿，原是要打发给娘家表妹的，便赏给你穿了。"

春婵千恩万谢地答应了，越发殷勤伺候不停。

第二十二章

欢爱

　　然而，如懿的有孕，并未让嬿婉有意料之中的继得君恩。皇帝仿佛是含了对如懿的愧意，除了每日去陪如懿或是玉妍用膳，平日里便只歇在绿筠和庆嫔处。连太后亦不禁感叹："日久见人心，伺候皇帝的人还是要沉稳些的好，便足见庆嫔的可贵了。那日永寿宫那样胡闹，到底也不见庆嫔厮混了进去。"

　　这番话，便是对嬿婉等人婉转的申斥了。如此，皇帝亦不肯轻易往这几个人宫中去，只耐着性子保养身体，到底也冷落了下来。

　　在得知如懿的身孕不久之后，皇帝便开始了一次隆而重之的选秀。三年一次的选秀是祖宗成例，可是皇帝登基后一直励精图治，将心思放在前朝。且又有从宫女或各府选取妙龄女子为嫔妃的途径，所以一直未曾好好儿选秀过一次。如今乍然提出，只说以奉太后六旬万寿之名选取秀女侍奉宫中，太后与如懿虽然惊愕，也知是祖宗规矩。且自从皇帝冷落了嬿婉等人，如懿和玉妍也有孕不便伺候皇帝，宫中只几个老人儿侍奉也很不成样子，便也只能由着皇帝的性子张罗起来。

　　因着如懿有孕不能操劳，太后又安于享受六十大寿的喜庆，所以便由内务府和礼部操办，皇帝自行选定了人选。

　　容珮私下里对如懿道："选秀本该是皇后娘娘主持之事，皇上却连露面都不允，可是恼了皇后娘娘上回送绿豆莲心汤之事？"

　　如懿扶着腰肢慢慢在庭院中踱步，抚着一枝开得茂盛的金桂道："事无万全，你若以为皇上是有心冷落，削了本宫的皇后颜面，那便是如此。你若以为皇上只是体贴本宫有孕，那也便是皇上的一番苦心了。"

太后寿辰之前，皇帝选了巡抚鄂舜之女西林觉罗氏为禧常在，都统纳亲之女巴林氏为颖贵人，拜唐阿佛音之女林氏为恭常在，德穆齐塞音察克之女拜尔果斯氏为恪常在。

许是因为宫中汉军旗女子不少，皇帝此次所选多为满蒙亲贵之女。如懿在皇帝处看到入选秀女的名单时，不觉笑道："这是皇上第一次选秀，怎么费了这么大劲儿，只选了四个出来？"

皇帝笑道："这便够了。选了四个，四角齐全就好。"

如懿换了个舒服的姿势坐着，轻笑道："那想必个个都是才貌双全的美人儿了。只是臣妾想着，皇上今春刚南巡回来，会多选几个汉军旗的女孩子呢。"

皇帝将内务府定好的封号给了如懿看，道："西林觉罗氏是满军旗，林氏虽然是汉军旗的，但她阿玛拜唐阿佛音是蒙军旗的，拜尔果斯氏和巴林氏也都是蒙军旗的。皇后看看，宫室该如何安排？"

如懿思忖着道："自从先帝的乌拉那拉皇后过身之后，景仁宫一直空着，倒也可惜。还有慧贤皇贵妃的咸福宫。臣妾想着，不如让恭常在和禧常在住景仁宫，颖贵人和恪常在住咸福宫。"

皇帝道："那也好。即日着人打扫出来吧。尤其颖贵人和恪常在是蒙古亲贵之女，布置上要格外有些蒙古的风味。"

如懿笑盈盈颔首："是。皇上不久才刚在前朝平定西藏郡王珠尔默特那木札勒叛乱之事，如今准噶尔部内讧，正在蠢蠢欲动，这样的人选，倒是对满蒙，尤其是蒙古各部极好的安抚。"

皇帝搁下笔，意味深长地看了如懿一眼，口气温和关切而不容置疑："皇后有着身孕，才三个月吧，还是不宜多思，尤其前朝的闲话，也不要多听。"

如懿心头陡地一跳，忙欠身道："臣妾也只是随口说起选秀的家事，若惹皇上不悦，是臣妾的过失。"

皇帝笑了笑，那笑影却未曾漫到眼睛里，只是道："皇后有孕辛苦，还是早点儿回宫休息吧。朕去瞧瞧庆嫔。"说罢，起身便传轿出去。

如懿看着皇帝的身影，不觉百感交集，抚着小腹，神色黯然。这便是君恩了，虽则有了身孕，虽则是皇后，但永寿宫那场风波，到底是伤了里子了。

借着这样的由头，十一月太后的六旬万寿，皇帝亦是办得热热闹闹，风光无比。除了循例的歌舞献寿，奉上珍宝之外，更在太后的徽号"崇庆慈宣"之后又加四字"康惠敦和"，便尊称为"崇庆慈宣康惠敦和"皇太后。

然而，如懿亦知，这样的尊荣背后，更是因为太后的长女端淑长公主嫁在了准噶尔，对此次的准噶尔内讧颇有牵制之效，皇帝才会如此歌舞升平。但太后每每关心起端淑之事，皇帝便笑着挡回去："妹妹一切安好，又有公主之尊，皇额娘什么都不必担心。"

到了十二月里，新人入宫，皇帝颇为垂幸，侍寝也常常是这四人。其中颖贵人长得杏眼樱口，脸若粉雪，年轻娇憨又带了几分草原的泼辣爽利，格外得皇帝的喜欢，近新年时便封了颖嫔，可谓一枝独秀。如此，嬿婉日渐被冷落，日子也越发难过了。

年下时天气寒冷，接连下了几场雪，皇帝索性除了养心殿，便只宿在咸福宫里。嬿婉益发不得见皇帝，不觉也着急起来。然而，颖嫔初得恩宠，却也有些手段，和恪常在将皇帝围得水泄不通，嬿婉如何能见得到，去了咸福宫几次，反而被颖嫔瞧见受了好些闲话："令妃放心，皇上在我这儿好好儿的，怎么也不会贪喝鹿血酒了。"

颖嫔风头正盛，嬿婉也只得悻悻回来了。这一来，嬿婉气急交加，少不得吩咐春婵唤了田嬷嬷过来说话。

田嬷嬷见了嬿婉，说了一通谢恩的话，很是坐立不安，少不得问："您要奴婢来可是为了嘉贵妃的胎？"

嬿婉一时也不接话，只往桌上一指。那里原放着一匣子银子，嬿婉扬了扬脸，澜翠又添上一小盒珠宝："这是给你女儿治病用的，听说你儿子也大了，以后要捐前程，这钱用得上。"

田嬷嬷搓着手道："小主要什么，直说吧。奴婢一定尽力而为。"

嬿婉含笑抿了口茶："什么都不用做，本宫只是关心你。"

田嬷嬷愣了愣，似乎不肯相信。

嬿婉抚了抚鬓边一对金蔓枝攒心碧玺珠花，慢条斯理道："皇后娘娘肚子也大了，以后接生一定是你的事。你觉着皇后的怀象如何？"

田嬷嬷腿一软就跪下了，心慌得不知所以，哀求道："可不敢啊！那不是旁人，是皇后娘娘！"

"本宫只是问问你。"嬿婉莞尔一笑，扬了扬青黛色的柳眉，"而且舒妃是宠妃，你不也敢么？"

田嬷嬷伏在地上拼命磕头："舒妃小主是叶赫那拉氏的，不比皇后娘娘是中宫国母，且是头胎。皇上和太后关怀备至，无论如何出不了差错。"

嬿婉见她磕得额头也青了，怕旁人见了要问，忙止住道："好了！那你就好好伺候着吧。"

田嬷嬷如逢大赦，哪里敢碰那些珠宝，逃也似的走了。

春婵见嬿婉一脸郁郁，便递了茶上前低声道："其实要田嬷嬷做也不难，就拿她上回害舒妃的事要挟她，谅她也不敢不对皇后下手。"

嬿婉托腮凝神，道："田姥姥是个有用的人，好好笼络着，迟早还会再派上用场。"

春婵愤愤，亦为难道："皇后娘娘害得小主没有自己的孩子，她和舒妃却一个个都怀上了，咱们难道一点儿法子都没有么？"

清冷的月光洒落在她有些憔悴的泛着鸭蛋青的脸庞上："要紧的，还是君恩啊。"

然而，天际唯有一抹云翳，淡淡遮蔽了那抹淡月的痕迹。清冷的永寿宫，仿佛连一点儿月光的照拂也不能得了。

如懿怀到六个月时，额娘便入宫来陪伴了。如懿知道是皇帝的恩典，亦是替皇帝陪着已经数月不能侍寝的自己。

太后遣了福珈姑姑来看时亦笑："到底皇后娘娘好福气。先头孝贤皇后

255

在时，也只在潜邸生二阿哥时娘家的额娘进来陪过，到底也不是入了宫里这般郑重其事呢。"上了年纪的人，论起生儿育女的事来又是呖呖一大篇话，福珈姑姑又是个极健谈的，一口一个"承恩公夫人"，直哄得如懿的额娘十分开怀。

待到人后，母亲问起女儿生男生女来，如懿亦是一脸淡然："太医说起来，仿佛是个公主。"

母亲便怔了一怔，犹自不敢相信："是哪位太医说的，准不准？"

如懿倒不甚放在心上："皇上也问起过女儿，但侍奉女儿的太医齐鲁和江与彬，一个是老练国手，一个是后起之秀，都是在太医院数一数二的。"

母亲的脸色便有些不好看，半晌叹了口气道："也好，先开花后结果，总能生出皇子的。"

其实有孕至五月时，皇帝每每看着如懿渐渐隆起的肚子，便慨叹："若是位嫡子……"他见如懿笑容淡淡的，便笑着道："当然，公主也是好的。"

如懿便笑吟吟地缝着一件水蓝色的婴儿衣衫："也是，皇上膝下只有两位公主，和敬公主又嫁去了蒙古，臣妾也想添一个公主呢。女儿多贴心呀！"

背转身无人之时，如懿便盯着江与彬道："胎象如何？"

江与彬含笑躬身："一切安稳。"

如懿掂量着问："男胎女胎？"

江与彬拱手贺道："脉象强劲有力，皇上会心想事成，有一位嫡子。"

如懿松一口气："本宫相信你说的是实话。齐鲁老成谨慎，他不敢对本宫论男女，也不敢对皇上说。"

江与彬笑言："自然不敢。说了之后，万一不对，可是死罪。"

如懿笑着瞟他一眼："你却敢说？"

"那是因为皇后娘娘不会杀了微臣。"

如懿扑哧一笑，继而正色，拈了一片酸梅糕吃了："男胎也好。可本宫不想让皇上高兴得太早，也不想让旁人不高兴得太早。"

　　江与彬懂得："胎象的事，除了请脉的人，旁人都不知道。他们若要揣测娘娘腹中孩子是男是女，只能看娘娘的饮食。"

　　如懿举着酸梅糕笑："酸儿辣女？"

　　"民间传闻，有一定的道理。"

　　如懿微微一笑："本官嗜酸，如今可要多多吃辣了。"

　　于是小厨房流水价端上的菜色，色色以辣为主，辛辣的气味便在翊坤宫中弥漫开来，让所有进进出出的鼻子都闻见了。

　　便有好事之人开始揣测："皇后娘娘那么爱吃辣，别是位公主吧？"

　　有人便附和："可不是？酸儿辣女。嘉贵妃怀的每一胎，都是爱吃酸的。今儿午膳还吃了一大盘她家乡的渍酸菜和一碗酸汤鱼呢。"

　　"还是嘉贵妃好福气，胎胎都是皇子。皇后娘娘年岁大了，好容易怀一胎，却是个公主呢，白费力气了。"

　　"皇上做梦都盼着是位嫡子，要是公主，可不知要多失望呢。"

　　"啧啧！那嘉贵妃不是更得宠了！"

　　这样的传言，在乾隆十七年二月初七，玉妍生下十一阿哥永瑆之后更是甚嚣尘上。连宫人们望向如懿的眼神也不觉多了一丝怜悯，似乎在慨叹这位大龄初孕的皇后生不出皇子的悲剧命运。

　　且不说嬿婉和玉妍，连皇帝新宠的颖嫔亦在背后笑："好容易怀了孩子，不过是个公主，有什么趣儿。听说今日内务府又送了几匹粉红嫣紫的料子去给皇后腹中的孩子做衣裳呢。"

　　如懿闻得流言纷纷，亦不过一笑。临近生产，容珮领着合宫宫人愈加警觉。只是那警觉不是明面上的劳师动众，而是暗地里事无巨细地查看。如懿入口的一饮一食均是用银针仔细查验过，再叫江与彬细看了才能入口。连生产时用的银剪子、白软布，乃至一应器皿及衣衫被褥，都反复严查，生怕有一丝错漏，直熬得容珮两眼发绿，看谁都是森森的。

　　而如懿，便好整以暇地看着钦天监博士张镇息在翊坤宫后殿东边门选了

"刨喜坑"的"吉位",来作为掩埋来日生产后孩子的胎盘和脐带的吉地。三名太监刨好"喜坑",两名嬷嬷在喜坑前念喜歌,撒放一些筷子、红绸子和金银八宝,取意"快生吉祥"。

如懿陪着母亲和太后笑吟吟看着,满心期待与喜悦,享受着初为人母的骄傲与忐忑。

次日,内务府送来精奇嬷嬷、灯火嬷嬷、水上嬷嬷各十名,如懿亲自挑了两名身份最高、儿女双全的嬷嬷备用。另有四名经验丰富的接生嬷嬷,从三月初一起,在翊坤宫"上夜守喜",太医院也有六名御医轮流值班,以备不时之需。

如懿只敢把酸杏子藏在锦被底下,偷偷吃一个,吃一个,酸得直冒眼泪。

容珮笑吟吟道:"这是昌平进贡的酸杏,奴婢偷偷拿了的,好吃么?"

如懿笑道:"晚膳吃了那么多辣,辣得胃里直冒火儿,现下吃了杏子才舒服些。"

容珮悄悄儿道:"奴婢藏了好些呢。娘娘要吃就告诉奴婢,晚上是奴婢守夜,尽着娘娘吃,没人知道。"说罢又慨叹:"您是皇后娘娘,怀了皇子也不敢随便叫人知道,奴婢看着真是辛苦。"

"树大招风,当年孝贤皇后怀着皇子的时候,多少眼睛盯着呢。本宫比不得孝贤皇后有家世,凡事只能自己小心。"如懿抚着隆起的肚子道,"如今在肚子里还算是安稳的,若生下来,还不知得如何小心呢。"

容珮一脸郑重:"娘娘放心,奴婢拼死也会护着娘娘和皇子的。"

在众人或嗤笑或疑惑的目光中,乾隆十七年四月二十五日寅时,如懿在阵痛了一天一夜之后,终于诞下了一位皇子。

寝殿内放着光滑可鉴的小巧樱桃木摇篮,明黄色的上等云缎精心包裹着孩子娇嫩柔软的身体,孩子乌黑的胎发间凑出两个圆圆的旋涡,粉白一团的小脸泛着可人的娇红,十分糯软可爱。

彼时皇帝正守在奉先殿内,闻知消息后欣喜若狂,向列祖列宗敬香之后，即刻赶到翊坤宫。

海兰早已陪候在如懿身侧，皇帝看过了新生的皇子，见了如懿便亲手替她擦拭汗水，喂了宁神汤药，笑道："此子是朕膝下唯一嫡子，可续基业，便叫永璂可好？"

如懿吃力地点点头，看着乳母抱了孩子在侧，含笑欣慰不已。

海兰笑道："臣妾生下永琪的时候，皇上便说，璂琪，玉属也。永琪与永璂，果然是对好兄弟呢。"

永璂的出生，倒是极好地缓和了帝后之间那种自永寿宫风波后的若即若离。如懿有时候会想，难怪男人和女人之间一定要有孩子，孩子就是相连相通的骨血。原本只是肌肤相亲的两个人，再黏腻欢好，也不过是皮相的紧贴，肉体的依附。可有了孩子，彼此的血液就有了一个共通的凝处，打不开分不散的。

而皇帝亦对永璂极为爱护，特许如懿养在了自己宫中，并不曾送到阿哥所去。因有乳母照护，又有母亲在身边悉心照拂，如懿很快便恢复了过来。

第二十三章　得意

待到八月时，如懿已能陪着皇帝木兰秋狩，策马扬鞭了。她便在那一年，以自己春风得意的眼，再度撞上了凌云彻落魄的面容。

彼时凌云彻已在木兰围场待了很长的一段时日。木兰围场是一处水草丰美、禽兽繁衍的草原，虽然皇帝每年都要率王公大臣、八旗精兵来这里举行秋狩，但过了这一阵热闹，这里除了浩瀚林海、广袤草原，平日里便极少有人来往，只得与落叶山风、禽畜野兽为伴了。

这于凌云彻无疑是一重极大的痛苦，而更让他难以忍受的，是背着这样香艳而猥琐、屈辱的罪名离开了宫廷。所以当如懿在围场随扈的苦役之中看见凌云彻消瘦而胡子拉碴的面庞时，亦不觉惊了目，惊了心。

彼时人多，皇帝携了和亲王弘昼、十九岁的三阿哥永璋、十四岁的四阿哥永城、十二岁的五阿哥永琪，还有一众亲贵大臣，正准备逐鹿围场，行一场尽兴的秋狩。随着诸位皇子的长成，四阿哥永城逐渐出色，皇帝心知年纪最长的永璋不争气，心里很是把永城当成长子来培养的。玉妍也自诩永城是皇帝登基后第一个皇子，也总让永城跟在皇帝身边，骑射又勤，文章上也精通，越发得皇帝喜欢，才让皇帝对金玉妍和颜悦色了许多。

这一日围猎，如懿便和几位皇子的生母跟随在后，望着众人策马而去的方向，露出期待的笑容。

绿筠笑色满目，道："没想到五阿哥年纪最小，跑起马来一点儿都不输给两个哥哥呢。"

海兰腼腆道："小孩子家的，哥哥们让着他罢了。"

玉妍亦不肯示弱："是么？怎么我瞧着是四阿哥跑得最快呀！"

绿筠素知玉妍心性，便也只是一笑置之："四阿哥跟着嘉贵妃吃了那么多北族的山参进补，体格能不好么？等下怕是老虎也打得死了。要好好儿在皇上面前显露一手呢。"

玉妍扬一扬手中春蝶般招展的绢子，掩口笑道："能显什么身手呢？大阿哥和二阿哥不在了，三阿哥年长，要露脸也是他，得皇上喜欢将来当太子也是他，哪轮得到永珹呢。"

绿筠闻言便有些不悦。自从孝贤皇后丧礼时三阿哥被申饬，一直是绿筠的一块心病。且皇帝渐有年事，对立太子一说抑或是立长一说十分忌讳，大阿哥永璜便是死在这个忌讳上，谁又敢再提呢。

绿筠的脸色冷了又冷，即刻向着如懿，一脸恭顺道："嘉贵妃是越发爱说笑了，都是皇上纵着她。咱们的孩子再好，也不过是臣下的料子，哪里比得上皇后娘娘的十二阿哥呢。且不说十二阿哥在襁褓之中，便是五阿哥也是极好的呢。"

如懿与海兰对视一眼，亦不作声。这些年如何用心教导永琪，如何悉心培育，且在人前韬光养晦，积蓄十数年的功夫，岂可一朝轻露？便也是含笑道："这个时候不看狩猎，说这些没影子的话做什么呢？"

皇帝猎兴最盛，跟随的侍卫和亲贵们心下明白，便故意越跑越慢，扯开了一段距离。前头尽数是围场上放养的各色禽畜，以鹿、麋、羊、兔、獐为多，更有几头蓄养的半大豹子混杂其中，以助兴致。

那些温驯的牲畜如何能入皇帝的眼，唯有那金色的奔窜的半大豹子，才让皇帝热血沸腾。他正策马疾追，横刺里一匹不知名的马匹疾奔而过，鬃发油亮，身形高大，马色如霜纨一般，直如一道雪白闪电横刺而过。相形之下，连御马也被比得温驯而矮小。

皇帝眸中大亮，兴奋道："哪儿来的野马？真乃千里驹！"他手中马鞭一扬，重重道："此马良骏，看朕怎么收服它！"

永璋怕有意外，忙道："皇阿玛，野马性子烈，不要追了！"

皇帝横了他一眼，语气便不好："无用的东西！此马良骏，看朕怎么收

263

服它！谁都不许跟着，看朕的！"

皇帝素来爱马，又深憾御马温驯不够雄峻，眼见此良驹，怎不心花怒放。众人深知皇帝脾气，亦不敢再追。

策马奔过红松洼，丘陵连绵起伏，皇帝原本有心让侍从们跟着一段距离，奈何那野马性烈，奔跑飞快，皇帝一时急起来，也顾不得后头，加紧扬鞭而去。

很快奔至一茂密林中，落叶厚积，道路逐渐狭小，跑得再快的马也不知不觉放慢了脚步，缓步悠悠。北方高大的树木林叶厚密，蔽住了大部分阳光，只偶有几个斑驳的亮点洒落，像金色的铜钱，晃悠悠亮得灼目。四周逐渐安静，身后的马蹄声、旌旗招展声、呼呼的风声都远离了许多，唯有渐渐阴郁潮湿的空气与干燥的夏末的风混合，夹杂着藤萝灌木积久腐败的气息，不时刺激着鼻端。

四下渺然，一时难觅野马踪影。皇帝有些悻悻，正欲转身，只见左前方灌木丛中有一皮色雪白的小东西在隐隐窜动。皇帝一眼瞥见是只野兔，却也不愿轻易放过，立刻搭箭而上。然而，在他的箭啸声未曾响起之时，另一声更低沉的箭羽刺破空气的声响死死钻入了他的耳际。

皇帝一惊之下本能地矮下身子，紧紧伏在马背上，一支绿幽幽的暗箭恰好掠过皇帝的金翎头盔。"咔"一声轻脆的响，似乎是什么东西断了。

是有人在施放冷箭！

皇帝尚未回过神，另一声箭响再度响起。皇帝正要策马往前，只见前头灌木丛中仰起一张野马的脸。那是一张受到惊吓后激起突变的脸，它面孔扭曲，前蹄高高扬起，朝着正前方的皇帝当胸踢来。皇帝有一瞬间的犹疑，若是向前，难免受到惊马的伤害，便是拔箭射杀也来不及；而后头逼来的利箭，已经让他无从躲避，更不得退后。

只那么一瞬，皇帝便觉得一股劲风袭来，有人将自己从马上扑了下来，在地上滚了两下，避过了那随后追来的一支冷箭。皇帝在惊魂未定中看清了救自己的那张脸，熟悉，却一时想不到名字，只得脱口而出道："是你！"

凌云彻护住皇帝，道："微臣凌云彻护驾来迟，还请皇上恕罪。"

这一巨大的响动，显然是刺激到了前方灌木丛中的那匹发狂的野马，未经驯化的马匹身上腥臭的风渐渐逼近。

若是寻常，那是不必怕的。比之凌云彻的赤手空拳，皇帝有弓箭在手。然而，在转身的瞬间，皇帝才发现落马之时背囊散开，弓虽在手，箭却四散落了一地，连最近的一支也离了两三尺远。而那高高踢起的铁蹄，几乎已要落在自己三步之前！

凌云彻有一瞬的绝望，难道自己真要葬送在野马蹄下？他的意志只软弱了片刻，念及再凶猛也不过是匹野马而已，立刻冷静而坚决道："微臣会护着皇上！"

他的话音未落，只见斜刺里一个人影贴着草皮滚过，大喊了一声"皇阿玛"，便挡在了身前，却是皇四子永城。永城避开冲过来的野马，在地上滚了一转，身下忽然一疼，似乎是压到什么机关，又一支冷箭飞来，被斜过的树枝一挡偏了方向，正中皇帝的小腿。

永城暗叫糟糕，大悔怎的误伤了皇帝。皇帝背着的背囊已然散开，弓虽在手，箭却四散落了一地。野马的前蹄高高扬起，朝着皇帝当胸踢来。

这一惊可非同小可。

永城大是慌神，拼命大呼道："皇阿玛小心啊！"

凌云彻再顾不得自己，一股血勇直冲脑门，不知哪里来的力气，拼死跃上野马的马背，狂呼一声"皇上快走！"，便拿鞭子死命勒住野马的脖子。那野马去势极大，冲劲又猛，凌云彻直勒得两臂一阵阵发麻，几乎失去了知觉，那野马的速度才将将慢下来。可皇帝腿上带伤，想跑也跑不起来。永城完全呆掉了，怎么也爬不起来。

凌云彻急得舌尖发麻，若是皇帝真的折损在自己眼前，皇子倒还好说，自己这"救驾不力"的罪名搭上，是必死无疑了。他正暗暗后悔自己贸然闯进这树林，余光里瞥见永琪疾奔而来，简直大喜过望，大呼道："五阿哥！快救皇上！"

永琪大喊一声"皇阿玛",一骨碌贴着草皮滚过来,张开双臂,死死挡在那野马奔袭过来的方向。

永珹一见永琪赶到,心头骤然一凛,情急之下终于爬起来抽出长箭射出,大叫:"皇阿玛小心!"

一支长箭在身后放出,正中前方野马的额头中心,直贯入脑。只听一声狂嘶,那野马剧痛之下惊跳数步,终于随着额头一缕浓血的流出,倒地而亡。凌云彻趁势落地,滚了几滚,强忍着浑身疼痛,站了起来。

皇帝长长地松了一口气,只觉得冷汗淋漓,湿透了衣裳。他终于回过神来,才发现五子永琪才长成的身影依旧死死挡在自己身前。他心头一暖,还来不及说什么,四子永珹已经惨白着脸赶了过来,伏地道:"儿臣救驾来迟,皇阿玛没事吧?"

皇帝知道是永珹射死了野马,救自己于生死之间,不觉惊喜交加,紧紧揽住永珹肩头道:"好儿子!是朕的好儿子!不愧你一手好箭法。"

永珹激动得满面通红,连连谢过皇帝的夸赞。而永琪只是若无其事地站起身,松了松手脚,伏下身,尽量小心地使力拔下皇帝小腿的冷箭察看,又看皇帝流出的血液颜色鲜红,似无变暗的迹象,方才道:"皇阿玛,这冷箭无毒,而且短小,只伤到肉里,未曾伤骨,应该没有大碍。儿臣立刻送您回去传召太医。"

皇帝忍痛看过伤情无碍,才定下一颗心。

还是凌云彻先问:"五阿哥没有受伤吧?"

永琪摇了摇头:"皇阿玛没事就好。"

皇帝笑了笑,显然那笑不如对着永珹般亲热而赞许,只是问:"方才你先过来抢到朕身前,怎么不先射野马,反而只伸开手待着?"

永琪淡然自若道:"儿臣方才的距离,拔箭已经来不及了。而且,儿臣听师傅说过,猛兽伤人,往往得一而止。儿臣护在皇阿玛身前,那野马伤了儿臣,便不会再伤害皇阿玛了。"

年方十二的孩子,这番话说来十分诚恳。皇帝不觉动容,抚摩他的额头："你是个有孝心的孩子！"

皇帝抚着伤腿，目光在冰寒如铁中夹杂了一丝不易发觉的恐惧与阴鸷："谁在施放冷箭？谁想害朕？"

永琬低头，目光转向茫茫林野。

永琪低眉顺目，沉声道："想害皇阿玛的人，最终都不会得逞的。"

皇帝朝四面的山坡树林眺望着，沉默良久道："忠于朕的人都来救朕了！害朕的人，此时一定躲得最远！"他沉下声，以委以重任的口吻吩咐永琬："永琬，带人搜遍围场！朕就要看谁有这样的胆子，竟敢谋害天子！"

十四岁少年的脸上闪过一丝兴奋的红晕，大声道："是！"

而永琪，只是依偎在父亲身边，扶住了他的手，紧紧护卫他左右。

皇帝走了几步，回过头看凌云彻："凌云彻，朕记得你本来在朕身边当差的。走得不光彩吧？"

凌云彻有些羞报，低头道："微臣被冤偷了嘉贵妃的肚兜，因此被遣来围场做苦役。微臣冤枉。"

皇帝点头："朕从前不信你被冤，现下信了。因为觊觎朕的女人的人，是不会拼死来救朕的。跟朕回去吧，在围场吹风是浪费了你！"

林间的风夹杂着八月初北地的秋意，带给皮肤低凉的温度，却没有心底衍生的滚热更畅快。凌云彻将一缕狂喜死死压了下去，恭声道："微臣谨遵皇上旨意。"

木兰围场的猎猎风声无法告知暗害者的身份，亦彻底败坏了皇帝狩猎的兴致。唯一可知的，不过是那野马奔驰至林间，是有母马发情时的体液蹭于草木之上，才引得野马发狂而至。而那冷箭，却是早有弓弩安放在隐蔽的林梢，以银丝牵动，一触即发。林场官员连连告饶，实在不知是有人安放弓弩本欲射马才阴错阳差危及帝君，还是真有人悉心安排这一场阴谋。但有人擅闯皇家猎场布置这一切，却是毋庸置疑。皇帝又惊又怒，派了傅恒细细追查。然而仓促之下，这一场风波终究以冷箭施放者的无迹可寻而告终。

自此皇帝心性更伤，药劲过去后，腿伤疼痛中偶有几次惊梦，总道梦见当日冷箭呼啸而过的情景，却不知暗害者谁，唯有利刃在背之感。如懿只得紧紧抱住了皇帝的肩，以此安慰这一场莫名惊险后的震怒与不安："皇上，事儿已经过去了！皇上！臣妾在这里。臣妾让太医来给您换药吧。"

皇帝目色阴郁，沉沉摇头："不！朕身边连个可信的人都没有！皇额娘安排朕身边的人，连来了木兰围场都有刺客要行刺朕。"

如懿沉吟着将疑惑细细分说："臣妾只是觉得蹊跷，刺客既然存心用野马引皇上入林，又有冷箭。那冷箭却无毒，似乎并未想要皇上性命。或者刺客太自信手段，认为一箭可以夺取皇上性命。"

皇帝神色更冷："你思虑得极是，朕也觉得奇怪。施放冷箭者定在不远之处，怎的无迹可寻？自朕登基以来，民心虽然安定，但总有谋逆叛乱者在。你的话朕先听着，再问问傅恒所查。"

箭伤不深，待几日药换下来，皇帝已经好了许多，傅恒连日追查，终于在山崖处寻得有携带弓弩者跌落山崖，想来是仓皇逃窜时失足而死的刺客。傅恒战战兢兢道："奴才初步所得，施放冷箭者以野马引诱皇上入林，暗中施放冷箭。但刺客布置不周，一举未中后仓皇逃入山林，所以未能查得踪迹。如今尸首已得，应该不会错了。只是人已身死，身份却不可查知了，更不知有无同党。"

皇帝愤恨难平，可事已至此，自己腿上有伤，无法再骑马行猎，只得拔营回宫。

待消息传到宫中，饶是太后久经风波，亦惊得失了颜色，扶着福珈的手臂久久无言。

福珈温声道："太后安心。奴婢细细查问过，皇上一切安好，太后可以放心。奴婢也着人传话过去，以表太后对皇上关爱之意。只是这件事……太后是否要彻查？"

太后思忖片刻，断然道："不可！这件事皇帝自己会查，且风口浪尖上，人人都怕惹事，警惕最高，也难查出原委。如今风声鹤唳，皇帝最是疑心的时候，哀家若贸然过问，反倒惹皇帝不快。"

福珈心疼，亦有些怨："太后也是关心皇上，倒怕着皇上多心似的，反而疏远了。"

太后抚着手中一把青金石嵌珊瑚如意，那触手的微凉总是让人在安逸中生出一缕警醒。恰如这皇家的母慈子孝，都是明面上的繁华煊赫，底下却是那不能轻触的冷硬隔膜。须臾，她郁郁叹道："毕竟不是亲生，总有嫌隙。皇帝自小是个有主意的人，年长后更恨掣肘。哀家凡事能婉劝绝不硬迫。且你看他如今遴选妃嫔是何等谨慎，便知咱们的前事皇帝是有所知觉了。哀家只求女儿安稳，余者就当自己是个只懂享乐的老婆子吧。"

自木兰围场回宫，风波余影渐渐淡去，却生出一种煊煊的热闹。除了凌云彻成为御前二等侍卫，深得皇帝信任之外，得益最多的便是玉妍的四阿哥永城。首先是皇帝对玉妍的频频临幸，继而是对永城学业和骑射的格外关照，每三日必要过问。这一年皇帝的万寿节，李朝使者来贺，皇帝便命永城应待。而永城亦十分争气，颇得使者赞许。而最令后宫与朝野震动的是，在重阳之后，皇帝便封了永城为贝勒。

这不啻是巨石入水，引得众人侧目。因为已经成年娶亲的三阿哥永璋尚未封爵，反而是这位尚未成年的四弟拔了头筹。而对五阿哥永琪，皇帝虽然倍加怜爱，诸多赏赐，却无对待永城这般器重，所以永琪也不免黯然失色了。

凌云彻回宫之后，比之从前更加谨言慎行，更因少了世家子弟的纨绔习气，皇帝十分倚重。

这一日皇帝正因木兰秋狩之事欲责罚围场诸人，正巧三阿哥永璋前来请安，听见皇帝龙颜震怒，欲牵连众多，便劝了一句道："儿臣以为此次秋狩之事查不出元凶，也是因为围场服役之人过多，一时难以彻查。皇阿玛若都责罚了，谁还能继续为皇阿玛查人呢？"

这话本也在情理之中，然而，皇帝经此一事，疑心更胜从前，当下拍案怒道："你是朕诸子中最长，本应是你救驾才对！一来围场之事有疏漏，你这个长子有托管不力之嫌；二来救驾来迟则属不孝不忠，能力庸常，不及两个弟弟；三来事后粗漏，不能为君父分忧，反而为一己美名，轻饶轻恕，不以君父安危为念！朕要你这样的儿子，又有何用？"

皇帝这般雷霆震怒，将永璋骂得汗湿重衣，满头冷汗，只得诺诺告退。

皇帝随后便问随侍在旁的凌云彻道："你瞧瞧永璋这般请求轻恕木兰围场之人，那日冷箭之事会否与他有关？"

凌云彻恭谨道："三阿哥是皇上的亲子。"

皇帝摇头，呼吸粗重："天家父子，不比寻常人家。可为父子，可为君臣，亦可为仇雠！圣祖康熙爷晚年九子夺嫡之事，朕想来就惊心不已。"

凌云彻道："皇上年富力强，没有谁敢，也没有能力敢谋害皇上！"

皇帝听得此言，稍稍宽慰："那木兰围场诸人，你觉得当不当罚？"

凌云彻恭顺地垂着眼眸，感受着孔雀花翎在脑后那种轻飘又沉着的质感，想起在木兰围场那些望着冷月忍着屈辱受人白眼的日子，道："有错当罚，有功当赏。皇上赏罚分明，胸中自有定夺，微臣又怎敢妄言。"

皇帝笑着画下朱批，赞许道："甚好。"

这句话不知是皇帝赞许自己的举措还是夸奖凌云彻的慎言。凌云彻正暗自揣摩，皇帝忽而笑道："你已年过三十，尚未成家，也不像个样子。"他随手一指，唤过御前一个青衣小宫女道："茂倩，你也二十五了，快要出宫。朕就将你赐给凌侍卫为妻，如何？"

那宫女一怔，旋即跪下，眉开眼笑道："奴婢谢过皇上。"

凌云彻愣在当地，脑中一片空白，全不知该如何反应。直到李玉在旁推他的手臂，笑眯眯道："瞧凌大人，这是欢喜傻了吧？快谢恩哪！"

他这才回过神来，看见皇帝已经有些不耐烦的笑意，茫然跪下身行礼，来接受这突如其来的恩典。

至此，永璋的失宠便已成定局。而永琪得了如懿与海兰的嘱咐，只潜心学业，若非皇帝召唤，亦不多往皇帝跟前去。

这一日，凌云彻自养心殿送永琪回翊坤宫，便顺道来向如懿请安。如懿正在廊下看着侍女调弄桂花蜜。她静静立于飞檐之下，裙裾拂过地，淡淡紫色如木兰花开。夕阳流丽蕴彩的光就在她身后，铺陈开一天一地的华丽，更映得她风华如雪，淡淡而开。

如懿见了他便含笑："士别三日，当刮目相待。"

凌云彻屈膝拱手，正色道："皇后娘娘曾要微臣堂堂正正地走回来，微臣不敢辜负皇后娘娘的期望。"

如懿端详他片刻："被北边的风吹得脸更黑了。但，能这样风光地回来就好。本官更得多谢你，救了皇上。"

云彻见她欢悦之色，不觉低下头道："这是微臣的本分。"

"有功也不忘本，才能在皇上跟前处得长远。你很好。"她笑道，"你在皇上跟前如此得脸，也是该娶亲成家了。皇上亲自赐婚，这是无上的荣耀，旁人求也求不来呢。"

凌云彻心头一抖，忽然一颗心便飘到了木兰围场的那些日子，孤清的寒夜里，常常想起的，居然是如懿含笑的清婉脸庞。

那是唯一的念想，连着她的嘱咐，一路引着他不惜一切也要走回紫禁城，堂堂正正地走回来。

这样的念头不过在脑中转了一瞬，他便按捺了下去，淡淡道："微臣知道自己要什么，不是女人。"

如懿的眸光幽然垂落，略带惋惜地看着他："还是因为她伤害过你的缘故么？"

云彻别过脸，抿紧了薄薄的唇："微臣不想再记得。"

如懿的笑意愈加清婉，仿佛天边明丽的霞光映照："不想记得也好。皇上御前的宫女出身尊贵，都是满军旗的女儿，你有这样的妻子，对你的出身和门楣也有益。对了，你家里有谁帮你操办喜事么？"

云彻有些失神，道："父母已在几年前亡故，无人安排。"他微微苦笑："微臣终于能回到紫禁城中，不负娘娘所望，但皇上赐婚这样的意外之喜，也实在是太意外了。"

如懿意味深长地目视于他："无论是否意外，皇上的恩赐是不容许你有一丝不悦和推托的。茂倩是御前的人，你须得好好儿待她。"她温然含笑："至于你家中无人，江与彬与蕊心就在京中，本宫让他们为你打点，助你一臂之力。"

云彻勉力微笑，振作精神答应："多谢皇后娘娘美意。"他看着如懿身边的乳母怀中抱着的婴儿，心中有了一丝伤感的欣喜："虽然微臣身在围场，但也听说娘娘喜获麟儿，微臣在此贺过。"

如懿颔首道："有心了。"

云彻懂得地道："彼此过得好才是最有心。"他还想再说什么，皇帝身边的李玉已经来传旨，皇帝会来陪着如懿用晚膳。他即刻意识到自己的存在不合时宜，就好像翊坤宫所有描画的鸳鸯龙凤都是成双成对，比翼交颈，花纹都以莲花与合欢为主。

合昏尚知时，鸳鸯不独宿。他如何不明白这个道理，连自己，很快不也要如此么？他只得躬身，恭恭敬敬告退离去。

第二十四章

端淑

从翊坤宫出来之后，凌云彻便见到了嬿婉。嬿婉茕茕走在暮色四合的长街上，夹道高耸的红墙被夕阳染上一种垂死之人面孔上才有的红晕，黯淡而无一丝生气。而一身华服的嬿婉，似乎也失却了他离开那时的因为恩宠而带来的光艳，像一个华丽的布偶，没有生气。

在与他目光相触之后，嬿婉眸中有明显的欣喜："你回来了？别来无恙？"

云彻有礼地躬身，简短说一句"无恙"，嬿婉很快掩饰了自己不应有的情绪："那就好。听说你高升了，也由皇上赐婚，即将娶亲。恭喜。茂倩的阿玛好歹算个小官，比本宫当年的出身好多了。这门婚事，你可满意？"

云彻不欲多言此事，直截了当道："皇上安排，一定是最好的。"

嬿婉的眉间飘过一丝阴柔的惆怅与不甘："是啊。你与我都已非从前的自己，那时候本宫总以为要嫁的人是你。"

云彻淡然一笑，了然道："能有更好的选择时，您是不会在微臣身边的。"

嬿婉的心底袅袅出一缕酸楚的委屈，却也只能自辩："本宫不过是一个不得宠的女人，还有什么好不好的。不过本宫知道，你并不喜欢这个妻子，是不是？"她走近一步，满是希冀得到肯定的期盼："你心里还有本宫，对么？"

他显然对她这样的举动很是防备，诧异地退了一步，恭敬地保持距离："在微臣心里，令妃娘娘是主子。"

她是动了心底最深的不舍与情意，她几乎后悔自己穿着这一身嫔妃的服色，扮演着失宠受冷落的悲惨角色，流露出一丝懊悔与软弱："主子也是人，也会有感情，也怕没人疼爱。没有人对本宫好，你连哄一哄本宫也不肯么？"

他深深地看了嬿婉一眼，如同最彻底的告别："令妃娘娘所求的，只有哄了皇上才能做到。微臣无能，也不会哄人，就此告辞了。"

嬿婉靠在墙上，怔怔地看他离开，似乎在思索着他语中的深意。春婵颇为不安，劝道："小主还是别和凌大人说什么了，进忠公公知道了又要生出是非。"

良久，她终于自嘲地笑笑，无限哀怜："本宫冷得很，只有他能让本宫觉得暖和。"她含了一缕伤感之色，似是笃定地低语："他要成婚了，可本宫看得出他并不高兴。春婵，他心里是有本宫的。只要他心里还有本宫就好。"

她望着斜阳渐渐坠入西山，浓墨般的天色随即吞噬了她孤清的身影与面容。

从木兰围场回来后数月，如懿很快发觉自己又有了身孕。也许是生子之后皇帝的眷顾有加，也许是江与彬调息多年后身体的复苏。乾隆十七年秋天的时候，如懿再度怀上了身孕。而云彻，也在这个秋天迎娶了茂倩过门。娶亲后的他似乎愈加忙碌，除了该当值的日子，也总是替别的侍卫轮守，一心一意侍奉在皇帝身边，也更得皇帝倚重。

中宫接连有喜是合宫欢悦之事。有了永璂的出生，这一胎是男是女似乎都无关紧要了。于如懿而言，再添一个皇子固然是锦上添花；但若有个女儿，才真真是儿女双全的贴心温暖。

而彼时，意欢的爱子十阿哥却渐渐不大好了。

也许是从娘胎里带来的肾气虚弱的病症，随着十阿哥的日渐长大，并未有所好转，反而渐渐成了扼住他生命的一道绳索，并且越勒越紧，仿佛再一抽紧，便能要了他的性命去。

那段时间的储秀宫总是隐隐透着一股阴云笼罩的气息，哪怕太后和如懿已经遣了太医院最好的太医守在储秀宫延医问药，但意欢隐隐约约的哭声，似乎暗示着阴霾不会散去。

入春之后，为了让十阿哥养息得更好，也为了如懿能好好儿养胎，皇帝便携带太后与嫔妃们去了圆明园暂住怡情。

圆明园从圣祖康熙手中便有所兴建，到了先帝雍正时着手大力修建，依山傍水，景致极佳。到了皇帝手中，因着皇帝素性雅好园林景致，又依仗着天下太平、国富力强，便精心修建。园中亭台楼阁、山石树木，将江南秀丽景致与北地燕歌气息融于一园。

春风开紫殿，天乐下朱楼。莺歌闻太液，凤吹绕瀛洲。迟日明歌席，新花艳舞衣。烟花宜落日，丝管醉春风。比之宫内的拘束，在圆明园，便是这样随心如流水的日子。

皇帝喜欢湖上清风拂绕的惬意，照例是住在了九州清晏。如懿便住在东边离皇帝最邻近的天地一家春，紧依着王陵春色。颖嫔恩宠深厚，皇帝喜欢她在身边，便将西边的露香斋给了她住。绿筠上了年纪，海兰恩宠淡薄，便择了最古朴有村野之趣的杏花春馆，带着儿女为乐。玉妍住在天然图画的五福堂，庭前修篁万竿，与双桐相映，风枝露梢，绿满襟袖，倒也清静。尤其四阿哥永珹甚得皇帝钟爱，对他读书之事颇为上心，便亲自指了这样清雅宜人的地方给他读书，亦方便日常相见。

庆嫔和几位新入宫的常在分住在茹古涵今的茂育斋和竹香斋。茹古涵今四周嘉树丛卉，生香蓊葧，缭以曲垣，邃馆明窗，亦别有一番情致。意欢为求十阿哥安静养病，便住了稍远的春雨舒和。如懿因忌讳着嬿婉，便让她住着最远的武陵春色的绾春轩，与同样失宠的晋嫔的翠扶楼相近。太后喜好清静，长春仙馆屋宇深邃，重檐羊槛，透迤相接，庭径有梧有石，最合她心意。其余嫔妃，便闲散住于其间，彼此倒也惬意。

如懿的产期是在七月初，她除了素日去看望意欢和十阿哥，时时加以安慰，便也只安心养胎而已。后宫里的日子不过如此，有再大的波澜，亦不过是激荡在死水里的，不过一时便安静了。而真正的不安，是在前朝。

因着如懿生下了嫡子永璂，皇帝圣心大悦。五月之时，再度大赦天下，减秋审、朝审缓决三次以上罪。这本是天下太平的好事，然而，国中这般安宁，准噶尔却又渐渐不安静起来了。

昔年准噶尔部首领噶尔丹策零死后，留有三子。长子多尔札，因是庶出不得立位；次子纳木札尔因母贵而嗣汗位；幼子策妄达什，为大策零敦多布拥护。纳木札尔的姐夫萨奇伯勒克相助多尔札灭了纳木札尔，遂使多尔札取得汗位。但他的登位遭到准噶尔贵族反对，朝廷为平息准噶尔的乱象，便于当年下嫁太后亲女端淑长公主为多尔札之妻，以示朝廷的安稳之意。多年来，多尔札一直狂妄自傲，耽于酒色，又为防兵变再现，杀了幼弟策妄达什，十分不得人心。准噶尔贵族们忍耐不得，只好转而拥立准噶尔部另一亲贵达瓦齐。达瓦齐是巴图尔珲台吉①之后，大策零敦多布之孙，趁着准噶尔部人心浮动，趁机率兵绕道入伊犁，趁多尔札不备，将其趋而斩之，抚定部落。自此，达瓦齐自立。

这一来，朝野惊动，连太后亦不得不过问了。

只因准噶尔台吉多尔札乃太后长女端淑固伦长公主的夫君，虽然这些年多尔札多有内宠，性格又极为强悍骄傲，夫妻感情淡淡的，并不算十分融洽，甚至公主下嫁多年，连一儿半女也未有出。但毕竟夫妻一场，维系着朝廷与准噶尔的安稳。达瓦齐这一拥兵自立，准噶尔部大乱，端淑长公主也不得不亲笔家书传入宫中，请求皇帝干预，为夫君平反报仇，平定准噶尔内乱。

然而，端淑长公主的家书才到宫中，准噶尔便传来消息，达瓦齐要求迎娶端淑长公主为正妻。这一言不啻一石激起千层浪，爱新觉罗氏虽然是由关外兴起，兄娶弟媳，子承父妾之事数不胜数。哪怕是刚刚入关初定中原之时，这样的事也屡有发生，当年便有孝庄皇太后下嫁摄政王多尔衮的流言，

---

① 台吉：源于汉语皇太子、皇太弟，是蒙古部落首领的一种称呼，一般有黄金家族血统的首领才能称台吉，黄金家族女婿身份的首领称塔布囊。

便是顺治帝亦娶了弟弟博果尔的遗孀董鄂氏为皇贵妃。

但大清入主中原百年，渐渐为孔孟之道所洗礼，亦要顺应民心，尊崇礼仪。所以顺治之后，再无此等乱伦娶亲之事，连亲贵之中丧夫再嫁之事亦少。而准噶尔为蒙古部族，一向将这些事看得习以为常，所以提出娶再嫁之女也是寻常。

这般棘手的事，皇帝自然每日都在勤政殿与大臣们议政，更抽不得身往后宫半步。

这一日午后，如懿正在西窗下酣眠，窗外枝头的夏蝉嗞嗞吟唱，催得人睡意更沉。九扇风轮辘辘转动，将殿中供着的雪白素馨花吹得满室芬芳。容珮进来在耳边低声道："皇后娘娘，太后娘娘急着要见您呢。"

这一语，便足以惊醒了如懿。她立刻起身传轿，换了一身家常中略带郑重的碧色缎织暗花竹叶氅衣，只用几颗珍珠纽子点缀，下身穿一条曳地的荷叶色绛碧绫长裙，莲步轻移，亦不过是素色姗姗。她佩戴金累丝点翠嵌翡翠花簪钿子，在时近六月的闷热天气里，多了一抹清淡爽宜，一副乖巧勤谨的家媳模样。她想了想，还是道："给皇上炖的湘莲燕窝雪梨爽好了么？"

容珮道："已经炖好凉下了，等下便可以给皇上送去。这些日子皇上心火旺，勤政殿那边回话说，皇上喝着这个正好呢。"

如懿正了正衣襟上和田白玉竹节领扣，点头道："备下一份，本宫送去长春仙馆。"

长春仙馆空旷深邃，有重重翠色梧桐掩映，浓荫匝地，十分清凉。庭前廊下又放置数百盆茉莉、素馨、剑兰、朱槿、红蕉，红红翠翠，十分宜人。偶尔有凉风过，便是满殿清芬。如懿入殿时，太后穿了一身黑地折枝花卉绣耀眼松鹤春茂纹大襟纱氅衣，想是无心梳妆，头发松松地绾起，佩着点翠嵌宝福寿绵长钿子。菘蓝宝绿的点翠原本极为明艳，此时映着太后忧心忡忡的面庞，亦压得那明蓝隐隐仿佛成了灰沉沉的烧墨。

太后的幼女柔淑长公主便陪坐在太后膝下垂泪，一身宝石青织银丝牡丹团花长衣，棠色长裙婉顺曳下，宛若流云。柔淑戴着乳白色玉珰耳坠，一枚

278

玉簪从轻绾的如雾云鬟中轻轻斜出，金凤钗衔了一串长长的珠珞，更添了几分婉约动人。而此时，她的温婉笑靥亦似被梅雨时节的雨水泡足了，唯有泪水潸潸滑落，将那宝石青的衣衫沾染成了雨后淋漓的暗青。

如懿见此情景，便晓得不好。彼时她已有了八个月的身孕，行动起坐十分不便，太后早免了她见面的礼数。然而，眼下这个样子，如懿只得规规矩矩屈膝道："皇额娘万安，长公主万安。"

柔淑虽然伤心，忙也起身回礼："皇嫂万安。"

太后摇着手中的金华紫纶罗团扇，那是一柄羊脂白玉制成的团扇，上覆金华紫纶罗为面，暗金配着亮紫，格外夺目华贵。而彼时太后穿着黑色地纱氅衣，那上面的缠枝花卉是暗绿、宝蓝、金棕、米灰的颜色，配着灼然耀目的金松鹤纹和手中的团扇，却撞得那华丽夺目的团扇颜色亦被压了下去，带着一种欲腾未腾的压抑，屏着一股闷气似的。

太后瞥如懿一眼，扑了扑团扇道："皇帝忙于朝政，三五日不进长春仙馆了。国事为重，哀家这个老婆子自然说不得什么。但是皇后，"她指了指身边的柔淑道，"柔淑是嫁出去的女儿泼出去的水了，哀家见不得儿子，只能和女儿说说话排解心意。但是儿媳，哀家总还是有的吧？"

如懿闻言，立刻郑重跪下，诚惶诚恐道："皇额娘言重了。儿臣在宫中，无一日不敢不侍奉在皇额娘身边。若有不周之处，还请皇额娘恕罪。"

太后凝视她片刻，叹口气道："容珮，看你主子可怜见儿的，月份那么大了还动不动就跪，不知道的还当哀家这个婆母怎么苛待她了呢。快扶起来吧。"

如懿支着腰身，起身便有些艰难，忙赔笑道："儿臣年轻不懂事，一切还得皇额娘调教。但儿臣敬爱皇额娘之心半点不敢有失。儿臣知道这几日天热烦躁，特意给皇额娘炖了湘莲燕窝雪梨爽，已经配着冰块凉好了。请皇额娘宽宽心，略尝一尝吧。"

如懿说罢，容珮便从雕花提梁食盒里取出了一盅汤羹，外头全用冰块瓮着。容珮打开来，但见汤色雪白透明，雪梨炖得极酥软，配着大颗湘莲并丝丝缕缕的燕窝，让人顿生清凉之意。

柔淑长公主勉强笑道："这汤羹很清爽，儿臣看着也有胃口。皇额娘便尝一尝吧，好歹是皇嫂的一份心意。"

太后扫了一眼，颔首道："难为皇后的一片心了。哀家没有儿子在跟前，也只得你们两个还略有孝心。只是哀家即便有胃口，也没心思。这些日子心里火烧火燎的，没个安静的时候，只怕再好的东西也喝不下了。"

如懿明白太后话中所指，只得赔笑道："皇额娘担心端淑长公主，儿臣和皇上心里也是一样的。这些日子皇上在勤政殿里与大臣们议事，忙得连膳食都是端进去用的，不就是为了准噶尔的事么？"

太后一扬团扇，羊脂玉柄上垂下的流苏便簌簌如颤动的流水。太后双眉紧蹙，扬声道："皇帝忙着议事，哀家本无话可说。可若是议准噶尔的事，哀家听了便要生气。这有什么可议的？！哀家成日只坐在宫里坐井观天，也知道达瓦齐拥兵造反，杀害台吉多尔札，乃是乱臣贼子，怎的皇帝不早早下旨平定内乱，以安准噶尔？！"

如懿听着太后字字犀利，如何敢应对，只得赔笑道："皇额娘所言极是。但儿臣身在内宫，如何敢置喙朝廷政事。且多日未见皇上，皇额娘所言儿臣更无从说起啊！"

这话说得不软不硬，既将自己撇清，又提醒太后内宫不得干政。太后眸光微转，取过手边一碗浮了碎冰的蜜煎荔枝浆饮了一口，略略润唇。

那荔枝浆原是用生荔枝剥了榨出其浆，然后蜜煮之，再加冰块取其甜润冰凉之意，然而，此时此刻却丝毫未能消减太后的盛怒。太后冷笑道："皇后说得好！内宫不许干政！那哀家不与你说政事，你是国母，又是皇后，家事总是说得的吧？"

如懿忙欠身，恭顺道："皇额娘畅所欲言，儿臣洗耳恭听。"

太后重重放下手中的荔枝浆，沉声道："大清开国以来，从无公主丧夫再嫁之事。若不幸丧偶，或独居公主府，或回宫安养，再嫁之事闻所未闻，更遑论要嫁与自己的杀夫仇人！皇帝为公主兄长，不怜妹妹远嫁蒙古之苦，还要商议她亡夫之事，有何可议？派兵平定准噶尔，杀达瓦齐，迎回端淑安养宫中便是！"

如懿端然含笑道："皇额娘说得在理。皇上心中哪有不眷顾端淑长公主的，自幼一起长大，情分固然不同，何况是一母同胞的兄妹。"她的笑意有些意味深长的隽永："且皇额娘有心如此，皇上是您亲子，母子连心，又怎会不听皇额娘的话？"

只一语，便是挑破了种种无奈。太后纵然位极天下群女之首，但皇帝实际并非她亲生，许多事她虽有意，又能奈何？

太后语塞的片刻，柔淑长公主温声细语道："儿臣记得皇兄东巡齐鲁也好，巡幸江南也好，但凡过孔庙，必亲自行礼，异常郑重。皇嫂说是么？"未等如懿反应过来，柔淑再度宁和微笑："可见孔孟礼仪，已深入皇兄之心，大约不是做个样子给人瞧瞧的吧。既然如此，皇兄又遣亲妹再嫁，又是嫁与杀夫仇人。若为天下知，岂不令人嗤笑我大清国君行事做作，表里不一？"

同在宫中多年，柔淑长公主给她的印象一直如她的封号一般，温柔婉约，宁静如璧。便是嫁为人妻之后，亦从不自恃太后亲女的身份而盛气凌人，仿佛一枝临水照花的柔弱迎春，有洁净的姿态和婉顺的弧度。而记忆中的端淑，却是傲骨凛然，如一枝凛然绽放于寒雪中的红梅。却不想柔淑也有这般犀利的时刻。她不觉含笑，原来太后的女儿，都是这般不可轻视的。

如懿温然欠身："皇上敬慕孔孟之心，长公主与本宫皆是了然。只是国事为上，本宫虽然在意姑嫂之情，但许多事许多话，碍于身份，都无法进言。"

柔淑含着温柔的笑意，轻摇手中的素色纨扇："皇嫂与旁人是不同的。皇嫂贵为皇后，又诞育嫡子，且此刻怀着身孕，所以即便您说什么，皇兄都不会在意。"她的目光中含了一缕寸薄的悲悯与怅然，"皇兄忙于国事，我只是公主，皇额娘也不能干预国事。只是想皇兄能于百忙之中相见，让皇额娘亲自与皇兄共叙天伦。不知如此，皇嫂可愿意否？"

如懿垂眸凝神，须臾，低低道："其实皇额娘苦心多年，也是知道儿臣的话未必管用。如今的情形，便是孝贤皇后在世也怕是难以置喙。若是舒妃和庆嫔……"

太后眸光微微一颤，含了一缕凄惘的苦笑，道："不中用了！嫔妃不过只是嫔妃，而你是皇后。"太后有一瞬的茫然："这些日子，哀家多次让福珈去请皇帝，皇帝却只托言政事忙碌，未肯一顾。哀家是怕，皇帝是有心要让端淑再嫁了。"她眼中盈然有泪："端淑是哀家长女，先前下嫁蒙古，是为国事。哀家虽然不舍，也不能阻止。但如今端淑丧夫，哀家如何忍心让她嫁与弑夫之人，终身为流言蜚语所苦。"她别过头，极力忍住泪："哀家，只是想让自己的女儿回到身边安度余生。皇后，你能够懂得么？"

柔淑在旁轻声道："无他，皇嫂只把孔孟之礼与皇额娘的话带到即可。我与皇额娘不勉强皇嫂做力所不能及的事。"她双眸微微一瞬，极其明亮："不为别的，只为皇嫂还能看在皇额娘拉了你一把出冷宫的分儿上。"

有片刻的沉默，殿中置有数个巨大银盆，堆满冬天存于冰库的积雪，此刻积雪融化之声静静入耳，滴答一声，又是一声，竟似无限心潮就此浮动。

太后的声息略微平静："若你念着你姑母乌拉那拉氏的仇，自然不必帮哀家。但哀家对你，亦算不薄。"她闭目长叹："如何取舍，你自己看着办吧。"

如何取舍？一直走到勤政殿东侧的芳碧丛时，如懿犹自沉吟。脚步的沉缓，一进一退皆是犹豫的心肠。

太后固然是自己的恩人，却也是整个乌拉那拉氏的仇人。若非太后，自己固然走不到今日万人之上的荣耀，安为国母？但同样若非太后，初入宫闱那些年，她怎会走得如此辛苦，举步维艰？

第二十五章　女哀

　　芳碧丛是皇帝夏日避暑理政之地。皇帝素爱江南园林以石做"瘦、漏、透"之美，庭中便置太湖石层峦奇岫，林立错落，引水至顶倾泻而下，玉瀑飞空，翠竹掩映。风吹时，便有凤尾森森、龙吟细细的凉爽宜人。穿过曲折的抄手游廊，一路是绿绿的阔大芭蕉，被小太监们用清水新洗过，绿得要滴出水来一般。如懿伸手轻拂，仿佛还闻得到青叶末子的香。园中深处还养着几只丹顶鹤，在石间花丛中剔翎摆翅，悠然自乐。檐下的精致雀笼里亦挂了一排各色珍奇鸟儿，不时发出清脆悦耳的悠悠鸣声。

　　李玉正领着小太监们用粘竿粘了树上恣意鸣叫的蝉儿，见了如懿，忙迎了上来，轻声道："皇后娘娘怎么来了？您小心身子。"

　　如懿轻婉一笑，望着殿内道："皇上还在议事么？"

　　李玉悄悄儿道："几位大人半个时辰前走的，皇上刚刚睡下。这几日，皇上是累着了，眼睛都熬红了。"

　　如懿思忖片刻道："那本官不便进去了？"

　　李玉抿嘴笑得乖觉："旁人便罢了，您自然不会。皇上这些日子虽忙，却总惦记着您和您腹中的孩子呢，还一直说不得空儿去看看十二阿哥。"

　　或许是"孩子"二字挑动了如懿犹豫不定的神经，她终于敛衣整肃，缓声道："那引本官去见见皇上吧。"

　　从芳碧丛出来之时，已经是暮色沉沉的时分。她与皇帝说了什么，自然只有她自己与皇帝知。但是她明白，她说的话，还是打动了皇帝。

　　夕阳西坠，碎金色的余晖像是红金的颜料一样浓墨重彩地流淌。暮霭中微黄的云彩时卷时舒，幻化出变幻莫测的形状，让人生出一种随波逐流的无力。有清风在琼楼玉宇间流动，微皱的湖面上泛出金光粼粼的波纹，好似幽幽明灭的一湖心事。

容珮扶着她自后湖便沿着九曲廊桥回去，贴心道："今日之事是叫娘娘为难，可娘娘为什么还是去劝皇上了？"

如懿将被风吹得松散的发丝抿好，正一正发髻边的一支佛手纹镶珊瑚珠栀子钗，轻声道："你也觉得本宫犯不上？"

容珮想一想，低眉顺目道："有时候，多一事不如少一事。娘娘现下事事安稳，稳坐后宫，何必去蹚这摊浑水呢。"她有些担心："万一惹恼了皇上……"

如懿淡然道："皇上和太后到底是母子，躲得过初一，躲不过十五。总是要见的。"

"可舒妃和庆嫔是太后的人，太后不用她们，而用娘娘您，这件事便不好办……自然娘娘是能办好的，只是太冒险了些，何况太后昔年到底对乌拉那拉皇后太狠辣了。"

如懿凝望着红河日下，巨大而无所不在的余晖将圆明园中的一切都笼罩其下，染上一抹金紫色的暗光。

"太阳总会下山，就如花总会凋谢。不为过去的恩怨，也不为眼前的得失，只为来日。"如懿的语中带了一分冷静至极的无奈，"来日，本官总有花残粉褪、红颜衰老的时刻。彼时若因本官失宠而连累自己的孩子，那么太后还可以是最后一重依靠。哪怕没有权势，太后终究还是太后。本官没有母族可以依靠，若连自己都靠不住，那么今日帮太后一把，便是帮来日的自己一把了。"

容珮忙伸手掩住她的口，急急道："娘娘正当盛宠，又接连有孕，怎会如此呢？"

如懿眼中是一片清明的了然："有盛，便有盛极而衰的时候。谁也逃不过。"

容珮微微颔首，忽然道："若是乌拉那拉皇后在世，不知会做何

285

感想？"

如懿笑着戳了戳她："以姑母的明智，一定不会如本宫这般犹疑，而是立刻便会答应了。"

到了晚膳时分，皇帝便急急进了长春仙馆。皇帝进了殿，见侍奉的宫人们一应退下了，连太后最信任的福珈亦不在身边，便知太后是有要紧的话要说，忙恭恭敬敬请了安，坐在下首。

为怕烟火气息灼热，殿中烛火点得不多，有些沉浊偏暗。初夏傍晚的暑意被殿中银盆里蓄着的积雪冲淡，那凉意缓缓如水，透骨袭来。手边一盏玉色嵌螺钿云龙纹盖碗里泡着上好的碧螺春，第二开滚水冲泡之后的翠绿叶面都已经尽情舒展开来，衬着玉色茶盏色泽更加绿润莹透。

皇帝眼看着太后沉着脸，周身散发出微沉而凛冽的气息，心底便隐隐有些不安。名为母子这么些年，皇帝自十余岁时便养在太后膝下，从未见过太后有这般隐怒沉沉的时候，便是昔年乌拉那拉皇后步步紧逼之时，太后亦是笑容恬淡，不露一毫声色。

这样的女子，也有沉不住气的时候？

皇帝默默想着，在惊诧之余，亦多了一分平和从容。原来再睿智机谋的女子，亦逃不脱儿女柔肠。

这样想着，他的神色便松弛了不少，口吻愈加温和孝谨："皇额娘急召儿子来此，不知为何？若是天气炎热，宫人侍奉不周，皇额娘尽管告知儿子就是。"

太后的脸色被耳畔郁蓝的嵌东珠点翠金耳坠掩映得有些肃然发青："宫人伺候不周，哀家自然可以告诉皇帝。若哀家自己的儿子不孝，哀家又能告诉谁去？"

皇帝闻得此言，遽然起身道："皇额娘的话，儿子不敢承受。"

太后冷然目视片刻，沉沉道："皇帝不敢？国事要紧，哀家不敢计较皇帝晨昏定省的礼节，只是有一句话，不得不问问皇帝。"她深深吸一口气："自达瓦齐求亲以来已有十日，皇帝如何定夺自己亲妹的来日？"

皇帝垂眸片刻，温和地一字一字道："端淑妹妹自幼为先帝掌上明珠，朕怎肯让妹妹孤老终身。达瓦齐骁勇善战，刚毅有谋，是可以托付终身的男子。"

太后几乎倒吸一口凉气，双唇颤颤良久，方说得出话来："皇帝的意思是……"

皇帝和缓地笑："妹妹嫁与准噶尔许久，与多尔札一直不睦，未曾生养。如今天意如此，要妹妹再嫁一位合意郎君。儿子这个做兄长的，岂有不成全的？想来皇额娘得知，也一定为得佳婿而欣慰。"

太后震颤须臾，厉声道："端淑初嫁不睦，哀家不能怪皇帝。当时先帝病重垂危，端淑虽然年幼，但先帝再无年长的亲女，为保社稷安定，为保皇帝安然顺遂登基，哀家再不舍也只能遂了皇帝的心意，让她下嫁准噶尔。可如今她夫君已死，准噶尔内乱，皇帝身为兄长，身为人君，不接回身处动乱之中的妹妹，还要她再度出嫁，还是嫁与手刃夫君的仇人，这置孔孟之道于何地？置皇家颜面于何地？"

皇帝不惊不恼，含着笃然的笑意，垂眸以示恭顺："皇额娘放心。皇家的颜面就是公主再嫁嫁得风光体面，保住一方安宁。孔孟之道虽然尊崇，但那到底是汉人的礼节，咱们满蒙之人不必事事遵从。否则，当年顺治爷娶弟妇董鄂皇贵妃，岂非要为千夫所指，让儿臣这个为人子孙的，也要站出来谴责么？"

太后目光坚定，毫无退让之意："顺治爷娶弟妇董鄂皇贵妃之时，是我大清刚刚入关未顺民俗之时。可如今我大清开国百年，难道还要学关外那些未开化之时的遗俗，让百姓们在背后讥笑咱们还是关外的蛮子，睡在京城的地界上还留着满洲帐篷和地窖子里的习气？！"

皇帝俊秀的面容上笼上了一层薄薄的笑容，带着薄薄若飞霜的肃然："皇额娘不必动气，儿臣何尝不想迎回妹妹？但如今达瓦齐在准噶尔颇得人心，深得亲贵拥戴。朕若强行用兵，一来边境不宁；二来不啻与整个准噶尔为敌，更为艰难；三来，天山一带的大小和卓隐隐有蠢蠢欲动之势，朕若让他们连成一片，必会成为心腹大患。"

太后的面容在烛火的映耀下显得阴晴不定，冷笑道："皇帝到底是以江山为要，嫡亲妹妹亦不可弃之不顾啊！果然是个好皇帝，好皇帝！"

皇帝脸色渐渐不豫，仍极力勉强着口吻上的恭顺："皇额娘指责儿子，儿子无话可回。但皇额娘可曾想过，即便朕即刻发兵前往准噶尔平息达瓦齐，但端淑妹妹身在准噶尔早已被软禁，若达瓦齐恼羞成怒，一时毁了妹妹名节，或不顾一切杀了妹妹，皇额娘是否又要怪罪儿子不孝？这样的结果，皇额娘可曾想过？与其如此，不如顺水推舟，将妹妹嫁与达瓦齐，便也无事了。也当是妹妹初婚不慎，多尔札对妹妹不甚爱重，如今天意所在，要让妹妹得个一心想娶她的好夫君吧！"

太后像受不住寒冷似的，浑身栗栗发颤，良久，朗然笑道："好！好！好！皇帝这般思虑周全，倒是哀家这个老婆子多操心了。"她缓缓地站起身，那目光仿佛最锋利的宝剑一样凝固着凌杀之意，直锥到皇帝心底："其实皇帝最怕的，是达瓦齐要用你妹妹的性命来要挟皇帝付出其他的东西吧。如今可以不费一兵一卒就平息了准噶尔的叛乱，皇帝你自然是肯的。"她仰起脸长笑不已："宫里的女人啊，哪怕是贵为公主，还是逃不掉受人摆布的命运。真是天可怜见儿！"

烛火在皇帝眉心跃跃跳动，皇帝十分镇定，慢慢啜了口茶，道："皇额娘不必过于担心。孝贤皇后是儿子的结发妻子，当年蒙古求娶孝贤皇后的嫡女和敬公主，她亦能深明大义啊。"

"皇帝有此贤妻，真是皇帝的好福气。"她颓然含笑，脸上多了几许无能为力的苍老，"哀家无用，这辈子只得两个公主，帮不了皇帝的千秋江山多少。如今啊，你的皇后又怀了身孕，皇帝你已经有那么多阿哥了，若是得个公主多好，来日一个个替你和亲远嫁，平定江山，可胜过百万雄兵呢。"

皇帝脸上的肌肉微微一搐，有冷冽的怒意划过眼底，旋即含了不动声色的笑意道："皇额娘说得极是。女子倾城一笑，有时更胜男子孔武之力。当年孝庄皇太后为力保顺治爷的江山，不惜以一身牵制摄政王多尔衮。"他将这一抹笑意化作深深一揖："自然了。儿子不会那么不孝，舍出自己的亲额娘去。自然会为皇额娘颐养天年，以尽人子孝道。"

太后一怔，跌坐至九凤宝座之内，伸出手颤颤指着皇帝道："你……你……皇帝，你好！你好！"

皇帝含笑，恭谨道："有皇额娘调教多年，儿子自然不敢不好。夜深，皇额娘早些睡吧。不日端淑长公主大婚，一切礼仪，还得皇额娘主持呢。这样，妹妹才好嫁得风风光光啊！"

太后看着皇帝萧然离去，怔怔地落下泪来，向着帘后转出的福珈道："福珈！福珈！这就是哀家当年选出的好儿子！他……他竟是这样任性执妄，听不得旁人半句啊！"

福珈默然落泪，说不出一句安慰的言语，只得紧紧拥住太后，任由她伤心欲绝。

镏金青兽烛台上的烛火跳跃几下，被从长窗灌入的凉风忽地扑灭，只袅袅升起一缕乳白轻烟，仿似最无奈的一声叹息，幽幽化作深宫里一抹凄微的苍凉。

数日后，如懿与海兰结伴而行，后湖上一湖新荷嫩绿，风凉似玉，曲水回廊悠悠转转，倒有不胜清凉之意。

海兰搀扶着如懿缓缓行走，端详着如懿的身形道："娘娘的身子更圆润了些。臣妾瞧着上一胎肚子尖尖儿的，这一胎却有些圆，怕是个公主吧。"

如懿见侍女们远远跟着，低声笑道："生永璂的时候多少谨慎，想吃酸的也不敢露出来，只肯说吃辣。如今倒真是爱吃辣的了，连小厨房都开玩笑，说给本宫炒菜的锅子都变辣了。"

海兰小心翼翼地抚着如懿的肚子微笑："是个公主便好。女儿是额娘的贴心小棉袄，臣妾便一直遗憾，膝下只有一个永琪，来日分府出宫，臣妾便连个说贴心话的人都没有了。"

如懿望着湖上碧波盈盈，莲舟荡漾，翠色荷叶接天碧，芙蕖映日别样红，水波荡漾间，折出凌波水华，流光千转。风送荷芰十里香，宫人们采莲的歌声在碧叶红莲间萦绕，依稀唱的是："荷叶罗裙一色裁，芙蓉向脸两边开。乱入池中看不见，闻歌始觉有人来……"

歌声回环轻旋，隔着水上縠波听来，犹有一唱三叹，敲晶破玉之妙。她知道，那是玉妍承宠的新主意，十分合皇帝的心意。

这样二八年华的妙龄少女，唱起来歌喉如珠，十分动人。如懿有些黯然，谁知道此刻欢欢喜喜唱着歌的少女，来日的命途又是如何呢？

她抚着自己肚子的手便有些迟缓，郁然叹道："真是公主又如何？你且看太后亲生的公主尚且如此……"

海兰瞧了瞧四下，连忙掩住她口："娘娘不要说不吉之言。"

如懿黯然垂眸："本宫不过是唇亡齿寒，兔死狐悲罢了。"

海兰闻言亦有些伤感，便问："端淑长公主再嫁之事定下了么？"

如懿颔首道："已成定局。皇上已经下旨，封准噶尔台吉达瓦齐为亲王，于九月十二迎娶端淑固伦长公主，如今礼部和内务府都已经忙起来了。"

海兰微微颔首："再忙也是悄悄儿的，大清至今未出过公主再嫁之事，到底也是要脸面的。公主这次大婚可比不上上回风光了。"

"公主上回远嫁，正逢先帝垂危，一起仓促就事，哪里能多体面呢。这次嫁的更是自己的杀夫仇人。听说皇上已经给了公主密旨，要她一切以国事为重，不许有轻生之念。"

海兰越发压低了声音道："公主在外是太后的掣肘，太后在内更是公主的顾虑，彼此牵念，最后只能遂了皇上的心意了。"

如懿明艳饱满的神色逐渐失去华彩："端淑长公主如此，孝贤皇后亲生的和敬公主亦如此，别的公主还能如何呢？不过是生于帝王家，万般皆无奈罢了。"

海兰默然哀伤，亦不知如何接话，只掐了一脉荷叶默默地掰着，看着自己新月形的指甲印将那荷叶掐得凌乱不堪。

正沉吟间，只见三宝匆匆赶上来，打了个千儿道："皇后娘娘，愉妃娘娘，舒妃那儿……"

　　如懿遽然转身，问道："是不是十阿哥……"

　　三宝垂首道："是。十阿哥不幸，已经过世了。"

　　如懿与海兰对视一眼，只觉得心中一阵阵抽痛，那个孩子，尚未来得及取名的孩子，幼小的，柔软的，又是如此苍白，竟这么去了。她不敢想象意欢会有多么伤心，十阿哥病着的这些日子里，意欢的眼睛已经成了两汪泉水，无止境地淌着眼泪，仿佛那些眼泪永远也流淌不完一样。

　　如懿情不自禁地便往回走，三宝急得拼命爬到她身前磕头道："皇后娘娘，您不能去，您不能去！"

　　如懿喝道："起开！"

　　海兰忙扶着了如懿，手上加紧了力气，扯住如懿道："娘娘！是不能去！您怀着身孕，快要生产了。丧仪悲伤之地，您是不能踏足的！"

　　如懿吃力地撑起腰肢，正声道："本宫是皇后，一切邪妄不至本宫之身。本宫不怕的，本宫的孩子自然不会怕！"

　　如懿和海兰赶到春雨舒和之时，宫人们都已经退到了庭院之外，开始用白色的布缦来装点这座失去了幼小生命的宫苑。

　　如懿悄然步入寝殿，只见意欢穿着一袭棠色暗花缎大镶边纱氅，一把青丝以素金镂空扁方高高绾起，疏疏缀以几点青玉珠花，打扮得甚是清爽整齐，并无半点哀伤之色。如懿正自诧异，悄悄走近，却见意欢安静地坐在孩子的摇篮边，双手怀抱胸前，紧紧抱着一个洋红缎打籽彩绣褓褛，口中轻轻地哼着："风吹号，雷打鼓，松树伴着桦树舞。哈哈带着弓和箭，打猎进山谷，哟哟呼，打猎不怕苦。过雪坎，爬冰湖，藏在老虎必经路。拉满弓来猛射箭，哟哟呼，除掉拦路虎……"

　　她轻轻地哼唱着，歌声中带了如许温然慈爱之意，一抹如懿从未见过的温柔笑意如涟漪般在她唇边轻轻漾开，一手抚摩着怀中孩子已经苍白没有血色的面孔。

如懿望着她，心口似一块薄瓷，渐渐蔓延上细碎而酸楚的裂纹。她回首看了海兰一眼，海兰走近了，柔声笑着哄道："好妹妹，你也抱得累了。我来替你抱一抱十阿哥吧。"

意欢警觉地抬起头，紧紧抱着孩子往后一缩，以戒备的目光看着如懿和海兰。

海兰温声道："你唱得累不累？是不是渴了？"她从桌边倒了一盏热茶，招手道："快来喝口水，否则嗓子唱哑了，可不好听。十阿哥不会喜欢呢。"

意欢无限爱怜地看了看怀中的孩子，温柔道："十阿哥不会喜欢？"

海兰笑意温婉，亲热道："可不是？十阿哥听了你唱歌可喜欢呢，等下我的五阿哥也来，好么？"

意欢微微松了松手，不知是否该放下怀中的孩子。如懿好声好气地哄着道："你去喝水吧，孩子的襁褓该换一换啦！本宫知道你不喜欢别人碰十阿哥，本宫来吧。你放心的，是不是？"

意欢迟疑片刻，小心翼翼地将孩子放到如懿怀中，爱怜地摸了摸孩子的脸，浅笑如冬日里最贴身的锦衾一般暖和。她柔声道："额娘去喝口水，立刻回来。好孩子，你别怕啊！"

意欢双手放开的一瞬，如懿摸到了孩子的脸，那脸是冰冷的，没有一丝活气，甚至有些僵硬。如懿心中一酸，泪水情不自禁地滑落下来。她如何敢给意欢瞧见，慌忙背转身擦去了。

意欢匆匆喝完水，只盯着如懿怀中的孩子，迫不及待伸手便要抱回。她迫切而不舍地道："我的孩子只肯要我抱的，给我吧。"

如懿见她如此，仿佛还不知孩子早已死去，只得柔声道："意欢，你累了。本宫替你抱一会儿吧。"

意欢脸上的慈爱之色顿时消去，如一匹警觉的母狼，狠狠盯着如懿道："你要做什么？你要抢我的孩子做什么？"

海兰忍不住拭泪道："舒妃，十阿哥已经过去了。你……"

她话音尚未落，意欢用力揉了如懿一把，扑上前从如懿怀中夺过孩子紧紧抱住，将脸贴在他全然失去温度的小脸上。她的神色旋即温和，温柔甜美的笑容像从花间飞起蹁跹的蝴蝶，游弋在她的青黛眉宇之间。她继续轻轻地哼唱，回首盈然一笑："小点儿声，十阿哥睡着了，他不喜欢别人吵着他睡觉呢。"

海兰看了看如懿，带了一抹酸楚的不忍，轻声道："舒妃妹妹怕是伤心得神志不清了。"她转而担忧不已："这可怎么好？"

暮色以优柔的姿态渐渐拂上宫苑的琉璃碧瓦，流泻下轻瀑般淡金的光芒。穿过重重纱帷的风极轻柔，轻轻地拨弄着如懿鬓边一支九转金枝玲珑步摇，垂下的水晶串珠莹莹晃动。风里有几丝幽幽甜甜的花香，细细嗅去，竟是荼蘼的气味，淡雅得让人觉得全身都融化在这样轻柔的风里似的。

明明是这样温暖的斜阳庭院，如懿不知怎的，忽然想起许多年前的一日，仿佛还是意欢初初承宠的日子。某一日绿琐窗纱明月透的时候，看她独立淡月疏风之下，看她翔鸾妆详、粲花衫绣，轻轻吟唱不知谁的词句。那婉转的诗句此刻却分明在心头，"淡烟疏雨冷黄昏，零落荼蘼花片、损春痕①"。

如今的余晖斜灿，却何尝不是淡烟疏雨冷黄昏，眼看着荼蘼落尽，一场花事了。

---

① 出自宋代毛滂的《南歌子》。全词为：绿暗藏城市，清香扑酒尊。淡烟疏雨冷黄昏，零落荼蘼花片、损春痕。润入笙箫腻，春馀笑语温。更深不锁醉乡门，先遣歌声留住、欲归云。

第二十六章　醉梦

海兰与如懿陪在一侧，看着意欢神志迷乱，满心不忍，却又实在劝不得。海兰便问守在一旁的荷惜："皇上知道了么？可去请过了？"

荷惜揉着发红的眼睛："去请了。可皇上正和内务府商议端淑长公主再嫁准噶尔达瓦齐之事，一时不得空儿过来。"

海兰看着如懿，忧烦道："怕不只是为了政事，皇上亦是怕触景伤情吧？"

如懿心底蓦地一动，冷笑道："触景伤情？"

是呢，可不是要触景伤情？十阿哥生下来便肾虚体弱，缠绵病中，与药石为伍，焉知不是当年皇帝一碗碗坐胎药赏给意欢喝下的缘故，伤了母体，亦损了孩子。

所以，才不敢，也不愿来吧！

如懿的心肠转瞬刚硬，徐徐抬起手腕，玉镯与雕银臂环铮铮碰撞有声，仿佛是最静柔的召唤。她探手至意欢身边，含了几许柔和的声音，却有着旁观的冷静与清定，道："孩子已经死了！意欢，去！去给皇上亲眼瞧瞧，瞧瞧他的孩子是怎么先天不足不治而死的！只有让他自己瞧一瞧，才能刻骨铭心，永志不忘！"

意欢猛然抬首，死死地盯着如懿，发出一声凄恻悲凉的哀呼："不！我的孩子没有死！没有死！"她紧紧搂着怀中的孩子："他会笑，会哭，会动，会喊我额娘了。我的孩子不会死！不会死！"

她的哭声悲鸣呜咽，如同母兽向月的凄呼，响彻宫阙九霄，久久不散。

海兰扶住她肩膀，落泪道："舒妃妹妹，十阿哥真的已经过去了。你若有心，就让他皇阿玛见他最后一面。这个孩子，毕竟是你和皇上唯一的孩子啊。"

许是海兰所言的"唯一"打动了她，意欢隐忍许久的泪终于喷薄而出。如懿牵着她的手出去："把你的眼泪去掉给皇上看，你的丧子之痛，也应该是他的痛彻心扉。"

意欢抱着孩子疾奔而出，海兰依傍在如懿身边，仿佛一枝婉转的女萝，奇怪道："娘娘此举，仿佛是深怨皇上？"

如懿的唇角含了一缕苦笑："或许是本宫在宫中浸淫日深，本宫所能想到的，是这个孩子不能白白死去，意欢不能白白伤心。且孩子的死，难道皇上没有牵涉前因于其中么？"

海兰浅浅一笑，好似一江刚刚融化的春水："娘娘这样，臣妾很高兴。"她眸中微微一亮，仿佛虹彩的光霓："这才是深处宫中的存活之道啊！"

十阿哥的丧仪已经过了头七，而意欢，仍旧沉溺于丧子之痛中，无法自拔。

许是十阿哥死去后的凄惨模样刺激了身为人父的皇帝，皇帝特许恩遇早夭的十阿哥随葬端慧皇太子园寝。这样的殊荣，亦可见皇帝对十阿哥之死的伤怀了。

意欢深深谢恩之后，仍是伤心不已，卧床难起。如懿前去探望时，她仅着一层素白如霜的单衣躺在床上，手中死死抓着十阿哥穿过的肚兜贴在面颊上，血色自唇上浅浅隐去，青丝如衰蓬枯草无力地自枕上蜿蜒倾下，锦被下的她脆弱得仿若一片即将被暖阳化去的春雪。

如懿倚在门边，想起自己从冷宫出来时初见意欢的那一日，墨瞳淡淡潋滟如浮波，笑意娆柔如临水花颜。那样明亮的容颜，几乎如一道雪紫电光，划破了暗沉天际，让人无法逼视。

如懿自知劝不得，亦不忍观，只得将带来的燕窝汤羹放在她身前喂她喝

297

了半盏，才默默离去。

离开春雨舒和之后，如懿心情郁郁不乐，便扶了容珮往四宜书屋去探望正在读书的永琪。

彼时正在午后，宫中人大多正在酣眠，庭院楼台格外寂静。天光疏疏落落，雨线漫漫如纷白的蚕丝，将这渺渺无极的空远的天与地，就这样缠绵透迤在一起，再难隔离。如懿穿着半旧的月白色团荷花暗纹薄绸长衣，踩着明珠丝履，扶着腰缓缓走过悠长曲折的回廊。雨滴打在重重垂檐青瓦上，打在中庭芭蕉舒展的新嫩阔大的绿叶上，清越之声如大珠小珠落玉盘。

绕过武陵春色的绾春轩时，如懿尚闷闷不觉。武陵春色四周遍种山桃千百株，参错夹杂林麓间。若待三月时节，落英缤纷，浮漾水面，或朝曦夕阳，光炫绮树，酣雪烘霞，其美莫可名状。

而此时，亦不当桃花时节，再好的武陵人远，也是春色空负。

吸引如懿的，是一串骊珠声声和韵闲。

那分明是一副极不错的嗓音，若得时日调教，自然会更清妙，一声声唱着的，是极端艳袅娜的一首唱词：

没乱里春情难遣，蓦地里怀人幽怨。则为俺生小婵娟，拣名门一例一例里神仙眷。甚良缘，把青春抛得远。俺的睡情谁见，则索因循腼腆。想幽梦谁边，和春光暗流转。迁延，这衷怀哪处言。淹煎，泼残生除问天。

静静的午后，延着雨声绵绵，那声线清亮好似莺莺燕燕春语关关。过了片刻，那女声幽咽婉扬，又唱道：

好景艳阳天，万紫千红尽开遍。满雕栏宝砌，云簇霞鲜。督春工珍护芳菲，免被那晓风吹颤。使佳人才子少系念，梦儿中也十分欢忭。

虽无人应和，但那歌声与雨声相伴，似鸣泉花底流溪涧，十分动情。

如懿沉下了脸，冷冷道："十阿哥新丧，皇上与舒妃都沉郁不悦，谁在这里唱这样靡艳的词调？"

三宝上前道："回娘娘的话，缉春轩是令妃的住处。听闻这些日子皇上都甚少召幸令妃，所以她闲下来在向南府的歌伎学习昆曲唱词呢。"

如懿面无表情："三宝，去缉春轩查看，无论是谁在十阿哥丧中不知轻重唱这些欢词靡曲，一律掌嘴五十，让她去十阿哥梓宫前跪上一日一夜作罚。"

第二日，如懿便在为十阿哥上香时，看到了双目红肿、两颊高高肿起带着红痕的嬿婉。

嬿婉见了如懿便有些怯怯的，缩着身体伏在地上："臣妾恭迎皇后娘娘。"

如懿并不顾目于她，只拈香敬上。许久，她才缓缓道："本宫责罚你，算是轻的。"

嬿婉哀哀垂泪，十分恭谨："臣妾一时忘情，自知不该在十阿哥丧期唱曲。皇后娘娘无论怎样责罚，臣妾都甘心承受。只是娘娘……"她仰起墨玉色的眸子，含了楚楚的泪："不知为何，臣妾总觉得娘娘对臣妾不如往日了。是否臣妾莽撞，无意中做了冒犯娘娘之事，还请娘娘明言，臣妾愿意承受一切后果，但求与娘娘相待如往日。"

她楚楚可怜的神色在瞬间激起如懿心底的不屑与鄙夷，然而，她不认为有必要与之多言，只淡然道："这两年来你所做的这些事，当本宫都不知道么？"

嬿婉伏下身体，如一只卑躬屈膝的受惊的小兽，俯首低眉，道："皇后娘娘所言若是指臣妾当日一时糊涂未能劝得皇上饮鹿血酒之事，臣妾真心知错。若娘娘还不解气，臣妾任凭责罚。"

如懿看着她姣好的与自己有几分相似的面庞，摇首道："本宫对你所做的责罚只是明面上之事，你私下的所作所为，你自己当一清二楚。若以后你安分度日，本宫可以不与你计较；若再想施什么手段，本宫也容不得你。"她说罢，拂袖离去。

嬿婉在她走后，旋即仰起身体。春婵忙扶住嬿婉起身道："小主，仔细跪得膝盖疼。"

嬿婉冷笑数声:"好厉害的皇后!好大的口气!"她到底有些许不安:"春婵,你说,皇后到底知道了什么?"

春婵柔顺道:"皇后娘娘此举,大约只是因为与舒妃交好,同情她丧子的缘故。若真知道了什么,以皇后娘娘今日的态度,哪里能容得下小主呢?"

嬿婉的脸色如寒潮即将来临前浓翳的天色,望向如懿背影的目光,含了一丝不驯的阴鸷神色,宛如夜寒林间的孤鸮厉鸷,竦寒惊独,在静默中散出怨恨而厉毒的光芒。

比之伤心欲绝,更让如懿担心的是意欢的彻底麻木。意欢仿佛失去了对这个世界的所有知觉,不会哭,不会笑,对任何人的言语都置若罔闻。待到数日后意欢能勉强起身之时,便只把所有的心思和精力都用在了抄录皇帝的御诗之上。

皇帝亦来看望过她几次,甚至不得已硬生生夺去了她手中的笔墨。然而,她只是怔怔地望着皇帝,伸出手道:"还给我,还给我!"

皇帝不禁揽住她落泪:"意欢,你还年轻,会有孩子的。"

她只死死将孩子的衣物抱在怀中,喃喃道:"我只要这个孩子,只要这个!"

然后,在悲痛之余,将自己更疯狂地沉浸在纸张与笔墨之中。

一开始没有人敢去动意欢辛苦手抄的御诗,直到最后,众人渐渐明白,她是在皇帝早年所作的御诗里,寻找着自己爱过、存活过的痕迹和那些爱情带来的短暂而苦涩的结果。

意欢迅速地憔悴下去,像一脉失去了水分的干枯花朵,只等着彻底萎谢的那一天。

有几次如懿和海兰在她身畔陪守着她,亦不能感觉到她抄写之余其他活着的痕迹。连每一次前往十阿哥的梓宫焚烧遗物与经卷,亦是不落一滴眼泪,更不许人陪伴,只她一人守着孩子的棺椁,低低倾诉。

官人们私下都议论，舒妃因着十阿哥的死形同疯魔，连太后的劝说亦不管不顾，充耳未闻。唯有海兰向如懿凄然低诉，那是一个母亲最大的心死，不可挽回。

这一日，意欢方到十阿哥的梓宫前，正见嬿婉穿了一袭银白色素纱点桃氅衣，打扮得十分素净，跪在十阿哥的棺椁前，慢慢地往火盆里烧着一卷经幡，垂泪不已。

意欢静静在她身边跪下，打开一个黑雕漆长屉匣，将里面折好的元宝彩纸一一取出，神色十分冷淡："不是你的孩子，你来做什么？"

嬿婉的泪落在噬噬蹿起的火苗内，溅起骤然跳动的火花，哀戚道："姐姐是来哭十阿哥，我是来哭一哭自己的孩子。"

意欢自永寿宫之事后便不大喜欢嬿婉的妩媚惑主，她又是个喜怒形于色不喜掩饰之人，所以见了嬿婉便淡淡的，不甚搭理。然而，此刻看嬿婉如此伤心欲绝，亦不觉触动了心肠，放缓了声音道："你有什么孩子？"

嬿婉伸出手，试探地抚上意欢的小腹。意欢下意识地退避了寸许，见嬿婉神色痴痴惘惘，并无任何恶意，亦不知她要做什么，便直直僵在了那里不动。嬿婉的手势十分柔缓，像拂面的春风，轻淡而温暖，带着小心翼翼的珍视，低柔道："姐姐，我的好姐姐，你是为十阿哥伤心，伤心得连自己都不要了。其实细想想，你总比我好多了。你的孩子好歹在你的肚子里，你享了怀胎十月的期待，一朝降生的喜悦，你看过他笑，陪过他哭，和他一起悲喜。可是，我的孩子呢？"她睁大了凄惶欲绝的眼，盯着意欢，喃喃道："我的孩子在哪里？"

嬿婉的双手冰凉，隔着衣衫意欢也能感觉到她指尖潮湿的寒意，意欢有些不忍，亦奇怪："你的孩子？"

嬿婉似笑非笑，似哭非哭，像是魔怔了一般："是啊，姐姐。你的孩子好歹还在你的腹中活过，好歹还在这个世间露了个脸，陪了你一遭。可是我的孩子呢？"她紧紧抚住自己空空如也的腹部，惶然落泪："我的孩子连到我肚子里待上片刻的运气也没有。我盼啊盼，盼得眼睛都直了，我的孩子

301

也来不了！他来不了我的肚子里，更来不了这个世上。"她睁着泪水迷蒙的眼，近乎癫狂般伤心："你知道是为什么吗？"

意欢怔怔地道："为什么？"

嬿婉仰天凄苦地笑，抹去眼角的泪，打开手边的乌木填漆四色菊花捧盒，端出一碗乌墨色的汤药，药汁显然刚熬好没多久，散发着温热的气息。嬿婉端到意欢鼻前，含泪道："这碗汤药的味道，姐姐一定觉得很熟悉吧？"

意欢大为诧异，双眸一瞬闪过深深的不解："你怎会有我的坐胎药？"

嬿婉的泪如散落的珍珠，滚滚坠落在碗中，晕开乌黑的涟漪："姐姐，是我蠢，是我贪心。我羡慕皇上赏赐你坐胎药的恩遇，我也想早日怀上身孕有一个自己的孩子，所以偷偷捡了你喝过的药渣配了一模一样的坐胎药，偷偷地喝。甚至我喝得比你还勤快，每次侍寝之后就大口大口地喝，连药渣也不剩下！"

意欢震惊不已："那你……还没有孩子？"

嬿婉抹去腮边的泪，痴痴道："是啊！我喝得比你勤快，却没有孩子。姐姐漏喝了几次，却反而有了孩子。"她逼视着她，目中灼灼有凌厉的光："所以，姐姐，你不觉得奇怪么？这可是太医院圣手齐鲁配的药啊！"

意欢战栗地退后一步，紧紧靠在十阿哥的棺椁边缘："奇怪？有什么可奇怪的？"

"坐胎药没让咱们快快怀上孩子，这不奇怪么？于是，我去太医院私下找了好些太医询问，他们都是同一张嘴同一条舌头，都说这是上好的坐胎药。我便信了。可是姐姐，是你告诉我的，你漏喝了多次反而有孕了。所以，我便托人去了宫外，拿药渣子和方子一问，才知道啊……"她拖长了音调，迟迟不肯说下去，只斜飞了清亮而无辜的眼，欲语还休，清泪纵横。

意欢似乎意识到什么，声音都有些发颤了："你知道什么？"

嬿婉的泪汹涌滑落，逼视着她，不留分毫余地："姐姐啊，难道你真不知道那是什么？否则你为什么不喝了？"

意欢稍稍平静："我不喝，只是因为喝了这些年都未有动静，也灰了心了。连皇后娘娘也说，天意而已，何必苦苦依赖药物，所以我的求子之心也淡了。"

嬷婉蹙眉："难道皇后娘娘也没告诉你是什么？"

意欢沉静道："皇后娘娘甚少喝坐胎药，她自然没告诉过我。"

嬷婉的震惊只是瞬间，转瞬平静道："那么，我来告诉你。"她的唇角衔了一丝决绝而悲切的笑容："我和姐姐喝了多年的，从来不是坐胎药。皇上嫌你是叶赫那拉氏的女子，嫌你会生出爱新觉罗氏仇雠的种子，所以给你喝的是避免有孕的药物。"

意欢大为震惊，脸色顿时雪白，舌尖颤颤："我不相信！"

嬷婉取出袖中的方子，抖到她眼前："姐姐不信？姐姐且看这方子上的药物有没有错。上面所书此药是避免有孕之物，乃是出自京中几位名医之手，怎会有错？"她看着意欢的目光在接触到方子之时瞬间如燃烧殆尽的灰烬，死沉沉地发暗，继续道："皇后娘娘说得对，是药三分毒啊，所以我得知真相后停了药至今也怀不上孩子。所以姐姐怀着十阿哥的时候肾虚且带入了十阿哥的胎里，才使得十阿哥天生虚弱，不治而死啊！"她双膝一软，跪倒在火盆前，手里松松抓了一把纸钱扬起漫天如雪，又哭又笑："孩子啊，可怜的孩子啊，你死在谁手里不好，偏偏是你的阿玛害死了你啊。什么恩宠，什么疼爱，都是假的啊！我可怜的孩子！"

嬷婉恸哭失声，直到身后剧烈的狂奔之声散去，才缓缓站起身，抚着十阿哥的棺椁，露出了一丝怨毒而快意的笑容。

意欢直闯进芳碧丛的时候，皇帝正握了一卷雪白画轴在手，临窗细观。一缕缕淡金色的日光透进屋子，卷起碎金似的微尘，恍若幽幽一梦。那光线洒落皇帝全身，点染勾勒出清朗的轮廓，衬着皇帝身后一座十二扇镂雕古檀黑木卷草缠枝屏风，繁绮华丽中透着缥缈的仙风意境。

意欢的呼吸有一瞬的凝滞，泪便漫上眼眶。泪眼蒙眬里，恍惚看见十数年前初见时的皇帝，风姿迢迢，玉树琳琅，便这样在她面前，露出初阳般明耀的笑容。

那是她这一生见过的最美好的笑容。

年轻的宫女半蹲半跪侍奉在侧打着羽扇。殿中极静，只有他沉缓的呼吸与八珍兽角镂空小铜炉里香片焚烧时哔剥的微响。那是上好的龙涎香的气味，只需一星，香气便染上衣襟透入肌理，往往数日不散。

这样的气味，是她这么些年的安心所在，而此时此刻，却只觉得陌生而森然。

皇帝对她无礼的突如其来并不十分惊诧，笑意如温煦的六月晨曦："怎么这么急匆匆跑来了？满头都是汗！"他看着跟进来意图阻止的李玉，挥手道："去取一块温毛巾来替舒妃擦一擦，别拿凉的，一热一凉，容易风寒。"

这般脉脉温情，是意欢十数年来珍惜且安享惯了的，可是此时听得入耳，却似薄薄的利刃刮着耳膜，生生地疼。

李玉安静退了出去，连皇帝身边的宫女亦看出她神情的异样，手中羽扇不知不觉缓下来，生怕有丝毫惊动。

意欢觉得躯体都有些僵硬了，勉强福了一福道："皇上，臣妾有话对您说。"

第二十七章　烈火

　　皇帝挥了挥手，示意身边的人出去，恰逢李玉端了温毛巾上来，皇帝亲自取了，欲替她拭了汗水。意欢不自觉地避开他的手，皇帝有些微的尴尬，还是伸手替她擦了，温声道："大热天的，怎么反而是一头冷汗？"

　　李玉看着情形不对，赶紧退下了。意欢的手有些发颤，欲语，先红了眼眶："皇上，你这样待臣妾好，是真心的么？"

　　皇帝眼中有薄薄的雾气，让人看不清底色："怎么好好儿的问起这样的话来？"

　　他的语气温暖如常，听不出一丝异样，连意欢都疑惑了，难道她所知的，并不真么？于是索性问出："皇上，这些年来，您给臣妾喝的坐胎药到底是什么？"

　　皇帝取过桌上一把折扇，缓缓摇着道："坐胎药当然是让你有孕的药，否则你怎么会和朕有孩子呢？"

　　意欢心底一软，旋即道："可是臣妾私下托人去问了，那些药并不是坐胎药，而是让人侍寝后不能有孕的药。"她睁大了疑惑的眼，颤颤道："皇上，否则臣妾怎么会断断续续停了药之后反而有孕，之前每每服用却一直未能有孕呢？"

　　皇帝有片刻的失神，方淡淡道："外头江湖游医的话不足取信，宫中都是太医，难道太医的医术还不及他们么？"

　　不过是一瞬的无语凝滞，已经落入意欢眼中。她拼命摇头，泪水已经忍不住潸潸滑落："皇上，臣妾也想知道。宫外的也是名医，为何他们的喉舌不同于太医院的喉舌？其实，自从怀上十阿哥之后，臣妾也一直心存疑惑，为何之前屡屡服坐胎药不见效，却是停药之后便有了孩子？而十阿哥为何会肾虚体弱，臣妾有孕的时候也是肾虚体弱？安知不是这坐胎药久服伤身的缘故么？"

仿若一卷冰浪陡然澎湃击下，震惊与激冷之余，皇帝无言以对。半晌，他的叹息如扫过落叶的秋风："舒妃，有些事何必追根究底，寻思太多，只是徒然增加自己的苦痛罢了。"

意欢脚下一个踉跄，似是震惊到了极处，亦不可置信到了极处。"追根究底？原来皇上也怕臣妾追根究底！"她的泪水无声地滚落，夹杂着深深的酸楚与难言的恨意，"那么再容许臣妾追根究底一次。皇上多年来对臣妾虚情假意，屡屡不许臣妾有孕，难道是因为臣妾出身叶赫那拉氏的缘故么？"

皇帝收了折扇，重重落在案几上，神色间多了几分凛冽："舒妃，你是受了谁的指使在朕身边，你当朕真的不知么？就算太后当日举荐了你侍奉朕左右，朕可以当你是懵然无知，但为和敬与柔淑谁下嫁蒙古之事你劝朕的那些话，你和你身后的人，心思便是昭然若揭了。"

意欢眼中的沉痛如随波浮漾的碎冰，未曾刺伤别人，先伤了自己。"皇上认定了臣妾是叶赫那拉氏的女儿，是爱新觉罗氏的仇雠，所以会受旁人摆布，谋害皇上？所以防备臣妾忌讳臣妾到如此地步？"

皇帝沉声道："叶赫那拉氏也罢了，朕不是不知道。你是太后挑给朕的人，一直安在朕身边，是什么居心？"

太阳的光影疏疏地从窗棂里漏进来。皇帝原本便颀长的背影被拉得老长老长，斜斜映在墁地金砖之上。她的心骤然疼痛起来，那种痛更胜于孩子死在她怀中的那一刻。仿佛所有积累的伤口都彻底裂开了，被狠狠撒满了新盐。

意欢紧紧抱住自己的手臂，像是支撑不住似的，凄然厉声道："臣妾虽然是太后挑选了送与皇上的，又得太后悉心点拨皇上的喜好厌恶。能得以陪伴皇上身侧，臣妾真心感激太后。但即便如此，也不代表臣妾会受太后所指。臣妾对皇上的心是真的！这些年来，难道皇上都不知么？"

皇帝的眼底闪过一丝疑忌，唇边的笑意如一柄刮骨利剑，让人森冷不已。他轻诮笑道："太后在深宫多年，怎会调教出一个对朕有真心的女子陪侍在朕身边，这样如何为她做事为她说话？不只是你，庆嫔也好，玫嫔也好，即便是富察氏送来的晋嫔，也不过如此罢了。"

意欢的泪凝在腮边，她狠狠抹去，浑不在意花了妆容，一抹唇脂凝在颔下，仿佛一道凄艳的血痕。她恨声道："好厉害的皇上，好算计的太后！你们母子彼此较量，扯了我进去做什么？我清清白白一个女儿家，原以为受了太后引荐之恩，可以陪在自己心爱的男子身边，所以有时亦肯为太后进言几句。但我一心一意只在皇上你身上，却白白做了你们母子争执的棋子，毁我一生，连我的孩子亦不能保全！"她死死盯着皇帝，似乎要从他心底探寻出什么："那么皇上，既然你如此疑忌太后，大可将我们这样的人弃如敝屣，何必虚与委蛇，非得做出一副宠爱不已的样子，让人恶心！"

"恶心？"皇帝勃然变色，索性坦然道，"你们不也乐在其中安享朕的恩宠么？太后喜欢朕宠爱你们，朕就宠爱给她看！也叫她老人家放心！"他冷冷道："人生如戏，左右大家不过是逢场作戏的戏子而已。"

意欢静默片刻，终于戚然冷笑，那笑声仿佛霜雪覆于冰湖之上，彻骨生冷："原来这些年，都是错的！只我还蒙在鼓里，以为一心待皇上，皇上待我也总有几分真心。原来错了啊，都是错了啊！"

她在雪白而模糊的泪光里，望着那座十二扇镂雕古檀黑木卷草缠枝屏风，上头用大团簇拥的牡丹环绕口吐明珠的瑞兽，屏身乃上等墨玉精心雕琢镂空，枝蔓花朵，一花一叶，无不栩栩如生，屏风两端各有一联，是乌沉沉的墨色混了金粉，一书"和合长久"，一书"芳辰如意"。那是多好的祝词，仿佛这人间无不顺心遂意，花好月圆人长久，却原来不过是芳心绮梦，都是一场镜花水月的冰冷虚空而已。

皇帝的目光，如寒潭，如深渊，有深不见底的澈寒："舒妃，你是错了。你的错便是不该去探寻所谓的真相。很多的美好便是在于不知，你又何必要来问朕？既然你问朕，又不欲朕骗你，便是你自寻烦恼了。"

意欢只觉得身体轻飘飘的，皇帝的声音像是在极远处，缥缥缈缈地又近了，浮浮沉沉入了耳。意欢浑身簌簌发抖，仿佛小时贪那雪花洁白，执意久久握在手中。雪融化了，便再抓一把，结果直冷到心尖里。她强撑着福了一福，惨然笑道："皇上说得是。是臣妾的错，臣妾有罪。是臣妾不该，在那年皇上祭陵归来时，遥遥一见倾心。是臣妾……都是臣妾的错。"

她木然转身，脚步虚浮地离开。李玉候在门边，有些担心地望着皇帝，试探着道："皇上……"

皇帝并不以为意："罢了。这是舒妃自己想听的话，不必理会。只看着她，不许去旁人那里胡言乱语。"

意欢也不知自己是怎么回到春雨舒和的。仿佛魂魄还留在芳碧丛，躯体却无知无觉地游弋回来了。她遣开了随侍的宫女，将自己闭锁殿阁内，一张一张翻出多年来抄录的皇帝的御诗。

在皇帝身边多年，便是一直承恩殊遇。意欢并不是善于邀宠的女子，虽然自知貌美，或许皇帝喜爱的也只是她的貌美。可这么多年的日夜相随，他容忍着自己的率性直言，容忍着自己的冷傲不群，总以为是有些真心的。为着这些真心，她亦深深爱慕着他，爱慕他的俊朗，他的才华，他的风姿。那万人之上的男子，对自己的深深眷顾，她能回报的，只是在他身后，将他多年所作的诗文一一工整抄录，视若至宝。

却原来啊，不过是活在谎言与欺骗之中，累了自己，也累了孩子。

她痴痴地笑着，在明朗白昼里点起蜡烛，将那叠细心整理了多年，连稍有一笔不整都要全盘重新抄录的诗文一张一张点到烛火上烧了起来。她点燃一张，便扔一张，亦不管是扔到了纱帐上还是桌帷上。

泪水汹涌地滑落，滴在烧起来的纸张上，滋起更盛的火焰。她全不理会火苗灼烧上了宛若春葱纤纤的手指，只望着满殿飞舞的火蝶黑焰，满面晶莹的泪珠，哀婉吟道："而今才道当时错，心绪凄迷。红泪偷垂，满眼春风百事非。情知此后来无计，强说欢期。一别如斯，落尽梨花月又西。"她痴痴怔怔地笑着："而今才道当时错……都是错！都是错的啊！"

她一遍一遍地吟唱，仿佛吟唱着自己醉梦迷离的人生，一别当欢。

待如懿得知失火的消息匆匆赶到时，春雨舒和的殿阁已经焚烧成一片火海。宫人们拼命呼喊号叫，端着一切可用的器物往里泼着水，然而，火势实在太大，又值盛夏，连水龙亦显得微不足道。

李玉指挥着一众宫人，满头灰汗，急得连连跺足不已，见了如懿，忍不住呜咽道："皇后娘娘，这可怎么好？"

如懿急急问道："人有没有事？舒妃呢？"

李玉哭丧着脸道："发现起火的时候已经晚了，舒妃娘娘一早把人都赶到了外头，等赶过来救火的时候，里头一点儿声响都没有了。只怕是……"

如懿心下大怆，一个趔趄，勉强扶住容珮的手站稳了道："救人！快救人！"

李玉跪下道："皇后娘娘，怕是不成了。火势太大，没人冲得进去。而且这把火，怕就是舒妃娘娘自己烧起来的。她是一心寻死啊！"

有清泪肆意蜿蜒而下，如懿怆然道："她为什么突然寻死？为什么？"

李玉期期艾艾道："舒妃自焚之前，曾发了疯一样冲进了芳碧丛寻皇上，奴才守在外头，隐隐约约听得什么坐胎药，什么太后指使，旁的也不知了。"

如懿顿时了然，心中彻痛如数九寒冰。

这样烈性的女子，若然知道那碗坐胎药背后的真相，如何肯苟活，再伴随那个男人身旁。

容珮急道："不管怎么样，还是要救救舒妃啊。娘娘，您说是不是？"

如懿望着漫天大火熊熊吞灭了殿宇，心下如大雨滂沱抽挞，终如死灰般哀寂，凄然转首道："不必了。"

意欢，这个剔透如玉髓冰魄的女子，便这样将自己化于一片烈火之中，焚心以火，不留自己与旁人半分余地。

这世上，有哪个少女不曾怀着最绮丽的一颗春心？初初入宫时的意欢，绮年玉貌的意欢，独承恩露的意欢，对未来的深宫生涯一定有着无限美好的憧憬。那站在万人中央拥有万丈荣光的九五至尊，会携过她的手，与她一生情长。以为是满城芳菲，却已经春色和烟老，落花委地凉。

如懿怔怔地想着，一步一伤，心里似有万千东西涌了出来，无穷无尽的悲哀仿佛脱缰的野马齐齐撞向胸口，那种疼痛仿佛是从心头游弋而下，直直坠入腹中，像冰冷的小蛇吐着鲜红的芯子，嗞嗞地啄咬啃啮着。她痛得弯下腰去，死死按住了小腹，浑不觉身后透迤一地，已经有鲜血淋漓蜿蜒。直到容珮的惊呼声惶然响起，她终于在惊痛之中，失去了最后的知觉。

醒来时已是天色将暮，如懿一直在沉沉的昏睡之中，只觉得四体百骸，无一不在疼痛，似乎有无数人的声音在呼唤着她，除了腹中下坠般的绞痛，她使不出半点儿力气。

最后的最后，是新生儿的啼哭，让她渐渐清醒。醒转时海兰已经伴在了身侧，且喜且忧，抱过粉色的襁褓，露出一张通红的小脸，喜极而泣："皇后娘娘，是一位公主呢。"

乾隆十八年六月二十三日，如懿生下了皇五女。这亦是和敬公主之后皇帝膝下唯一一位嫡出的公主。许是皇帝女儿稀少，许是五公主出生半月前皇十子的夭折，皇帝对五公主格外珍视，特早早定了封号"和宜"，取其"万事皆宜"之意，又取了乳名"璟兕"。

"兕"者，小雌犀牛也。皇帝每每与如懿言起，便希望这位年幼娇嫩的女儿如小犀牛一般健康，能抵挡一切不测和疾病。

如懿虽是笑言，却也隐隐觉得不祥，只道："唐太宗钟爱长孙皇后所生的幼女晋阳公主，公主的乳名也叫兕子，只可惜未能养大。"

皇帝摆手，爽朗笑道："所以，咱们的女儿是璟兕啊。璟乃玉之光彩，既美丽剔透，又强壮康健。"他说罢又抱起璟兕亲了又亲，璟兕似乎很喜欢这样亲昵的举动，直朝着皇帝笑。

皇帝十分欣悦："朕有这么多儿女，唯有璟兕，朕抱着她的时候她会笑得那么甜。"

然而那快乐与欢喜不过一瞬，乳母与侍奉的江与彬便发现了不妥。璟兕一生下来便气喘不定，脸色发紫。江与彬小心翼翼地摸着璟兕的手臂检查，又侧耳去听璟兕的心口，脸色便渐次白了下去。

如懿听着江与彬的回禀，心口一阵阵刺痛起来，仿佛被什么锐器一刀一刀地剜着。"五公主脸色紫涨，偶有气喘。微臣细听五公主心跳，跳得极慢，只怕……只怕……是有心症。"

皇帝从未听过这种病症，全然不知所措，只得听江与彬分说明白："婴孩出生会有这样的例子，脸色紫涨，动辄哽咽、出汗，进食吃力缓慢，以后身子也弱，不能疲倦，不能受惊吓。一旦受惊就会……"

江与彬低头，不敢再说下去了。生产后的疲累如潮水席卷，如懿几乎是坐不住了，整个人疲软地往下滑，往下滑。她手心全是冷腻的汗水，完全不知道自己在说什么。迷茫的蒙昧里，似乎是自己在发出声音："会要了她的性命么？"江与彬的头越发低了，几乎要揪到自己的太医袍服里。皇帝慌乱得完全失了方寸，只是不停地追问："能否医治？能否医治？"

江与彬稍稍镇定了神色，缓声道："回皇上、皇后娘娘。这心症并无治好的先例，只能细心养育，不可有一点意外。"

皇帝的嗓子眼在发颤，他死死握着如懿的手，仿佛要凭此借一点力量支撑自己似的。"错了！一定是你诊错了！太医呢？把所有的太医都叫来！璟兕会对朕笑得那么甜。皇额娘总说宫里的孩子难养大。可这是朕和皇后的女儿……"

如懿的泪情不自禁便涌了出来。

江与彬望着这人世间最尊贵的一对夫妻，却也是此刻最无助的一对夫妻，深深叩首："微臣一定竭尽全力，照顾五公主长大。"

医治无术，这是他一个医者的无奈与悲哀，更是一对父母的绝望。

皇帝深深埋首在膝间。明黄的袍服中，他向来坚毅风流的面庞早已失去了往日的神采，只剩了一个空壳。连那一双桃花潋滟的眸子，也蒙上了黯淡的尘霾。他几乎是悲绝地质问："今日是什么日子，为什么会出这样的事？是了，是舒妃生了一个与朕父子缘薄的儿子，还敢自戕惹了宫中不祥！她是不是把这不祥又带给朕的璟儿了？"

如懿见他这般胡想联翩，只得劝慰道："皇上，您想多了。十阿哥体弱离世，不是舒妃之过。"

他的目光在与如懿对视的一刹那显得无比心虚和逃避："难道……难道是朕的过错？"

如懿不敢说，也不敢再问，只得柔声劝慰道："皇上，五公主出生之日，也是舒妃离世之日，还是请皇上看在五公主面上，不要责怪舒妃自戕之罪。"

皇帝虚弱地摇头，看着乳母怀中小小的一团玉人儿："朕不计较，朕什么都不计较。只会倾尽所有护着咱们的女儿，只要她好好的，平安长大。等水患过了，朕就拨内库银两修建佛寺，再赠喇嘛饭食，增添香火供奉，为我们的女儿积福。"

如懿望着皇帝对璟儿疼爱的笑容，亦是默然。皇帝还欲多陪陪如懿与璟儿，李玉却在外头相请，道诸臣已在御书房等候，商议洪泽湖水患一事。

如懿隐隐约约知道，洪泽湖水大溢，邵伯运河二闸冲决，高邮、宝应诸县都被水淹严重，当下也不敢阻拦，只得殷殷送了皇帝出去。

五公主出生，本该好好赏赐。可因为十阿哥和舒妃的接连去世，又连着璟儿的心疾，前朝又有洪泽湖刚闹了水患，高邮、宝应诸县都水淹严重的国事，如懿也将应赏给一应伺候的宫人和接生嬷嬷们的赏银减半赐下。虽然为首的田嬷嬷也赔着笑脸向如懿提起赏银减半之事，如懿亦只道："十阿哥与舒妃过世，本该赏赐你们的喜事也不能张扬。这次且自委屈你们了，下回再有嫔妃生产，一定一应补足你们。"

田嬷嬷正要为女儿抓药用钱的时候，本该赏赐加倍，却这般减半，满心的不痛快，却也不能说什么。只得向其他抱怨的接生嬷嬷们道："皇上和皇后议定了的，咱们敢说什么。谁叫五公主有心症，咱们是白辛苦了一场。"

人前这么说，人后田嬷嬷却只能干抹泪。包太医的药方用的都是名贵药材，她一个接生嬷嬷，光是靠赏钱和月银，实在是耗费不起。虽说女儿吃那药不太有起色，可到底发病时没那么难受了，为娘的也稍稍安慰些。到底还是嬿婉在花园见她落泪，又拿出银子帮衬了一把。田嬷嬷本以为嬿婉又有所求，还不敢接她的银票，可看她只是和颜悦色，想想女儿的病急着用钱，便也千恩万谢地受了。

田嬷嬷如此受恩，春婵见她走了才笑："笼络住了田姥姥，咱们就多了条臂膀。"

嬿婉心中有数，包太医写方子的时候，就只要他拣名贵的药材写。哪怕方子没用，吃了总是进补，一时死不了的。这样拖着，田嬷嬷少不了要用银子的时候，她离不得药方，又少不得银子，一定会听自己的。

这般想着，嬿婉方才安心笑了出来。

待得如懿能起身时，意欢的丧仪已经由绿筠和海兰主持着办了。如懿想起意欢的惨死便是黯然不已："只是本宫一直疑惑，李玉说舒妃自焚前曾闯入芳碧丛向皇上提起坐胎药之事，这件事本宫也是偶然得知，显然皇上一直不欲人张扬，那么舒妃又如何得知？"

容珮眸光一转，旋即低眉顺目："奴婢偶然得知，那日舒妃前往芳碧丛之前，曾到十阿哥梓宫前。听说……"她声音压得愈加低："令妃也去过。"

如懿描得细细的眉毛拧了起来，仿若蜷曲的螺子，登时警觉："她去做什么？"

容珮抿了抿唇道："娘娘也这样想？奴婢总觉得令妃小主阴晴不定，难以把握。许多事或许捉不住是她做的，可总有个疑影儿，让人心里不安。"

如懿舒一口气道："原来你和本宫想的一样。这样，晚膳后你便去缩春轩瞧瞧，先不要张扬，找了令妃过来。"

容珮忙应着道："是。奴婢会做得隐秘些。只是娘娘也不必担心什么，如今娘娘儿女双全，皇上又这样待您好，您的中宫之位稳如磐石，要处置谁便是谁罢了。"

案上的镏金博山炉中，香烟细细，淡薄如天上的浮云。许多事，明明恍如就在眼前，却是捉摸不定，难以把握。如懿的笑仿佛是井底舀起的水波，不够清澈，带着青苔的幽腻和波影晃动的破碎："容珮，你也觉得皇上待本宫很好？"

容珮笑道："可不是？皇上来得最多的就是咱们这儿了。"

如懿浅浅笑道："这样的念头，曾经，孝贤皇后转过，嘉贵妃转过，舒妃也转过。可是后来啊，都成了镜花水月。本宫一直想，本宫以为得到的，美好的，是不是只是一梦无痕。或者只是这样，容珮，本宫便是得到了举案齐眉，心中亦是意难平。"

容珮蹙眉，不解道："意难平？娘娘有什么不平的？"

如懿欲言，想想便也罢了，只是笑："你不懂。不过，不懂也好。舒妃便是懂得太多，才容不得自己的心在这污浊尘世里了。"

第二十八章　自保

太阳虽已落山，天色却还延续着虚弱不堪的亮白，只是有半边天空已经有了山雨欲来的暗沉，仿佛墨汁欲化未化，凝成疏散的云条的形状。桌上铺着的锦帷是古翠银线绣的西番莲花纹，发着暗定定的光，看得久了，眼前也有些发晕。

太后的声音低沉而缓慢，是年老的女子特有的质感，像是焚久了的香料，带着古旧的气息："怎么？跪不住了？"

嬿婉的膝盖早已失去了知觉，只是顺服地低着头："臣妾不敢。"她偷眼看着窗外，薄薄的夜色如同涨潮的无声江水，迅猛而沉静地吞没了大片天空，将最后仅剩的亮色逼迫成只有西山落日处还剩余一痕极淡的深红，旋即连那最后的微亮亦沉没殆尽，只剩下大雨将至前的沉闷气息逐渐蔓延。

这样压抑的枯寂里，只听得一脉袅袅如风起涟漪般的笛声，自庭院廊下舒展而来。那笛声极为凄婉，仿佛沾染了秋日院中衰败于西风中的草木枯萎的干香，摇曳婉转，扶摇抑扬。

太后斜倚在软榻上，由着福珈半跪在脚边用玉槌有节奏地敲着小腿，取过一枚玉搔头挠了挠，惬意道："听得出是什么曲子么？"

嬿婉战战兢兢地道："是《惊梦》。"

太后微微一笑，将玉搔头随手一撂："听说你在跟南府的乐师学唱《牡丹亭》，耳力倒是见长。"

嬿婉低垂着头，不安道："臣妾只是闲来无事，打发时间罢了。"

太后了然道："怎么？不急着见皇帝邀宠，反而闲下心来了？这倒不太像你的性子啊。"

嬿婉面红耳赤，只得道："是臣妾无能。"

"你会无能？"太后嗤笑一声，坐起身来，肃然道，"你都惊了旁人的梦了，填进了舒妃和十阿哥的命了，你还无能？"

嬿婉惊了一身冷汗，立刻扬起身子道："太后恕罪，臣妾不敢！"

"不敢的事情你不也一一做了么？"太后缓和了语气，一一道来，"从舒妃突然闯入芳碧丛问起坐胎药一事，哀家就觉得奇怪。那坐胎药里的古怪，皇上知，太医知，他们却都不知道哀家也知。舒妃一直蒙在鼓里，突然知道了，自然不会是从咱们的嘴里说出去的。而你偷偷学着舒妃的坐胎药喝，后来却突然不喝了，自然是知道了其中的古怪。而舒妃去见皇帝之前只在十阿哥的梓宫前见过你。除了你，还会有谁来告诉她真相？"

嬿婉听着太后一一道来，恍如五雷轰顶，瑟瑟不已，只喃喃道："太后，太后……"

太后冷笑一声，拨着小指上的金錾古云纹米珠图案寿护甲，慢条斯理道："只是光一碗坐胎药，舒妃到底连十阿哥也生了，哪怕皇帝做过这些事，也是不能作数的了。她也不至于心智迷糊立刻去寻皇帝。除非啊，这碗坐胎药和她的丧子之痛有关，她才会禁不住刺激发了狂。所以哀家便疑心了，那碗坐胎药若是真的损伤肾气，那也不会到了孕中才致使舒妃起斑肾虚，以致损伤了十阿哥，坐下了胎里带出来的病痛，该早早儿出现些症状才是。哀家这样疑心，顺藤摸瓜查了下去，终于查出了一些好东西。"她唤道："福珈，叫令妃瞧瞧。"

福珈答应着起身，从黄杨木屉子里取出一个小纸包来，放到她跟前。太后道："令妃，舒妃有孕的时候，你给她吃的东西全在这儿了。哀家不说别的，每日一包，你自己来哀家宫里吃下去，哀家便什么也不说了。"

嬿婉看着那包东西，想要伸手，却在碰到的一刻如触电般缩回了手，柔弱香肩随着她不可控制的啜泣轻轻颤抖，再不敢打开。

太后的神色阴沉不可捉摸，喝道："怎么？敢给别人吃的东西，自己便不敢吃了么？吃！"

嬿婉仿佛面对强敌的小兽，吓得战战不能自已，拼命叩首道："太后恕罪，太后恕罪，臣妾再不敢了！"

"不敢？"太后神情一松，笑道，"那你自己说吧，到底对舒妃和十阿哥做了什么？"

嬿婉瘫软在地上，泪流满面，声音控制不住似的从喉间发出："太后明鉴，是臣妾一时糊涂油蒙了心，嫉妒舒妃承恩有孕，在她饮食中加入会慢慢肾虚起斑的药物。臣妾……臣妾……只是想她容貌稍稍损毁，不再得皇上盛宠，并非有意毒害十阿哥的。"

"那么，江与彬得皇后嘱咐，赶回来为舒妃医治，却中途因病耽搁，也是你做的手脚了？"

嬿婉惶惶道："是。是臣妾买通了驿丞给他们下了腹泻发热的药物，又耽搁延医问药的时候，让他们阻在了半路，不能及时赶回。"

"就算没了江与彬，愉妃是个心细的，她受皇后之托照拂舒妃，你要让她分心无暇顾及，必然是要找五阿哥下手了？"

嬿婉只得承认："也是臣妾收服了五阿哥的乳母，在五阿哥入睡后悄悄掀开衣被让他受凉，使愉妃忙于照顾亲子，无暇顾及舒妃并不十分明显的抱恙。"

太后长叹一口气："福珈，你听听，这样好的心思谋算，便是当年的乌拉那拉皇后也不能及啊！哀家在深宫里寂寞了这些年，倒真遇上了一个厉害的人物呢！"

福珈轻声道："太后不寂寞了。只是满宫的嫔妃皇嗣，都要折损了。"她说罢，退到一旁，又点亮了几盏描金蟠枝烛。

天色已然全黑，外头欲雨未雨的闷风吹得檐下宫灯簌簌摇曳，漾出不安的昏黄光影。

太后的目光冰冷如寒锥："你有多少本事，敢谋害皇嗣？谋害皇帝的宠妃？"

嬿婉一气儿说了出来，倒也镇静了许多，索性坦承道："太后如此在意舒妃，无非是因为舒妃是太后举荐的才貌双全之人。但皇上归根究底还是在意她叶赫那拉氏的出身，到底不是万全之人。恐怕皇上也觉得是太后举荐的枕边人，还不大放心呢。"她叩了首，仰起娇美而年轻的面庞："左右舒妃怀孕的时候伤了肾气，容貌毁损，补也补不回来了。如今人也死了，太后何必还介意她这颗废子呢？"

太后冷笑道："舒妃是废子，那你是什么？"

嬿婉思量着道："臣妾是害舒妃不错，但舒妃身为太后亲手调教的人，居然禁不住臣妾的几句言语，也未免无用！且臣妾是害她，却未曾逼迫她自焚。她这般不爱惜性命，自然是因为对皇上用心太过的缘故。既然她侍奉太后，怎可对皇上过于有心呢？"

太后舒展笑道："哀家自然知道舒妃是对皇帝有心的，为着她有心哀家才肯重用她。因为有心有情，才是真作假时假亦真，才会让人难以辨别。也只有舒妃替哀家说话的嘴怀着的是一颗对皇帝的真心，自然也会让人以为她说的是真心实意的话了。"

嬿婉深吸一口气道："臣妾也对皇上有心，但臣妾是依附之心，邀宠之心。或者说，臣妾对皇上的真心，恰如皇上对臣妾那么多，一点点，指甲盖似的。而非像舒妃一样愚蠢，付出全部真心，不能自拔。"她的笑容意味深长："若是自己深陷其中，又如何能对太后全心全意呢？"

长久的静默，烛火一跳一跳，摇曳不定，将殿中暗红的流苏锦帐透成沉闷不可言的绛紫色。待得久了，好似人也成了其中一粒，黯淡而无声。

"哀家留心这么多年，舒妃是棵极好的苗子，只可惜用心太深，反而害了自己的一生！"太后喟然摇首，"可见这宫里，你可以有野心，可以有假意，但绝不能有一丝真心，否则就是害人害己，自寻死路了。"

嬿婉深深伏拜："太后教诲，臣妾铭记于心。"她仰起脸，大着胆子道："臣妾斗胆，舒妃能为太后效力的，从此之后，臣妾也会为太后效犬马之劳。"

太后微眯了双眼，蓄起一丝锐利光芒："你的心思倒打量得好，既要哀家饶恕了你，以后还得哀家保全，还要美其名曰为哀家办事。你这样心有七窍的伶俐人儿，哀家怕还来不及，哪里还敢用你呢？"

嬿婉俯下身体，让自己看起来像一只无路可走的小兽，虽然狡猾，却无力自保："太后历经三朝，有什么人没见过，什么事没经过。臣妾再伶俐，如何及得上太后分毫呢，生死荣辱也在太后一念之间。若得太后成全，臣妾粉身碎骨，也必当涌泉相报。"

嬿婉十分谦恭，几乎如卑微的尘芥俯首于太后足下。太后正欲言，却见小宫女喜珀进来，请了个安道："太后，令妃小主宫里的人来请，说皇后娘娘打发了容珮姑姑在寻令妃小主呢，看样子像是有点儿着急。"

嬿婉身子一颤，畏惧地缩紧了身子，睁着惊惶无助的眸，膝行到太后跟前，抱着她双膝道："太后，太后，皇后不会是发现什么了吧？"

"以皇后的聪慧，倒也难说！"太后俯视着她，笑意清冷而透彻，如雪上的月光清寒，"怎么？自己做过的事，这便怕了？"

嬿婉谦恭地将自己的身体俯到太后的足边，几乎将额头磕上她的雪青色掐金满绣竹蝶纹落珠软底鞋的鞋尖："太后，臣妾求您庇佑，求您庇佑！往后臣妾一定唯太后之命是从，甘受太后驱使，以报太后今日之恩。"

片刻的沉吟，静寂得能听见窗外风声悠游穿过廊下的声音。太后抚着护甲，漫不经心道："好了。哀家既然受了你的心意，自然会庇佑你。皇后能疑心的，不过就是和哀家一样，知道舒妃死前在十阿哥的梓宫前见过你。你便记得告诉皇后，是哀家知道了你在十阿哥死后学唱昆曲犯了忌讳，所以责罚了你，要你去十阿哥梓宫前思过，你才会遇上了舒妃的。"

嬿婉的眼底迸发出闪亮的喜色，心悦诚服地再度拜倒："臣妾谢过太后。"

太后微微颔首："那你赶紧去吧。记得，皇后如今正当盛宠，她又是个严性子，你越谦卑越自责便好。没有十足的证据，她也不能把你怎样。"

嬿婉答应着，忙恭恭敬敬整衣而去。

福珈看着她离开，捡起地上的纸包，笑吟吟道："太后准备的是什么？把令妃吓得什么话都说了。"

太后失笑，拿护甲尖点着那纸包拨弄："你不信哀家备下了令妃害舒妃的毒药？"

福珈低眉顺目道："这件事当时去查或许还有蛛丝马迹，如今隔了那么久，哪里还有痕迹可寻呢？"她莞尔一笑："别是太后吓唬令妃的吧？"

太后哧地一笑："那你自己喝了吧，也就是寻常一服泻药，她要真吃了一时腹痛如绞，痛得怕了，也会自己说出来。左右哀家就是试她一试罢了，果然还年轻，禁不得吓。"

"如今是还年轻，但这样的心机深沉，滴水不漏，若再长些年纪，心术只会更坏。"福珈有些鄙薄，亦有些担心，"这样工于心计手段狠辣的人，太后真要用她？"

太后沉吟片刻，才下定决心般颔首道："自然了。要用就得用这样狡狯如狐的人，要只单纯可爱的白兔来做什么？养着好玩么？之前哀家所用的舒妃、玫嫔和庆嫔，玫嫔嫉妒，窝里乱起来，害得庆嫔不能生育，也害了自己。舒妃是美艳绝伦，又有才学，但凡事看不破，身陷情字不能自拔，一把火把自己烧死了。这样的人，还不是一个个落了旁人的算计而不自知。所以令妃是个可以用的人。"

福珈沉吟道："可是令妃刚侍奉皇上的时候倒还得宠，如今却不如从前了。"

太后浑然不以为意，只道："令妃恩宠淡薄，才知道要来求助于哀家。否则她不从哀家身上有所求，自然也不会有所依附了。哀家看她家世寒微，出身又低，却有万分好强之心。如今她在宫里处境如此尴尬，哀家拉她一把，她自然知道哀家的好处，也落了把柄在哀家手里，以后只能乖乖顺服听话。"

福珈心悦诚服："太后心胸有万全之略，奴婢远远不及。不过以奴婢愚见，要令妃娘娘得宠只怕也不难，她这张脸，可是与皇后有几分相似的，又比皇后年轻。"

太后笑了笑，还是摇首："她凭着这点得宠，却不足以安稳立足。以后，她若乖觉，便会意识到，相像未必是一种笃定的好处。"

福珈低首道："那么舒妃小主的身后事……"

323

太后闲闲地拨着纽子上坠下的玛瑙松石塔坠儿，断然道："诚如令妃所言，舒妃早已是一颗废子。人都死了，公道于她也无关紧要，不必理会也罢。左右皇帝是要脸面的人，慧贤皇贵妃和孝贤皇后身前有差错，慎嫔更是不堪，皇帝对外到底不肯声张，给她们留了颜面的。舒妃顶多是惹了皇帝嫌恶，外面的丧仪总是要过过面子的。"

福珈脸上闪过一丝怜悯，依旧恭顺道："是。"

太后缓一口气，伸手拔下鬓后的银簪子挑了挑烧得乌黑蜷曲的烛芯，有些郁然："福珈，你是不是觉得哀家太过狠心了？"

福珈面色柔婉，一如她身上的浅绛色暗花缎如意襟坎肩底下的牙色长袍，温和得没有半点属于自己的光彩："太后的心胸和眼界，奴婢如何敢揣测。"

太后以手支颐，脂粉匀和的面庞上有细细如鱼尾的衰老蔓延耳上，她的无奈与苍老一般无可回避，哀然道："哀家能有什么心胸和眼界？所有的心胸和眼界，都大不过皇帝的意思去。哀家的端淑和柔淑……"太后沉静片刻，声音微微哽咽："不能再有这样的事了。哀家费尽心机，只不过想保护自己两个女儿的周全，却也是不能。端淑像颗棋子似的被摆布一生……若再发生些什么……哀家实在是不敢想。若是皇帝身边没个咱们自己的人，若真有点什么动静，咱们就真的是蒙在鼓里，一点儿办法一点儿主意都没有了。"

福珈的声音如温暖厚实的棉絮："太后别担心。"

太后紧紧攥住福珈的手，像是寻找着支撑住自己的力气似的："哀家也不想怎么样，只是想皇帝身边有一双自己的耳朵，知道皇帝想什么做什么，别再牵扯了哀家的女儿就好。"她伏在福珈的手臂上，虚弱地喃喃道："别怪哀家狠心，哀家也没有办法。"

太后低低地啜泣着，素日的刚强退尽，她也不过是一个母亲，一个无能为力的母亲而已。

福珈伸过手，安抚似的搭着太后的肩，眸中微含泪光，沉静地道："太后，不会了，再不会了。"

意欢惨烈的自焚，对外亦不过是道她忆子成狂心智损伤，才会不慎之下焚火烧了自己的殿宇，困死在其中。为此，意欢的阿玛兵部左侍郎永绶尚且来不及为爱女的早亡抹一把伤心泪，先战战兢兢请罪，自承教女无方，失火焚殿之罪。

容珮闻知了，鄙夷不已："是亲生的女儿要紧还是圆明园的一座偏殿要紧？永绶也太不知好歹了！"

如懿看着摇篮中沉沉睡着的幼女，叹息道："永绶便是知道好歹轻重，才会先行请罪。女儿和外孙都不在了，总还有别的亲眷在。他这样做，是以免皇上责怪牵连了家人。"

容珮摇头感慨道："真是可怜！"

如懿披着一件雪色底的浅碧云纹披风，身上是一色的碧湖青色罗衣，衣襟四周刺绣锦纹也是略深一些的绿色藤萝缠枝花样，如泛漪微绿。头上用青玉东珠扁方绾了个松松的髻，其间缀着几点零星的翡翠珠花。唯一夺目些的，是一对攒珠笄垂落到耳侧的长长珠玉璎珞，和百褶垂花如意裙裾上绣着的一双金鹧鸪，依偎在密织银线浅红海棠花枝上，嘀呖婉转。

这样清淡的打扮，似一株吐露昙花，虽然不似皇后的尊荣华贵，但也合她刚刚出月的样子。

如懿俯下身，盯着年幼的女儿熟睡中安详的笑容，别过头道："是可怜！生在这儿是可怜，一个个被送进这里更可怜。皇上没有追封舒妃，只是按照妃位下葬，可知心里是极忌讳焚宫的事的，若传出去，岂不坏了皇上最在意的圣明名声。"

容珮急道："十阿哥和舒妃都死了，难不成皇上还要追究？"

窗外花盛似海，如锦如绣，端的是一派盛世华景。如懿淡然道："追究才是真坏了名声，皇上一定会安抚永绶几句，把这件事含糊过去的。"

容珮松一口气，手里轻摇着一叶半透明的芙蓉团扇，替如懿驱赶着午后酷热的暑意。殿中风轮轻转，送来玉簪花甜甜的气息，混合着黄底寿字如意纹大瓮中供着的硕大冰块，殿中颇有几分蕴静的凉意。

庭院中有幼蝉微弱的鸣叫声，一丝递着一丝，把声线拉得又细又长，听得人昏昏欲睡。如懿闭目正欲睡去，忽然听得容珮轻声问道："娘娘方才说人一个个送进来，是指……"

如懿哧地一笑，睁开眼眸道："本官才出了月子，不能伺候皇上。舒妃骤然离世，眼下嘉贵妃虽然得宠，但到底也不年轻了。皇上跟前不能没有人伺候，可不是如今有了合适的人了？"

容珮扇着扇子，道："皇后娘娘是说戴湄若？"

如懿轻轻瞟她一眼："封疆大吏，正二品闽浙总督那苏图的女儿，镶黄旗人。可算出身尊贵了吧？"

容珮掰着指头道："满朝也不过只设了八个总督。直隶、两江、陕甘、闽浙、湖广、两广、四川、云贵。"她咋舌："再加上镶黄旗的出身，乖乖，可了不得。这一来，进宫怕是封个贵人也不够了吧？"

如懿拨着耳垂上的翠玉片海棠叶耳坠："贵人可不委屈了。封嫔或者封妃，至少是一宫主位。"她听得摇篮中的璟儿在睡梦中嘤嘤不安地哭了两声，忙俯身抱起哄了半晌，才道："你可知那苏图是什么来历？他的伯父白海青出使准噶尔时坚贞不屈，极力捍护大清的颜面，自此加太子太保赠一品大臣。白海青的长子来文任镇江将军，次子佛伦任领侍卫内大臣，三子戴鹤由副都统征准噶尔，前番阵亡，皇上便赠云骑尉祀昭忠祠。其家可见显赫。"

容珮迟疑道："事关准噶尔？皇上不是许嫁了端淑长公主以和为贵么？怎么对准噶尔征战不屈的也加赏了？"

"宽严并济，本乃为君之道。皇上岂会落人口实，以为只凭一个公主求得安宁。战许功，和是为了百姓，这才是皇上的君威所在啊。"

容珮托腮凝神道："这戴氏会是什么样的妙人儿呢？总不会丑若无盐吧？那便好玩儿了。"

如懿轻轻拍着怀中的女儿，嗤笑道："便是无盐，皇上也不会冷落。何况以皇上的眼力，怎会要一个无盐女入宫？左右七月二十日戴氏入宫，便能见到了。"

第二十九章

进退

容珮正要说话，却见芸枝捧了银盅药盏进来，道："皇后娘娘，您的汤药好了。"

容珮伸手接过，试了试温度道："正好热热儿的，皇后娘娘可以喝了。这汤药是江太医特意拟的方子，以当归、川芎、桃仁、干姜、炙甘草和黄酒入药，特意加了肉桂，化瘀生新，温经止痛的。娘娘喝了吧。"

如懿伸手接过仰头喝了："本宫记得这样的药是产后七日内服用的，怎么如今又用上了，还添了一味肉桂？"

容珮不假思索道："江太医亲拟的方子，必然是好的。前些日子娘娘小腹冷痛，想是瘀血不下，所以江太医又叮嘱了用这汤药。"她若有所思，不禁有些艳羡："江太医为人忠心，对蕊心姑姑又这般好，蕊心姑姑真是好福气。"

如懿偏过头看着她笑叹道："蕊心半生辛苦，若不是为了本宫，早该嫁与江与彬，不必落得半身残疾了。所幸，江与彬真是个好夫君。这样的福气，便不说你，本宫也难盼得。"

容珮忙看了看四周，见周遭无人，方低声道："这样的话，娘娘可说不得。毕竟没福气的，也只是舒妃罢了。"

仿佛有清冷的雪花泯然落入心湖，散出阵阵冰寒。如懿勉强一笑："唇亡齿寒，难道本宫看得还不够明白么？"

容珮跪下道："娘娘是皇后，又儿女双全，这样的事永远落不到皇后娘娘身上。"

如懿微微出神，看着窗下一蓬石榴开得如火如荼，那炽烈的红色，在红墙围起的圈禁之中，倒映着天光幽蓝，几乎要燃烧起来一般。她缓缓道："这样的话，当年也有人对孝贤皇后说过，后来还不是红颜枯骨，百计不能免除么。"她见容珮还要劝，勉强笑道："瞧本宫，好端端的说这个做什么？倒是你，是该给你留心，好好儿寻一个好人家嫁了。"

容珮慌忙磕了个头，正色道："奴婢不嫁，奴婢要终身追随皇后娘娘。这宫里在哪里都要受人欺负，出了宫又有什么好的，万一嫁的男人只是看中奴婢伺候过娘娘的身份，那下半辈子有什么趣儿。奴婢就只跟着娘娘，一世陪着娘娘。"

如懿心下感动，挽住她的手道："好容珮，亏得你的性子能在本宫身边辅助。也罢，若有了可心的人，你再告诉本宫，本宫替你做主吧。"

二人正说着话，外头三宝便清了清嗓子道："皇后娘娘，愉妃小主过来请安了。"

如懿忙道："快请进来。"

外头湘妃竹帘打起，一个纤瘦的身影盈盈一动，已然进来，福了福身道："臣妾给皇后娘娘请安，皇后娘娘福寿安康。"

因着天气炎热，海兰只穿了一件藕荷色暗绣玉兰纱氅衣，底下是月色水纹绫波裥裙，连配着的雪白领子，亦是颜色淡淡的点点暗金桂花纹样。恰如她的装扮一般，脂粉匀淡，最寻常的宫样发髻上亦不过星星点点的烧蓝银翠珠花点缀，并斜簪一枚小巧的银丝曲簪而已。

如懿挽了她手起来，亲热道："外头怪热的，怎么这个时候过来？容珮，快去取一盏凉好的冰碗来。"她说罢，将手里的绢子递给她："走得满头汗，快擦一擦吧。"

海兰伸手接过，略拭了拭汗，抿嘴一笑："哪里这么热了，娘娘这儿安静凉快得很，臣妾坐下便舒畅多了。"

如懿打量着她的装束，未免有些嗔怪道："好歹也是妃位，又是阿哥的生母，怎么打扮得越发清简了。"

海兰接过容珮递上的冰碗，轻轻啜了一口，浅浅笑得温婉："左右臣妾也不必在皇上跟前伺候，偶尔被皇上叫去问问永琪的起居，也不过略说说话就回来了，着实不必打扮。"

如懿微微沉吟，想起海兰平生，虽然居于妃位，但君王的恩宠却早早就已断绝，实在也是可怜，便道："话虽这样说……"

海兰却不以为意，只是含了一抹深浅得宜的笑："话虽这样说，只要皇上如今心里眼里有永琪，臣妾也便心安了。"

如懿握一握她的手道："你放心，求仁得仁。对了，这个时辰，永琪在午睡吧？"

海兰白净的面上露出一丝喜色，却又担忧："永琪性子好强，哪肯歇一歇。皇上前几日偶然提了一句圣祖康熙爷精通天文历算，他便在苦学呢。臣妾怕他热坏了身子，要他休息片刻，他也不肯，只喝了点绿豆百合汤便忙着读书了。"

如懿颔首道："永琪争气是好事，也让咱们两个做额娘的欣慰。只是用功虽好，也要顾着点儿自己的身子。"

海兰轻轻搅着冰碗里的蜜瓜，银勺触及碗中的碎冰，声音清洌而细碎。她笑嗔道："娘娘说得是。只是皇上如今更器重嘉贵妃的四阿哥永珹，每隔三日就要召唤到身边问功课的，永琪不过五六日才被叫去一次。臣妾也叮嘱了永琪，虽然用功，但不可露了痕迹，太过点眼。皇后娘娘是知道嘉贵妃的性子的，一向目下无人，如今她的儿子得意，更容不下旁人了。"

如懿听得十分入心，便道："你的心思和本官一样。来日方长，咱们不争这一时的长短，且由她得意吧。"

海兰抚摩着手上一颗蜜蜡戒指，颇为犹疑："这些日子臣妾的耳朵里刮过几阵风，不知可也刮到娘娘耳朵里了？"

如懿取了一枚青杏放在口中，酸得微微闭上了眼睛，道："每日刮的风多了，你且说说，是哪一阵风让你也留心了。"

海兰欲言又止，然而，还是耐不住，看着摇篮中熟睡的小公主，爱怜地抚摩上她苹果般红润的面庞，心中也不觉怜惜，这般可爱的孩儿，怎会得了要小心养护的心症。宫中儿女多艰，从此如懿也要多一重心事了。

海兰微微转首，牵动鬓边的银线流苏脉脉晃出一点儿薄薄的微亮："臣妾只有永琪一个儿子，娘娘亦只有十二阿哥。想当年，孝贤皇后在世，有富察氏的身家深厚，也盼望多多得子。可见皇子多些，地位是可安稳不少。"她盈盈一笑，略略提起精神："幸好皇后娘娘恩眷正盛，只怕很快就会又有一位皇子了。"

海兰的眼角闪过一丝凄楚："若是舒妃还在，一定也会这样真心祝福娘娘。只可惜君情凉薄，可惜了她绮年玉貌了。"她微带了一丝哽咽："只是也怪舒妃太看不穿了，宫中何来夫妻真心，她看得太重，所以连自己也赔了进去。"她说罢，只是摇头叹息。

如懿神色黯然如秋风黄叶，缓缓坠落："很早之前，你便有这样的言语提醒本宫。所以本宫万幸，比舒妃多明白一些。"

海兰默默片刻，眼中有清明的懂得："皇后娘娘久在宫中，看过的也比一叶障目的舒妃多得多。臣妾只求……"

如懿未及她说完，低低道："你要说的本宫明白。求不得情，便求一条命在，一世安稳。"

海兰露出了然的笑意，与如懿双手交握："皇后娘娘有嫡子十二阿哥，永琪来日一定会好好儿辅佐十二阿哥，咱们会一世都安安稳稳的。"她轻声道："这个心愿这样小，臣妾每每礼佛参拜，都许这个愿望。佛祖听见，一定会成全的。"

如懿婉然笑道："是。一定会成全的。"

圆明园虽然比宫中清凉，但京中的天气向来是秋冬极寒、夏日苦热，如懿午睡醒来，哄了哄璟兕，又陪着永璂玩耍了一会儿，便携了容珮往芳碧丛去。

七月正是京中最为酷热之时，皇帝心性最不耐热，按着以往的规矩，便要去承德的避暑山庄，正好也可行木兰秋狝。这几日不知为何事耽搁了，一直滞留在书房中，夜夜也未召幸嫔妃。如懿心中疑惑，也少不得去看看。

如懿才下了辇轿，却见金玉妍携了四阿哥永珹喜滋滋从芳碧丛正殿出来，母子俩俱是一脸欢喜自傲。如懿坐在辇轿中，本已闷热难当，骤然看了玉妍得意扬扬的样子，心中愈加不悦。倒是李玉乖觉，忙扶了如懿的手低声道："皇后娘娘，这几日皇上不召幸嫔妃，嘉贵妃便借口暑热难行，怕四阿哥中暑，每每都陪着四阿哥来见皇上。"

如懿轻轻一嗤："她倒聪明！总能想着法子见皇上！"

李玉恭敬道："那是因为嘉贵妃比不得皇后娘娘，可以任何时候都能见到皇上。身份不同，自然行事也不同了。"

如懿一笑置之，举目望见玉妍的容颜，虽然年过四十，却丝毫不见美人迟暮之色。她纵使不喜玉妍，亦不得不感叹，此女艳妆的面庞丝毫无可挑剔，恍若还是初入潜邸的年岁，风华如攀上枝头盛开的凌霄花，明艳不可方物。仿佛连岁月也对她格外厚待，不曾让她失去最好的容色。

如懿不觉感慨："难怪皇上这些年都宠爱她，也不是没有道理。"

容珮低笑道："嘉贵妃最擅养颜，听闻她平时总以红参煮了汤汁沐浴浸泡，又以此物洗面浸手，才会肤白胜雪，容颜长驻。左不过她娘家李朝最盛产这个，难不成娘娘还以为她最喜食家乡泡菜，才会如此曼妙？"

如懿笑道："当真有此奇效，也是她有耐心了。"

如懿扶了容珮的手缓缓上台阶。殿前皆是金砖墁地，乌沉沉的如上好的墨玉，被日头一晒，反起一片白茫茫的刺眼，越加觉得烦热难当。

玉妍见是如懿，便牵着永珹的手施礼相见。如懿倒也客气："天气这么热，永珹还来皇上跟前伴驾，可见皇上对永珹的器重。"

玉妍着一身锦茜色八团喜逢春如意襟展衣，裙裾上更是遍刺金枝纹样，头上亦是金宝红翠，摇曳生辉。在艳阳之下，格外刺眼夺目，更显得花枝招展，一团华贵喜气。玉妍见儿子得脸，亦不觉露了几分得意之色，道："皇后娘娘说得是。皇上说永珹长大了，前头大阿哥和二阿哥不在了，三阿哥又庸碌，许多事只肯跟永珹商量。只要能为皇上分忧，这天气哪怕是要晒化了咱们母子，也是要来的。"

如懿听得这些话不入耳，当下也不计较，左右人多耳杂，自然有人会把这样的话传去给永璋的生母纯贵妃绿筠听。她只是见永珹长成了英气勃勃的少年，眉眼间却是和他母亲一般的得意，便含笑道："永珹，皇阿玛如此器重你，你可要格外用心，有什么不懂的，多问问师傅，也可指点你一二。"

　　永珹少年心性，也不加掩饰，便道："回皇额娘的话，皇阿玛问儿子的，书房的师傅也指点不了。"

　　如懿奇道："哦？本宫也听闻皇上这些天忙于政事，和群臣商议，原来也告诉你了。果然，咱们这些妇道人家，都是耳聋目盲，什么都不知道的。"

　　少年郎的眼中闪耀着明亮的欢喜："是。皇阿玛这些日子都在为南河侵亏案烦恼。"

　　如懿略有耳闻，便道："京中酷热，但南方淫雨连绵。听闻洪泽湖水位暴涨，漫过坝口，邵伯运河二闸冲决，淹了高邮、宝应诸县。"

　　永珹一一道来："皇阿玛如今已经命刑部尚书刘统勋、兵部尚书舒赫德及署河臣策楞赶赴水患工次督工赈灾，查办此事。还拨了江西、湖北米粮各十万石赈江南灾，至于拨米粮之事，都已交给儿臣跟着查办，也让五弟跟着儿子一起学着。"

　　他说到末了一句，唇边已颇有趾高气扬之色，仿佛永琪亦不过是他小小随从。玉妍看着儿子，一脸的喜不自禁，拿了绢子替他擦汗，口中似是嗔怪，唇边却笑意深深："好了。你皇阿玛交代你去做，你好好儿做便是了，也别忘了提携提携你五弟。听说这河运上的事是高斌管照的，亏他还是慧贤皇贵妃的阿玛呢，原该做事做老成了的，却也这样无用！"

　　如懿的笑容淡了下来，盯着永珹道："都是自家兄弟，有什么提携不提携的话。兄友弟恭，皇上自然会喜欢的。"

　　永珹被她盯得有些不自在，只得垂首答了"是"。

　　玉妍正在兴头上，哪里听得进这样的话，却也不便发作，便抚着永珹的肩膀道："永珹，额娘平生最得意有三件事。一是以李朝宗室王女的身份许

333

嫁上国；二是得幸嫁与你皇阿玛，恩爱多年；三便是生了你们兄弟几个，个个是儿子。"她妩媚的眼波流盼生辉，似笑非笑地瞋了如懿一眼，只看着永珹道："有时候啊，额娘也想生个女儿，可是细想想，女儿有什么用啊，文不能建基业，武不能上战场，一个不好，便和端淑长公主似的嫁了老远不能回身边，还要和蛮子们厮混，真是……"她细白滑腻的手指扬了扬手中的洒金水红绢子，像一只招摇飞展的蝴蝶，微微欠了身子娇滴滴道："哎呀！皇后娘娘，臣妾失言，可不是说皇后娘娘生了公主有什么不好。儿女双全，又是在这个年岁上得的一对儿金童玉女，真真是难得的福气呢。"

容珮听她说得不堪，皱了皱眉便要说话，如懿暗暗按住她的手，淡淡笑道："岁月不饶人，想来嘉贵妃虚长本宫几岁，一定更有感触呢。"她转而笑得恬淡从容："出身李朝就是这般好，听闻李朝盛产红参，每年奉与嘉贵妃许多，听闻嘉贵妃常用红参水沐浴洗漱，所以才得这般容颜光滑，可见李朝的妙人妙物真是不少呢。"

玉妍越发得意，笑吟吟道："其实这些好有什么呢，只要臣妾的几位阿哥争气，有什么好是将来没有的呢。"

如懿暗暗失笑，面上却不露分毫："可不是？只是嘉贵妃和李朝的娘家也未免小气了些，这么好的红参藏着掖着不给宫里的姐妹用也罢了，怎么连太后也不奉与呢？为媳为妾之道，难道李朝都没有教与嘉贵么？"

玉妍蹙了蹙描得秀长的柳叶眉，有些不服气道："不仅臣妾，李朝每年进奉太后的红参也不少呢。"

容珮轻轻"咦"了一声，恭恭敬敬道："嘉贵妃小主对太后一片孝心，李朝也恭谨有加。只是这孝心对着太后，还是嘉贵妃小主自己的私心重了点儿啊，否则怎么奉与太后的红参还不够太后沐浴保养的呢。啧啧……真是……"

玉妍面上一阵红一阵白，正欲辩白，如懿温然笑着，含了不容置疑的口吻道："容珮，当然不是嘉贵妃和李朝小气，是太后节俭，不喜奢靡罢了。佛家曰人生在世不过一皮囊而已，爱恨嗔痴喜怒哀乐都须节制，更不必为贪嗔喜恶怒着迷陷入其中。"她垂眸望着永珹："永珹，你皇阿玛喜欢你器重你，把你作为诸位皇子的表率，你更不宜轻言喜怒，露了轻狂神色，叫奴才们笑话。"

永珹听如懿郑重教诲，也即刻收了得意之色，垂首答允。

容珮撇了一抹笑道："四阿哥有什么不知道，尽管请教皇后娘娘，娘娘是您的嫡母，与皇上体通一心，比不得那些下九流上不得台面的，生生教坏了您，让您失了皇上的喜欢。"

玉妍面色铁青，如被严霜，却也实在挑不出什么，只得拽了永珹的手，施礼退开。

如懿看了看玉妍的神色，不觉低声笑道："容珮，你的嘴也太坏了。"

容珮有些讪讪，却也直言："奴婢对着心坏的人嘴才坏。娘娘何曾看奴婢对愉妃小主和舒妃小主她们这么说过话？"

如懿笑着戳了戳她的面颊，便进殿去了。

芳碧丛书房里极安静。为着皇帝这几日繁忙喜静，连廊下素日挂着的各色鸟笼都摘走了，只怕哪一声嘀呖莺啭吵着了皇帝，惹来弥天大祸。殿中虽供着风轮，仍有两对小宫女站在皇帝身后举着芭蕉翠明扇交相鼓风，却不敢有一点儿呼吸声重了，怕吵着皇帝。

如懿见皇帝只是伏案疾书，便示意跟着的菱枝放下手中的食盒，和容珮一起退下去。如懿行礼如仪，皇帝扶了她一把，道："天气热，皇后刚出月子，一路过来，仔细中暑。"

如懿听他声音闷闷的，想是为国事烦忧，也不敢多言，便静静守在一旁，替皇帝研墨。皇帝很快在奏折上写了几笔，揉了揉额角，转首见小太监伺候在侧，便扬了扬脸示意他们下去，方道："你来得正好，朕忙了一日，正想和你说说话。"

如懿笑道："臣妾还怕吵着皇上，惹皇上烦恼呢。"

皇帝扬了扬嘴角算是笑："怎会？朕只要一想到咱们的璟兕，心里便欢喜，怎会烦恼呢？"

如懿停下手中的墨，替皇帝斟上茶水，道："皇上喝杯茶润润喉吧。"

皇帝饮了口茶，如话家常："朕偶尔听见后宫几句闲话，说舒妃任性纵火焚宫，是因为与皇后亲近，一向得皇后纵容的缘故？"

如懿见皇帝似是开着一个不经意的玩笑，并无多少认真的神色，可是后背不禁一凉，仿佛风轮吹着冰雕的寒意透过薄薄衣衫，直坠入四肢百骸。皇帝近日并不曾召幸嫔妃，既是因为意欢自焚难免郁郁，另则又忙于政事，若说听到后宫的闲话，无非只是见过金玉妍而已。如懿心中暗恨，不觉咬紧了贝齿，更不敢将皇帝的话当作玩笑来听，即刻屈身跪下道："皇上这样的话，虽是玩笑一句，可臣妾实不敢听。不知后宫有谁这样不把皇上天威放在眼中，敢这样肆意胡言，真是臣妾管教后宫不严之过。"

皇帝笑容微敛，眼底多了几分漆黑的凝重："哦？这话怎么是不把朕的天威放在眼中了？"

如懿垂首谨慎道："舒妃宫中失火，后宫上下皆知是她思念十阿哥，伤心过甚，才会一时烛火不慎惹起大火，也折损了自己。谁又敢胡言舒妃自焚？妃嫔自裁本是大罪，何况是烧宫且活生生烧死了自己？这样胡嚼舌根的话传出去，旁人还当皇上的后宫是个什么逼死人的地方呢。"如懿说到此处，不免抬头看了眼皇帝，见他只是以沉默相对，眼中却多了几分薄而透的凛冽，仿佛细碎的冰屑，微微扎着肌肤。她垂下眼眸，一脸自责："何况臣妾虽喜爱舒妃，但也是因为她侍奉皇上多年，心中唯有皇上一人，又诞育了十阿哥。平时虽然不与宫中姐妹多亲热，但也是个知道分寸、言行不得罪人的。若论臣妾与舒妃亲近，哪比得上舒妃多年来得皇上宠爱关怀，所以皇上听来的这些话，明里指着臣妾纵容舒妃，岂不知是暗指皇上宠爱舒妃才娇纵出焚宫的祸事。这样大不敬冒犯皇上的话，臣妾如何敢入耳呢？"

皇帝静了片刻，似是在审视如懿，但见她神色坦荡，并无半分矫饰之意，眼中是寒冰亦化作了三月的绿水宁和，伸手笑着扶起如懿道："皇后的话入情入理。朕不过也是一句听来的闲话而已。"

御座旁边放置了黄底万寿海水纹大瓮，上头供着雕刻成玲珑亭台楼阁的冰雕，因着放得久了，那冰雕慢慢融化，再美的雕刻也渐渐成了面目全非，只听得水滴声缓缓一落，一落，如敲打在心间。

如懿屈膝久了，膝盖似被虫蚁咬啮着，一阵阵酸痛发痒，顺势扶着皇帝的手臂站起身来，盈盈一笑，转而正色道："皇上说得是。只是皇上可以把这样的话当玩笑当闲话，臣妾却不敢。舒妃虽死，到底是后宫姐妹一场。她尸骨未寒，又有皇上和臣妾为平息奴才们的胡乱揣测，反复言说舒妃宫中失火只是意外，为何还有这样昏聩的话说出来？臣妾细细想来，不觉心惊，能说出这样糊涂话来的，不仅没把一同伺候皇上的情分算进去，更是把臣妾与皇上的嘱咐当作耳边风了。"她抬眼看着皇帝的神色，旋即如常道："自然了。臣妾想，这样没心智的话，能说出来也只能是底下伺候的糊涂奴才罢了，必不会是嫔妃宫眷。待臣妾回去，一定命人严查，看谁的舌头这么不安分，臣妾必定狠狠惩治！"

如懿素来神色清冷，即便一笑亦有几分月淡霜浓的意味。此刻窗外蓬勃的艳阳透过明媚的花树妍影，无遮无拦照进来，映在她微微苍白的脸上，越显得她肤色如霜华淡淡。

皇帝的脸色微微一沉，很快笑着欣慰地拍拍如懿的手，神色和悦如九月金澄澄的暖阳："有皇后在，朕自然放心。"

如懿莞尔一笑，然而她亦不能不心惊，永珹日渐得皇帝器重，他毕竟在诸位皇子中年纪颇长，永璂年幼尚不知事，永琪出身不如永珹，暂时只得韬光养晦。母凭子贵，金玉妍的一言一行在皇帝心中分量日重，如懿自己便是由着贵妃、皇贵妃之位一步步登上后位的，如何能不介意。想到此节，如懿暗暗攥紧了手中的绢子，那绢子上的金丝八宝缨子细细地摩着掌心，被冷汗浸湿了，痒痒地发刺。她只得愈加用力攥住了，才能屏住脸上气定神闲的温柔笑意。

殿中关闭得久了，有些微微地气闷。如懿伸手推开后窗，但见午后的阳光安静地铺满朱红碧翠宫苑的每一个角落，一树一树红白紫薇簌簌当风开得正盛，衬着日色浓淡相宜。日光洒过窗外宫殿飞翘的棱角投下影来，在室中缓缓移动，风姿绰绰，好似涟漪轻漾，恍然生出了一种相对无言的忧郁和惆怅。偶尔有凉风徐徐贯入，拂来殿中一脉清透。隔着远远的山水泼墨透纱屏风，吹动帷帘下素银镂花香球微击有声，像是夜半雨霖铃。满室都是这样空茫的风声与雨声，倒不像是在酷热的日子里了。

如懿从泥金花瓣匣里取了几片新鲜的薄荷叶放进青铜顶球麒麟香炉里，那浓郁至甜腻的百合香亦多了几分清醒的气息。她做完这一切，方从带来的红竹食盒里取出一碗莲子百合红豆羹来，柔婉笑道："一早冰着的甜羹，怕太冰了伤胃。此刻凉凉的，正好喝呢。"

皇帝瞧了一眼，不觉笑着刮了刮如懿的脸颊道："红豆生南国，最是相思物。皇后有心。"

如懿轻巧侧首一避，笑道："百年好合，莲子通心，皇上怎的只看见红豆了？"

皇帝舀了一口，闭目品味道："是用莲花上的露水熬的羹汤，有清甜的气味。一碗甜羹，皇后也用心至此么？"

如懿的笑如同一位痴痴望着夫君的妻子，温婉而满足："臣妾再用心也不过这些小巧而已，不比永璜和永琪能干，能为皇上分忧。"

皇帝道："来时碰到永璜与嘉贵妃了？"

如懿替皇帝揉着肩膀，缓声道："嘉贵妃教子有方，不只永璜，以后永璇和永瑆也能学着哥哥的样子呢。"

皇帝倒是对永璜颇为赞许："嘉贵妃虽然拔尖儿要强，有些轻浮不大稳重，但永璜却是极好的。上次木兰围场之事后，朕实在对他刮目相看，又比永琪更机灵好胜。男儿家嘛，好胜也不是坏事。"

如懿俨然是一副慈母情怀，接口道："最难得的是兄友弟恭，不骄不矜，还口口声声说要提携五阿哥呢。也是愉妃出身寒微，不能与嘉贵妃相较。难得嘉贵妃有这份心，这般教导孩儿重视手足之情。"

皇帝的脸色登时有几分不豫："他们是兄弟，即便愉妃出身差些，伺候朕的时候不多，但也说不上要永璜提携永琪，都是庶子罢了。何况永琪还养在皇后你的膝下，有半个嫡子的名分在。"

"什么嫡子庶子！"如懿蕴了三分笑意，"在臣妾心里，能为皇上分忧的，才是好孩子。"她半是叹半是赞："到底是永璜能干，小小年纪，也能在河运钱粮上为皇上分担了。可见得这些事，还是自己的孩子来办妥当。有句话嘉贵妃说得对，高斌是做事做老成了的，却也不济事了。"

皇帝剑眉一扬，已含了几分不满，声线亦提高："这样的话是嘉贵妃说的？她身为嫔妃，怎可妄言政事！这几日她陪永璜进来，朕但凡与永璜论及南河侵亏案时，也只许她在侧殿候着。可见这样的话，必是永璜说与他额娘听的！"

如懿有些战战兢兢，忙看了一眼皇帝，欠身谢罪道："皇上恕罪，嘉贵妃是永璜的生母，永璜说些给他额娘听，也不算大罪啊！"她一脸的谨小慎微："何况皇上偶尔也会和臣妾提起几句政事，臣妾无知应答几句，看来是臣妾悖妄了。"

皇帝含怒叹息道："如懿，你便不知了。朕是皇帝，你是皇后，有些话朕可以说，你可以听。但永璜刚涉政事，朕愿意听听他的见解，也叮嘱过他，身为皇子，凡事不可轻易对人言，喜恶不可轻易为人知，连对身边至亲之人亦如是。"他摇头："不想他一转身，还是忘了朕的叮嘱。"

如懿赔笑道："永璜年轻，有些不谨慎也是有的。"

皇帝道："这便是永琪的好处了。说话不多，朕有问才答，也不肯妄言。高斌在南河案上是有不妥，但毕竟是朕的老臣，好与不好，也轮不到嘉贵妃与永璜来置喙。看来是朕太过宠着永璜，让他过于得志了。"

如懿见皇帝动气，忙替他抚了抚心口，婉声道："皇上所言极是。永璜心直口快，将皇上嘱咐办的事和臣妾或是嘉贵妃说说便算了，若出去也这般胸无城府，轻率直言，可就露了皇上的心思了。本来嘛，天威深远，岂是臣下可以随意揣测的，更何况轻易告诉人知道。"

皇帝眸中的阴沉更深，如懿也不再言，只是又添了甜羹，奉与皇帝。二人正相对，却见李玉进来道："皇上，后日辰时二刻，总督那苏图之女戴氏湄若便将入宫。请旨，何处安置。"

皇帝徐徐喝完一碗甜羹，道："皇后在此，问皇后便是。"

如懿想了想道："且不知皇上打算给戴氏什么位分，臣妾也好安排合她身份的住所。"

皇帝沉吟片刻，便道："戴氏是总督之女，又是镶黄旗的出身。她尚年轻，便给个嫔位吧。"他的手指笃笃敲在沉香木的桌上，思量着道："封号便拟为忻字，取欢欣喜悦之情，为六宫添一点儿喜气吧。"

如懿即刻道："那臣妾便将同乐院指给忻嫔吧。"她屈身万福，保持着皇后应有的气度，将一缕酸辛无声地抿下："恭喜皇上新得佳人。"

皇帝浅浅笑着："皇后如此安排甚好。李玉，你便去打点着吧。"

此后几日，如懿再未听闻金玉妍陪伴永琭前往芳碧丛觐见皇帝，每每求见，也是李玉客客气气挡在外头，寻个由头回绝。便是永琭，见皇帝的时候也不如往常这般多了。

这一日的午睡刚起，如懿只觉得身上乏力，哄了一会儿永璂和璟兕，便看着容珮捧了花房里新供的大蓬淡红蔷薇来插瓶。

那样娇艳的花朵，带露沁香，仿若芳华正盛的美人，惹人爱怜。

如懿掩唇慵慵打了个哈欠，靠在丝绣玉兰花软枕上，慵懒道："皇上昨夜又是歇在忻嫔那儿？"

容珮将插着蔷薇花的青金白纹瓶捧到如懿跟前，道："可不是？自从皇上那日在柳荫深处偶遇了忻嫔，便喜欢得不得了。"

如懿取过一把小银剪子，随手剪去多余的花枝："那时忻嫔刚进宫，不认识皇上，言语天真，反而让皇上十分中意，可见也是缘分。"

容珮道："缘分不缘分的奴婢不知。忻嫔年轻貌美，如今这般得宠，宫中几乎无人可及。皇后娘娘是否要留心些？"

如懿修剪着瓶中大蓬蔷薇的花枝，淡淡道："忻嫔出身高贵，性子活泼烂漫，皇上宠爱她也是情理之中。何况自从玫嫔离世，舒妃自焚，嘉贵妃也被皇上冷落，纯贵妃与愉妃、婉嫔都不甚得宠，唯有庆嫔和颖嫔出挑些，再不然就是几个位分低的贵人、常在，皇上跟前是许久没有新人了。"

容珮撇撇嘴道："年轻貌美是好，可谁不是从年轻貌美过来的？奴婢听闻皇上这些日子夜夜歇在忻嫔的同乐院，又赏赐无数，真真是殊宠呢。"

如懿转过脸，对着妆台上的紫铜鸾花镜，细细端详着镜中的女子，纵然是云鬓如雾，风姿宛然依稀如当年，仔细描摹后眉如远山含翠，唇如红樱沁朱，一颦一笑皆是国母的落落大方，气镇御内。只是眉梢眼角悄悄攀缘而上的细纹已如春草蔓生，不可阻挡。她的美好，已经如盛放到极致的花朵，有种芳华将衰开到荼蘼的艳致。连自己都明白，这样的好，终将一日不如一日了。

如懿下意识地取出一盒绿梅粉，想要补上眼角的细碎的纹路，才扑了几下，不觉黯然失笑："有时候看着今日容颜老于昨日，还总是痴心妄想，想多留住一刻青春也是好的，却连自己也不得不承认，终究是老了，也难怪皇上喜欢新人。"

容珮朗声正气道："中宫便是中宫，正室便是正室，哪怕那些妾侍个个貌美如花，也不能和娘娘比肩的。"

如懿微微颔首，语意沉着："也是。是人如何会不老，红颜青春与年轻时的爱恋一般恍如朝露，逝去无痕，又何必苦苦执着。拿得住在手心里的，从来不是这些。"

容珮眉目肃然，沉吟着道："娘娘说得极是。只是皇后娘娘方才说起嫔妃们，忘了还有一位令妃。"

如懿仔细避开蔷薇花枝上的细刺，冷冷道："本宫没忘。虽然上回着你去寻令妃，你回禀本宫她正在太后宫中受斥责，又说为了十阿哥死后唱昆曲见罪于本宫，才被太后罚去十阿哥灵前跪着，偶遇了舒妃，与舒妃的死并无干系。但不知怎的，本宫心里总不舒服。这些日子她都自闭于宫中思过，倒是安静些了。"她的心思微沉："这几日她日日写了请罪表献与本宫，述及往日的情分，言辞倒也可怜。"

容珮轻哼一声道："狐媚子就是狐媚子，再请罪也脱不了那可怜巴巴样儿！至于她安静不安静，一路看着才知道。"

如懿闻着清甜的花香，心中稍稍愉悦："好了，那便不必理会她，由着她去吧。皇上过几日要去木兰围场秋狩，本宫才出月子不久，自然不能相陪，皇上可挑了什么人陪去伺候么？"

容珮道："除了最得宠的忻嫔，便是颖嫔和恪常在。另则，皇上带了四阿哥和五阿哥，自然也带了嘉贵妃和愉妃小主。"

如懿听得"愉妃"二字，心下稍暖："其实海兰虽然失宠，但皇上总愿意和她说说话，与她解语相伴，又有永琪争气，倒也稳妥，不失为一条求存之道。"

容珮微微凝眉："娘娘这样说，有句话奴婢倒是僭越了，但不说出来，奴婢到底心中没个着落，还请娘娘宽恕奴婢失言之罪。"

如懿折了一枝浅红蔷薇簪在鬓边，照花前后镜，口中徐徐道："你说便是。"

容珮道："如今皇上的诸位皇子之中，没了的大阿哥和二阿哥不提，三阿哥郁郁不得志。皇子之中，咱们十二阿哥固然是嫡子，但到底年幼，眼下皇上又最喜欢四阿哥。这些日子皇上固然有些疏远嘉贵妃和四阿哥，但是四阿哥极力奔走，为江南筹集钱粮，十分卖力，皇上又喜欢了。奴婢想……"她欲言又止，还是忍不住道："奴婢想嘉贵妃一心是个不安分的，又有李朝的娘家靠山，怕是想替四阿哥谋夺太子之位也未可知。"

如懿轻轻一嗤："什么也未可知，这是笃定的心思。嘉贵妃当年盯着后位不放，如今自然是看着太子之位了。"

容珮见如懿这样说，越发大了胆子道："奴婢想着，除了四阿哥，皇上还喜欢五阿哥。若皇上动了立长的心思，咱们看来，自然是选五阿哥比选四阿哥好。可即便是五阿哥养在娘娘膝下过，恕奴婢说句不知轻重的话，五阿哥到底不是娘娘肚子里出来的，再好再孝顺也是隔了层肚皮的。"

如懿正拨弄着手中一把象牙嵌青玉月牙梳，听得此言，手势也缓了下来。外头暑气正盛，人声寂寂，唯有翠盖深处的蝉不知疲倦地鸣叫着，咝一声又咝一声地枯寂。那声音听得久了，像一条细细的绳索勒在心上，七缠八绕的，烦乱不堪。

如懿长嘘一口气道："容珮，除了你也不会再有第二人来和本宫说这样的话。便是海兰和本宫如此亲近，这一层上也是有忌讳的。这件事本宫自生了永璂，心里颠来倒去想了许多次，如今也跟你说句掏心窝子的话吧。"她镇一镇，声音沉缓入耳："只要本宫是皇太后，永璂未必要是太子。"

容珮浑身一震，神色大变，旋即跪下道："娘娘的意思是……"

如懿握紧了手中的梳子，神色沉稳如磐石："永璂还小，虽然是嫡子，但一切尚未可知。若永琪贤能有担当，他为储君也是好事，何必妄求亲子？永璂来日若做一个富贵王爷，也是好的。"

容珮低头思索片刻，道："娘娘真这样想。"

如懿看着她，眸中澄静一片："你与本宫之间，没有虚言。"

容珮定了定神，道："无论娘娘怎么选怎么做，奴婢都追随娘娘。"

正说着，只见李玉进来道："皇后娘娘，皇上说了，请您晚膳时分带着五公主往芳碧丛一同用膳。"

如懿颔首道："知道了。"

李玉躬身退下，如懿吩咐道："容珮，去准备沐浴更衣，本宫要去见皇上。"

第三十章　昆艳

　　天色将晚，暑气隐隐退却，凉风如玉而至，渐渐清凉，倒也惬意。如懿抱着璟兕与皇帝一同用膳。

　　皇帝见了如懿，便伸手挽了她一同坐下。皇帝才要侧身，不觉留驻，在她鬓边轻嗅流连，展颜笑道："今日怎么这样香，可是用了上回西洋送来的香水？"

　　如懿轻悄一笑："一路过来荷香满苑，若说衣染荷花清芬，倒是有几分道理。"

　　容珮在旁笑得抿嘴："回皇上的话。皇后娘娘总说那西洋香水不易得，皇上除了给太后和几位长公主，满宫里只给娘娘留了两瓶，娘娘倒不大舍得用它呢。倒是皇上上回送来的西洋自鸣钟，娘娘喜欢得紧，只是如今怕吵着五公主，也收起来了。"

　　皇帝笑道："如懿如懿，你也真是小气。什么好的不用，都收着做什么？"

　　如懿笑吟吟睇着他："知道皇上心疼璟兕，但凡好的，臣妾都留给璟兕做嫁妆吧，到时候皇上便说臣妾大方又舍得了。"

　　容珮亦笑："皇后娘娘别的小气，可皇上为娘娘亲制的绿梅粉，皇后娘娘最是舍得，每日必用无疑。"

　　皇帝旋即明白，拊掌道："是了。你一向喜爱天然气味，所以连宫中制香也不甚用，何况西洋香水。"他撇嘴，眼底含着一抹深深笑意："原是朕赏错了人，反倒错费了。"

　　如懿摇首长叹："可不是呢。臣妾心里原是将一番心意看得比千里迢迢来的西洋玩意儿重得多了。"

说罢，二人相视而笑。

皇帝摆手道："都做额娘的人了，还这般伶牙俐齿。朕便找个与你性子相投的人来。"

李玉忙道："回皇上皇后的话，忻嫔小主已在外头候着了，预备为皇上皇后侍膳。奴才即刻去请。"说罢湘妃竹帘一打，只见一个玲珑娇小的女子盈盈而入，俏生生行了礼道："皇上万福金安，皇后娘娘万福金安。"说罢又向着如懿行大礼："臣妾忻嫔戴氏，叩见皇后娘娘。"

如懿见她抬头，果真生得极是妍好，不过十六七岁年纪，眉目间迤逦光耀，肌映晨霞，云鬓翠翘，一颦一笑均是天真明媚，娇丽之色便在艳阳之下也无半分瑕疵。她活像一枚红而饱满的石榴籽，甜蜜多汁，晶莹得让人忍不住去亲吻细啜。宫中美人虽多，然而，像忻嫔一般澄澈中带着清甜的，却真是少有。

如懿便含笑："快起来吧。在外头候着本就热，一进来又跪又拜，仔细一个脚滑跌成个不倒翁，皇上可要心疼了。"

忻嫔一双眸子如暗夜里星光璀璨，立即笑道："原来皇后娘娘也喜欢不倒翁。臣妾在家时收了好些，还有无锡的大阿福。臣妾初初入宫，想着宫里什么都有，所以特备了一些打算送给十二阿哥和五公主呢。"

如懿听她言语俏皮，虽然出身大家，却无一点儿骄矜之气，活泼爽快之余也不失了分寸。又看她侍奉膳食时语笑如珠，并无寻常嫔妃的拘谨约束，心下便有几分喜欢。

一时饭毕，皇帝兴致颇好，便道："圆明园中荷花正盛，让朕想起那年去杭州，未曾逢上六月荷花别样红，当真是遗憾。"

忻嫔接过侍女递上的茶水漱了口，乖巧道："臣妾随阿玛一直住在杭州，如今进了圆明园，觉得园子里兼有北地与南方两样风光，许多地方修得和江南风景一般无二，真正好呢。"

如懿笑道："忻嫔的阿玛是闽浙总督，一直在南边长大，她说不错，必

347

然是不错的。"

彼时小太监进忠端了水来伺候皇帝浣手,便道:"奴才今儿下午经过福海一带,见那里的荷花正开得好呢,十里荷香,奴才都舍不得离开了。"

皇帝拿帕子拭净了手,起身道:"那便去吧!"

福海边凉风徐至,十里风荷如朝云霭叇,轻曳于烟水渺渺间,带着水波茫茫清气,格外凉爽宜人。

皇帝笑道:"不是朕宠坏了忻嫔,是她的确有可宠爱之处。"

如懿含笑道:"若说宫中嫔妃如繁花似锦,殷红粉白,那忻嫔便是开得格外清新俏丽的一朵。"

皇帝笑着握住她的手:"皇后的比方不错,可朕更觉得忻嫔的性子如凉风宜人,拂面清爽。"

如懿逗弄着乳母怀中的璟兕:"皇上这句可是极高的褒奖,真要羡杀宫中的姐妹了。"

皇帝笑叹着揉了揉眉心:"这些日子为江南水灾之事烦恼,也幸得忻嫔言语天真,才让朕高兴了些。朕也想皇后方才的比方来说忻嫔实在不够出挑,可若真论出挑,宫中性子最别致的却是舒妃,如翠竹生生,宁折不弯……"皇帝话未说完,自己的神色也冷了下来,摆手道:"罢了,不说她了。这么傲气本不是什么好事。"

忻嫔转过头,鬓边的碎珠流苏如水波轻漾,有行云流水般的轻俏,她好奇道:"舒妃是谁?怎会有女子如翠竹?"她见皇帝脸色不豫,很快醒神,脆生生笑道:"其实太过傲气有什么好,譬如翠竹,譬如梅花,被积雪一压容易折断。换作臣妾呀,便喜欢做一枝女萝,有乔木可以依托便是了。"

如懿听忻嫔说得无忧无虑,蓦然想起前人的诗句:女萝附松柏,妄谓可始终①。大概世间许多女子的梦想,只是希望有乔木松柏般的男子可以依托

① 出自古直《哀朝鲜》诗。在古代,常以"女萝"依附"松柏""乔木"来比喻女子对男子的依附。

始终而已吧。

皇帝笑着捏一捏忻嫔红润的脸，笑道："朕便喜欢女萝的婉顺。"

朝舞玉佩迎，高松女萝附①。如懿低下头来，看着荔枝红缠枝金丝葡萄纹饰的袖口，繁复的金丝刺绣，缠绕着紫瑛与浅绿莹石密密堆砌三寸来阔的葡萄纹堆绣花边。那样果实累累的葡萄，原来也有着最柔软的藤蔓，才能攀缘依附，求得保全。她微微一笑，凝视着十指尖尖，指甲上凤仙花染出的红痕似那一日春雨舒和的火色，红得刺痛眼眸。

她想，或许她和意欢这些年的亲近，也是因为彼此都不是女萝心性的人吧。

如懿知道皇帝心中介怀，也不顺嘴说下去，便指着一丛深红玫瑰向璟兕道："玫瑰花儿好看，又红又香，只是多刺，璟兕可喜欢么？"

皇帝伸手抚着璟兕的脸庞，疼惜道："身为公主，可不得像玫瑰一般，没点儿刺儿也太轻易被人折去了。"

忻嫔正折了一枝紫薇比在腮边，笑道："公主还没长成呢，皇上就先心疼怕被惜花人采折了呢，可真真是阿玛最疼女儿啊。"

如懿见她言语毫无心机，便也笑道："你在家时，你阿玛一定也最疼你。"

忻嫔满脸骄傲："皇后娘娘说得对极了！阿玛有好几个儿子，可是却最疼臣妾，总说臣妾是他的小棉袄，最贴心了。"

如懿故意扑一扑手中的刺绣玉兰叶子轻罗扇，扇柄上的杏红流苏垂在她白皙的手背上像流霞迷离。她仰面看天叹道："难怪了。如今正值盛暑，忻嫔你的阿玛热得受不了小棉袄了，便只好送进宫来了。"

忻嫔脸上红霞飞转，"哎呀"一声，躲到皇帝身后去了，片刻才探头道："皇后娘娘原来这么爱笑话人。"

正说笑着，只听云间微风过，引来湖上清雅歌声，带着青萍红菱的淡淡

---

① 出自唐代元稹《梦游春七十韵》。

香气，零零散散地飘来。

那是一把清婉遏云的女声，曼声唱道："袅晴丝吹来闲庭院，摇漾春如线。停半晌整花钿，没揣菱花偷人半面，迤逗的彩云偏。我步香闺怎便把全身现。"

这歌声倒是极应景，只闻其声不见其人，极目望去，只见菰叶丛丛，莲叶田田，举出半人高的荷苓殷红如剑，如何看得见歌者是谁。唯有那拖得长长的音调如泣如诉，仿佛初春夜的融雪化开，檐头叮当，亦似朝露清圆，滚落于莲叶，坠于浮萍，更添了入暮时分的缠绵和哀怨。

芙蕖盈芳，成双的白鹭在粼粼波光中起起落落，偶尔有鸳鸯成双成对悠游而过，绵绵的歌声再度在碧波红莲间萦回。

皇帝似乎听得入神，便也停下了脚步，静静侧耳细听。

黄昏的流霞铺散如绮艳的锦，一叶扁舟于潺湲流水中划出，舟上堆满荷花莲叶，沐着清风徐徐，浅浅划近。一个身影纤纤的素衣女子坐在船上，缓缓唱道："没乱里春情难遣，蓦地里怀人幽怨，则为俺生小婵娟。拣名门一例一例里神仙眷。甚良缘，把青春抛得远。俺的睡情谁见？则索要因循腼腆，想幽梦谁边，和春光暗流转。迁延，这衷怀哪处言？"

这一声声女儿心肠既艳且悲，如诉衷肠，且那女声清澈高扬，飞旋而上，如被流云阻住，凄绝缠绵处，连禽鸟无知也难免幽幽咽咽，垂首黯然。

如懿隐隐听得耳熟，已然明白是谁。转首却见皇帝面庞的棱角因这歌声而清润柔和，露出温煦如初阳的笑意，不觉退后一步，正对上随侍在皇帝身后的凌云彻懂得的眼。

果然，凌云彻亦猜到了那人是谁，只是微微摇头，便垂眸守在一边，仿佛未曾听见一般。

如懿嘴角微沉，神色便阴了下去。

所有人都陶醉在她的歌声里，璟兕虽年幼，亦止了笑闹，全神贯注地听着。一曲罢了，忻嫔忍不住拍手道："唱得真好！臣妾在江南听了那么多昆曲，没有人能唱得这般情韵婉转，臣妾的心肠都被她唱软了。"

皇帝负手长立，温然轻吁道："歌声柔婉，让朕觉得圆明园高墙无情，棱角生硬，亦少了许多粗粝，生出几许温柔。"

凌云彻眉心灼灼一跳，恭声道："皇上与忻嫔小主说得是，微臣久听昆曲，也觉得是宫中南府戏班的最好。可见世间好的，都已在宫中了。"

皇帝颔首："嗯，唱词既艳，情致又深，大约真是南府的歌伎了。"

"涉江玩秋水，爱此红蕖鲜。攀荷弄其珠，荡漾不成圆。佳人彩云里，欲赠隔远天。相思无因见，怅望凉风前。红莲当前，佳人便在眼前，皇上真是好艳福呢。"如懿畅然吟诵，向忻嫔使个眼色，忻嫔虽心思简单，但也聪明，即刻挽住皇上手臂道："这不知是南府哪位歌伎唱昆曲呢，臣妾倒觉得，水面风荷圆，此时唱这首《游园惊梦》不算最合时宜，《采莲曲》才是最佳的。不如请皇上和皇后娘娘移步，往臣妾宫里一同听曲吧。"

如懿见忻嫔这般乖觉，心中愈加欢喜，也乐得顺水推舟："也好。外头到底还有些热，五公主年幼，怕身子吃不消。如此，便打扰忻嫔妹妹了。"

皇帝似有几分犹豫，举眸往那船上望去，如懿看一眼李玉，李玉忙拍了拍额头道："哎呀！都怪奴才，往日里皇上少往福海来，怕有婢子不知，在此练曲呢。奴才这便去看看。"

皇帝还要再看，忻嫔已然挽住皇帝，笑着去了。

如懿微微松一口气，落后两步："是令妃？"

凌云彻苦笑道："是她的嗓音。少年时她便喜爱昆曲，有几分功底，微臣听得出她的声音。"

容珮哼道："原以为她安静了几日，原来躲在这里呢。"

如懿瞥她一眼："你既不喜欢，就替本宫去打发了她，不许再有这狐媚样子了。"

容珮即刻答应了"是"，雷厉风行地去了。容珮才绕过双曲桥到了湖边，却见小舟已然停泊在岸，李玉正躬身和一素衣女子说话。容珮心里没好气，却不肯露了鄙薄神色拉低了自己身份，便上前恭恭敬敬行了一礼："令妃娘娘万安。"

351

　　嬿婉原见李玉到来，知道皇帝就在近侧，以为是皇帝遣李玉来传自己，正喜滋滋问了一声："是皇上派公公前来么？"此时乍然见了容珮，不觉花容乍变，勉强镇定道："容姑姑怎么来了？"

　　容珮气定神闲道："奴婢陪皇上、皇后娘娘、忻嫔小主和五公主散步，偶然听到昆曲声，皇上和皇后娘娘随口问了一句，便派奴婢和李公公前来查看。"她见嬿婉一身浅柳色的蹙银线丝绣蝴蝶兰素纱衣深浅重叠，点缀着点点粉色桃花落在衣襟袖口，仿佛轻轻一呵就能化去。那粉红浅绿簇拥在一起本是庸俗，奈何她身段如弱柳纤纤，容貌一如夹岸桃花蘸水轻敷，胭色娇秾，只显得她愈加明艳动人。

　　容珮看着她便有气，脸上却笑着道："皇上说，是哪家南府的歌伎不知礼数，在此唱曲惊扰圣驾，惹得忻嫔小主说唱这曲子不合时宜，还不如听《采莲曲》呢。"她皮笑肉不笑地努努嘴："原来是令妃娘娘啊，那奴婢还是去回禀一声吧。"她故作为难道："可是叫奴婢怎么回呢？难不成说皇上的嫔妃唱曲儿跟南府的歌伎似的吧。这可真真是为难了。"

　　嬿婉听得此节，一腔欢喜期盼如被泼了兜头霜雪，脸色不可控制地灰败下去，只是尚不能完全相信，巴巴儿看着李玉。

　　李玉见嬿婉的泪光泛了上来，笑眯眯道："容姑姑来得正好，奴才也正为这如何回话的事烦恼呢。这照实回吧，怕皇上说令妃娘娘不自重，被人以为是南府的歌伎了，皇上的面子也过不去。若不回呢，这皇上问起是谁，还不好充数。"

　　容珮一脸的无奈与为难："可不是？这曲儿若皇上喜欢，请令妃娘娘在皇上面前私下娱情，那是闺房之乐。可若皇上一时起了兴致，说让令妃娘娘当着皇后娘娘和各宫小主的面再唱一回，那可怎么算呢？"

　　嬿婉气得几乎要呕出血来，却也不敢露了一分不满，只得拼命压抑着，委委屈屈道："既然皇上以为是南府的歌伎，那……那便还是请李公公这般回了吧。本官……"她缓一缓气息，露出如常的如花笑靥："本官不过是自己唱着玩儿罢了，不承想会惊动了皇上和皇后。"

容珮微微一笑："既然令妃娘娘自己也不想惊动，那李公公便好回话了。"

李玉一揖到底："如此，奴才便可回禀了，多谢令妃娘娘教诲。"

经了这事，嬿婉更加郁郁沉寂，不几日皇帝领了嫔妃们前往热河秋狩，她也便称了病，日日请了太医延医问药。如懿与太后尚留在圆明园中避暑清养，听得容珮回禀，还以为嬿婉做作，打发了太医去看，果然回说是郁闷伤肝，要仔细调养。

皇帝既去了木兰围场，如懿也不欲嬿婉在眼前，立刻遣人送她回紫禁城静养，得了眼前的清静。

自皇帝携了几个亲近的嫔妃前往热河秋狩，也远了紫禁城中的宫规森严。如懿与余下的嫔妃们住在圆明园中，倒也清闲自在。海兰本是要陪伴永琪一同随皇帝前往木兰伴驾的，只是念着如懿才出了月子不久，心力不如往日，一味吃药调理着，便自请留了圆明园中陪伴，于是素日里往来的便也是绿筠、海兰和婉茵了。

如懿见海兰时时陪在跟前，便道："皇上许你去热河伴驾是好事，你何必自己推托了。"

海兰逗弄着九曲廊下银笼架上的一双黄鹂，道："有嘉贵妃那趾高气扬的人在，有什么意思？还不如这儿清清静静的。且臣妾不去，也是圆了纯贵妃的面子，她的三阿哥也没得去热河呢。"

如懿斜靠在红木卷牡丹纹美人靠上，笑吟吟道："你倒是打算得精刮，只是你不去，永琪怕没人照应。"

海兰给架子上的黄鹂添上一斛清水，细长的珐琅点翠护甲闪着幽蓝莹莹的光，侍弄得颇有兴致，口中道："臣妾不能陪永琪一辈子的，许多事他自己去做反而干净利落。扯上臣妾这样的额娘，本不是什么光彩事。"

如懿婉转看她一眼，嗔道："你呀，又来了！做人要看以后的福气。永城有嘉贵妃这样的额娘，未必就多光彩了。"

海兰唇边安静的笑色如她耳垂上一对雪色珍珠耳坠一般，再美亦是不

353

夺目的温润光泽："也是。只是光彩不光彩的，咱们也只能暗中看着防着嘉贵妃罢了。她做的那许多事，终究也没法子处置了她。"她微微沉吟，道："最近皇上屡屡赞许永珹协办赈济江南的钱粮得力，虽然不太宠幸嘉贵妃，但对她也总还和颜悦色。不过臣妾冷眼看着，皇上对嘉贵妃到底是不如往日了，有时候想想，嘉贵妃有三个儿子，娘家又得力，又是潜邸伺候上来的老人了，竟也会有这样的时候。再看看自己，也没什么好怨的了。"

如懿的神色淡然宁静，掐下廊边一盆海棠的嫣红花骨朵儿在手中把玩："新人像御花园里的鲜花一茬一茬开不败，谁还顾得上流连从前看过的花儿呢。便是芳华正浓都会看腻，何况是花期将过。所以在宫里不要妄图去挽留什么，抓得住眼前能抓的东西才最要紧。"

海兰轻笑着按住如懿的手，拈起一朵海棠在如懿唇边一晃，骤然正色道："哀音易生悲兆。皇后娘娘儿女双全，这样没福气的话不能出自您的口。"她抿嘴，有些幸灾乐祸的快活："听说前几日令妃又不大安分，还是娘娘弹压了她。其实令妃已然失宠，又生性狐媚，娘娘何不干净利落处置了，省得在眼前讨嫌。"

如懿见周遭并无旁人，闲闲取过一把青玉螺钿缀胭脂缠丝玛瑙的小扇轻摇："海兰，令妃固然失宠，皇上却未曾废除她位分，依然留着她妃位的尊位，你知是为何么？"

海兰冷冷一嗤，自嘲道："年轻貌美，自然让人存有旧情。若是都如臣妾一般让人见之生厌，倒也清静了。"

如懿伸出手，替她正一正燕尾后一把小巧的金粉莲花紫翡七齿梳，柔声道："宫中若论绣工，无人可出你右。"

海兰握住她的手，恳切道："姐姐腹有诗书气自华。"

如懿羽睫微垂，只是浅浅一笑，似乎不以为然："腹有诗书，温柔婉约，不是慧贤皇贵妃最擅长的么？孝贤皇后克己持家，也算精打细算，有主母之风。嘉贵妃精通李朝器乐，剑舞鼓瑟样样都精绝，所以哪怕屡次不得圣意，也还有如今的尊荣。玫嫔弹得一手好琵琶，庆嫔会唱元曲。舒妃精通诗词，书法清丽。颖嫔弓马骑射，无一不精。便是忻嫔新贵上位，宠擅一时，也是因为幼承闺训，小儿女情态中不失大家风范。唯有令妃，她是不同的。"

海兰撇了撇嘴，不甚放在心上："她出身宫女，大字不识几个。便是幼年家中富足，也未得好好儿教养，一味轻薄狐媚，辜负了那张与娘娘有三分相似的面孔。"

如懿喟然轻叹："你的眼光精到。这固然是令妃的短处，却不知也是她的长处。"

海兰睁大了眼，似是不信："长处？"

如懿婉声道："我们所拥有的技艺与学识，涵养与气质，都是在见到皇上前已经所有。皇上所欣赏的，是一个已然完成的成品。而比之我们，令妃在见到皇上时，更像一张未曾落笔的白纸，无知、简单，却可以由着皇上的性子肆意描绘。纵然她拿着燕窝细粉挥霍暴发，纵然她连甜白釉也不识，可是一旦她所学所知，气度愈加恬美清雅，轻柔妩媚，那都是在见到皇上后所得的，或者说，皇上不经意间一手培养的，所以皇上看着今时今日的她，总还会有几分怜惜与容忍。"

海兰凝神片刻，锋锐的护甲划过半透明的轻罗蒙就的扇面，发出轻微的行将破碎的咝咝声："那就更留不得了。"

如懿轻缓地拍拍她的手背："不到万不得已，不要做那样的事。"她的神色着烟雨蒙蒙的哀声："许多事，未必赶尽杀绝才是好。"

海兰见如懿动了哀情，雪白的面孔在明耀的日光下隐隐发青，不免生了不安之意，忙挽了如懿的手进了内殿，道："不过小小嫔妃，不值得娘娘伤神。"她望了望过于炫目的天光，关切道："外头热，娘娘仔细中暑才是。"

恰好有小宫女奉上酸梅汤来，如懿勉强和缓了神色，正端起欲饮，海兰见了忙道："娘娘才出月子没多久，可不能吃酸梅这样收敛的东西，否则气血不畅可便坏了。"她唤来容珮："如今虽是盛暑，娘娘的东西可碰不得酸凉的，还是换一碗薏仁红枣羹来，去湿补血是最好不过的。"

容珮抿嘴笑道："是奴婢们不当心了，多谢愉妃小主提点。说来江太医也算是个细心的了，竟还是比不过愉妃小主，事事替娘娘留心。"

海兰望着如懿，一脸诚挚："那有什么，娘娘怎么替本宫留心的，本宫也是一样的。"她见容珮退下，便低声道："永琪跟着永璜一起调度钱粮，永璜事事争先，拔尖卖乖，臣妾已经按着娘娘的嘱咐，要永琪万事唯永璜马首是瞻，不要争先出头。"

如懿拿着一方葡萄紫绫销如意云纹绢子擦了擦额头沁出的细汗，道："如今永璜得意，且由他得意。年少气盛，容易登高，也必跌重。等哪天永璜落下来了，便也轮到永琪露锋芒的时候，不必急于一时。"

正说着，菱枝进来奉上一个锦盒，道："皇后娘娘，内务府新制了一批镂金红宝的护甲，请娘娘赏玩。"

如懿"嗯"了一声，挥手示意菱枝退下。海兰剥了颗葡萄递到如懿手中："有皇后娘娘为永琪筹谋，臣妾很安心。"她想起一事："对了，上回听说令妃抱病，如今送回宫中，也有十来日了吧。"

如懿打开锦盒，随手翻看盒中宝光流离的各色护甲，漫不经心道："令妃既病着，本宫就由她落个清净。左右宫里的嫔妃都跟着来圆明园避暑了，让她回宫和先帝的老太妃们做伴儿，也静静心吧。"

海兰一笑，便和如懿头抵着头一起拣选护甲比在指上把玩。二人正得趣，只见三宝急急进来打了个千儿道："皇后娘娘，李公公从木兰围场传来的消息，请您过目。"他说罢，递上一个宫中最寻常的宫样荷包，便是宫女们最常佩戴的普通样式。如懿颔首示意他退下，取过一把银剪子剔开荷包缝合处的绣线，取出一张字条来。如懿才看了一眼，脸色微白，旋即冷笑一声，手心紧紧蜷起。

海兰见如懿如此，亦知必生了事端，忙接过她手中的字条一看，蓦然变色："令妃复宠？她不是回紫禁城了么？"

如懿取了一枚翡翠七金绞丝护甲套在指上，微微一笑："本宫当她回了紫禁城，却不想在木兰围场唱出这么一出好戏来，不能亲眼看见，真是可惜了！"如懿一笑如春花生露，映着朝阳晨光莹然，然而，她眼中却一分笑意也无，那种清冷的神色，如她指上护甲的尖端金光一闪，让人寒意顿生。

海兰的颓然如秋风中瑟瑟的叶："令妃的手脚倒是快，一个不留神便复宠了。"她攥紧了手中的字条，反反复复地揉搓着："只是已然复宠，咱们想阻止也难了。"她蛾眉轻扬，将那颓然即刻扫去，恍若又是一潭静水般宁静深沉："只是啊，能复宠的，也还会再失宠。皇后娘娘，咱们不怕等。"

如懿笃定一笑，并不十分放在心上："本官已经和你说过皇上的心思，看来倒真是防不胜防。罢了，潮起潮落见得多了，不在这一时。何况身为皇后，若是时时事事只专注于和嫔妃争宠计较，怕是也真真忙不过来，反倒失了大局。"

如此留了心意，消息接二连三传来，不外是嬿婉如何到了木兰围场，如何扮成小宫女的样子在皇帝沐浴温泉时素衣微凉，临风吟唱昆曲，引得皇帝心意迟迟，一举复宠。又如何陪着皇帝策马行猎，英姿飒爽。如何与颖嫔、忻嫔平分秋色，渐渐更胜一筹。

如懿听在耳中，却也不意外："令妃在皇上身边多年，自然比新得宠的颖嫔、忻嫔更懂得皇上的心思。何况她大起大落过，比一直顺风顺水的嫔妃们自然更懂得把握。"

海兰凝眉一笑，落了一子在棋盘上："所以啊，有时候光是年轻貌美也是不够的，年岁是资历，亦是风情啊。"

如懿凝神片刻，也落了一子。那棋子是象牙雕琢成的，落在汉白玉的棋盘上叮玲有声："何必拐着弯子把大家都夸进去，倒说得咱们这些半老徐娘都得了意。"如懿一笑："也别总想着咱们这些女人家的事。后宫的事，顶破了天也只是女人们的是非。对了，永琪如何？"

海兰笑吟吟道："左右风头都是永城的。对了，臣妾倒是听说河务布政使富勒赫奏劾南河亏帑，皇上命永城和永琪跟着严查南河侵亏一案，负责追查此案的策楞等上疏弹劾外河同知陈克济、海防同知王德宣亏帑贪污，并言及洪泽湖水溢，通判周冕未为准备，致使水漫不能抵挡。"

如懿拈了一枚棋子蹙眉道："这些名字怎么这么耳熟？"

海兰将雪白一子落在如懿的半局黑子之中："这些人都是高斌的部下，而高斌这些日子都在河工上奉职，这也是他的分内之事。皇后娘娘忘了么？"

如懿轻嗤道："皇上年年写悼诗追念慧贤皇贵妃，不知这份恩义会不会随着岁月流逝而淡薄呢？"

海兰的脸容恬淡若秋水宁和："永琪递回来的消息，皇上严责高斌徇纵，似有拿高斌革职之意。"

如懿沉吟："似乎有不代表一定会。"

海兰浅浅笑道："那臣妾让永琪推把手吧。虽然说人已入土，往日恩怨可以一笔勾销，但想到慧贤皇贵妃在世时对臣妾的苛待，臣妾真是终身难以忘怀啊！"

如懿会心一笑："虽然慧贤皇贵妃离世多年，但本宫也不希望再看到她的母家在前朝蹦跶了。"她随手翻乱棋局："就这么着了吧。"

图书在版编目（CIP）数据

后宫·如懿传. 4 / 流潋紫著. —长沙：湖南文艺出版社，2017.6
ISBN 978-7-5404-7925-1

Ⅰ.①后…　Ⅱ.①流…　Ⅲ.①长篇小说—中国—当代　Ⅳ.①I247.5

中国版本图书馆CIP数据核字（2017）第005189号

上架建议：畅销 / 古代言情

HOUGONG · RUYI ZHUAN. 4
后宫·如懿传. 4

作　　者：流潋紫
出 版 人：曾赛丰
责任编辑：薛　健　刘诗哲
监　　制：毛闽峰　赵　萌　李　娜　刘　霁
策划编辑：郑中莉　由　宾
特约编辑：王　静　张明慧
营销编辑：曹伯丽　好　红　雷清清
封面设计：弘果文化传媒
内文插画：三　乖
版式设计：利　锐
出版发行：湖南文艺出版社
　　　　　（长沙市雨花区东二环一段508号　邮编：410014）
网　　址：www.hnwy.net
印　　刷：三河市鑫金马印装有限公司
经　　销：新华书店
开　　本：787mm×1092mm　1/16
字　　数：328千字
印　　张：23
版　　次：2017年6月第1版
印　　次：2017年6月第1次印刷
书　　号：ISBN 978-7-5404-7925-1
定　　价：32.80元

质量监督电话：010-59096394
团购电话：010-59320018